D0744952

AÑOS DE SEQUÍA

JANE HARPER

AÑOS DE SEQUÍA

Traducción del inglés de
Maia Figueroa

black
salamandra

Título original: *The Dry*

Ilustración de la cubierta: Ryan Jorgensen / age fotostock

Copyright © Jane Harper, 2016
Copyright de la edición en castellano © Ediciones Salamandra, 2017

Publicaciones y Ediciones Salamandra, S.A.
Almogàvers, 56, 7° 2ª - 08018 Barcelona - Tel. 93 215 11 99
www.salamandra.info

ISBN: 978-84-16237-22-7
Depósito legal: B-16.936-2017

1ª edición, septiembre de 2017
Printed in Spain

Impresión: Liberdúplex, S.L. Sant Llorenç d'Hortons

A mis padres, Mike y Helen,
que siempre me han leído libros

PRÓLOGO

No se puede decir que la muerte fuera una novedad en esa granja, y las moscardas no sabían distinguir. Para ellas, apenas había diferencias entre los restos de un animal y un cadáver humano.

Ese verano, la sequía había tratado a las moscas a cuerpo de rey. Se lanzaban en busca de los ojos abiertos y las heridas viscosas en cuanto los granjeros de Kiewarra apuntaban con los rifles a sus famélicas reses. Sin lluvia, no había comida. Sin comida, había que tomar decisiones difíciles mientras el pueblo centelleaba un día tras otro bajo el cielo ardiente y despejado.

—Pronto pasará —decían los granjeros a medida que transcurrían los meses, camino ya del segundo año.

Se repetían esas palabras en voz alta unos a otros como si fueran un mantra y las pronunciaban a solas entre dientes, como una oración.

Sin embargo, los hombres del tiempo de Melbourne no estaban de acuerdo. Trajeados y con ademán compasivo, lo decían casi todas las tardes a las seis desde sus platós con aire acondicionado: eran, oficialmente, las peores condiciones en un siglo. El patrón climático tenía un nombre en cuya pronunciación Australia no se había puesto de acuerdo: El Niño.

Al menos las moscardas estaban contentas. No obstante, ese día les deparaba un hallazgo distinto. Más pequeño y con una carne más tierna. Aunque eso tampoco era relevante. Lo importante no cambiaba: los ojos vidriosos, las heridas húmedas.

El cadáver del claro era el más fresco. Las moscas tardaron un poco más en descubrir los dos de la casa, a pesar de la puerta abierta de par en par como una invitación. Las que se aventuraron más allá de la ofrenda que había en la entrada obtuvieron otro cuerpo como recompensa en el dormitorio. Era más pequeño, pero había menos competencia.

Fueron las primeras en llegar al escenario y, con el calor, se agolparon satisfechas mientras la sangre aún formaba un charco negro en las baldosas y en la alfombra. Fuera, la colada colgaba del tendedero giratorio, seca como un hueso y tiesa por el sol. En el camino de losas de piedra había un patinete abandonado. Sólo un corazón humano latía en un radio de un kilómetro a la redonda de la granja.

Por eso no hubo ninguna reacción cuando, en el interior de la vivienda, el bebé empezó a llorar.

1

Incluso los que no aparecían a las puertas de la iglesia entre una Navidad y la siguiente se daban cuenta de que ese día no habría asientos para tantos dolientes. Cuando Aaron Falk llegó con su coche levantando una nube de polvo y hojas secas, en la entrada se había formado ya un cuello de botella de color negro y gris.

Decididos a avanzar, pero disimulando, los vecinos se daban empujones para conseguir una posición ventajosa a medida que la aglomeración iba franqueando lentamente las puertas. Los periodistas se acumulaban al otro lado de la calle.

Falk aparcó su sedán junto a una camioneta que también había conocido tiempos mejores, y apagó el motor. El ventilador del aire acondicionado hizo un traqueteo al detenerse y el interior del vehículo empezó a calentarse de inmediato. A pesar de que no tenía tiempo, se tomó un momento para contemplar al grupo de gente. Había remoloneado durante todo el viaje desde Melbourne, con lo que había tardado más de seis horas en cubrir un trayecto de cinco. Tras comprobar que no había nadie cuyo rostro le sonara, salió del coche.

El calor de media tarde lo envolvió como una manta. Al abrir la portezuela trasera para sacar la chaqueta, se quemó la mano. Tras un instante de duda, cogió también el sombrero que había en el asiento. Ala ancha, lona rígida

11

de color marrón; no quedaba bien con su traje de funeral, pero con un cutis que la mitad del año tenía el tono azulado de la leche desnatada y la otra mitad lucía un racimo de pecas de aspecto canceroso, a Falk no le importaba correr el riesgo de meter la pata en cuestiones de indumentaria.

Pálido de nacimiento, de pelo rubio casi blanco muy corto, y pestañas invisibles, a lo largo de sus treinta y seis años había pensado más de una vez que el sol australiano trataba de decirle algo. Era más fácil desoír el mensaje en las sombras alargadas de Melbourne que en Kiewarra, donde el refugio a la sombra era un lujo demasiado fugaz.

Falk echó un vistazo a la carretera que salía del pueblo y después miró la hora. El funeral, los pésames, una noche de hostal y se largaría de allí. «Dieciocho horas», calculó. No más. Con esa idea en mente, trotó hacia la multitud sujetándose el sombrero con una mano, justo cuando una ráfaga de aire caliente levantaba más de una falda.

Una vez dentro, vio que la iglesia era más pequeña de lo que recordaba. Apretujado entre desconocidos, Falk se dejó llevar por la corriente de los que allí se congregaban y, en cuanto vio un sitio libre junto a la pared, se dirigió hacia allí deprisa y se hizo un hueco al lado de un granjero con camisa de algodón, cuya barriga parecía a punto de hacer saltar los botones. El hombre lo saludó levantando la barbilla y continuó mirando al frente. Falk se fijó en las arrugas de la tela alrededor del codo; hacía muy poco que se había bajado las mangas.

Se quitó el sombrero y se abanicó con discreción. No podía evitar mirar a su alrededor. De pronto veía con más claridad algunas caras que al principio le habían parecido desconocidas, y se llevaba una sorpresa repentina e ilógica ante las patas de gallo, los cabellos canosos y los kilos de más que iba descubriendo entre los asistentes.

Un hombre mayor que él captó su mirada desde dos filas más atrás con una inclinación de cabeza e intercambiaron una sonrisa triste de reconocimiento. ¿Cómo se llamaba? Trató de recordarlo, pero no lograba concentrarse. Había sido maestro, y en la única imagen suya que Falk conseguía evocar lo veía al frente de la clase, tratando con mucho ánimo de que la Geografía o la Marquetería, o algo por el estilo, le pareciese entretenida a un grupo de adolescentes. Pero se trataba de un recuerdo muy borroso.

El hombre señaló con la cabeza el banco en el que estaba sentado, indicando que podía hacerle un hueco, pero Falk lo rechazó con educación y se volvió hacia delante. En circunstancias normales tenía por costumbre evitar las conversaciones de compromiso, y no cabía duda de que aquel día era mil veces peor que cualquier circunstancia normal.

Por Dios, qué pequeño era el ataúd del centro. Y al verlo entre los otros dos, mucho más grandes, el efecto era más acusado. Si es que eso era posible. Había niños pequeños peinados con la raya al lado y el pelo pegado al cráneo señalándolo:

—Mira, papá, esa caja tiene los colores del fútbol.

Los que tenían edad suficiente para saber qué había dentro lo miraban sumidos en un silencio consternado, revolviéndose en sus uniformes escolares mientras se acercaban un poco más a sus madres.

Encima de los tres féretros, los cuatro miembros de la familia los contemplaban desde una fotografía ampliada. Las estáticas sonrisas estaban demasiado ampliadas y se habían pixelado. Falk reconocía la imagen porque la había visto en las noticias. La habían mostrado muchas veces.

Debajo, los nombres de los fallecidos escritos con flores de la zona. Luke. Karen. Billy.

Falk miró la foto de Luke. En la cabellera negra se le adivinaba alguna cana, pero aun así parecía estar en mejor forma que la mayoría de los hombres al pasar la frontera de los treinta y cinco. El rostro le pareció algo más envejecido de lo que recordaba, pero habían transcurrido casi cinco años. La sonrisa franca y segura no había cambiado, y tampoco la mirada de complicidad. «Igual que siempre», fueron las palabras que le vinieron a la mente. Pero los tres ataúdes las contradecían.

—Joder, qué tragedia —se lamentó de pronto el granjero que Falk tenía al lado.

Tenía los brazos cruzados, los puños bien metidos bajo las axilas.

—Es terrible —respondió Falk.

—¿Los conocías mucho?

—No, no mucho. Sólo a Luke, el...

Durante un instante vertiginoso no encontró palabras para describir al hombre que estaba dentro del féretro más grande. Pensó con ahínco, pero lo único que le venía a la cabeza eran los clichés que había empleado la prensa sensacionalista.

—El padre —consiguió decir al final—. De jóvenes éramos amigos.

—Sí, ya sé quién es Luke Hadler.

—Creo que ahora lo sabe todo el mundo.

—¿Todavía vives por aquí? —preguntó el granjero, y volvió su figura corpulenta hacia Falk para mirarlo por primera vez con atención.

—No. Hace mucho que no.

—Vaya. Pero me parece que te he visto antes. —El granjero frunció el ceño, tratando de ubicarlo—. Oye, no serás uno de esos reporteros de los cojones, ¿verdad?

—No, soy policía. En Melbourne.

—¡No me digas! Pues deberíais estar investigando a la mierda de gobierno que tenemos, por dejar que las cosas se estropeen tanto.

El hombre señaló con la cabeza el lugar donde estaba el cadáver de Luke junto al de su esposa y al de su hijo de seis años.

—Nosotros estamos aquí, intentando dar de comer al país con el peor clima en cien años, y ellos no hacen más que hablar de recortar las subvenciones. Según cómo, no puedes ni echárselo en cara al pobre cabrón. Es un put...

Se calló y miró alrededor.

—Es un escándalo. Eso es lo que es.

Falk no dijo nada mientras reflexionaban los dos sobre la incompetencia de Canberra. En las páginas de la prensa ya les habían dado suficientes vueltas a los potenciales culpables de la muerte de la familia Hadler.

—Entonces, ¿has venido para investigar el caso?

El hombre señaló los ataúdes con el mentón.

—No, he venido sólo como amigo —contestó Falk—. No estoy seguro de que haya nada que investigar.

Sabía del asunto lo mismo que los demás, lo que había oído en las noticias. Por lo que se decía, todo estaba muy claro. La escopeta pertenecía a Luke. Más tarde la encontraron metida en lo que le quedaba de boca.

—No, ya me imagino que no —respondió el granjero—. Lo he pensado porque al ser su amigo y eso...

—Tampoco soy esa clase de policía. Soy federal. Investigo delitos financieros.

—Eso para mí no quiere decir nada, amigo.

—Significa que persigo el dinero. Cualquier cantidad con unos cuantos ceros al final y que no esté donde debería. Blanqueado o malversado, cosas así.

El hombre contestó algo, pero Falk no lo oyó. Había dejado de mirar los tres féretros para fijarse en los dolientes del primer banco. Era el espacio que estaba reservado a los familiares. Para que éstos pudiesen sentarse delante de todos sus amigos y vecinos y ellos, a su vez, les mirasen el cogote y diesen gracias a Dios por no estar en su lugar.

Habían pasado veinte años, pero Falk reconoció al padre de Luke de inmediato. Gerry Hadler tenía el rostro gris y los ojos hundidos. Aunque se había sentado en primera fila, como correspondía, tenía la cabeza vuelta hacia otro lado. No prestaba atención a su esposa, que sollozaba junto a él, ni a las tres cajas de madera que contenían los restos de su hijo, de su nuera y de su nieto. En su lugar, miraba fijamente a Falk.

De unos altavoces colocados en algún sitio del fondo salieron unas notas de música. El funeral comenzaba. Gerry le hizo una leve inclinación de cabeza y Falk se metió la mano en el bolsillo de manera inconsciente. Palpó la carta que le habían dejado sobre la mesa dos días antes.

15

Era justamente de Gerry Hadler, siete palabras escritas con mala letra:

Luke mintió. Tú mentiste. Ven al funeral.

Falk fue el primero en apartar la vista.

Se le hacía difícil contemplar las fotografías: un montaje proyectado en bucle en una pantalla en la pared frontal, dentro de la iglesia. Luke celebrando un gol como benjamín; Karen de niña, saltando una valla montada en un poni. Aquellas sonrisas congeladas tenían un punto grotesco y Falk se dio cuenta de que no era el único que prefería no mirar.

La pantalla cambió de nuevo y Falk se sorprendió al reconocerse. Lo miraba una imagen borrosa de sí mismo con once años. A su lado estaba Luke, ambos con el torso desnudo y la boca abierta, mostrando un pez pequeño que colgaba de un sedal. Parecían felices. Trató de recordar el momento en que se la hicieron, pero no lo logró.

La presentación continuaba. Fotografías de Luke, seguidas de otras de Karen, ambos sonriendo como si no fuesen a dejar de hacerlo nunca, y entonces Falk apareció de nuevo. Esa vez se le cortó la respiración y, a juzgar por el murmullo que recorrió la nave como una ola, supo que no era el único a quien la imagen había afectado.

Era una versión más joven de sí mismo acompañado de Luke, los dos con brazos y piernas larguiruchos y la piel marcada por el acné. Sonreían igual que en las fotografías anteriores, pero esa vez formaban parte de un cuarteto. Luke tenía a una adolescente delgada de melena dorada cogida por la cintura, mientras que Falk, más cauto, le había posado la mano en el hombro a una chica de melena larga y negra y ojos oscuros.

No podía creer que hubiesen incluido esa instantánea. Miró a Gerry Hadler, que mantenía la vista fija al frente y apretaba la mandíbula. Notó que el granjero que tenía a su lado cambiaba de postura y se apartaba medio paso. Acababa de caer en la cuenta de quién era él, pensó Falk.

Se obligó a mirar la imagen. El cuarteto. A la chica que estaba a su lado. Miró aquellos ojos hasta que desaparecieron de la pantalla. De esa foto sí recordaba cuándo se la habían sacado: una tarde hacia el final de un largo verano. Había sido un día genial. Una de las últimas fotos de los cuatro juntos. Dos meses después, la chica de los ojos oscuros estaba muerta.

«Luke mintió. Tú mentiste.»

Se quedó un minuto mirando el suelo y, cuando levantó la vista de nuevo, las fotos habían dado un salto en el tiempo y Luke y Karen sonreían el día de su boda, con poses rígidas y formales. Habían invitado a Falk. Intentó recordar qué excusa les había dado para no ir. Demasiado trabajo, casi seguro.

Empezaron a aparecer las primeras imágenes de Billy. Un bebé de cara enrojecida y después un niño de uno o dos años con una buena mata de pelo. Ya se parecía un poco a su padre. Con pantalones cortos al lado del árbol de Navidad. Toda la familia disfrazada, un trío de monstruos con la pintura agrietada alrededor de las sonrisas. Un salto de unos años y una Karen algo más mayor acunaba a otro bebé.

Charlotte. La afortunada. Ella no tenía su nombre escrito con flores. Como obedeciendo una señal, Charlotte, que ya tenía trece meses y estaba sentada en primera fila en el regazo de su abuela, se echó a llorar. Barb Hadler la apretó contra su pecho con un brazo y la meneó con ritmo nervioso. Con la otra mano se llevó un pañuelo de papel a los ojos.

Falk, que no era experto en bebés, no estaba seguro de si Charlotte había reconocido a su madre en la pantalla. O tal vez le había molestado que la incluyeran en la presentación conmemorativa cuando todavía estaba bien viva. Pensó que acabaría acostumbrándose a eso; no le quedaba más remedio. Una cría destinada a crecer con la etiqueta de única superviviente no tenía muchos lugares donde esconderse.

La música se fue apagando y las últimas fotografías se proyectaron en medio de un silencio incómodo. Cuando alguien encendió las luces se notó una sensación de alivio colectivo y, mientras un capellán con sobrepeso se esforzaba por subir los escalones que llevaban al atril, Falk miró aquellos horribles féretros una vez más. Pensó en la chica de los ojos oscuros y en una mentira forjada y acordada veinte años antes, cuando el miedo y las hormonas de la adolescencia le corrían por las venas.

«Luke mintió. Tú mentiste.»

¿Tan corto era el trayecto entre esa decisión y el momento actual? La pregunta le dolía como una magulladura.

Una mujer mayor que estaba entre el gentío dejó de mirar el altar y se fijó en él. No la conocía, pero ella inclinó la cabeza de forma automática, en un educado gesto de reconocimiento. Falk apartó la mirada. Cuando se volvió de nuevo, la mujer continuaba con la vista clavada en él. De pronto frunció el ceño y se dirigió a la anciana que tenía al lado. A Falk no le hacía falta leer los labios para saber lo que le había susurrado.

«El chico de los Falk ha vuelto.»

De inmediato, la segunda mujer le echó un vistazo rápido y confirmó las sospechas de su amiga con una inclinación de cabeza. Se volvió hacia el otro lado y le musitó algo a la siguiente mujer. Falk sintió una opresión en el pecho. Miró el reloj. «Diecisiete horas.» Y entonces se marcharía. Otra vez. Gracias a Dios.

2

—Aaron Falk, ¡ni se te pase por la cabeza marcharte, maldita sea!

Estaba de pie junto al coche, resistiéndose al impulso de montar en él y largarse. La mayoría de los asistentes al funeral recorrían ya el trayecto, corto pero pesado, hasta el lugar de la recepción. Se volvió hacia la voz y no pudo evitar esbozar una sonrisa.

—¡Gretchen!

La mujer tiró de él para abrazarlo y le apretó la frente contra el hombro. Él apoyó la barbilla en su cabeza rubia y permanecieron así un minuto, con un leve balanceo hacia atrás y hacia delante.

—Dios mío, cuánto me alegro de verte —dijo ella con la voz amortiguada por la camisa.

—¿Cómo estás? —preguntó él cuando la mujer lo soltó.

Gretchen Schoner se encogió de hombros y, al quitarse las gafas de sol baratas que llevaba, dejó a la vista sus ojos enrojecidos.

—Pues no muy bien. Mal, de hecho. ¿Y tú?

—Yo igual.

—Desde luego estás igual —respondió ella y consiguió ofrecerle una sonrisa precaria—. Veo que sigues explotando el *look* albino.

—Tú tampoco has cambiado mucho.

19

La mujer soltó un resoplido, pero recuperó la sonrisa al instante.

—¿En veinte años? ¡Venga ya!

Falk no trataba de halagarla. Gretchen seguía siendo perfectamente reconocible por su parecido con la foto que habían proyectado en el funeral.

La cintura que Luke había rodeado con un brazo era ahora un poco más ancha y el rubio juvenil de la melena tal vez fuese de bote, pero los ojos azules y los pómulos prominentes eran Gretchen al cien por cien. Los pantalones de traje y la blusa que llevaba eran algo más estrechos que el atuendo tradicional para los funerales, y no se la veía del todo cómoda con el conjunto. Falk se preguntó si se los habrían prestado, o si serían prendas que casi no se ponía.

Gretchen estaba llevando a cabo el mismo escrutinio y, cuando sus miradas se cruzaron, se rió. De inmediato le pareció más joven y alegre.

—Vamos —propuso ella y le apretó el antebrazo. Falk notó que tenía la palma de la mano fresca—. Vamos a dar el pésame en el centro cívico. Pasemos el mal trago juntos.

En cuanto echaron a andar calle abajo, Gretchen llamó a un niño que estaba dando golpecitos a algo con un palo. Él levantó la cabeza y, con desgana evidente, abandonó lo que estaba haciendo. Cuando Gretchen le tendió la mano, dijo que no con la cabeza y se puso a trotar por delante de ellos, blandiendo el palo como si fuera una espada.

—Es mi hijo, Lachie —explicó Gretchen, mirando a Falk de soslayo.

—Sí, claro. —Falk había tardado un momento en recordar que la chica que él había conocido ahora ya era madre—. Me contaron que habías tenido un bebé.

—¿Quién? ¿Luke?

—Debió de ser él. Pero hace ya un tiempo, evidentemente. ¿Cuántos años tiene?

—Cinco nada más, pero siempre quiere ser el jefe.

Observaron a Lachie, que se defendía de atacantes invisibles con su espada improvisada. Tenía los ojos grandes y el pelo rizado y de un color terroso, y Falk no veía mucho de su madre en los rasgos afilados del niño. Intentó recordar si Luke había mencionado que ella tuviera pareja o quién era el padre, pero le pareció que no. Quería pensar que se acordaría de esa información. Le miró la mano izquierda. No llevaba anillo, pero eso ahora ya no significaba gran cosa.

—¿Qué tal te va la vida familiar? —le preguntó finalmente, a ver qué pescaba.

—Me va bien. A veces me cuesta controlar a Lachie —explicó Gretchen en voz baja—, y además estamos los dos solos. Pero es un buen chico. Y nos las arreglamos. Al menos de momento.

—¿Y tus padres siguen teniendo la granja?

Ella dijo que no con la cabeza.

—Dios, no. Se jubilaron y la vendieron hará unos ocho años. Se mudaron a Sídney y compraron un apartamento pequeñito a tres calles de mi hermana y de sus niños. —Gretchen se encogió de hombros—. Dicen que están a gusto allí, que les gusta la vida de ciudad. Resulta que mi padre hace Pilates.

Falk no pudo evitar sonreír al imaginar al señor Schoner, antítesis de la sofisticación, concentrado en su yo interior y en la respiración.

—¿No tuviste la tentación de ir con ellos?

Ella soltó una risa sin humor y señaló los árboles secos que bordeaban la calle.

—¿Y dejar todo esto? No, he estado aquí demasiado tiempo. Lo llevo en la sangre. Ya sabes cómo es... —Interrumpió la frase a medias y lo miró de reojo—. O a lo mejor no. Perdona.

Falk rechazó aquel comentario con un gesto de la mano.

—¿A qué te dedicas?

—Soy granjera, cómo no. Bueno, por lo menos lo intento. Compré la finca de los Kellerman hace un par de años. Tengo ovejas.

—¿En serio?

Falk estaba impresionado. Era una finca muy solicitada. O por lo menos lo había sido cuando él era joven.

—¿Y tú? —quiso saber ella—. Me han contado que te has metido a policía.

—Sí, es cierto. Policía Federal. Y ahí sigo.

Caminaron un rato en silencio. El canto frenético de los pájaros en los árboles sonaba como él lo recordaba. Un poco más adelante, los grupos de asistentes al funeral parecían borrones en la carretera seca y polvorienta.

—¿Cómo están las cosas por aquí?

—Fatal.

La palabra era un punto y aparte. Gretchen se golpeó los labios con el dedo, con la energía nerviosa de una antigua fumadora.

—Bastante mal estaban ya las cosas antes. La gente teme por el dinero y por esta sequía. Y de repente pasa esto con Luke y su familia. Es terrible, Aaron. Espantoso. Se nota en el ambiente. Todos vamos de acá para allá como si fuéramos zombis. No sabemos qué decir ni qué hacer. Nos vigilamos unos a otros para ver cuál será el próximo en estallar.

—Dios mío.

—Sí. Ni te lo imaginas.

—¿Luke y tú seguíais siendo amigos? —preguntó Falk por curiosidad.

Gretchen vaciló. Apretaba tanto los labios que se le convertían en una línea invisible.

—No. Hacía años que ya no teníamos relación. No era como cuando estábamos los cuatro.

Falk pensó en la foto. Luke, Gretchen, él mismo. Y también Ellie Deacon, con su melena larga y oscura. Eran inseparables. Tenían los estrechos lazos de la adolescencia, cuando estás convencido de que tus amigos son tus almas gemelas y esa unión durará para siempre.

«Luke mintió. Tú mentiste.»

—Es obvio que tú sí mantuviste el contacto con él —comentó Gretchen.

—A épocas.

Al menos eso era cierto.

—De vez en cuando, si él venía a Melbourne, quedábamos para tomar una cerveza. Cosas así. —Falk hizo una pausa—. Pero ahora llevábamos unos años sin vernos. Ya sabes, cada vez estamos todos más ocupados. Él tenía su familia y yo he estado trabajando mucho.

—No pasa nada, no tienes que buscar excusas. Todos nos sentimos culpables.

El centro cívico era un hervidero. Falk se paró en los escalones y Gretchen le tiró del brazo.

—Vamos, que no pasa nada. La mayoría de la gente ni se acordará de ti.

—Habrá muchos que sí. Sobre todo después de la foto de la iglesia.

Gretchen hizo una mueca.

—Ya, a mí también me ha impresionado. Pero mira, hoy todos tienen otras cosas de qué preocuparse. Agachas la cabeza, salimos por atrás y ya está.

Sin esperar a que respondiese, cogió a Falk por la manga con una mano y a su hijo con la otra y los condujo dentro, esquivando al gentío. El ambiente era sofocante. El aire acondicionado del centro hacía todo lo que podía, pero con tantas personas apiñadas refugiándose del sol, la batalla estaba perdida. Los asistentes charlaban con solemnidad y hacían malabares con los vasos de plástico y los platos donde tenían los pedazos de pastel de chocolate y nata.

Gretchen se acercó a la puerta de cristal; la claustrofobia colectiva había obligado a los últimos en llegar a salir a un pequeño jardín con el césped medio seco. Encontraron un poco de sombra junto a la verja y Lachie fue a probar suerte con la chapa ardiente del tobogán metálico.

—No hace falta que te quedes conmigo si eso va a estropear tu reputación —dijo Falk, y se inclinó un poco el sombrero para protegerse la cara.

—Anda, calla ya. Además, para estropearla me basto yo sola.

Falk echó un vistazo alrededor y vio a una pareja de ancianos que quizá hubiesen sido amigos de su padre. Hablaban con un joven agente de policía que, con botas y perfectamente uniformado, estaba sudando bajo el sol de la tarde. Le brillaba la frente mientras asentía con educación.

—Eh, ¿ése es el sustituto de Barberis? —preguntó Falk.

Gretchen siguió su mirada.

—Así es. ¿Te enteraste de lo de Barberis?

—Sí, claro. Una triste pérdida. ¿Te acuerdas de cómo nos mataba de miedo con aquellas historias de terror sobre lo que les pasaba a los niños que juegan con las máquinas de las granjas?

—Sí. Hacía veinte años que se merecía ese ataque al corazón.

—Pero de todos modos yo lo sentí —dijo Falk, hablando en serio—. ¿Quién es el nuevo?

—El sargento Raco. Y si te parece que se chupa el dedo es porque se chupa el dedo.

—¿Crees que no sirve? A mí me parece que se maneja bien con la gente.

—No lo sé, la verdad. Cuando pasó todo esto, él no llevaba aquí ni cinco minutos.

—Pues vaya marrón le ha caído en sus primeros cinco minutos.

Gretchen iba a contestar, pero de pronto hubo un revuelo alrededor de la puerta de cristal y la multitud se apartó con respeto justo cuando Barb y Gerry Hadler salían al jardín, parpadeando por el sol. Iban cogidos de la mano y fueron saludando a todos los presentes. Unas pocas palabras, un abrazo, un gesto alentador con la cabeza, y a por los siguientes.

—¿Cuánto hace que no hablas con ellos? —le susurró Gretchen.

—Veinte años, hasta la semana pasada —respondió Falk.

Esperó. Cuando Gerry los vio, todavía estaba al otro extremo del jardín. Se apartó de una mujer oronda en pleno saludo y la dejó abrazando el aire.

24

«Ven al funeral.»

Falk había acudido, tal como él le había mandado. Miró al padre de Luke mientras se le acercaba.

Gretchen interceptó a Gerry con un abrazo antes de que llegase a Falk y el hombre lo miró por encima del hombro de ella con sus pupilas enormes y brillantes. Falk se preguntó si estaría tomando algún tipo de medicación para soportar el día. Cuando Gretchen lo soltó, Gerry estrechó la mano de Falk con un apretón fuerte y caliente.

—Veo que has podido venir —dijo en tono neutro.

Gretchen esperaba a un lado.

—Sí —respondió Falk—. Recibí la carta.

Gerry lo miró a los ojos.

—Muy bien. Me pareció importante que estuvieses aquí. Por Luke. Y he de decir, amigo, que no tenía claro que fueses a aparecer.

La última frase quedó colgando en el aire.

—Por supuesto, Gerry. Era importante que viniese.

Las dudas del hombre no eran infundadas. Una semana antes, Falk estaba sentado a su mesa de Melbourne, sin apartar la vista de la foto de Luke del periódico, cuando de pronto le sonó el teléfono. Con una voz vacilante que no había oído desde hacía dos décadas, Gerry le informó de dónde y cuándo sería el funeral. «Nos veremos allí», había añadido luego, en un tono que dejaba claro que no se trataba de una pregunta.

Falk había farfullado algo sobre unos compromisos de trabajo, sin atreverse a mirar los ojos pixelados de Luke en el diario. Lo cierto era que en aquel momento aún no se había decidido. Dos días más tarde le llegó la carta. Gerry debía de haberla enviado nada más colgar.

«Tú mentiste. Ven al funeral.»

Esa noche, Falk había dormido mal.

Ambos miraron a Gretchen con ademán incómodo. Ella tenía el ceño fruncido y la mirada perdida en la distancia, donde su hijo trepaba a las barras de mano sin mucha estabilidad.

—Esta noche te quedas en el pueblo —dijo Gerry.

De nuevo, Falk notó que no era una pregunta.

—Sí, en una de las habitaciones del pub.

Se oyó un aullido desde la zona de juegos y Gretchen chistó con frustración.

—Mierda. Ya sabía yo que pasaría. Perdonadme.

Se marchó corriendo.

Gerry cogió a Falk del codo y lo hizo volverse para apartarlo de los demás. Le temblaba la mano.

—Tenemos que hablar antes de que ella regrese.

Falk se soltó con un movimiento discreto y controlado del brazo, consciente de que estaban rodeados de gente. No estaba seguro de quién había por allí ni de si alguien los estaba mirando.

—Gerry, por el amor de Dios, ¿qué quieres?

Se obligó a adoptar una postura que lo hiciese parecer relajado.

—Si estás intentando chantajearme, o algo por el estilo, ya te digo que no te servirá de nada.

—¿Qué? Por Dios, Aaron. No, no es nada de eso. —La sorpresa de Gerry parecía auténtica—. Si hubiese querido causar problemas lo habría hecho hace años, ¿no te parece? No tuve ningún reparo en olvidarme del asunto. Joder, me encantaría seguir igual, pero ahora ya no puedo, ¿entiendes? ¿Después de esto? Con Karen y Billy muertos. Él no tenía ni siete años. —Se le quebró la voz—. Mira, siento lo de la carta, pero necesitaba que vinieses. Tengo que saberlo.

—¿Saber el qué?

Pese a la luz intensa del sol, los ojos de Gerry parecían casi negros.

—Si Luke ya había matado antes.

Falk guardó silencio. No le preguntó a Gerry qué quería decir.

—Ya sabes... —continuó éste, pero se calló cuando una mujer muy solícita se acercó renqueando para informarle de que el capellán necesitaba hablar con él. De inmediato, a ser posible.

—Joder, esto es un caos —se quejó Gerry.

La mujer carraspeó y cambió su expresión a otra de atormentada paciencia.

Gerry se volvió hacia Falk.

—Será mejor que me vaya. Luego te llamo.

Le estrechó la mano y se la sostuvo un segundo más de lo necesario.

Falk asintió con la cabeza. Lo entendía. Gerry siguió a la mujer y se alejó encorvado, empequeñecido.

Gretchen regresó sin prisa después de consolar a su hijo y, junto a Falk, miró marcharse a Gerry.

—Tiene pinta de estar fatal —comentó en voz baja—. Me han dicho que ayer le gritó a Craig Hornby en el supermercado. Que lo acusó de burlarse de la situación. Un poco raro me parece. Hace cincuenta años que son amigos.

Falk no podía imaginar que nadie, y mucho menos el estoico Craig Hornby, fuera capaz de hacer bromas sobre aquellos tres féretros espantosos.

—¿De verdad que Luke no dio ningún aviso?

No podía morderse la lengua más tiempo.

—¿Como qué? —preguntó Gretchen. Una mosca le aterrizó en el labio y ella se la quitó con gesto impaciente—. ¿Te refieres a si iba por la calle con una escopeta, amenazando con cargarse a su familia?

—Gretch, por Dios, era sólo una pregunta. Quiero decir si estaba deprimido o algo.

—Perdona, es este calor. Todo parece peor de lo que es. —Hizo una pausa—. Mira, en Kiewarra apenas queda nadie que no esté fuera de quicio. Pero si te digo la verdad, Luke no parecía estar pasándolo peor que cualquier otro. Al menos nadie reconoce haber visto lo contrario.

Gretchen miró al infinito con gesto lúgubre.

—Tampoco es fácil saberlo —continuó al cabo de un momento—. Todo el mundo está enfadado. Pero no es que lo estén con Luke exactamente. Parece que los que más mierda están echándole encima no lo odien por lo que ha hecho. Es raro. Es más bien como si estuvieran celosos.

—¿De qué?

—De que haya hecho lo que ellos no son capaces de hacer, creo. Porque él ahora se ha librado de todo esto, ¿no? Mientras los demás nos pudrimos aquí, Luke ya no tiene que preocuparse de las malas cosechas ni de cuándo podrá pagar las facturas o cuándo lloverá otra vez.

—Una solución desesperada —respondió Falk—. Llevarte a toda tu familia por delante. ¿Cómo están los parientes de Karen?

—Que yo sepa, no tenía. ¿No llegaste a conocerla?

Él dijo que no con la cabeza.

—Era hija única —le explicó Gretchen—. Los padres fallecieron cuando ella era adolescente. Se mudó aquí para vivir con una tía que murió hace unos años. En la práctica era una Hadler más.

—¿Erais amigas?

—La verdad es que no. Yo...

Se oyó el tintineo de un tenedor contra una copa; venía de la puerta de cristal. Todos se callaron y se volvieron hacia donde Gerry y Barb Hadler aguardaban cogidos de la mano. Rodeados de aquella gente, parecían muy solos.

Falk se dio cuenta de que ya sólo quedaban ellos dos. Habían tenido una hija cuando Luke tenía tres años, pero nació muerta. Si habían intentado tener más hijos, no lo habían conseguido. Desde entonces, habían concentrado toda su energía en su robusto hijo superviviente.

Barb carraspeó mientras su mirada iba saltando entre los rostros de la multitud.

—Queremos daros las gracias a todos por estar aquí. Luke era un buen hombre.

Había pronunciado las palabras demasiado deprisa y demasiado alto y apretó los labios como para evitar que se le escapase alguna más. La pausa se alargó hasta que la situación se volvió incómoda y, después de eso, todavía un poco más. Gerry mantenía la vista fija en el suelo y también permanecía en silencio. Al final, Barb consiguió despegar los labios y tomó una bocanada de aire.

—Y Karen y Billy eran maravillosos. Lo que ha ocurrido ha sido... —Tragó saliva—. Ha sido terrible. Pero espero que, cuando todo esto acabe, podáis recordar a Luke como se merece. El de antes de la desgracia. Era amigo de muchos de vosotros. Un buen vecino, un trabajador incansable. Y amaba a su familia.

—Sí, hasta que la masacró.

La frase surgió del fondo, casi inaudible, pero Falk no fue el único que volvió la cabeza. El objeto de las miradas reprobadoras era un tipo corpulento que llevaba bastante mal los cuarenta y pico que debía de tener. Al cruzar los brazos, las mangas de la camisa se tensaron sobre unos bíceps abultados que tenían más grasa que músculo. Tenía la cara enrojecida, una barba desaliñada y la mirada desafiante de los que sólo se meten con personas más débiles que ellos. Miró con descaro a los que se habían vuelto para reprenderlo, hasta que uno a uno fueron apartando la mirada. Parecía que Barb y Gerry no habían oído nada. «Gracias a Dios», pensó Falk.

—¿Quién es ese bocazas? —le susurró a Gretchen, y ella lo miró sorprendida.

—¿No lo reconoces? Es Grant Dow.

—¿En serio?

Se le erizó el vello de la nuca y también él apartó la mirada. Recordaba a un joven de veinticinco años, con los músculos tensos como el acero, pero aquel tipo tenía aspecto de haber pasado un par de décadas muy duras.

—Está muy cambiado.

—Sigue siendo un gilipollas de primera. No te preocupes; no creo que te haya visto. De lo contrario ya lo sabríamos.

Falk asintió, pero permaneció mirando hacia otro lado. Barb se echó a llorar, cosa que la multitud tomó como broche final del discurso y todos empezaron a dirigirse por instinto o bien hacia ella o en dirección contraria, según sus sentimientos. Falk y Gretchen se quedaron donde estaban. Lachie llegó corriendo y enterró la cara en el pantalón de su madre. Ella lo cogió en brazos con cierta dificultad y el niño le apoyó la cabeza en el hombro y bostezó.

—Tengo que llevármelo a casa —dijo ella—. ¿Cuándo regresas a Melbourne?

Falk miró el reloj. «Quince horas.»

—Mañana —contestó en voz alta.

Gretchen asintió y lo miró a la cara. Después le pasó el brazo que le quedaba libre por la cintura y lo atrajo hacia ella. Falk sintió el calor del sol en la espalda y la calidez de su cuerpo delante.

—Me alegro de verte de nuevo, Aaron.

Recorrió su rostro con los ojos azules como si tratase de memorizarlo, y entonces le sonrió con tristeza.

—A lo mejor nos volvemos a ver dentro de otros veinte años.

Cuando se marchó, él se quedó mirándola hasta que se perdió de vista.

3

Falk se sentó en el borde de la cama y observó con apatía una araña de tamaño mediano que había en la pared. Al caer la tarde y ponerse el sol, la temperatura había bajado, pero sólo un poco. Se había puesto unos pantalones cortos al salir de la ducha y el roce de las sábanas de algodón barato sobre la piel húmeda de las piernas le causaba picor. Un cartel muy severo que colgaba de un temporizador de cocina que había junto a la ducha ordenaba que las abluciones se limitaran a menos de tres minutos. Él había tenido remordimientos ya en el segundo.

La vibración del suelo le transmitía los ruidos ensordecidos del pub, así como alguna que otra voz apagada y lejanamente familiar. Una pequeña parte de él sentía curiosidad por saber quién había allí abajo, pero no deseaba unirse a ellos. De pronto, el estrépito amortiguado de un vaso roto interrumpió el ruido. Se hizo un breve silencio, seguido de un coro de risas burlonas. La araña movió una pata.

Falk dio un respingo cuando sonó el teléfono de la mesita de noche con un tono estridente y plastificado. Se había sobresaltado, pero la llamada no lo sorprendió. Tenía la impresión de haber estado esperándola durante horas.

—¿Sí?

—¿Aaron Falk? Tengo una llamada para ti.

La voz del camarero era grave, con un ligero acento escocés. Falk recordó entonces la figura imponente que dos horas antes le había tomado los datos de la tarjeta de crédito y a cambio le había dado las llaves de la habitación sin hacer ningún comentario.

No lo había visto nunca y estaba seguro de que habría recordado un rostro como el suyo. Más cerca de los cincuenta que de los cuarenta, hombros anchos y barba pelirroja. Supuso que sería un mochilero que se habría quedado allí. No había dado señales de reconocer el apellido, tan sólo había mostrado cierta incredulidad porque alguien quisiera usar el pub para un propósito que no tuviera relación directa con el alcohol.

—¿Quién es? —preguntó Falk, aunque ya lo suponía.

—Pregúntaselo tú mismo —contestó el camarero—. Si necesitas que alguien te coja los mensajes, tendrás que alojarte en un sitio más fino, amigo. Te lo paso.

La línea quedó en silencio unos instantes y al final oyó una respiración.

—¿Aaron? ¿Estás ahí? Soy Gerry.

El padre de Luke sonaba agotado.

—Gerry, tenemos que hablar.

—Sí. Ven a casa. Barb también quiere hablar contigo.

Gerry le dio la dirección. Hubo una pausa larga y después un suspiro.

—Escucha una cosa, Aaron. Ella no sabe lo de la carta. Ni nada de todo esto. Que siga así, ¿vale?

Falk siguió las indicaciones que le había dado Gerry y, tras un trayecto de veinte minutos por carreteras lúgubres, entró con el coche en el camino de acceso a su casa, asfaltado. La lámpara del porche proyectaba un resplandor anaranjado sobre la fachada de listones de madera. Apagó el motor. Un instante después, la puerta mosquitera se abrió con un chirrido y se vio la figura rechoncha de Barb Hadler. Al cabo de un momento, su marido apareció detrás de ella y su cuerpo, más alto, proyectó una sombra alargada en la entrada. Mientras subía los peldaños hacia el porche, Falk vio que llevaban aún la misma ropa del funeral. Pero arrugada.

—Aaron, Dios mío, ¡cuánto tiempo! Gracias por venir. Entra —susurró Barb, tendiéndole la mano que tenía libre.

En el otro brazo llevaba a la pequeña Charlotte, a la que mecía con vigor.

—Perdona que te reciba con la cría. Es que está nerviosa. No hay manera de que caiga.

Según podía ver Falk, la niña dormía como un tronco.

—Barb. —Falk se inclinó por encima de la criatura para abrazar a la mujer—. Me alegro mucho de verte.

Ella no lo soltó enseguida, sino que mantuvo su brazo regordete un momento detrás de su espalda. Falk notó que algo de su interior se relajaba un poco. Percibió las notas florales de la laca, la misma marca que usaba cuando para él todavía era la señora Hadler. Se separaron y, por primera vez, tuvo ocasión de mirar a Charlotte. Parecía incómoda, con la cara enrojecida y pegada a la blusa de su abuela. Tenía la frente arrugada y el ceño fruncido, un gesto que sorprendió a Falk, porque extrañamente le recordó a Luke.

Se acercó a la luz de la entrada y Barb lo miró de arriba abajo; el blanco de los ojos se le enrojecía al contemplarlo. Ella estiró el brazo y le acarició la mejilla con la yema de los dedos. Los tenía calientes.

—Fíjate. Casi no has cambiado —dijo.

Falk tuvo una ilógica sensación de culpa. Sabía que ella estaba imaginando una versión adolescente de su hijo a su lado. Barb inspiró por la nariz, se secó la cara con un pañuelo de papel y le cayeron unos copos diminutos de color blanco en la camisa. Sin hacer caso, esbozó una sonrisa triste y lo invitó por señas a seguirla. Lo guió por un pasillo flanqueado de instantáneas familiares que ambos se esforzaron por no mirar. Gerry cerraba la comitiva.

—Tienes la casa muy bonita, Barb —comentó Falk educadamente.

Ella siempre había sido un ama de casa muy escrupulosa, pero ahora, al mirar alrededor, se descubrían algunos indicios de desorden. Falk vio tazas acumuladas en una mesita, un montón de cartas sin abrir y el cubo del reciclaje lleno a rebosar. Todo ello contaba una historia de pena y dejadez.

—Gracias. Queríamos un sitio pequeño y fácil de mantener, después de... —Vaciló un instante. Tragó saliva—. Después de venderle la granja a Luke.

Salieron a una terraza con vistas a un jardín bien cuidado. Los tablones de madera crujían a su paso; la noche había absorbido, en parte, la atrocidad del calor del día. Estaban rodeados de rosales bien podados, pero muertos.

—Intenté que aguantasen con agua residual —le explicó Barb, al ver que él estaba mirándolos—. Pero al final los mató el calor. —Le señaló una silla de mimbre—. Te vimos en las noticias, ¿no te lo ha dicho Gerry? Hará un par de meses. Por lo de las compañías esas que estafaron a los inversores. Mira que dejarlos sin nada...

—El caso Pemberley —respondió Falk—. Fue impresionante.

—Dicen que hiciste muy buen trabajo, Aaron. En la tele y en los periódicos. Que conseguiste devolver el dinero a mucha gente.

—Sí, una parte. Lo demás había desaparecido hacía tiempo.

—Bueno, según dicen, tú lo hiciste muy bien —insistió Barb y le dio unas palmaditas en la pierna—. Tu padre habría estado muy orgulloso de ti.

Falk hizo una pausa breve.

—Gracias.

—Sentimos mucho que muriese. El cáncer es algo horroroso.

—Sí.

De colon, hacía seis años. No había sido una muerte plácida.

Gerry, que estaba apoyado en el quicio de la puerta, abrió la boca por primera vez desde la llegada de Falk.

—No sé si sabes que intenté mantener el contacto con él cuando os marchasteis. —El tono distendido no consiguió disimular que estaba un poco a la defensiva—. Le escribí y lo llamé un par de veces. Pero nunca me contestó. Al final lo dejé correr.

—No pasa nada —contestó Falk—. La verdad es que no animó a nadie de Kiewarra a seguir en contacto.

Decir eso era quedarse muy corto, pero todos fingieron no darse cuenta.

—¿Queréis tomar algo?

Gerry desapareció hacia el interior de la casa sin esperar respuesta y, al cabo de un momento, salió con tres vasos de whisky. Falk cogió el suyo con asombro; nunca lo había visto beber nada más fuerte que una cerveza. Vio que el hielo ya estaba deshaciéndose.

—Salud.

Gerry echó la cabeza hacia atrás y bebió un buen trago. Falk pensó que haría alguna mueca, pero no fue así. Él tomó un sorbo prudente y posó el vaso en la mesa. Barb miró el suyo con desagrado.

—No deberías beber esto con la niña por aquí, Gerry —se quejó.

—Por Dios bendito, cariño, a la cría no le molesta. Está frita. Muerta —dijo él, y se hizo un tenso silencio.

En alguna parte de la negrura del jardín, el zumbido de los insectos nocturnos producía un crepitar de fondo. Falk carraspeó.

—¿Cómo lo llevas, Barb?

Ella miró a la niña y le acarició la mejilla. Meneó la cabeza y una lágrima aterrizó en la cara del bebé.

—Es obvio... —empezó a decir y se calló. Apretó los ojos—. Quiero decir que es obvio que no ha sido Luke. Él jamás habría hecho algo así. Tú lo sabes. No se lo haría a sí mismo y menos a su maravillosa familia.

Falk echó un vistazo a Gerry, que seguía en el quicio de la puerta, sin apartar la mirada de su vaso medio vacío.

Barb prosiguió.

—Unos días antes de que ocurriese, yo había hablado con él y estaba bien. De verdad, normal, como siempre.

Falk no sabía qué decir, así que asintió. Ella interpretó que la animaba a continuar.

—¿Ves?, tú lo entiendes porque lo conocías muy bien. Pero aquí la gente, bueno, no es así. Acepta lo que le cuentan y ya está.

Falk prefirió no decir que llevaba cinco años sin ver a Luke. Barb y él miraron a Gerry, que seguía contemplando su whisky. Allí no encontraría ayuda.

—Por eso esperábamos... —Barb lo miró vacilante—. Yo esperaba que nos ayudases.

Falk le devolvió la mirada.

—¿Ayudaros cómo, Barb?

—Pues averiguando lo que sucedió realmente. Para poder limpiar el nombre de Luke. Y por Karen y Billy. Y por Charlotte.

Después se puso a acunar a la niña, a acariciarle la espalda y a arrullarla. Aunque el bebé no se había movido.

—Barb...

Falk se inclinó hacia delante y le cubrió la mano libre con la suya. La tenía húmeda y caliente, como si le hubiera subido la fiebre.

—Siento mucho lo que ha ocurrido. Lo que os ha pasado. En aquella época, Luke era como un hermano para mí. Tú lo sabes. Pero no soy la persona que debe ocuparse de esto. Si hay algo que os preocupa, debéis hablar con la policía.

—Estamos hablando contigo —replicó ella, apartando la mano—. Tú eres policía.

—Me refiero a agentes que puedan investigar cosas así. Yo ya no me dedico a esto. Ya lo sabes. Mis casos son económicos. Cuentas, dinero.

—Exacto.

Barb dijo que sí con la cabeza.

Gerry hizo un ruidito con la garganta.

—Barb cree que tal vez haya tenido algo que ver con algún problema económico.

Había intentado decirlo en tono neutro, pero sin conseguirlo.

—Sí, claro que sí —soltó ella—. ¿Por qué te resulta tan difícil de creer, Gerry? Pero ¡si el dinero le quemaba en los bolsillos! Si Luke tenía un dólar, gastaba dos para estar seguro de que el primero había desaparecido.

Falk se preguntó si eso era cierto. Según su experiencia, Luke nunca había sido propenso a sacar la cartera.

Barb se volvió hacia él.

—Mira, durante diez años pensé que venderle la granja había sido buena idea. Pero desde hace dos semanas no hago más que preocuparme por si le endosamos una carga demasiado pesada. Y con la sequía, ¿quién sabe? Todo el mundo está desesperado. A lo mejor le pidió dinero prestado a alguien, o quizá tenía muchas deudas y no podía pagarlas. ¿Y si fue a buscarlo alguien que le había prestado dinero?

Se hizo un silencio largo. Falk cogió el vaso de whisky y le dio un buen trago. Ya se había calentado.

—Barb —dijo finalmente—, tal vez no os lo parezca, pero los agentes que se ocupan del caso ya habrán tenido en cuenta todas esas posibilidades.

—¡Pues no te creas! —le espetó ella—. No querían saber nada. Vinieron desde Clyde, echaron un vistazo y dijeron: «Otro granjero que se ha vuelto loco.» Y eso fue todo. Caso cerrado. Era obvio lo que estaban pensando: ovejas y campos, nada más. Hay que estar mal de la cabeza para vivir en un sitio como éste. Se les veía en la cara.

—¿Enviaron a una unidad desde Clyde? —preguntó Falk con cierta sorpresa. Clyde era la ciudad más próxima, con una comisaría llena de policías—. ¿Quieres decir que no está investigándolo el de aquí? ¿Cómo se llama?

—El sargento Raco. No. Él sólo llevaba aquí una semana, por eso enviaron a alguien de fuera.

—¿Y le habéis comentado a ese tal Raco lo que os preocupa?

La mirada desafiante de Barb respondió a su pregunta.

—Estamos diciéndotelo a ti.

Gerry dejó el vaso en el suelo y el ruido los sorprendió a ambos.

—Bueno, creo que ya hemos dicho lo que teníamos que decir —concluyó—. Ha sido un día muy largo, vamos a darle la oportunidad a Aaron de pensar las cosas. Así podrá ver qué tiene sentido y qué no. Vamos, te acompaño al coche.

Barb abrió la boca como si quisiera protestar, pero Gerry le lanzó una mirada y ella la cerró. Dejó a Charlotte en una silla vacía y envolvió a Falk en un abrazo húmedo.

—Piénsalo, por favor.

Él sintió su aliento cálido en la oreja y olió el alcohol. Barb se sentó de nuevo, cogió a Charlotte en brazos y empezó a mecerse con brío hasta que, finalmente, la niña abrió los ojos y gimió con irritación. Mientras le alisaba el pelo y le daba palmaditas en la espalda, Barb sonrió por primera vez. Mientras seguía a Gerry por el pasillo, Falk la oyó cantar una melodía desafinada.

Gerry fue con él hasta el coche.

—Barb está agarrándose a un clavo ardiendo. Se le ha metido en la cabeza que todo esto es obra de uno de esos míticos cobradores. Pero no le hagas caso, Luke no hacía el tonto con el dinero. Estaba pasándolo mal, claro, como todo el mundo. Y de vez en cuando se arriesgaba, pero era sensato. Nunca se hubiese metido en líos de ese tipo. De todos modos, la que llevaba la contabilidad de la granja era Karen, y ella nos lo habría dicho. Si la cosa se hubiera puesto así de fea, lo sabríamos.

—¿Y tú qué opinas?

—Yo creo... Creo que tenía muchas presiones. Y por mucho que me duela, y te aseguro que me parte el corazón decirlo, creo que lo que ocurrió es lo que parece. Lo que yo quiero saber es si la culpa también es mía.

Falk se apoyó en el coche. Le martilleaban las sienes.

—¿Desde cuándo lo sabes? —preguntó.

—¿Que cuando Luke te proporcionó la coartada estaba mintiendo? Desde el principio. O sea, veinte años más o menos. El día que ocurrió, vi a Luke por ahí solo con la bicicleta. Muy lejos de donde vosotros decíais que habíais ido. Sabía que no estabais juntos. —Hizo una pausa—. Pero nunca se lo he dicho a nadie.

—Yo no maté a Ellie Deacon.

Escondidas entre las sombras, las cigarras chirriaban. Gerry asintió y se miró los pies.

—Aaron, si hubiese pensado, aunque fuera sólo un segundo, que lo habías hecho tú, no me habría callado. ¿Por qué crees que no dije nada? Te habría arruinado la vida, la sospecha te habría perseguido durante años. ¿Crees que te habrían permitido ser policía? A Luke se le habrían echado encima por mentir. Y todo eso ¿para qué? La chica ya estaba muerta. Siendo realistas, estoy seguro de que se suicidó. Y no soy el único, ni mucho menos, que pensaba así. Vosotros no tuvisteis nada que ver con el asunto. —Dio una patada a la tierra con la punta de la bota—. Al menos, ésa era mi opinión.

—¿Y ahora?

—¿Ahora? Dios, ahora ya no sé qué pensar. Siempre he creído que Luke mintió para protegerte, pero ahora tengo una nuera y un nieto asesinados, y un hijo muerto que dejó sus huellas por toda la escopeta.

Gerry se pasó una mano por la cara antes de proseguir:

—Yo quería a Luke. Lo defendería hasta el fin de los tiempos, pero también quería a Karen y a Billy. Y quiero a Charlotte. Me hubiese ido a la tumba repitiendo que mi hijo era incapaz de hacer algo así. Sin embargo, hay una voz que no deja de susurrarme: «¿En serio? ¿Estás seguro?» Por eso te lo pregunto a ti. Aquí. Ahora. ¿La coartada era para protegerte a ti, Aaron, o mintió para protegerse a sí mismo?

—Nadie insinuó en ningún momento que Luke fuera responsable de lo que le ocurrió a Ellie —respondió Falk con cautela.

—No —contestó Gerry—. Sobre todo porque os cubristeis las espaldas mutuamente. Ambos sabíamos que él estaba mintiendo y ninguno de los dos dijimos nada. Lo que estoy preguntándote es si eso significa que tengo las manos manchadas de la sangre de mi nuera y de mi nieto. —Gerry ladeó la cabeza y su semblante quedó oculto en la sombra—. Hazte esa pregunta antes de salir corriendo para Melbourne. Tú y yo ocultamos la verdad: los dos. Si yo soy culpable, tú también.

De regreso al pub, el trayecto por las carreteras rurales se le hizo aún más pesado. Falk puso las largas, que proyectaron un cono de luz blanca en la oscuridad. Tuvo la sensación de que era la única persona en kilómetros a la redonda. Nada por delante, nada por detrás.

Notó el bulto escalofriante debajo de la rueda antes incluso de ser consciente de que una figura borrosa cruzaba la carretera. Un conejo. Vivo un instante y muerto al siguiente. El corazón le palpitaba con fuerza. Pisó el freno de inmediato, pero ya eran mil kilos y ochenta kilómetros por hora demasiado tarde. El animal no tenía ninguna posibilidad. Falk sintió el golpe como un impacto en el pecho y eso aflojó algo en su mente. Un recuerdo aletargado desde hacía muchos años emergió a la superficie.

El conejo no era más que un gazapo y temblaba en las manos de Luke. Él tenía las uñas llenas de tierra. A menudo las tenían así. Los niños de ocho años de Kiewarra no tenían demasiados pasatiempos los fines de semana. Habían estado corriendo por la hierba alta, haciendo carreras sin meta y de pronto Luke se había detenido en seco. Se agachó entre los tallos crecidos y un momento después se alzó con la criatura en brazos. Aaron corrió a su lado para ver lo que era. Mientras lo acariciaban, cada uno le decía al otro que no apretase tanto.

—Le caigo bien. Me lo quedo —dijo Luke.

Estuvieron todo el camino de regreso a la casa de los Hadler discutiendo posibles nombres.

Buscaron una caja de cartón donde meterlo y juntaron las cabezas para observar a la nueva mascota desde arriba. El conejo temblaba ante su escrutinio, pero sobre todo se estaba quieto. El miedo disfrazado de resignación.

Aaron entró corriendo en la casa para coger una toalla con la que forrar el interior de la caja, pero tardó más de lo que esperaba y al salir de nuevo bajo el resplandor del sol vio que Luke estaba inmóvil. Tenía una mano metida en la caja. En cuanto Aaron se acercó, levantó la cabeza de golpe y sacó la mano. Él fue hacia allá sin saber bien qué estaba viendo, pero sintiendo la necesidad de retrasar el momento de mirar dentro de la caja.

—Se ha muerto —dijo Luke.

Su boca era una línea fina. No miraba a Aaron a los ojos.

—¿Cómo?

—No lo sé. Simplemente, se ha muerto.

Aaron repitió la pregunta unas cuantas veces, pero la respuesta siempre era la misma.

El conejo estaba tumbado de costado, inmóvil, con los ojos vacíos y ausentes.

«Piénsalo», le había dicho Barb cuando salía de su casa. Pero mientras conducía por aquellas largas carreteras, con los restos recientes del animal en las ruedas, Falk no podía dejar de pensar en Ellie Deacon y en la pandilla que formaban los cuatro de adolescentes. Se preguntaba si los ojos de Ellie tendrían el mismo aspecto vacío cuando el agua acabó de llenarle los pulmones.

4

En la puerta de la casa de Luke Hadler aún quedaban jirones de la cinta amarilla de la policía. Reflejaban la luz de la mañana cuando Falk aparcó al lado del coche patrulla, en el césped seco de delante de la entrada. Todavía faltaba mucho para que el sol llegase al cénit, pero en cuanto salió del coche empezó a hormiguearle la piel del calor. Se caló el sombrero y echó un vistazo al edificio. No le habían hecho falta indicaciones para llegar allí. De pequeño había pasado en esa casa casi tanto tiempo como en la suya.

Luke no había cambiado muchas cosas desde que se había hecho cargo de ella, pensó Falk en el momento de llamar al timbre. Se oyó el eco en el interior de la vivienda y de pronto lo asaltó la sensación de haber viajado en el tiempo. La certeza de que un altanero muchacho de dieciséis años iba a abrirle la puerta lo inquietó tanto que casi dio un paso atrás.

No percibió ningún movimiento. Las ventanas, cubiertas con cortinas, lo contemplaban como un par de ojos cegados.

Falk se había pasado media noche despierto pensando en lo que Gerry le había dicho, y por la mañana lo había llamado para comentarle que podía quedarse en el pueblo uno o dos días. Hasta el fin de semana, pero no más. Era jueves. El lunes lo esperaban en la oficina, pero entretanto podía ir a la granja y echar un vistazo a las cuentas, por Barb. Era lo mínimo que podía hacer. El tono de Gerry dejó claro que estaba de acuerdo. Era, casi literalmente, lo mínimo que podía hacer.

Falk esperó un momento y después rodeó un lateral de la vivienda. El cielo se alzaba vasto y azul sobre los campos amarillentos. A lo lejos, una cerca de alambre mantenía a raya la maraña de los terrenos sin cultivar. Por primera vez, Falk se percató de lo aislada que estaba la propiedad. De pequeño siempre le había parecido llena de vida. Él llegaba allí desde su casa en muy poco tiempo en bicicleta, pero desde la granja su antiguo hogar era completamente invisible en el horizonte. Miró alrededor y sólo vio una construcción a lo lejos: un gran edificio gris de una sola planta, agazapado junto a la falda de una colina lejana.

La casa de Ellie.

Falk se preguntó si su padre y su primo aún vivirían allí, y apartó la vista por instinto. Dio una vuelta por el jardín hasta que encontró al sargento Greg Raco en el más grande de los tres graneros.

El policía estaba arrodillado en un rincón, revolviendo entre las cajas amontonadas. Una espalda roja, brillante e inmóvil en su tela de araña, hacía caso omiso de la actividad que tenía lugar a dos metros de ella. Falk dio unos golpecitos en la puerta metálica y Raco se volvió con la cara cubierta de sudor y polvo.

—¡Qué susto, joder! No había oído nada.

—Disculpa. Aaron Falk. Soy amigo de los Hadler. La recepcionista de la comisaría me ha dicho que estabas aquí. —Señaló la araña de espalda roja—. Por cierto, ¿has visto eso de ahí?

—Sí, gracias. Hay una o dos más.

Raco se levantó y se quitó los guantes de trabajo. Intentó sacudirse la mugre de los pantalones del uniforme azul marino, pero desistió al ver que no hacía más que empeorar las cosas. La camisa, bien planchada, tenía dos círculos de humedad en las axilas. Era más bajo que Falk, pero con la constitución de un boxeador, y tenía el pelo rizado muy corto. La piel era de un color aceitunado muy mediterráneo, pero su acento era australiano al cien por cien. La inclinación de sus ojos lo hacía parecer sonriente incluso cuando no estaba sonriendo. Falk se dio cuenta porque en ese momento no sonreía.

—Gerry Hadler me ha llamado y me ha avisado de que te acercarías —dijo Raco—. Te pido disculpas, amigo, pero ¿llevas identificación? No serías el primer chalado que pasa por aquí curioseando o vete tú a saber qué.

De cerca parecía mayor de lo que Falk había calculado al principio. Treinta quizá. Se dio cuenta de que el sargento lo observaba con discreción. Era abierto pero cauteloso, cosa que no le parecía mal. Le entregó el permiso de conducir y Raco lo cogió como si hubiera pensado que iba a darle otra cosa.

—¿No me ha dicho Gerry que eres policía?

—Pero he venido a título personal —respondió Falk.

—O sea, que esto no es oficial.

—En absoluto.

Falk alcanzó a vislumbrar una expresión fugaz que no supo interpretar. Esperaba de todo corazón que aquello no acabase siendo una competición de machos alfa.

—Soy un viejo amigo de Luke. De la adolescencia.

Raco miró el carnet y se lo devolvió.

—Gerry me ha dicho que tienes que ver los extractos del banco. Los libros de contabilidad y todo eso, ¿no?

—Sí, con eso me vale.

—¿Hay algo que yo debería saber?

—Barb me ha pedido que les eche un vistazo —le explicó Falk—. Es un favor.

—Bueno.

A pesar de ser varios centímetros más bajo, Raco se las arreglaba para mirarlo a los ojos de igual a igual.

—Mira, si Gerry y Barb se fían de ti, yo no voy a marearte porque sí. Pero ahora mismo están en una situación muy vulnerable, así que si encuentras cualquier cosa que me incumba, no dejes de hacérmelo saber, ¿vale?

—Tranquilo, he venido a echarles una mano.

Falk no pudo evitar echar un vistazo por encima del hombro del sargento. En el interior cavernoso del granero hacía un calor sofocante, y los tragaluces de plástico lo teñían todo de amarillo. En el centro del suelo de hormigón había un tractor y, junto a las paredes, varios artilugios y máquinas que era incapaz de identificar. De la que le quedaba más cerca, salía una especie de manguera a la altura de sus pies. Le pareció que podría ser para ordeñar, pero no estaba seguro. En otro tiempo lo hubiese sabido, pero ahora que tenía el ojo acostumbrado a la ciudad, todo aquello le parecían más bien instrumentos de tortura. Señaló las cajas del rincón con la barbilla.

—¿Qué buscabas ahí?

—Buen intento, amigo. Pero tú mismo lo has dicho: estás aquí a título personal —contestó Raco—. Los extractos estarán en la casa. Venga, vamos. Te enseño dónde está el despacho.

—No te preocupes —dijo Falk, y dio un paso atrás—. Ya sé dónde está. Gracias.

Al dar media vuelta, vio que Raco enarcaba las cejas. Si el tipo creía que iban a pelearse por el territorio, pensó Falk, se equivocaba. Aun así, admiraba su dedicación. Todavía era temprano, pero Raco tenía aspecto de llevar enfrascado en la tarea desde hacía horas.

Falk se dirigió a la casa. Se detuvo. Reflexionó un instante. Quizá Barb Hadler tuviese dudas, pero Raco parecía un policía de los que se toman las cosas en serio. Deshizo el camino.

—Oye —le dijo—, no sé cuánto te ha contado Gerry, pero sí sé que cuando yo estoy al mando, todo es mucho más fácil cuando estoy al tanto de lo que ocurre. Así hay menos margen para cagarla.

Raco escuchó en silencio mientras Falk le contaba la teoría de Barb sobre problemas económicos y deudas reclamadas.

—¿Te parece que podría haber algo de eso?

—No lo sé. Que estaban mal de dinero, eso seguro. No hay más que echar un vistazo. Pero si eso quiere decir que no fue Luke quien apretó el gatillo, sino otra persona, eso ya es otro asunto.

Raco afirmó con un gesto lento de la cabeza.

—Gracias. Te agradezco la información.

—De nada. Estaré en el despacho.

Falk no había recorrido ni la mitad del camino por el césped achicharrado, cuando Raco lo llamó.

—Oye, espera un momento. —El sargento se limpió la cara con el antebrazo y entrecerró los ojos para protegerse del sol—. Tú eras muy amigo de Luke, ¿no?

—Sí, hace mucho tiempo.

—Digamos que Luke quisiera esconder algo. Una cosa pequeña. ¿Se te ocurre dónde podría hacerlo?

Falk lo pensó, pero se dio cuenta de que no le hacía falta darle muchas vueltas.

—Puede. ¿Qué cosa?

—Si la encontramos te lo digo.

La última vez que Falk se había tumbado en ese lugar, la hierba estaba fresca y verde. Sin embargo, ahora sentía el roce de los matojos amarillentos en el vientre a través de la camisa.

Había llevado a Raco al extremo más alejado de la casa y había comprobado los tablones del revestimiento con el pie. Al encontrar el que buscaba, se había tumbado para meter un palo por debajo. La madera crujió un poco, pero enseguida cedió y se soltó.

Falk miró a Raco, que estaba de pie a su lado.

—¿Ahí dentro? —preguntó el sargento, poniéndose los guantes de seguridad—. ¿Qué escondía ahí?

—Pues cualquier cosa. Juguetes y chucherías cuando éramos críos. Más adelante bebida. Nada emocionante: lo típico que los chavales no quieren que sus padres encuentren.

Raco se arrodilló. Metió luego el brazo hasta el codo en el agujero y hurgó dentro, palpando a ciegas. Cuando lo sacó, sujetaba un puñado de hojas secas y un paquete de tabaco viejo. Los dejó al lado de sus rodillas y lo intentó de nuevo. Esta vez sacó los restos de una revista erótica. Las páginas estaban curvadas y amarillentas y algún bicho se había comido las zonas estratégicas. La lanzó a un lado con irritación y metió el brazo de nuevo hasta donde pudo, pero al final desistió y sacó la mano vacía. Nada.

—Dame. —Falk le hizo un gesto pidiéndole los guantes—. Voy a probar yo.

En el momento de meter la mano en el hueco, pensó que Luke y él nunca habían usado guantes. Ninguna criatura que merodease por debajo de una casa podía con la inmortalidad de los niños y los adolescentes. Buscó a tientas, pero no notó más que la tierra lisa.

—Dame una pista para saber lo que estoy buscando —gruñó.

—Una caja, supongo. O algún tipo de paquete.

Falk fue dando manotazos al suelo y al aire hasta donde le llegaba el brazo. El escondite estaba vacío. Sacó la mano.

—Lo siento —se disculpó—. Ha pasado ya mucho tiempo.

Cuando Raco se irguió después de haber estado en cuclillas, le crujieron las rodillas. Abrió el viejo paquete de tabaco, sacó un cigarrillo, lo miró con deseo y lo guardó sin demasiada prisa. Ambos se quedaron en silencio un rato.

—Los cartuchos —dijo Raco finalmente—. Los de la escopeta que mató a los Hadler. No coinciden.

—¿No coinciden con qué?

—Con la marca que usaba Luke Hadler. Por lo que he visto, llevaba años usando la misma. Los tres disparos que acabaron con él y con su familia eran Remington. Pero la única munición que he encontrado en toda la propiedad es Winchester.

—Winchester.

—Eso es. Me di cuenta cuando nos enviaron el inventario desde Clyde, y me está reconcomiendo por dentro desde aquel momento —prosiguió Raco—. Eso es todo: una caja de cartuchos Remington y estaré mucho más contento.

Falk se quitó los guantes. Tenía las manos sudadas.

—¿Los de Clyde no podrían enviarte un par de agentes para registrar la propiedad?

Raco miró hacia otro lado, manoseando el paquete de tabaco.

—Sí, bueno, no sé. Supongo que podrían.

—Entiendo.

Falk reprimió una sonrisa. Raco podía llevar el uniforme y seguir la corriente, pero Falk llevaba el tiempo suficiente en el cuerpo como para saber si alguien estaba echando un vistazo por su cuenta, más allá del protocolo.

—Puede que Luke consiguiera unos cuantos en alguna parte —sugirió.

—Sí, puede ser —concedió Raco.

—O eran los últimos que había en la caja y por eso tiró el envoltorio.

—Sí, eso también. Lo que pasa es que no ha aparecido en la basura de la casa ni en su camioneta. Y, créeme —Raco soltó una risa breve—, lo he mirado.

—¿Qué te falta por registrar?

El sargento señaló el tablón levantado con la cabeza.

—¿En toda la finca? Pues entonces ya está, ya has mirado en todas partes.

Falk frunció el ceño.

—Es un poco raro.

—Sí, eso es lo que yo he pensado.

Falk no dijo nada, se limitó a mirarlo. Raco sudaba la gota gorda. Tenía la cara, los brazos y la ropa cubiertos de mugre y de polvo de revolcarse en el calor abrasador de los graneros.

—¿Qué más? —preguntó Falk.

Se hizo un breve silencio.

—¿Qué quieres decir?

—Es mucho esfuerzo. Con el calor que hace, llevas toda la mañana arrodillado en el granero de un hombre muerto —dijo Falk—. O sea que hay algo más. O por lo menos tú crees que hay algo más.

Hubo una pausa más larga y después Raco soltó aire.

—Sí —concedió—. Hay algo más.

5

Estuvieron un rato sentados con la espalda apoyada en un lado de la casa, junto al tablón suelto, con la hierba pinchándoles la parte posterior de las piernas. Aprovecharon la estrecha franja de sombra lo mejor que pudieron, mientras Raco repasaba los hechos. Empezó a hablar con el aire indiferente de quien está repitiendo algo que ya ha contado.

—Fue hace justo dos semanas —dijo, abanicándose con las páginas arrugadas de la revista erótica—. Un mensajero que traía un paquete encontró a Karen y llamó al número de emergencias. Eso fue a las 17.40 h más o menos.

—¿Te avisaron a ti?

—Y a Clyde y al médico de la zona. El operador nos lo notifica a todos. El médico era el que estaba más cerca, así que fue el primero en llegar al escenario. El doctor Patrick Leigh. ¿Lo conoces?

Falk dijo que no con la cabeza.

—Bueno, pues él llegó antes que nadie y yo al cabo de un par de minutos. Aparco y me encuentro la puerta abierta y al médico agachado al lado de Karen, en el pasillo, buscándole el pulso o lo que sea.

Raco hizo una pausa larga. Dirigía la mirada hacia la arboleda, pero tenía la vista perdida.

—Yo no la conocía. En ese momento no sabía ni quién era, pero el médico sí. Tenía las manos empapadas de su sangre y se puso a gritar, a chillarme: «¡Tiene hijos! ¡Podría haber algún crío!» Así que...

Raco suspiró y abrió el paquete de tabaco viejo de Luke. Se llevó uno a la boca y le ofreció otro a Falk, que se sorprendió al aceptar. No recordaba la última vez que había fumado, pero no le extrañaría que hubiese sido en ese mismo lugar, con su mejor amigo, ahora difunto, sentado a su lado. Por el motivo que fuese, en ese momento fumar le pareció natural. Se acercó a Raco para que se lo encendiese. Le dio una calada y se acordó de por qué le había costado tan poco dejar ese hábito. No obstante, cuando inhaló y el olor del tabaco se mezcló con el aroma penetrante de los eucaliptos, la sensación embriagadora de volver a tener dieciséis años lo golpeó con la misma fuerza que el subidón de nicotina.

—Bueno —prosiguió Raco en voz más baja—, el caso es que el médico está dando voces y yo recorro la casa como un rayo. Ni idea de quién hay allí ni de con quién voy a encontrarme. No sé si hay alguien esperando detrás de una puerta con una escopeta. Quiero llamar a los críos, pero me doy cuenta de que no sé cómo se llaman, así que me pongo a gritar: «¡Policía! Estáis a salvo, podéis salir», o algo parecido. Aunque tampoco sé si lo que les digo era verdad.

Le dio una larga calada al cigarrillo, recordando.

—Entonces oigo un llanto... más bien un aullido, así que sigo sin saber lo que me espera. Entro en el dormitorio y veo a la pequeña en la cuna, llorando desesperada. En serio, en la vida me he alegrado tanto de ver a un bebé llorando de esa manera.

Raco soltó una columna de humo.

—Porque estaba bien —continuó—, y yo no me lo podía creer. Era obvio que estaba asustada, pero no estaba herida. Al menos a primera vista. Me acuerdo de que en ese momento pensé que las cosas aún podían salir bien. Sí, lo de la madre era triste. Una tragedia. Pero, gracias a Dios, al menos los hijos estaban bien. Sólo que entonces miro al otro lado del pasillo y veo que hay una puerta entreabierta.

Con mucho cuidado, Raco apagó la colilla en la tierra sin mirar a Falk, que sintió un escalofrío porque ya sabía lo que venía.

—Veo que es otro dormitorio infantil. Pintura azul y pósteres de coches. Sabes, ¿no? Un cuarto de niño. Pero de ahí no sale ningún ruido. Así que cruzo el pasillo, empujo la puerta y me doy cuenta de que la cosa no va a salir bien, ni mucho menos. —Hizo una pausa—. Ese cuarto era como una escena del infierno. Lo peor que he visto en mi vida.

Guardaron silencio hasta que Raco carraspeó.

—Vamos —le dijo, y se levantó y sacudió los brazos como para deshacerse del recuerdo. Falk se puso en pie y lo siguió hacia la entrada.

—Los equipos de emergencias de Clyde llegaron poco después —continuó Raco mientras caminaban—. Policía, ambulancia. Ya eran casi las seis y media. Habíamos registrado el resto de la casa y, gracias a Dios, no había nadie más. Todo el mundo estaba desesperado por localizar a Luke Hadler. Al principio la gente estaba preocupada, claro. ¿Cómo se supone que hay que dar una noticia como ésa? Pero resulta que no contestaba al teléfono, y su coche no estaba, y él tampoco regresaba a casa. De pronto el ambiente cambió.

—¿Qué suponían que estaba haciendo Luke?

—Dos de los que se ofrecieron a colaborar en la búsqueda, un par de amigos suyos, sabían que esa tarde había estado ayudando a otro amigo a hacer un descaste de conejos en su finca. Un tal Jamie Sullivan. Alguien lo llamó y éste lo confirmó. Pero, según dijo, ya hacía un par de horas que Luke se había marchado de su granja.

Habían llegado a la puerta de la casa y Raco sacó un juego de llaves.

—Como todavía no sabíamos nada de Luke y él no contestaba al teléfono, llamamos a más gente de las partidas de búsqueda y rescate. Los emparejamos con policías y se marcharon a buscarlo. Fueron un par de horas horribles. Teníamos a gente desarmada rastreando los campos y el bosque sin saber qué iban a encontrar. ¿Luke estaba vivo? ¿Muerto? No teníamos ni idea de en qué estado se encontraría. Todos temíamos que se hubiera metido en alguna parte con una escopeta y con deseos de muerte. Por fin, uno de los voluntarios dio con la camioneta, más por casualidad que otra cosa. Estaba aparcada en un pequeño claro, a unos tres kilómetros de aquí. Al final, resulta que no había de qué preocuparse. Luke estaba muerto en la caja de la camioneta. Le faltaba casi toda la cara. Tenía su propia arma en la mano, registrada y con licencia. Todo legal.

Raco giró la llave de la puerta de la casa y empujó para abrir.

—Parecía que todo estaba resuelto. Tan claro como el agua. Pero aquí es donde las cosas empiezan a ponerse raras —añadió el sargento, y se echó a un lado para que Falk viese toda la extensión del pasillo.

El aire del vestíbulo estaba viciado y apestaba a lejía. La mesita donde se había acumulado una montaña de facturas y de bolígrafos no estaba en su sitio, sino al fondo, colocada de cualquier manera. El grado de limpieza de las baldosas era un mal presagio; habían frotado todo el pasillo hasta dejar al descubierto la lechada original de los azulejos.

—Los de la limpieza industrial ya han pasado por aquí, así que no hay sorpresas desagradables —lo tranquilizó Raco—. Eso sí, la moqueta del cuarto del chico no la pudieron salvar. Pero tampoco hacía falta.

Las paredes estaban llenas de fotografías familiares. Las poses inmortalizadas le resultaban conocidas y Falk se dio cuenta de que ya había visto la mayoría en el funeral. Lo que lo rodeaba parecía una parodia grotesca del acogedor hogar que él conocía.

—El cadáver de Karen estaba aquí mismo, en el pasillo —explicó Raco—. La puerta estaba abierta, así que el mensajero la vio nada más llegar.

—¿Corría hacia la puerta?

Falk trató de imaginar a Luke persiguiendo a su esposa por la casa.

—No, ésa es la cuestión. Ella iba a abrir. Le disparó quienquiera que estuviese en el umbral. Se sabe por la posición del cadáver. Pero dime una cosa, cuando vuelves a casa por la noche, ¿tu mujer te abre la puerta?

—No estoy casado —respondió Falk.

—Pues yo sí. Y llámame liberado o lo que quieras, pero tengo las llaves de mi propia casa.

Falk lo pensó.

—¿Es posible que quisiera sorprenderla? —aventuró mientras imaginaba la escena.

—¿Para qué? Si papi llega a casa con una escopeta cargada, creo que todos se llevan ya una buena sorpresa. Los tiene a los dos dentro y conoce la distribución de la vivienda. Demasiado fácil.

Falk se colocó en el pasillo y abrió y cerró la puerta unas cuantas veces. Con ella abierta, el hueco era un rectángulo de luz cegadora que contrastaba con la penumbra del corredor. Imaginó a Karen yendo a abrir al oír la llamada con los nudillos en la madera, tal vez algo distraída, o fastidiada por la interrupción. Parpadeando para protegerse de la intensidad de fuera, justo en el momento en que el asesino levantaba el arma.

—Me parece extraño —añadió Raco—. No entiendo por qué le disparó desde la entrada. Con eso no consigues más que darle la oportunidad al chaval de mearse encima y salir corriendo, no necesariamente en ese orden.

Miró detrás de Falk.

—Lo que me lleva al siguiente punto. Cuando estés listo.

Falk asintió y lo siguió hacia las entrañas de la casa.

Cuando Raco encendió la luz del pequeño dormitorio azul, la primera impresión vertiginosa que tuvo Falk fue

54

que estaban haciendo reformas. Había una cama de niño arrinconada contra la pared, formando ángulo con ella y sin sábanas en el colchón. Juguetes amontonados de cualquier manera en cajas y en pilas, debajo de los pósters de jugadores de fútbol y de personajes de Disney. La moqueta estaba arrancada, los tablones de madera cruda del suelo, al descubierto.

Las botas de Falk dejaron huellas en la capa de serrín. En un rincón habían lijado la madera del suelo, pero la mancha persistía. Raco se quedó en la puerta.

—Todavía me cuesta entrar aquí —admitió, y se encogió de hombros.

Falk sabía que aquél había sido un dormitorio agradable. Hacía veinte años era el de Luke, y él mismo había dormido allí muchas veces. Cuando les apagaban la luz, hablaban entre susurros. Y cuando Barb Hadler los mandaba callar y dormir, aguantaban la respiración para reprimir las carcajadas. Dormía bien abrigado en un saco de dormir, no muy lejos de aquellos tablones donde ahora había una mancha espantosa. Aquella habitación había sido un lugar acogedor, pero ahora apestaba a lejía tanto como el pasillo.

—¿Podemos abrir la ventana?

—Mejor que no —respondió Raco—. Hay que mantener las persianas bajadas. Poco después de lo ocurrido, pillé a un par de críos intentando hacer fotos.

Sacó la tablet y le dio unos toques a la pantalla antes de entregársela a Falk con la galería de fotos abierta.

—Ahí ya habían sacado el cadáver del niño —explicó—, pero puedes ver cómo estaba la habitación cuando lo encontré.

En las imágenes, las cortinas estaban abiertas y la luz se derramaba sobre una escena espeluznante. Las puertas del armario abiertas de par en par, la ropa arrinconada de cualquier manera. Una cesta de mimbre llena de juguetes yacía volcada. Encima del colchón, un cubrecama con un dibujo de una nave espacial estaba hecho un gurruño, como si lo hubiesen apartado para ver qué había debajo.

55

La moqueta era casi toda beis, a excepción del rincón donde había un charco de un color rojo intenso, que sobresalía por detrás de una cesta de la colada puesta del revés.

Por un momento, Falk intentó imaginar los últimos instantes de la vida de Billy Hadler. Acurrucado detrás de la cesta, con la pierna mojada de orina caliente mientras trataba de silenciar sus jadeos.

—¿Tienes hijos? —preguntó Raco.

Falk respondió que no con la cabeza.

—¿Y tú?

—En camino. Es una niña.

—Enhorabuena.

—Pero tenemos un ejército de sobrinos y sobrinas. No aquí, sino en Australia Meridional. Más de uno tiene la misma edad que Billy, y hay un par más pequeños —le explicó Raco, que le cogió la tablet para mirar las fotografías—. Lo que te quiero decir es que mis hermanos se saben todos los escondites de sus críos. Puedes enviarlos al cuarto de cualquiera de ellos con los ojos vendados y los encontrarán en dos segundos.

Dio un toque en la pantalla antes de continuar.

—Pero lo mire como lo mire, esto tiene pinta de registro. Alguien que no sabía dónde acostumbraba a esconderse Billy estuvo revolviéndolo todo de forma metódica. ¿Está en el armario? No. ¿Debajo de la cama? No. Es como si le hubiese dado caza.

Falk observó el borrón oscuro que había sido Billy Hadler.

—Enséñame dónde encontraste a Charlotte.

El dormitorio del otro lado del pasillo estaba pintado de amarillo. Un móvil musical colgaba del techo sobre un espacio vacío.

—Gerry y Barb se han llevado la cuna —le aclaró Raco.

Falk miró a su alrededor. La sensación que transmitía era muy distinta de la del resto de la casa. Los muebles y la moqueta seguían intactos. Allí no se notaba el olor acre de la lejía. Parecía un santuario ajeno al horror que había tenido lugar al otro lado de la puerta.

—¿Y por qué Luke no mató a Charlotte? —preguntó Falk.

—Todo el mundo da por hecho que tuvo un arrebato de conciencia y culpa.

Falk salió de allí y entró de nuevo en el cuarto de Billy. Se puso sobre la mancha del rincón, giró ciento ochenta grados y volvió al dormitorio de Charlotte.

—Ocho pasos —dijo—. Pero yo soy bastante alto, así que podemos decir que para la mayoría serían nueve. Nueve pasos desde el cadáver de Billy hasta donde esperaba Charlotte sin escapatoria. Y Luke hasta las cejas de adrenalina, con el corazón a cien, enajenado, lo que quieras. O sea, nueve pasos. La pregunta es: ¿da tiempo para un cambio tan radical?

—A mí no me parece suficiente.

Falk pensó en el hombre que él había conocido. La imagen que tiempo atrás era tan nítida se había distorsionado y desenfocado.

—¿Llegaste a conocer a Luke? —le preguntó a Raco.

—No.

—Le cambiaba el humor en un abrir y cerrar de ojos. De esos nueve pasos puede que incluso le sobraran ocho.

Sin embargo, por primera vez desde que había puesto un pie en Kiewarra, sintió el aguijonazo de la duda.

—Pero se supone que algo así es una declaración, ¿no? —continuó—. Es personal. «Asesinó a toda su familia», eso es lo que quieres que digan de ti. La mujer con la que Luke lleva casado siete años está desangrándose en la entrada y él ha invertido, ¿qué, dos o tres minutos en poner la habitación de su hijo patas arriba para asesinarlo? Además, tiene pensado matarse cuando haya acabado. Así que si era Luke —vaciló en el «si»—, ¿por qué deja a su hija con vida?

Ambos se quedaron un momento contemplando el móvil que colgaba inerte y en silencio sobre el espacio que antes ocupaba la cuna. ¿Por qué matar a toda una familia salvo al bebé? Falk le dio vueltas hasta que se le ocurrieron unas cuantas razones, pero sólo una era buena.

—Tal vez quien estuvo aquí ese día no mató a la niña simplemente porque no necesitaba hacerlo —dijo finalmente—. No era nada personal. Quienquiera que seas, un bebé de trece meses no es un buen testigo.

6

—En general no les hace mucha gracia que yo pase por aquí —se lamentó Raco, y dejó dos cervezas sobre la mesa del Fleece.

El mueble se ladeó bajo el peso y buena parte del líquido se vertió sobre la superficie arañada. Había ido a casa para quitarse el uniforme y había regresado con un grueso expediente debajo del brazo. La etiqueta decía: «Hadler.»

—No soy bueno para el negocio, todos hacen como que guardan las llaves del coche.

Miraron al camarero. Era el mismo tipo grande y con barba de la noche anterior, y los vigilaba por encima de un periódico.

—Así es la vida del policía. Salud.

Falk alzó el vaso y bebió un buen trago. Nunca había sido muy aficionado a la bebida, pero ese día se alegró de poder tomar algo. Como a primera hora de la tarde en el pub no había casi nadie, se habían sentado en un rincón. Al otro extremo del local, tres hombres miraban la retransmisión de una carrera de galgos con expresión ausente y bovina. Falk no los reconocía y, a su vez, ellos tampoco le prestaron atención. Las máquinas tragaperras silbaban y titilaban en la parte de atrás y del aire acondicionado salía una corriente ártica.

Raco bebió un sorbo de cerveza.

—Entonces, ¿ahora qué?

—Les dices a los de Clyde que hay algo que te preocupa —respondió Falk.

—Si acudo ahora a ellos, lo primero que harán será cubrirse las espaldas. —Raco arrugó el ceño—. Ya sabes lo que pasará si creen que la han cagado: organizarán un equipo de malabaristas que harán lo imposible por demostrar que su investigación era sólida. Al menos yo lo haría.

—No sé si tienes alternativa. Con algo como esto... No es un trabajo para un solo hombre.

—Tenemos a Barnes.

—¿A quién?

—El agente de la comisaría. Con él somos tres.

—No, amigo, sois dos —contestó Falk—. Yo no puedo quedarme.

—¿No le habías dicho a los Hadler que sí?

Falk se frotó el puente de la nariz. El ruido de las tragaperras aumentó y tuvo la impresión de que sonaba dentro de su cabeza.

—Un par de días. O sea, uno o dos. No lo que dura una investigación. Y mucho menos una extraoficial. Tengo que volver a mi trabajo.

—Vale —contestó Raco como si fuese obvio—. Pues quédate ese par de días. No hay por qué dejar constancia de nada. Tú haz lo que has prometido de la parte económica y tan pronto como tengamos algo que se sostenga se lo contaré a los de Clyde.

Falk no respondió. Pensó en las dos cajas de extractos bancarios y documentación que se había llevado de casa de los Hadler y que lo esperaban sobre la cama, en la habitación de arriba.

«Luke mintió. Tú mentiste.»

Cogió los vasos vacíos y los llevó a la barra.

—¿Dos más?

El camarero bajó toda su corpulencia del taburete y dejó el periódico. Era la única persona que Falk había visto trabajando allí desde el día anterior.

—Oye —le dijo Falk, mientras lo miraba colocar un vaso limpio debajo del surtidor de cerveza—, ¿podría quedarme en la habitación unos días más?

—Depende. —El camarero dejó el vaso en la barra—. Un pajarito me ha dicho un par de cosas de ti, amigo.

—No me digas.

—Pues sí. Verás, aquí los clientes son bien recibidos, pero los problemas no. Ya es difícil llevar un negocio tal como están las cosas.

—Yo nunca busco problemas.

—Te buscan ellos a ti, ¿no?

—Qué le voy a hacer. Pero sabes que soy policía, ¿no?

—Sí, eso he oído. Pero en un sitio como éste, en medio del campo, cuando llega la medianoche y hay unos cuantos borrachos buscando jaleo, esas placas no importan tanto como deberían, ¿me explico?

—Bueno. Pues nada, tú verás.

No pensaba suplicarle. El camarero dejó el segundo vaso en la barra y esbozó una leve sonrisa.

—Tranquilo, amigo. Tampoco te pongas así. Aquí tu dinero vale lo mismo que el de los demás y con eso me basta.

Le dio el cambio y cogió el diario. Al parecer, estaba haciendo el crucigrama. Luego añadió:

—Tómatelo como un consejo amistoso: aquí la gente es muy especial. Si te metes en algún berenjenal, no esperes que corran todos a ayudarte. —Lo miró de arriba abajo—. Aunque, según me han dicho, lo sabes de sobra.

Falk regresó a la mesa con las cervezas. Raco contemplaba un posavasos mojado con aire apesadumbrado.

—No pongas esa cara —le dijo Falk—. Será mejor que me cuentes el resto.

Raco deslizó el archivador sobre la mesa.

—He recopilado esto de toda la información a la que tengo acceso —explicó.

Falk echó un vistazo a su alrededor, pero el pub seguía medio vacío. No había nadie cerca. Lo abrió. En la primera página había una foto de la camioneta de Luke tomada desde lejos. Junto a las ruedas traseras se había acumulado un charco de sangre. Cerró la carpeta.

—Por el momento hazme un resumen. ¿Qué sabemos del mensajero que los encontró?

—Limpio como una patena. Trabaja para una empresa de mensajería conocida, lleva allí dos años. El envío era de unos libros de cocina que Karen había pedido por internet: lo hemos comprobado. El chico iba un poco retrasado, era el último pedido del día y la primera vez que traía algo a Kiewarra. Dice que llegó, vio a Karen tirada en la entrada, vomitó en un arriate de flores y se subió a la furgoneta. La llamada la hizo desde la carretera principal.

—¿Dejó a Charlotte en la casa?

—Dice que no la oyó. —Raco se encogió de hombros—. Es posible. Llevaba sola mucho rato y puede que para entonces se hubiera cansado de llorar.

Falk volvió a abrir el expediente por la primera página y esa vez no lo cerró. Siempre había dado por sentado que habían encontrado a Luke en el asiento del conductor de la camioneta, pero en las imágenes aparecía tumbado boca arriba en la parte de atrás. La portezuela estaba abierta y él tenía las piernas colgando, como si se hubiera sentado al borde. A su lado, la escopeta apuntaba al desastre que ocupaba el lugar correspondiente a la cabeza. La cara había desaparecido casi por completo.

—¿Estás bien?

Raco lo observaba con atención.

—Sí.

Falk bebió un buen trago. La sangre, esparcida por el fondo de la caja, se había acumulado entre las estrías del metal.

—¿Sabes si los forenses o los de la policía científica encontraron algo útil en la parte de atrás? —preguntó Falk.

Raco miró sus notas.

—Aparte de mucha sangre, toda de Luke, no señalaron nada en particular —respondió—. Pero no sé si lo revisaron a fondo. Tenían el arma. Era un vehículo de trabajo y ahí atrás cargaba un montón de cosas.

Falk miró la foto de nuevo y se concentró en la zona que rodeaba al cadáver. En el lado interior izquierdo de la caja había cuatro franjas horizontales, apenas visibles. Parecían recientes. Marrón claro sobre la capa polvorienta de pintura; la más larga tenía unos treinta centímetros y la más corta la mitad. Aparecían por parejas, y entre cada par había un metro de distancia. La ubicación no era del todo uniforme. Las de la derecha eran horizontales, las de la izquierda estaban un poco inclinadas.

—¿Qué es esto?

Falk señaló las marcas y Raco se acercó.

—No estoy seguro. Como te decía, podría haber llevado cualquier cosa en la camioneta.

—¿Todavía la tenéis aquí?

Raco dijo que no con la cabeza.

—La enviaron a Melbourne. Supongo que ya la habrán limpiado y vendido a un desguace.

Falk miró las fotos buscando otra en la que se distinguiese mejor, pero no tuvo suerte. Leyó el resto de las notas y todo le pareció bastante estándar. Salvo por el agujero en la parte delantera de la cabeza, Luke Hadler era un varón sano. Un par de kilos por encima de su peso ideal, el colesterol algo alto. No tenía restos de drogas ni de alcohol en el cuerpo.

—¿Qué me dices de la escopeta? —preguntó.

—No hay duda de que en los tres casos se usó el arma de Luke. Registrada y con licencia. Las únicas huellas eran las suyas.

—¿Dónde la guardaba normalmente?

—Bajo llave, en un armero que tenía atrás, en el granero —contestó Raco—. La munición, o al menos los cartuchos Winchester que he encontrado, estaba guardada por separado, también bajo llave. A juzgar por las apariencias, se tomaba la seguridad muy en serio.

Falk asintió, lo escuchaba sólo a medias. Estaba leyendo el informe de las huellas dactilares del arma. Seis óvalos de definición perfecta, con un entramado de líneas y volutas pequeñas. Había dos más que estaban menos claras, donde los dedos habían resbalado un poco, pero aun así habían podido identificarlas: el pulgar izquierdo y el meñique derecho de Luke Hadler.

—Qué huellas tan claras —comentó.

A Raco no le pasó por alto el tono y levantó la vista de la documentación.

—Sí, muy consistentes. Al verlas, la gente se convenció enseguida.

—Muy consistentes —asintió Falk, y le pasó el informe a Raco—. Casi demasiado, ¿no? Se supone que el tío acaba de matar a su familia. Debía de estar sudando y temblando como un yonqui. He visto huellas menos claras que éstas, tomadas en comisaría para la ficha policial.

—Mierda —soltó el sargento, y miró las imágenes impresas—. Sí, puede ser.

Falk pasó la página.

—¿Qué encontraron los de la científica en la casa?

—De todo. Diría que media comunidad había pasado por allí en un momento u otro. Alrededor de veinte huellas distintas, sin contar las parciales, y fibras por todas partes. No digo que Karen no tuviera la casa limpia, pero era una granja con críos.

—¿Algún testigo?

—La última persona que vio a Luke con vida fue ese amigo suyo, Jamie Sullivan. Tiene una granja hacia el este. Luke fue a ayudarlo a matar conejos. Según sus cálculos, llegó sobre las tres de la tarde y se marchó a eso de las cuatro y media. Aparte de eso, sólo hay un vecino en las inmediaciones de los Hadler que podría haber visto algo. Y en el momento de los hechos estaba en su propiedad.

Raco cogió el informe. Falk sintió un peso en el estómago.

—El vecino es un tío raro —continuó Raco—. Un viejo cabrón bastante agresivo. No sé si es relevante o no, pero no le tenía mucho cariño a Luke. Ni muchas ganas de colaborar con la investigación.

—Mal Deacon —dijo Falk, intentando mantener un tono neutro.

Raco alzó la vista con sorpresa.

—Eso es, ¿lo conoces?

—Sí.

Raco esperó, pero Falk no dijo nada más. El silencio se prolongó.

—Bueno —continuó el sargento—, la cuestión es que vive allí con su sobrino, un tal Grant Dow, que no estaba en casa. Deacon dice que no vio nada. Puede que oyese los disparos, pero no les dio ninguna importancia. Pensó que era lo habitual en una granja.

Falk enarcó las cejas.

—El caso es que tampoco importa demasiado lo que él viera o dejara de ver.

Raco sacó la tablet y dio unos toques en la pantalla. Apareció una imagen en color, de baja resolución. Había tan poco movimiento, que Falk tardó un instante en darse cuenta de que era un vídeo y no una fotografía.

El sargento le pasó la tablet.

—Es la grabación de seguridad de la granja de los Hadler.

—¿En serio?

Falk miró la pantalla boquiabierto.

—No es nada sofisticado. Poco más que una de esas cámaras que se usan para controlar el sueño de los bebés —le explicó Raco—. Luke la instaló hará un año, después de un aluvión de robos de maquinaria que hubo por aquí. Hay unos cuantos granjeros que las tienen. Graba durante veinticuatro horas, guarda el vídeo en el ordenador de la familia y, si nadie hace una copia, se borra al cabo de una semana.

Al parecer, la cámara estaba situada encima del granero más grande. Apuntaba hacia el patio para grabar a cualquiera que pasase por allí. En el plano se veía un lateral de la casa y en la esquina superior de la pantalla una franja estrecha del camino que usaban los vehículos para llegar hasta ella. Raco adelantó la grabación hasta encontrar el momento que buscaba y apretó el botón de pausa.

—Bueno, ésta es la tarde de los asesinatos. Luego, si quieres, puedes mirar el día completo, pero en resumen es esto: la familia sale de casa por la mañana, cada uno por su lado. Luke se marcha en la camioneta poco después de las cinco y, según he podido ver, va a uno de sus campos. Cuando dan las ocho, Karen, Billy y Charlotte salen camino del colegio. Ella trabajaba allí media jornada, como administrativa, y Charlotte va a la guardería de la escuela.

Raco dio un toque en la pantalla para reproducir el vídeo. Le pasó a Falk unos auriculares y los enchufó. El sonido era malo y lo distorsionaba una corriente de aire que soplaba en el micrófono.

—No pasa nada durante todo el día —continuó explicando Raco—. Créeme, lo he visto entero a tiempo real. Nadie va ni viene hasta las 16.04 h, cuando Karen llega a casa con los críos.

Un turismo azul apareció por una esquina de la pantalla y luego desapareció. El plano estaba inclinado y del vehículo se veía sólo del capó para abajo. Con algo de esfuerzo, Falk alcanzó a distinguir la matrícula.

—Si detienes la imagen y la amplías la verás mejor. Es el coche de Karen, sin duda.

Por encima del chisporroteo electrónico, Falk oyó el ruido sordo de una portezuela de coche al cerrarse, seguido de otra al cabo de un momento. Raco dio otro toque en la pantalla. La imagen saltó.

—Durante la hora siguiente todo está tranquilo. Eso también lo he comprobado. Hasta... aquí: a las 17.01 h.

Raco dio al *play* y dejó que Falk viese la grabación. Transcurrieron unos segundos eternos en los que todo permaneció inmóvil. Entonces algo se movió en una esquina. La camioneta plateada era más alta que el turismo, y nada más se veía de los faros hacia abajo. La matrícula quedaba visible. No obstante, y una vez más, el vehículo estuvo en pantalla sólo un segundo.

—Es el de Luke —dijo Raco.

Aunque la grabación seguía avanzando, la imagen era del todo estática. Se oyó el golpe de una puerta invisible y nada más durante veinte segundos de agonía. De pronto sonó una detonación y Falk dio un respingo. Karen. Sentía que el corazón se le iba a salir del pecho.

La escena continuó sin movimiento, mientras el contador de tiempo iba avanzando. Pasaron sesenta segundos, y luego noventa. Falk se dio cuenta de que estaba aguantando la respiración, deseando que el desenlace fuera otro. Se sentía frustrado por la mala calidad del sonido, aunque también daba gracias por ello. Porque los gritos de Billy Hadler lo habrían perseguido. Cuando llegó el segundo disparo, casi sintió alivio. Parpadeó una vez.

No se veía ningún movimiento. Entonces, tres minutos y cuarenta y siete segundos después de la aparición de la furgoneta, ésta desapareció traqueteando por la esquina de la pantalla. Las ruedas traseras, la parte inferior de la caja y la matrícula del vehículo de Luke Hadler quedaron a la vista.

—No viene nadie más hasta que llega el mensajero al cabo de cuarenta y cinco minutos.

Falk le devolvió la tablet. Aún tenía el eco de los disparos en los oídos.

—Después de ver eso, ¿de verdad crees que hay alguna duda? —preguntó Falk.

—Es la camioneta de Luke, pero no vemos quién la conduce —respondió Raco—. Y, aparte, todo lo demás: la munición, que matasen a Karen a la entrada de la casa. Que la habitación de Billy estuviera revuelta.

Falk lo miró.

—No lo pillo. ¿Por qué estás tan convencido de que no fue él? Ni siquiera lo conocías.

Raco se encogió de hombros.

—Encontré a los niños —contestó—. Tuve que ver el aspecto que tenía Billy Hadler después de que un monstruo lo asesinara, y eso es algo que no puedo olvidar. Quiero asegurarme de que se le haga justicia. Sé que parece una locura y realmente lo más probable es que fuese Luke, lo admito. Pero si hay aunque sea una posibilidad de que lo hiciera otra persona y al final se sale con la suya...

Meneó la cabeza y bebió un buen trago de cerveza. Al cabo de un momento continuó:

—No sé. Pienso en Luke Hadler y a primera vista parece que lo tenía todo: una esposa excelente, dos hijos, una granja bastante decente, una comunidad que lo respetaba. ¿Por qué motivo un hombre como él iba a levantarse un día y acabar con su familia? No tiene sentido. No comprendo por qué iba a hacer eso alguien como él.

Falk se pasó una mano por la boca y la barbilla. Notó el tacto áspero. Le hacía falta un afeitado.

«Luke mintió. Tú mentiste.»

—Raco, hay algo de Luke que debes saber.

7

—Cuando Luke y yo éramos críos... —empezó a contar Falk—. Bueno, críos no, de hecho teníamos dieciséis años.

Notó un movimiento al otro extremo de la barra e interrumpió el relato. El local se había llenado sin que se diera cuenta y, cuando echó un vistazo, vio que más de un rostro conocido apartaba la mirada. Sintió la perturbación antes de ver qué era lo que la estaba causando. A medida que un grupo avanzaba entre la multitud, los clientes bajaban la mirada y se hacían a un lado sin oponer resistencia. A la cabeza iba un tipo rollizo, con el pelo del color del barro y gafas de sol. A Falk se le helaron las entrañas. Aunque en el funeral de los Hadler no había reconocido a Grant Dow, ahora no le quedaba ninguna duda de quién era.

El primo de Ellie. Tenían los mismos ojos, pero Falk sabía que no compartían nada más. Dow se detuvo frente a su mesa y les tapó la vista con su figura regordeta. La camiseta que llevaba anunciaba una marca de cerveza balinesa. Sus rasgos eran porcinos, pequeños y apretujados en el centro de la cara, mientras que la barba apenas conseguía cubrirle la papada. Estaba mirándolos con la misma expresión de desafío que había usado para achantar a los asistentes durante la recepción del día anterior. Saludó a Falk alzando el vaso con sorna y esbozó una sonrisa que ni se le asomaba a los ojos.

—Hay que tener huevos para presentarse aquí, te lo reconozco. ¿No te parece, tío Mal? Hay que reconocérselo, ¿no?

Dow se volvió. Un hombre mayor que estaba detrás de él dio un paso inseguro hacia delante y Falk se vio cara a cara con el padre de Ellie por primera vez en veinte años. Sintió que algo se le atascaba en el pecho y tragó saliva.

Mal Deacon tenía la columna torcida, pero seguía siendo un hombre alto, de brazos fibrosos y manos grandes. Los dedos se le habían curvado e hinchado con la edad y ahora que se agarraba a una silla buscando apoyo se le veían casi blancos. Tenía la frente arrugada a causa de su ceño fruncido y entre los mechones de pelo blanco se entreveía un cuero cabelludo de un rosa rabioso.

Falk se preparó para un arranque de furia, pero la expresión de Deacon era de confusión. Meneó un poco la cabeza y la piel flácida de su papada rozó el cuello sucio de la camisa.

—¿Qué haces aquí?

La voz de Deacon era grave y ronca. Al hablar se le marcaban surcos profundos a ambos lados de la boca. Falk se percató de que todos los presentes se esforzaban por mirar a otra parte. El único que estaba pendiente de la conversación era el camarero, que había dejado el crucigrama a un lado.

—¿Eh?

Deacon dio un golpe en el respaldo de la silla con sus dedos nudosos y todos se sobresaltaron.

—¿Por qué has vuelto? Pensaba que te lo habíamos dejado bien claro. ¿Has traído al crío contigo?

Ahora era Falk el que parecía confundido.

—¿Qué?

—Ese maldito hijo que tienes... No te hagas el tonto conmigo, capullo. ¿Ha venido el chico?

Falk parpadeó. Deacon lo había confundido con su difunto padre. Lo miró fijamente a la cara y el viejo le devolvió una mirada de odio, aunque algo indolente.

Grant Dow se le acercó y le puso una mano en el hombro a su tío. Parecía como si fuera a aclarar la equivocación, pero al final meneó la cabeza con frustración y, con mucho cuidado, obligó a su tío a sentarse en una silla.

—Muy bien, capullo, ya lo has alterado —le recriminó luego a Falk—. Déjame que te pregunte una cosa, amigo, ¿crees que éste es el mejor sitio donde podrías estar?

Raco sacó la placa de la Policía de Victoria del bolsillo de los vaqueros y la lanzó sobre la mesa.

—Lo mismo podría preguntarte yo a ti, Grant. ¿Crees que éste es el mejor sitio en el que podrías estar ahora mismo?

Dow levantó las palmas de las manos y adoptó una expresión de inocencia.

—Bueno, vale, no hace falta ponerse así. Mi tío y yo hemos salido a tomar algo, ya está. Como veis, no está bien. Nosotros no buscamos problemas. Pero éste... —y miró a Falk a la cara—, éste va dejando rastro, como si hubiera pisado una cagada de perro.

Un murmullo apenas perceptible recorrió la sala. Falk ya sabía que la historia no tardaría en salir a la luz. Se volvió en el asiento y comprobó que era el centro de todas las miradas.

Los excursionistas estaban aburridos y tenían calor. Los mosquitos habían salido en masa y el avance por el sendero que bordeaba el río Kiewarra era más duro de lo que esperaban. Los tres avanzaban pesadamente en fila y si se molestaban en alzar la voz por encima del ruido de la corriente era sólo para discutir.

El que iba segundo maldijo cuando chocó con la mochila del que caminaba delante y se derramó por el pecho el agua de la botella abierta que sujetaba. Era un antiguo banquero que se había mudado al campo por motivos de salud y desde entonces no hacía más que intentar convencerse de que no odiaba cada minuto que pasaba allí. El

primero alzó la mano e interrumpió sus quejas. Señaló el
cauce turbio del río. Se volvieron y miraron.

—¿Qué demonios es eso?

—Bueno, ya está bien. Aquí no queremos esos líos —gritó
el camarero desde la barra.

Se había levantado del taburete y había apoyado las
yemas de los dedos en la madera. Debajo de la barba pelirroja, su rostro estaba serio.

—Éste es un local público. Aquí puede beber todo el
mundo. Él y tú. Tanto si te parece bien como si no.

—¿Cuál es la tercera opción?

Dow les enseñó los dientes amarillos a sus compañeros, que respondieron riéndose obedientemente.

—La tercera opción es que te prohíba volver. Tú de-
cides.

—Ya, siempre estás con tus promesas.

Dow le clavó una mirada al camarero. Raco carraspeó, pero Dow no le hizo caso. Falk recordó lo que le
había dicho el escocés: «En un sitio como éste, en medio
del campo, esas placas no importan tanto como deberían.»

—El problema no es que esté en el bar —intervino Mal
Deacon, y el bar enmudeció casi por completo—, sino en
Kiewarra.

Levantó un dedo nudoso y artrítico y señaló a Falk
entre los ojos.

—Que te quede claro. Y díselo a tu chaval. Aquí no
hay nada para vosotros. Sólo un montón de gente que se
acuerda de lo que tu hijo le hizo a mi hija.

El banquero vomitó el sándwich de jamón entre los ma-
tojos. Los tres estaban empapados, pero apenas lo no-
taban.

Para entonces, el cadáver de la chica estaba tendido en el camino y empezaba a formarse un charco de agua a su alrededor. Aunque estaba delgada, habían tenido que unir sus fuerzas los tres para arrastrarla hasta la orilla. Tenía la piel de un blanco antinatural, y se le había metido un mechón de pelo mojado en la boca. Verlo desaparecer entre sus labios pálidos le dio arcadas de nuevo. Tenía los lóbulos enrojecidos alrededor de los pendientes: los peces habían aprovechado la oportunidad. Las mismas marcas aparecían alrededor de los orificios nasales y de las uñas pintadas.

Estaba vestida y las partes de la cara que el agua había despejado de maquillaje revelaban su juventud. La tela blanca de la camiseta mojada era casi transparente; se le pegaba a la piel y dejaba entrever el sujetador de encaje de debajo. Las botas de suela plana aún tenían restos de las plantas acuáticas que se le habían enredado en el cuerpo y la habían mantenido amarrada en el lugar. Las botas y todos los bolsillos de los vaqueros estaban llenos de piedras.

—¡Y una mierda! Yo no tuve nada que ver con lo que le ocurrió a Ellie —exclamó Falk, incapaz de contenerse.

Se arrepintió al instante. Se mordió la lengua. «No les respondas.»

—¿Quién lo dice? —preguntó Grant Dow desde detrás de su tío. No quedaba ni rastro de su sonrisa fría—. ¿Quién dice que no tuviste nada que ver? ¿Luke Hadler? —En cuanto pronunció ese nombre, fue como si todo el aire del bar hubiera desaparecido—. ¿Sabes qué pasa? Que Luke ya no está aquí para defenderte.

El que estaba más en forma de los tres había salido corriendo a buscar ayuda. El banquero estaba sentado en el suelo, junto a un charco de vómito. Allí, rodeado por su propio hedor ácido, se sentía más seguro que cerca de aquel ser blanquecino y horrible. El líder del grupo no paraba de dar vueltas de aquí para allá, chapoteando a cada paso.

Habían deducido quién era: el periódico llevaba tres días publicando su foto. Eleanor Deacon, dieciséis años de edad; desaparecida desde el viernes por la noche, cuando no había regresado a casa. Su padre le había concedido una noche para dejar que se le pasara el impulso adolescente que la había llevado a desaparecer, pero al ver que el sábado tampoco regresaba, dio la alarma.

El tiempo que los de emergencias tardaron en llegar al río se les hizo eterno. Se llevaron el cadáver al hospital y enviaron al banquero a casa. No tardó ni un mes en mudarse de nuevo a la ciudad.

El médico que examinó el cadáver de Ellie Deacon declaró que la causa de la muerte había sido ahogamiento. Tenía los pulmones llenos de agua del río. Según sus observaciones, llevaba varios días sumergida; lo más probable era que desde el mismo viernes. En el informe escribió que tenía magulladuras en el esternón y en los hombros y abrasiones en manos y brazos. Eran lesiones compatibles con las causadas por los escombros y los restos que arrastra la corriente. Tenía cicatrices previas en los antebrazos, posibles indicios de autolesiones. En el último momento, incluyó en el informe que no era virgen.

Al oír el nombre de Luke, un murmullo recorrió el bar como una onda e incluso Dow pareció darse cuenta de que se había pasado de la raya.

—Luke era mi amigo. Ellie era mi amiga. —Falk se oyó hablar y su propia voz le resultó extraña—. Los quería a los dos. Así que déjame en paz.

Deacon se levantó y la silla chirrió al rozar el suelo.

—Ni se te ocurra hablarme a mí de querer a Ellie. Era sangre de mi sangre.

Hablaba a voz en grito y, cuando lo acusó apuntándolo con el dedo, le temblaban las manos. Con el rabillo del ojo, Falk vio que Raco y el camarero se miraban.

—Tú dirás que tu hijo y tú no tuvisteis nada que ver —continuó Deacon—, pero ¿qué hay de la nota, mentiroso de mierda?

Lo dijo con el ademán de quien suelta un triunfo en la mesa en una partida de cartas. Falk sintió que le faltaba el aire. Se sentía agotado. Deacon torcía la boca y, a su lado, su sobrino se reía. Olía la sangre.

—Para eso no tienes una respuesta preparada, ¿verdad que no? —preguntó Dow.

Falk se obligó a no decir que no con la cabeza. Aquella maldita nota.

Los policías estuvieron dos horas registrando el dormitorio de Ellie Deacon. Sus dedos gruesos removían con torpeza el cajón de la ropa interior y los joyeros. Habían estado a punto de no ver la nota. A punto. Estaba escrita en una hoja arrancada de un cuaderno normal y corriente. La habían hallado doblada por la mitad en el bolsillo de unos vaqueros. En el papel, a bolígrafo y con la letra de la joven, estaba apuntada la fecha de su desaparición y debajo un apellido: «Falk.»

—Explica eso si puedes —exigió Deacon.

El bar estaba en silencio.

Falk no respondió. No podía. Y Deacon lo sabía.

El camarero dio un golpe en la barra con un vaso.

—Ya basta.

Miró a Falk con dureza, sopesándolo. Raco, que aún tenía la placa de policía en la mano, enarcó las cejas y dijo que no con un movimiento apenas perceptible de la cabeza. El camarero miró a Dow.

—Tú y tu tío, fuera. Y no volváis en dos días, por favor. Los demás podéis pedir algo o marcharos.

Al principio los rumores eran poca cosa, pero al cabo del día habían crecido. Falk —dieciséis años, asustado— se refugió en su habitación con un millón de ideas dando vueltas en su cabeza. Al oír un golpecito en el marco de la ventana se sobresaltó. Entonces apareció el rostro de Luke, de un blanco fantasmal en la penumbra del atardecer.

—Estás metido en un buen follón, tío —le susurró Luke—. Se lo he oído comentar a mis padres. La gente está hablando. ¿Qué hiciste el viernes después de clase?

—Ya te lo he dicho, fui a pescar. Pero río arriba. Te juro que estaba a kilómetros de allí.

Falk se agachó junto a la ventana. Le daba la sensación de que las piernas no aguantarían su peso.

—¿Te lo ha preguntado alguien más? ¿La policía o algo así?

—No. Pero lo harán. Creen que había quedado con ella.

—Pero no es verdad.

—¡No! Claro que no. Pero ¿qué pasa si no me creen?

—¿No habías quedado con nadie? ¿Nadie te vio?

—Que no, estaba solo, joder.

—Bueno, pues escucha. Aaron, tío, ¿me escuchas o no? Si alguien te pregunta, di que estuvimos cazando conejos juntos. En los campos de atrás.

—Lejos del río.

—Eso. En los campos de la carretera de Cooran. Lejos del río. Toda la tarde, ¿de acuerdo? Estuvimos haciendo el idiota, como siempre. Sólo cazamos uno o dos. Dos. Di dos.

—Vale, dos.

—Que no se te olvide, estábamos juntos.

—Sí. O sea, no. No se me olvidará. Joder, Ellie, no me...

—Dilo.

—¿El qué?

—Dilo ahora. Lo que estabas haciendo. Ensáyalo.

—Luke y yo estuvimos juntos cazando conejos.

—Otra vez.

—Estuve con Luke Hadler. Cazando conejos. En los campos de la carretera de Cooran.

—Dilo hasta que te salga natural. Y no te equivoques.

—No.

—Lo tienes, ¿no?

—Sí, Luke. Gracias. Muchas gracias.

8

Cuando Aaron Falk tenía once años, vio a Mal Deacon aplicar con toda su brutalidad las tijeras de esquilar a su rebaño y dejar a las ovejas tambaleándose, ensangrentadas. En compañía de Luke y Ellie, había visto, con un dolor creciente en el pecho, cómo Deacon las iba tumbando de una en una con un giro brusco en el suelo del establo para pasarles las cuchillas demasiado cerca del pellejo.

Se había criado en una granja, igual que los demás, pero aquello era diferente. El balido lastimero de la hembra más pequeña le hizo abrir la boca y tomar aire, pero Ellie lo cogió de la manga y lo sacó de allí antes de que pudiera hacer algo más. Lo miró y dijo que no con la cabeza una sola vez.

A esa edad, ella era una niña menuda e intensa, propensa a largos periodos de silencio. A Aaron, que también tendía a no hablar demasiado, eso le parecía bien. Lo habitual era que dejasen hablar a Luke.

Ellie apenas había levantado la cabeza cuando el ruido que venía del establo flotó hasta el destartalado porche donde estaban sentados los tres. Aaron sentía curiosidad, pero era Luke quien había insistido en que abandonasen los deberes para ir a investigar. En ese momento, al oír los balidos de las ovejas y encontrar en el rostro de Ellie una expresión que nunca le había visto, Aaron supo que no era el único que hubiera preferido no ir a ver qué pasaba.

Cuando dieron media vuelta para marcharse, Aaron se sobresaltó al descubrir a la madre de Ellie observando en silencio desde la puerta del establo. Estaba apoyada en el quicio y llevaba un jersey marrón con lamparones de grasa que le quedaba grande. Sin apartar la mirada de la esquila, bebió un trago del líquido ámbar que tenía en un vaso. Compartía rasgos con su hija: los mismos ojos hundidos, la piel cetrina y la boca grande. Sin embargo, a Aaron le parecía que la mujer tenía al menos cien años. Tardó muchos en darse cuenta de que aquel día ni siquiera debía de tener cuarenta.

Mientras la observaba, la madre de Ellie cerró los ojos y echó la cabeza hacia atrás suspirando. Cuando abrió los ojos de nuevo, fijó en su marido una mirada tan clara y transparente que a Aaron le dio miedo que Deacon se volviese y la viera. Era un lamento.

Ese año las condiciones meteorológicas estaban dificultando el trabajo a todo el mundo, y un mes más tarde Grant, el sobrino de Deacon, se mudó a la granja para echarles una mano. La madre de Ellie se marchó dos días después. Tal vez la llegada de Grant fuese la gota que colmó el vaso. Con lamentar la presencia de un hombre debía de tener bastante.

Metió dos maletas y una bolsa llena de botellas en un coche viejo y, sin mucho empeño, trató de poner fin a las lágrimas de su hija con la vana promesa de que regresaría pronto. Falk no estaba seguro de cuántos años transcurrieron hasta que Ellie dejó de creer que volvería. Se preguntaba si parte de ella lo siguió creyendo hasta el día en que murió.

Falk salió al porche del Fleece con Raco y éste encendió un cigarrillo. Le ofreció el paquete a Falk, pero él respondió que no con la cabeza. Ya había pasado suficiente tiempo en el baúl de los recuerdos por una noche.

—Haces bien —dijo Raco—. Yo intento dejarlo. Por el bebé.

—Claro. Bien hecho.

Raco fumó sin prisa, echando el humo hacia el cielo de la noche cálida. El volumen del ruido en el pub había aumentado un poco. Deacon y Dow se habían tomado su tiempo para marcharse y en el aire aún se percibían indicios de su agresividad.

—Deberías habérmelo dicho antes —le recriminó Raco.

Le dio una calada al cigarrillo y reprimió una tos.

—Ya lo sé. Lo siento.

—¿Tienes algo que ver con eso? ¿Con la muerte de la chica?

—No. Pero tampoco estaba con Luke cuando sucedió. No dijimos la verdad.

Raco hizo una pausa.

—Entonces, ¿la coartada era mentira? ¿Dónde estaba Luke?

—No lo sé.

—¿No se lo preguntaste?

—Claro que sí, pero él... —Falk se detuvo un instante para hacer memoria—. Él siempre insistía en que nos ciñésemos a nuestra versión. Siempre. Incluso cuando estábamos los dos solos. Decía que era más seguro. Y yo no insistí demasiado. Estaba agradecido, ¿sabes? Pensaba que lo hacía para ayudarme.

—¿Quién más sabía que no era cierto?

—Más de uno lo sospechaba. Mal Deacon, eso es obvio. Y alguno más. Pero nadie lo sabía a ciencia cierta. Al menos eso es lo que siempre he creído. Ahora no estoy tan seguro, porque resulta que Gerry Hadler lo sabía desde el principio. Y a lo mejor no es el único.

—¿Crees que Luke mató a Ellie?

—No lo sé —respondió, mirando la calle desierta—. Pero quiero averiguarlo.

—¿Crees que todo esto está relacionado?

—Espero que no, la verdad.

Raco suspiró. Apagó el cigarrillo con cuidado y mojó la colilla con un chorrito de cerveza.

—Bueno, tu secreto está a salvo conmigo, amigo. Al menos de momento. Pero si por cualquier motivo tiene que salir a la luz, tú cantas como un canario y yo no sé nada de nada, ¿entendido?

—Sí. Gracias.

—Ven a la comisaría mañana a las nueve. Iremos a ver al amigo de Luke, Jamie Sullivan. Según dice, es el último que lo vio con vida. —Miró a Falk—. Eso si no te largas antes.

Raco se despidió con un gesto de la mano y se adentró en la noche.

De vuelta en su habitación, Falk se tumbó en la cama y sacó el móvil. Lo sostuvo en la mano, pero no marcó ningún número. La araña había desaparecido de encima de la lámpara e intentó no pensar en dónde podría estar.

«Eso si no te largas antes», había dicho Raco. Falk era del todo consciente de que esa alternativa existía. Tenía el coche aparcado fuera; podía hacer la maleta, pagarle al camarero de la barba y estar en la carretera de camino a Melbourne en menos de quince minutos.

Puede que Raco entornara los ojos al enterarse, y que Gerry tratase de llamarlo, pero ¿qué iban a hacer? No les haría gracia, pero Falk podía soportarlo. En cambio, Barb... —Recordó su rostro con una nitidez inoportuna—. Para Barb sería una decepción muy grande, y eso ya no estaba tan seguro de poder soportarlo. Sólo de pensarlo se inquietaba. Con aquel calor, sentía que no había aire en el cuarto.

Él no había conocido a su madre, que había muerto de una hemorragia en un charco de su propia sangre menos de una hora después del parto. Su padre había intentado —con gran empeño— llenar el hueco, pero toda la ternura maternal que Falk había recibido de pequeño, todas las tartas recién salidas del horno, todos los abrazos perfumados, los había recibido de Barb Hadler. Aunque era la madre de Luke, siempre tenía tiempo para él.

Ellie, Luke y él pasaban más tiempo en casa de los Hadler que en cualquier otra. La de Falk estaba a menudo vacía y en silencio; las exigencias de la tierra acaparaban el tiempo de su padre, y siempre que alguien proponía ir a casa de Ellie, ella respondía que no con la cabeza. «Hoy no», decía. Las veces que Luke y él habían insistido, aunque fuese sólo por cambiar de aires, Falk siempre se había arrepentido. La casa de Ellie estaba desordenada y sucia, y en el aire se notaba el olor de las botellas vacías.

En cambio, en la casa de los Hadler entraba el sol y era un lugar lleno de actividad; de la cocina salían cosas buenas y había instrucciones muy claras sobre los deberes, la hora de acostarse o cuándo apagar el condenado televisor y salir a tomar el aire. La granja de los Hadler siempre había sido un refugio. Hasta que, hacía dos semanas, se había convertido en el escenario de un crimen, y de los peores.

Falk continuaba inmóvil en la cama. Habían pasado quince minutos. Ya podría estar en la carretera. Pero seguía allí.

Suspiró, se tumbó de costado y acercó los dedos a la pantalla mientras pensaba en a quién necesitaba informar. Imaginó su apartamento de Saint Kilda, las luces apagadas, la puerta de entrada bien cerrada con llave. Allí había espacio suficiente para dos, pero a lo largo de los últimos tres años había sido hogar para él solo. Ya no lo esperaba ninguna persona recién salida de la ducha, con la música puesta y una botella de tinto aireándose en la encimera de la cocina. No había nadie deseoso de contestar a su llamada y averiguar por qué se quedaba unos días más.

La mayor parte del tiempo, a Falk eso no le suponía ningún problema. Pero en ese momento, tumbado en el piso de arriba de un pub de Kiewarra, deseó haberse hecho un hogar más parecido al de Barb y Gerry Hadler que al de su padre.

El lunes tenía que ir a la oficina, pero allí sabían que había asistido a un funeral. No había dicho de quién era. Podía quedarse, lo sabía. Podía cogerse unos días. Por

Barb. Por Ellie. Incluso por Luke. Con el caso Pemberley había acumulado un montón inagotable de horas extras, así como un mayor reconocimiento. Además, la investigación en la que estaba trabajando iba, en el mejor de los casos, a paso de tortuga.

Mientras pensaba en eso, pasó otro cuarto de hora. Al final cogió el teléfono y dejó un mensaje para la sufrida secretaria de la división financiera, informándole de que se tomaba una semana de permiso por motivos personales con efecto inmediato.

Era difícil decir para quién era mayor la sorpresa.

9

Jamie Sullivan llevaba más de cuatro horas trabajando cuando Falk y Raco aparecieron en su granja a campo través. Tenía una rodilla en el suelo y sus manos desnudas removían la tierra seca en un escrutinio científico.

—Vamos a la casa —propuso cuando Raco le informó de que tenían algunas preguntas sobre Luke—. Ya me toca ir a ver si mi abuela está bien.

Falk observó a Sullivan mientras lo seguían hacia el edificio bajo de ladrillo. No llegaba a los treinta, pero tenía una mata de pelo color paja que empezaba a ralear de forma prematura por la coronilla. Tenía las piernas y el torso fibrosos, pero sus brazos parecían un par de pistones, lo que le daba la apariencia de un triángulo invertido.

Al llegar a la casa, Sullivan los hizo pasar a un vestíbulo abarrotado. Falk se quitó el sombrero y trató de disimular la cara de sorpresa. Oyó a Raco jurar entre dientes a su espalda cuando su pantorrilla chocó con un escabel agazapado junto a la puerta. El lugar era un caos: todas las superficies estaban atestadas de ornamentos y figuritas que acumulaban polvo. En algún rincón de la casa había un televisor a todo volumen.

—Todo esto es de mi abuela —respondió Sullivan a la pregunta que ninguno de los dos había formulado en voz alta—. Le gustan. Y la mantienen... —hizo una pausa para escoger la palabra— presente.

Los condujo hasta la cocina, donde una mujer que parecía un pajarito estaba de pie junto al fregadero. Sus manos, surcadas de venas azules, temblaban con el peso de un hervidor de agua lleno.

—¿Estás bien, abuela? ¿Querías un té? Ya te lo preparo yo.

Sullivan se apresuró a cogerle el hervidor.

La cocina estaba limpia pero desordenada y en la pared de encima de los fogones había una mancha grande y parda. Se habían formado burbujas en la pintura, que empezaba a desconcharse como una herida fea y grisácea. La señora Sullivan echó un vistazo a los tres hombres y después miró la puerta.

—¿Cuándo llega tu padre?

—No va a venir, abuela —contestó Sullivan—. Murió, ¿no te acuerdas? Hace tres años.

—Sí, ya lo sé.

Era imposible saber si la noticia la sorprendía o no. Sullivan miró a Falk y señaló la puerta con la barbilla.

—¿Les importaría llevarla allí? Yo enseguida voy.

Cuando la anciana se apoyó en él, Falk le notó los huesos del brazo a través de la piel. Después de la luz de la cocina, el salón resultaba claustrofóbico, y por todas partes las tazas vacías les disputaban el poco espacio libre a las figuritas de porcelana de mirada ausente. Falk llevó a la mujer a un sillón desgastado que había junto a la ventana.

La señora Sullivan se sentó con una leve sacudida y suspiró irritada.

—Ustedes han venido por lo de Luke Hadler, ¿verdad, agentes? ¡No toque eso! —soltó cuando Raco fue a apartar de una silla una pila de revistas con las esquinas dobladas. Sus vocales delataban restos de la cantinela irlandesa—. No me miren así, que todavía no se me ha ido la cabeza del todo. Ese tal Luke estuvo aquí y luego se marchó y se cargó a su familia, ¿no? ¿Para qué otra cosa iban a venir si no? A menos que mi Jamie se haya portado mal.

Su risa sonaba como una verja oxidada.

—Que nosotros sepamos, no —contestó Falk e intercambió una mirada con Raco—. ¿Usted conocía mucho a Luke?

—No, en absoluto. Sólo sé que era amigo de Jamie y que venía de vez en cuando. Le echaba una mano con la granja.

Sullivan apareció con una bandeja. Sin hacer caso de las protestas de su abuela, hizo un hueco en el aparador e indicó con una seña a Falk y a Raco que se sentasen en el sofá raído.

—Lamento mucho el desorden —se disculpó, y les pasó las tazas—. Se me hace un poco cuesta arriba.

Miró a su abuela y después se concentró en la tetera. Falk observó que las ojeras lo hacían parecer mayor de lo que era. Sin embargo, su manera de hacerse cargo de la situación transmitía una sensación de confianza. Falk se lo imaginó lejos de todo aquello, vestido con traje en alguna oficina de ciudad. Ganando un sueldo de seis cifras y puliéndose la mitad en vinos caros.

El joven acabó de servir el té y cogió una silla barata de madera.

—¿Qué quieren saber?

—Estamos rematando algunos flecos —explicó Raco.

—A petición de los Hadler —añadió Falk.

—De acuerdo. No pasa nada. Si es para Barb y Gerry... —contestó Sullivan—. Pero una cosa, lo primero que quiero decir, y ya se lo comenté a los policías de Clyde, es que si hubiera sabido, si hubiera tenido cualquier pista de que Luke iba a hacer lo que hizo, no le habría dejado marchar. Quiero que eso quede claro desde el principio.

Bajó la mirada y le dio vueltas a la taza.

—Claro, amigo, nadie dice que tú pudieras haberlo impedido —lo tranquilizó Raco—. Pero nos ayudaría que nos lo contases una vez más. Para oírlo de primera mano. Por si acaso.

Sullivan les habló de los conejos. Ése era el problema. Al menos uno de ellos. Ya era bastante difícil superar la sequía sin que esas bestias atacasen cualquier cosa comestible. La noche anterior se había quejado del asunto en el Fleece y Luke se había ofrecido a echarle una mano.

—¿Hubo alguien que os oyera quedar? —preguntó Falk.

—Puede que sí. No me acuerdo bien, pero había mucha gente. Cualquiera que se molestase en escuchar lo habría oído.

Luke Hadler detuvo la camioneta a la entrada del campo y se bajó. Llegaba cinco minutos antes de lo acordado, pero Jamie Sullivan ya estaba allí. Ambos se saludaron alzando una mano. Luke sacó la escopeta de la parte trasera y cogió los cartuchos que le daba Sullivan.

—*Venga, vamos a por tus conejitos cabrones —dijo, y sonrió enseñando los dientes.*

—¿La munición era tuya? —preguntó Raco—. ¿De qué tipo?

—Winchester, ¿por qué?

Raco miró a Falk. No eran los cartuchos Remington que habían buscado sin éxito.

—¿Sabes si Luke llevó de los suyos?

—No creo. Tal como yo lo veo, si los conejos son míos tengo que poner las balas. ¿Por qué?

—Sólo por saber. ¿Cómo te pareció que estaba Luke?

—Pues no lo sé. Le he dado muchas vueltas desde entonces, pero creo que la respuesta es que a simple vista estaba bien. Normal. —Sullivan pensó un momento—. Al menos cuando se marchó.

Luke erró los primeros disparos y Sullivan lo miró. Estaba mordisqueándose un pellejo del pulgar. Sullivan no dijo nada. Luke tiró de nuevo. Falló.

—*¿Estás bien? —le preguntó a regañadientes.*

Luke y él hablaban de sus cosas tanto como Sullivan lo hacía con cualquiera de sus amigos, o sea, apenas nada. Por otro lado, tampoco tenía todo el día para ocuparse de los conejos. El sol les pesaba en la espalda.

—Sí, bien —contestó Luke asintiendo con la cabeza, distraído—. ¿Y tú?

—También.

Sullivan dudó. Podía dejar ahí la conversación. Luke disparó de nuevo y falló una vez más. El joven decidió mostrar buena voluntad.

—Mi abuela está cada vez más frágil —comentó—. A veces es difícil de manejar.

—¿Está bien? —preguntó Luke, sin apartar la vista de la madriguera.

—Sí, pero a veces se me hace cuesta arriba cuidar de ella.

Luke asintió de nuevo con la cabeza con aire distraído y Sullivan se dio cuenta de que no estaba prestándole mucha atención.

—Así son las mujeres —contestó Luke—. Al menos, la que tú tienes en casa no puede ir por ahí dando la tabarra sobre Dios sabe qué.

Sullivan, que nunca había considerado que su abuela formase parte de la categoría de «mujeres» en general, tardó un poco en decidir qué contestar.

—Supongo que no —respondió finalmente.

Tenía la sensación de haber entrado en terreno desconocido.

—¿Va todo bien con Karen?

—Sí, sí, todo bien.

Luke levantó el arma y apretó el gatillo. Esa vez lo hizo mejor.

—Ya sabes, Karen es Karen. Siempre hay algo.

Respiró como preparándose para seguir, pero se detuvo. Cambió de parecer.

Sullivan estaba inquieto. Decididamente, aquél era terreno desconocido.

—Vaya.

Pensó añadir algo más, pero tenía la mente en blanco. Miró a Luke, que había bajado la escopeta y estaba observándolo. Se miraron a los ojos por un instante. La situación era incómoda, no cabía duda. Así que ambos se volvieron hacia la madriguera.

—¿«Siempre hay algo»? —preguntó Raco—. ¿Qué quería decir?

Sullivan miró la mesa con gesto abatido.

—No lo sé, no se lo pregunté. Pero debería haberlo hecho, ¿verdad?

«Sí», pensó Falk.

—No —respondió en cambio—. Seguro que no habría cambiado nada —lo tranquilizó, aunque no sabía si era cierto—. ¿Dijo algo más sobre eso?

Sullivan negó con la cabeza.

—No. Nos pusimos a hablar del tiempo, como siempre.

Una hora después, Luke se estiró.

—Creo que nos hemos cargado a unos cuantos —dijo, y miró la hora—. Será mejor que vaya tirando.

Le devolvió la munición sobrante a Sullivan y regresaron juntos a la camioneta. La tensión de antes había desaparecido.

—¿Tienes tiempo para una cerveza rápida? —preguntó Sullivan; se quitó el sombrero y se pasó el antebrazo por la cara.

—No, mejor me voy a casa. Tengo cosas que hacer, ya sabes.

—Vale. Gracias por tu ayuda.

—Tranquilo. —Luke se encogió de hombros—. Al menos al final he conseguido afinar la puntería.

Dejó la escopeta sin cargar en el suelo, delante del asiento del copiloto, y subió al vehículo. Una vez había decidido marcharse, parecía tener prisa. Bajó la ventanilla y lo saludó con la mano mientras arrancaba.

Sullivan se quedó solo en el campo vacío y contempló la camioneta plateada hasta que se perdió de vista.

Los tres reflexionaron en silencio. Junto a la ventana, la taza de la señora Sullivan tintineó contra el platillo mientras ella la colocaba sobre una pila de novelas. No le quitaba ojo.

—¿Qué pasó entonces? —preguntó Raco.

—Un rato después me llamó la policía de Clyde, estaban buscando a Luke —explicó Sullivan—. Les dije que se había ido hacía un par de horas. No pasaron ni cinco minutos antes de que saltase la noticia.

—¿Qué hora era?

—Debían de ser las seis y media, creo.

—¿Estabas aquí?

—Sí.

—Y antes de eso, cuando Luke se fue, ¿qué hiciste?

—Nada. Trabajar. Aquí en la granja —contestó Sullivan—. Acabé lo de ahí fuera y cené con mi abuela.

Falk parpadeó al percibir un leve movimiento.

—¿Estabais los dos solos? —preguntó Falk en tono ligero—. ¿No fuiste a ninguna parte ni vino nadie más?

—No. Sólo nosotros dos.

Hubiese sido fácil pasarlo por alto, pero cuando Falk lo pensó más tarde, no le cupo duda. Con el rabillo del ojo había visto a la señora Sullivan levantar su pálida mirada con sorpresa. Había mirado a su nieto un breve instante antes de bajarla de nuevo. A partir de ese momento, Falk la había vigilado, pero ella no había alzado la cabeza ni una sola vez más. Durante el resto de la visita, que ya no duró mucho más, parecía estar durmiendo.

10

—Yo me subiría por las paredes, puedes estar seguro.
—Raco se estremeció al volante.

Fuera, una fina cerca de malla que protegía unos matojos amarillentos iba pasando a toda velocidad. Más allá, los campos se veían de color marrón y beis.

—Atrapado en medio de la nada y sin más compañía que la anciana. Esa casa era un museo de rarezas.

—¿No eres fan de los querubines de porcelana? —preguntó Falk.

—Mi abuela es más católica que el Papa, amigo. En cuestión de adornos religiosos, veo tu apuesta y la subo —contestó Raco—. Pero pienso que, para un tío de su edad, esa vida deja mucho que desear.

Pasaron junto a una señal que avisaba de posibles incendios. El nivel de alerta estaba alto desde la llegada de Falk y la flecha indicaba con insistencia la zona naranja del semicírculo: «Prepárate. Actúa. Sobrevive.»

—¿Crees que nos ha dicho la verdad?

Falk le explicó la reacción de la abuela de Sullivan cuando éste afirmó que había estado en casa toda la tarde.

—Qué interesante... De todos modos está bastante chiflada, ¿no? Y además tiene un punto de maldad. En los informes no había nada que indicase que Sullivan anduviera por ahí fuera, aunque eso tampoco significa nada. Lo más probable es que a él no lo investigasen demasiado. O nada.

—La cuestión es —dijo Falk, inclinándose hacia delante para tocar los botones del aire acondicionado— que si Sullivan hubiera querido matar a Luke, lo habría tenido muy fácil. Estuvieron más de una hora por ahí perdidos con las escopetas. Era la ocasión perfecta para fingir un accidente. Hasta su abuela habría acertado.

Falk se rindió con el aire acondicionado y bajó un poco la ventanilla. Entró una corriente de aire ardiente y la cerró de inmediato.

Raco se rió.

—Y yo que pensaba que en Adelaida hacía mucho calor.

—¿Ahí estabas antes? ¿Qué te trajo hasta aquí?

—Fue el primer puesto de sargento que salió. Me pareció una buena oportunidad para llevar mi propia comisaría, y además soy de campo. ¿Tú siempre has trabajado en Melbourne?

—Casi. Pero siempre he vivido allí.

—¿Te gusta trabajar en delitos económicos?

Falk sonrió por el tono de Raco: incredulidad absoluta, aunque cortés, ante el hecho de que alguien hubiese escogido esa rama. Estaba acostumbrado a esa reacción. La gente siempre se sorprendía al descubrir con qué frecuencia los billetes que pasaban por sus manos estaban manchados de sangre.

—Sí, me gusta. Hablando de eso, anoche empecé a revisar la contabilidad de los Hadler.

—¿Encontraste algo interesante?

—No, todavía no.

Falk contuvo un bostezo. Había estado hasta tarde mirando números, y la bombilla de la lámpara de su habitación tenía muy poca potencia.

—Lo cual ya es revelador. No estaban para tirar cohetes, eso es evidente, pero no tengo claro que estuviesen mucho peor que cualquier otra granja de la zona. Al menos estaban preparados: habían ahorrado un poco en épocas mejores. El seguro de vida no era gran cosa. El básico del fondo de pensiones.

—¿Y quién se lo queda?

—Charlotte, a través de los padres de Luke. Pero la cantidad es mínima. Es probable que sirva sólo para pagar la hipoteca y poco más. Supongo que la pequeña heredará la granja, le guste o no. De momento no he visto nada que llame la atención, como cuentas múltiples, retiradas de grandes cantidades o deudas a terceros. No hay nada de eso. Pero seguiré buscando.

La idea principal que había sacado de su investigación era que Karen Hadler era una contable competente y minuciosa. Al revisar sus cálculos ordenados y las cuidadosas anotaciones a lápiz, había sentido cierta afinidad con ella.

Raco redujo la velocidad a medida que se acercaban a un cruce desierto y miró la hora.

—Han pasado siete minutos.

Estaban recorriendo el camino de Luke desde la granja de Sullivan. Raco giró a la izquierda, hacia la de los Hadler. La carretera estaba asfaltada, pero no muy bien. Allí donde la brea se había dilatado y encogido con el mismo vaivén estacional que las cosechas, el firme se había agrietado.

En teoría, aquélla era una carretera de doble sentido, pero apenas había espacio para que pasaran dos vehículos al mismo tiempo. Si se encontrasen frente a frente, pensó Falk, uno de los dos se vería obligado a ser amable con su vecino y arrimarse a los matorrales. Pero no tuvo ocasión de comprobarlo, porque no se cruzaron con un solo coche en todo el trayecto.

—Son casi catorce minutos de puerta a puerta —dijo Falk cuando Raco entró en el camino que llevaba hasta la casa de los Hadler—. Bueno, vamos a ver el lugar donde encontraron el cadáver de Luke.

No era casi ni un claro.

Raco lo pasó de largo, renegó entre dientes y frenó de golpe. Fue marcha atrás durante unos cuantos metros y aparcó en la cuneta. Salieron del vehículo sin molestarse en cerrar las portezuelas con llave: allí no había nadie. Raco guió a Falk hasta un hueco que se veía entre unos árboles.

—Es aquí.

Se hizo un silencio momentáneo cuando los pájaros invisibles callaron ante el sonido de la voz del sargento. El hueco se abría hasta formar un pequeño espacio donde podía entrar un coche, pero no dar la vuelta. Falk se plantó en medio. En aquel lugar, protegidos por la sombra de la hilera de gomeros fantasma que los rodeaba, hacía algo menos de calor. La espesa maleza ocultaba la carretera por completo. Alguna cosa se movió entre los matojos y salió corriendo; la tierra de color ocre claro estaba cocida como la arcilla. No había rastros ni huellas de ruedas.

Justo debajo de los pies de Falk, en el centro del claro, había una capa fina de arena suelta. Se dio cuenta de que la habían echado para tapar algo y se apartó deprisa. Docenas de botas habían pisoteado la zona no hacía mucho, pero aparte de eso, no parecía que nadie visitase el lugar a menudo.

—Vaya sitio tan triste para pasar tus últimos momentos —comentó—. ¿Se supone que este claro significaba algo para Luke?

Raco se encogió de hombros.

—Esperaba que tú tuvieras alguna idea al respecto.

Falk rebuscó en su memoria algún recuerdo de antiguas excursiones, aventuras de la niñez. No se le ocurrió nada.

—¿Estáis totalmente seguros de que murió aquí? ¿En la parte de atrás de la camioneta? —preguntó—. ¿No es posible que le disparasen en otro sitio y lo trajesen hasta aquí?

—No, imposible. El análisis de las salpicaduras de sangre es irrefutable.

Falk trató de organizar mentalmente la secuencia de acontecimientos. Luke había salido de la propiedad de Jamie Sullivan alrededor de las 16.30 h. Su camioneta había aparecido en la grabación de la granja Hadler unos treinta minutos más tarde. Más tiempo del que habían tardado Falk y Raco en recorrer la misma distancia. Dos disparos, cuatro minutos, y la furgoneta se marchó.

—Si fue Luke el que mató a su familia, parece sencillo —dijo Falk—. Fue hacia su casa y, por el motivo que sea, cogió el camino más largo; los mató y luego vino hasta aquí.

—Sí. Pero si fue otra persona, la cosa se complica mucho más —respondió Raco—. El asesino tuvo que subirse a la camioneta poco después de que Luke se marchara de la granja de Sullivan, porque Luke llevaba el arma homicida consigo. En ese caso, ¿quién condujo hasta la granja de los Hadler?

—Y si no era Luke el que conducía, ¿dónde demonios estaba él mientras alguien asesinaba a su familia? ¿Sentado en el asiento del copiloto mirando cómo lo hacía? —se preguntó Falk.

Raco se encogió de hombros.

—Quién sabe, tal vez sí. Es decir, es una posibilidad. Dependiendo de quién fuese la otra persona, o de qué manera lo tuviese controlado.

Se miraron y Falk supo que Raco también estaba pensando en Sullivan.

—Es posible que el asesino fuese más fuerte que él —aventuró el sargento—. Quizá le costase algo de esfuerzo, pero hay gente que podría dominarlo. Ya le has visto los brazos a Sullivan. Como calcetines rellenos de canicas.

Falk asintió y pensó en el informe sobre el cadáver de Luke. Era un tipo de buen tamaño. Un varón sano, aparte de la herida del disparo. No tenía marcas defensivas en las manos ni señales de ligaduras ni de cualquier otro tipo de sujeción. Se imaginó el cuerpo de Luke tendido boca arriba en la parte trasera de la camioneta. La sangre acumulada a su alrededor y las cuatro franjas sin explicar en el lateral metálico de la caja.

—«Así son las mujeres» —repitió Falk en voz alta—. ¿Qué crees que quería decir?

—Ni idea —contestó Raco y miró la hora—. Pero esta tarde vamos a ver a una persona que quizá lo sepa. Me ha parecido que valía la pena averiguar lo que Karen Hadler guardaba en el cajón de su mesa.

11

El plantón de acacia parecía algo más fuerte después de que lo colocasen en la tierra, pero no mucho. Unos niños con uniforme miraban desconcertados mientras el personal arrojaba paladas de mantillo alrededor de la base. Los maestros y los padres formaban pequeños grupos y algunos lloraban sin disimulo.

Un puñado de las flores amarillas de la acacia se rindieron de inmediato y cayeron revoloteando hasta el suelo. Aterrizaron junto a una placa recién grabada:

En memoria de Billy Hadler y Karen Hadler.
La familia de la escuela los quiere y los añora.

Falk pensó que el plantón no tenía muchas posibilidades. Sentía el calor a través de la suela de los zapatos.

En el patio de su antiguo colegio de primaria, volvió a tener la sensación de haber dado un salto de treinta años en el tiempo. El patio asfaltado era una versión en miniatura del que él recordaba, y las fuentes de agua estaban a un nivel absurdamente bajo. No obstante, reconoció el lugar al instante y le acudieron a la memoria rostros y acontecimientos que hacía mucho que había olvidado.

En aquella época, Luke había sido un gran aliado para él. Era uno de esos críos inteligentes que sonríen con facilidad y son capaces de sortear la ley de la jungla de un patio de colegio sin problemas. De haberla conocido en aquella época, la mejor palabra para describirlo hubiese sido «carismático». Era generoso con su tiempo, con sus bromas, con sus pertenencias. Con sus padres. En casa de los Hadler todo el mundo era bienvenido. Su lealtad era extrema. Una vez que Falk recibió un balonazo perdido en la cara, tuvo que sacar a Luke de encima del chaval que había chutado la pelota. En una época en la que Falk era alto y desgarbado, nunca se le olvidaba lo afortunado que era por tenerlo a su lado.

La ceremonia estaba llegando a su fin y Falk se revolvió incómodo.

—Scott Whitlam, el director —dijo Raco, señalando con la cabeza a un hombre con corbata y aspecto de estar en forma.

Justo en ese momento, Whitlam acabó de despedirse de un nutrido grupo de padres y se acercó a ellos dos con la mano tendida.

—Siento haberlos hecho esperar —se disculpó, después de que Raco le presentase a Falk—. En momentos como éste, todo el mundo quiere hablar.

Whitlam pasaba de los cuarenta y se movía con la energía y la agilidad de un atleta retirado. Tenía el pecho ancho y una amplia sonrisa. Por debajo del sombrero asomaban un par de centímetros de pelo limpio y castaño.

—Ha sido una ceremonia muy bonita —lo felicitó Falk.

Whitlam miró el plantón.

—Es lo que nos hacía falta. Aunque no hay ninguna probabilidad de que el arbolito sobreviva —añadió en voz más baja—. Dios sabrá lo que tendremos que decirles a los niños cuando se muera. Bueno, hemos reunido todo lo que pertenecía a Karen y a Billy, tal como nos habían pedido. —Señaló el edificio de ladrillos claros con la cabeza—. Me temo que no hay gran cosa, lo tengo en la oficina.

Lo siguieron a través del patio. A lo lejos sonó un timbre; era el final del día escolar. De cerca, el equipamiento y los columpios de la zona de recreo tenían un aspecto deprimente: la pintura de todas las superficies estaba desconchada y en el metal que quedaba al descubierto se veía una capa roja de herrumbre. El tobogán de plástico estaba resquebrajado y en la cancha de baloncesto sólo había una canasta. Por todas partes había indicios de una comunidad empobrecida.

—Subvenciones —dijo Whitlam al ver que se fijaban en todo eso—: nunca son suficientes.

Detrás del edificio de la escuela había unas cuantas ovejas tristes en unos cercados de suelo marrón. Más allá, la tierra se elevaba de golpe para formar una cadena de colinas cubiertas de matorrales.

El director se detuvo para sacar un puñado de hojas del abrevadero de los animales.

—¿Todavía se enseñan las tareas de la granja?

Falk recordaba haber tenido que ocuparse de un abrevadero similar en su día.

—Sí, alguna cosa hacen. Pero intentamos que no sea demasiado, que les resulte divertido. Bastante tienen los chicos con la cruda realidad de sus casas —contestó Whitlam.

—¿Da usted esa asignatura?

—No, por Dios. Yo no soy más que un humilde urbanita. Vinimos aquí desde Melbourne hace año y medio, y no hace tanto que he aprendido a distinguir un extremo de una vaca del otro. Mi esposa quería cambiar de aires, salir de la ciudad. —Hizo una pausa—. Y vaya si los hemos cambiado.

Empujó una puerta pesada, que se abrió a un pasillo donde olía a sándwiches. En las paredes había dibujos y pinturas de los niños colgados con chinchetas.

—Madre mía, algunos son deprimentes —murmuró Raco.

Falk entendió a qué se refería. Había familias de monigotes en las que todas las caras tenían la boca dibujada hacia abajo. Un dibujo de una vaca con alas. «Toffee mi vaca en el cielo», habían escrito debajo con letra titubeante. En todos los paisajes, los campos estaban coloreados de marrón.

—Deberían ver los que no hemos colgado —comentó Whitlam, deteniéndose ante la puerta del despacho—. La sequía va a acabar con este pueblo.

Sacó un enorme manojo de llaves del bolsillo y los hizo entrar en su despacho. Les señaló un par de sillas que habían visto tiempos mejores y desapareció en un cuarto trastero. Al cabo de un momento salió con una caja de cartón cerrada con cinta adhesiva.

—Aquí está todo: cosas sueltas de la mesa de Karen y algunos trabajos escolares de Billy. Más que nada son dibujos y hojas de ejercicios.

Raco cogió la caja.

—Gracias.

—Los echamos de menos —añadió Whitlam, apoyándose en la mesa—. A los dos. Todavía no nos lo podemos creer.

—¿Trabajaba usted directamente con Karen? —preguntó Falk.

—Sí, bastante. Somos muy pocos y ella era excelente. Se ocupaba de las finanzas y de la contabilidad. Se le daba muy bien. La verdad es que era demasiado lista para este trabajo, pero creo que al tener hijos le iba bien.

La ventana estaba entreabierta y por la rendija se colaban los ruidos del patio.

—¿Puedo preguntarles por qué han venido? —dijo Whitlam a continuación—. Creía que esto ya estaba resuelto.

—Han muerto tres miembros de la misma familia —respondió Raco—. Por desgracia, en algo así hay que asegurarse muy bien de todo.

—Claro, por supuesto. —El director no parecía convencido—. La cuestión es que yo tengo la obligación de hacer que los alumnos y el personal estén a salvo, así que...

—No queremos insinuar que tenga de qué preocuparse —lo tranquilizó Raco—. Si hay algo que deba saber, nos encargaremos de que se entere.

—De acuerdo, recibido —respondió Whitlam—. ¿Qué más puedo hacer por ustedes?

—Háblenos de Karen.

Los golpecitos no fueron fuertes, sino firmes. Whitlam levantó la mirada de la mesa cuando se abrió la puerta. Una cabeza rubia se asomó.

—Scott, ¿tienes un momento?

Karen Hadler entró en su oficina. Y no estaba sonriendo.

—El día antes de que a Billy y a ella los asesinasen, Karen vino a hablar conmigo —les explicó Whitlam—. Estaba preocupada, claro.

—¿Por qué dice «claro»? —preguntó Raco.

—Perdón, no quería hacerme el gracioso. Ya han visto los dibujos de los críos en las paredes; me refiero a que todo el mundo está asustado. Y los adultos no son una excepción. —Reflexionó un momento—. En el equipo todos la apreciábamos mucho. Llevaba un par de semanas bastante estresada, irritable, cosa que no era habitual en ella. Estaba distraída, eso seguro, incluso había cometido un par de errores con la contabilidad. Nada serio, los descubrimos a tiempo. Pero era impropio de Karen. Y eso la molestaba. Normalmente era muy meticulosa. Por eso vino a hablar conmigo.

Karen cerró la puerta al entrar y escogió la silla que quedaba más cerca de la mesa de Whitlam. Se sentó con la espalda recta y cruzó los tobillos en una pose muy correcta. El vestido cruzado le sentaba bien, aunque era sencillo; tenía un discreto estampado de manzanas blancas sobre fondo rojo. Karen era de esa clase de mujeres cuya belleza juvenil pierde firmeza con la edad y con el nacimiento de los hijos para convertirse en algo menos definido pero igual de atractivo. En un anuncio para un supermercado, podría ser una de esas madres asombrosas que lo hacen todo bien, y todo el mundo confiaría en la marca de detergente o de cereales que Karen Hadler recomendase.

En ese momento se aferraba al pliego de papeles que tenía en el regazo.

—Scott —empezó a decir, pero calló. Esperó un momento y respiró hondo—. Scott, si te digo la verdad, no estaba segura de si debía venir a hablar contigo de esto. Mi marido... —Lo miró a los ojos, pero Whitlam tuvo la impresión de que estaba obligándose a hacerlo—. Bueno, a Luke no le haría ninguna gracia.

Raco se inclinó hacia delante.

—¿Le dio la impresión de que tenía miedo de su marido?

—En aquel momento no me lo pareció. —Whitlam se apretó el puente de la nariz con el índice y el pulgar—. Pero sabiendo lo que ocurrió al día siguiente, me doy cuenta de que quizá yo no prestara la atención suficiente. Me preocupa que se me escapase alguna pista; lo pienso todos los días. Pero quiero que quede claro que si hubiera sospechado, aunque sólo fuese un momento, que estaban en peligro, es evidente que no habría permitido que Billy y ella se marchasen a casa.

Sin saberlo, Whitlam había repetido las palabras de Jamie Sullivan.

Karen se toqueteaba la alianza.

—Hace ya un tiempo que trabajamos juntos, y yo diría que formamos un buen equipo. —Alzó la vista

y Whitlam asintió—. Por eso creo que debo decirte una cosa. —Hizo otra pausa y respiró hondo—. Sé que últimamente ha habido algún que otro problema. Conmigo, con mi trabajo. Errores aquí y allá.

—Bueno, puede que hayas cometido uno o dos, pero sin consecuencias, Karen. Tú trabajas muy bien, todos lo sabemos.

Ella asintió y bajó la mirada. Cuando levantó la cabeza de nuevo, fue con expresión resuelta.

—Gracias. Pero hay un problema. Y yo no puedo hacer la vista gorda.

—Me dijo que la granja estaba al borde de la quiebra —explicó Whitlam—. Karen pensaba que les quedaban seis meses, tal vez menos. Me contó que Luke no se lo creía y que, al parecer, estaba seguro de que las cosas cambiarían. Pero según me dijo, ella lo veía venir y estaba preocupada. Me pidió disculpas. —Resopló con incredulidad antes de continuar—: Ahora me parece absurdo, pero me dijo que sentía mucho estar tan distraída. Y me pidió que no le contase a Luke que yo estaba al tanto de la situación. Tampoco lo habría hecho, por supuesto. Ella pensaba que él se molestaría si le parecía que su esposa estaba aireando aquello. —Whitlam se mordió la uña del pulgar—. Creo que necesitaba desahogarse. Le fui a buscar un vaso de agua y la escuché hablar un rato. La tranquilicé, le dije que su puesto de trabajo no peligraba y esas cosas.

—¿Conocía bien a Luke Hadler? —preguntó Falk.

—No, bien no. Había hablado con él alguna vez en las reuniones de padres. Y de vez en cuando me lo encontraba en el pub, pero no es que charlásemos ni nada por el estilo. Parecía un tipo agradable y, además, se involucraba en los asuntos de la escuela. Cuando me llamaron, no daba crédito. Perder un miembro del equipo es terrible, pero perder también a un alumno... Es lo peor que puede pasarle a un maestro.

—¿Quién le contó lo que había sucedido? —continuó Falk.

—Alguien de la comisaría de Clyde llamó a la escuela. Supongo que porque Billy era alumno nuestro. Ya era un poco tarde, debían de ser casi las siete. Yo estaba a punto de marcharme, pero recuerdo que me quedé aquí sentado, tratando de digerirlo. Intentando decidir qué les diría a los niños al día siguiente. —Se encogió de hombros con tristeza—. No hay un modo bueno de dar esas noticias. Billy y mi hija eran muy amigos, no sé si lo sabían. Iban a la misma clase, por eso me impresionó tanto enterarme de que el niño se había visto en medio de eso.

—¿A qué se refiere? —preguntó Raco.

—Se supone que esa tarde tenía que venir a mi casa —explicó Whitlam, como si fuese algo obvio. Contempló los rostros impasibles de Falk y Raco y extendió las manos confuso—. Lo siento, creía que lo sabían. Se lo dije a los agentes de Clyde. Billy tenía que venir a casa por la tarde a jugar con mi hija, pero Karen llamó a mi esposa a última hora y lo canceló. Dijo que Billy estaba un poco pachucho.

—Sin embargo, estuvo bien para ir al colegio. ¿Se lo creyó? —preguntó Falk, que se había inclinado hacia delante.

Whitlam respondió que sí con la cabeza.

—Sí, y que conste que aún lo creemos. Había un virus en el colegio, aunque no era nada serio. Tal vez ella pensase que el crío necesitaba acostarse temprano. Creo que fue una de esas tristes coincidencias, pero nada más. —Se frotó los ojos con la palma de la mano—. Pero con algo así —continuó—, pensar lo cerca que estuvo de no estar en su casa... Dios, estas cosas te dejan muchos interrogantes.

12

—Eso lo habríamos sabido si estuviéramos en contacto con los de Clyde —comentó Falk al salir.

Llevaba la caja de los objetos personales de Karen y Billy debajo del brazo y el cartón le producía una sensación desagradable al contacto con la piel húmeda.

—Sí, pero bueno, no pasa nada. Nos hemos enterado de todos modos.

—Así es. Pero no sé, tal vez sea el momento de involucrarlos.

Raco lo miró.

—¿De verdad crees que tenemos suficientes indicios como para hacer esa llamada? ¿Incluso teniendo en cuenta cómo reaccionarán?

Falk abrió la boca para contestar, cuando una voz lo llamó desde el otro extremo del patio.

—¡Aaron! ¡Espera!

Falk dio media vuelta y vio a Gretchen Schoner acercarse al trote. Su humor mejoró un poco. Gretchen había cambiado el traje del funeral por unos pantalones cortos y una blusa entallada con las mangas recogidas que le quedaban mucho mejor. Raco le cogió la caja.

—Te espero en el coche —dijo con tacto, y saludó a Gretchen con una inclinación de cabeza.

Ella se detuvo delante de Falk y se levantó las gafas de sol, atrapando el pelo rubio en un complicado recogido en lo alto de la cabeza. Él se percató de que el azul de la blusa le realzaba los ojos.

—¿Qué haces aquí todavía? Creía que te habías ido.

Gretchen sonreía y fruncía el ceño al mismo tiempo. Tendió una mano y le tocó el codo. Él sintió remordimientos: debería haberla avisado.

—Hemos venido a hablar con Scott Whitlam —explicó—. El director.

—Sí, ya sé quién es Scott. Estoy en la junta de la escuela. Me refería a qué haces en Kiewarra.

Falk miró más allá de Gretchen. Un grupo de madres que formaban un corro en la distancia volvieron la cabeza hacia ellos con los ojos ocultos por las gafas de sol. Él la cogió del brazo y se volvió para darles la espalda.

—Es un poco complicado. Los Hadler me han pedido que eche un vistazo a lo que ha pasado.

—¿En serio? ¿Por qué? ¿Sucede algo?

Falk sintió el impulso urgente de contárselo todo. Lo de Ellie, la coartada, las mentiras. La culpa. Gretchen pertenecía al cuarteto original. Era la fuerza que compensaba al resto: la luz para la oscuridad de Ellie, la calma para la locura de Luke. Ella lo comprendería. Por encima de su hombro, Falk vio que las madres aún los vigilaban.

—Es por el dinero —contestó Falk con un suspiro.

Le relató una versión diluida de las preocupaciones de Barb Hadler. Deudas que se habían descontrolado.

—Dios... —Gretchen se quedó inmóvil y parpadeó mientras procesaba la información—. ¿Crees que tiene razón?

Falk se encogió de hombros. La conversación con Whitlam había arrojado algo de luz sobre esa teoría.

—Ya lo veremos. Pero hazme un favor y de momento no digas nada.

Gretchen frunció el ceño.

—Es un poco tarde para eso. Ya se ha corrido la voz de que unos policías han ido a ver a Jamie Sullivan.

—Joder, ¿y cómo se han enterado tan pronto? —preguntó Falk, aunque ya conocía la respuesta.

En los pueblos pequeños, los chismorreos corrían como la pólvora. Gretchen no respondió.

—Será mejor que vayas con pies de plomo. —Estiró el brazo y le espantó una mosca que se le había posado en el hombro—. Ahora mismo la gente está muy tensa, y no hace falta mucho para encender la mecha.

Falk asintió.

—Gracias, entendido.

—Bueno...

Gretchen esperó a que un grupo de niños pasase corriendo con una pelota en un caótico partido de fútbol. El peso del funeral iba desapareciendo de sus pequeños hombros, ahora que el fin de semana estaba a la vista. Se protegió los ojos del sol con una mano y saludó a los niños con la otra. Falk intentó distinguir a su hijo entre los demás, pero fue incapaz. Cuando volvió a mirar a Gretchen, ella estaba observándolo.

—¿Cuánto tiempo crees que vas a quedarte?

—Una semana como máximo —respondió Falk, dudando—. Más no.

—Muy bien.

Ella sonrió, y ese instante podría haber pasado hacía veinte años.

Cuando se marchó, unos minutos más tarde, Falk tenía en la mano un pedazo de papel con su número de móvil y la hora a la que se verían al día siguiente anotados con la letra inconfundible de Gretchen.

—No me digas que estás haciendo nuevas amigas —comentó Raco con ligereza cuando Falk subió al coche.

—Viejas amigas, dirás —respondió, pero no pudo evitar sonreír.

—¿Qué quieres hacer? —preguntó el sargento con aire más serio, y con la cabeza señaló la caja que había dejado en el asiento de atrás—. ¿Quieres llamar a los de Clyde y tratar de convencerlos de que a lo mejor la han cagado, o prefieres ir a la comisaría y ver qué hay ahí dentro?

Falk lo miró un momento e imaginó la llamada.

—De acuerdo. Comisaría. La caja.

—Buena decisión.

—Anda, tira.

La comisaría era un edificio de ladrillo visto de una sola planta, situado en un extremo de la calle mayor de Kiewarra. Los negocios de ambos lados estaban cerrados y los locales estaban desocupados. En la otra acera ocurría lo mismo. Los únicos que parecían tener algo de movimiento eran el quiosco, donde además vendían café, helados y chucherías, y la tienda de bebidas a granel.

—Joder, esto está muerto —comentó Falk.

—Es lo que pasa con los problemas económicos: que se contagian. Si los granjeros no tienen dinero para gastar en las tiendas, los comercios se hunden y entonces hay aún más familias sin dinero para gastar. Al parecer, han ido cayendo como piezas de dominó.

Raco tiró de la puerta de la comisaría y vio que estaba cerrada con llave. Soltó una maldición y rebuscó las llaves en el bolsillo. En la puerta había un cartel con el horario de atención al público: de lunes a viernes de nueve a cinco. Después de esa hora, las víctimas de cualquier delito tenían que probar suerte en Clyde. Falk miró el reloj: eran las 16.51h de la tarde. Debajo, alguien había escrito en bolígrafo un número de móvil para emergencias. Estaba seguro de que era el de Raco.

—¿Ya te vas? —voceó Raco una vez dentro, en un tono que no disimulaba su enojo.

La recepcionista, que tenía más de sesenta años y, aun así, el pelo de un color carbón bastante improbable a lo Elizabeth Taylor de joven, levantó la barbilla con aire desafiante.

—He llegado pronto —contestó, irguiéndose en su asiento detrás del mostrador.

Tenía el bolso colgado del hombro como el arma de un soldado. Raco se la presentó como Deborah, pero ella no hizo ademán de estrecharle la mano.

Detrás de ella, el agente Evan Barnes los miraba desde la oficina con cara de haber hecho algo mal y las llaves del coche en la mano.

—Buenas tardes, jefe —lo saludó Barnes—. Ya es la hora, ¿no? —preguntó con un tono demasiado despreocupado. Luego se miró el reloj ostentosamente—. Anda, pues no, todavía faltan un par de minutos.

Era un hombre grande, de aspecto juvenil, con rizos que salían disparados por todas partes. Se sentó a la mesa y se puso a mover papeles de un lado a otro. Raco entornó los ojos.

—Venga, fuera de aquí —les dijo, levantando la trampilla del mostrador—. Que tengáis un buen fin de semana. Tendremos que cruzar los dedos para que un incendio no arrase el pueblo un minuto antes de las cinco, ¿no?

Deborah irguió la espalda con la actitud propia de una mujer fortalecida por la confirmación de que tenía razón desde el principio.

—Adiós —le dijo a Raco.

Saludó a Falk con una parca inclinación de cabeza, mirándolo a la frente en lugar de a los ojos.

En algún rincón del pecho Falk sintió una gota fría. Aquella mujer sabía quién era él. Lo cual no era de extrañar; suponiendo que fuese de Kiewarra de toda la vida, tenía edad suficiente para acordarse de Ellie Deacon. Era lo más dramático que había sucedido allí, al menos hasta los asesinatos de la familia Hadler. Seguro que había chasqueado la lengua al leer los artículos del periódico con un café en la mano y la foto en blanco y negro de Ellie delante. Que había compartido chismorreos con los vecinos. Tal vez hasta conociese a su padre. Antes de que todo ocurriera, por supuesto. Después, habría negado cualquier relación con la familia Falk.

• • •

Horas después de que la cara de Luke desapareciera de la ventana de su dormitorio, Aaron seguía despierto. Los acontecimientos se reproducían sin descanso en su mente. Ellie, el río, pescar, la nota. Luke y yo estábamos juntos cazando conejos.

Aguardó toda la noche, pero cuando al fin oyó que alguien llamaba a la puerta, no era para él. Falk vio con mudo terror cómo a su padre no le quedaba más remedio que quitarse de las manos la tierra de los campos y acompañar a los agentes a la comisaría. La nota no especificaba de qué Falk se trataba, le dijeron; y, con dieciséis años, el más joven de los dos todavía era, al menos técnicamente, un niño.

Erik Falk, un hombre esbelto y estoico, pasó cinco horas retenido en la comisaría.

¿Conocía a Ellie Deacon? Sí, claro que sí, era la hija del vecino. Amiga de su hijo. La chica que había desaparecido.

Le preguntaron si tenía coartada para el día de su muerte. Había estado parte de la tarde comprando provisiones. Después había ido al pub. Al menos una docena de personas lo habían visto en varios lugares distintos. No era una coartada irrefutable, pero casi. El interrogatorio continuó. Sí, había hablado con la chica. ¿Más de una vez? Sí. ¿Muchas veces? Era probable. Y no, no sabía explicar el motivo de que Ellie Deacon tuviera una nota con su nombre y la fecha de su fallecimiento.

Pero no era el único que se apellidaba Falk, dijeron los agentes con intención. Después de eso, el padre de Aaron se calló. Cerró la boca y se negó a decir nada más.

Lo soltaron y luego le llegó el turno a su hijo.

—A Barnes lo han trasladado desde Melbourne —explicó Raco, mientras Falk lo seguía detrás del mostrador de recepción hacia el despacho.

A su espalda, la puerta de la comisaría se cerró de golpe y se quedaron solos.

—Ah, ¿sí? —se sorprendió Falk.

Barnes tenía el aspecto saludable de los chicos que se han criado en el campo, con leche de verdad.

—Sí, pero sus padres tienen una granja. Aquí no, en algún rincón del oeste. Creo que eso lo convirtió en el candidato obvio para el puesto. La verdad es que el tipo me da lástima: casi no había plantado el culo en la silla cuando lo enviaron aquí desde la ciudad. Dicho esto... —Raco miró la puerta cerrada, pero lo reconsideró—. Bueno, da igual.

Falk ató cabos. Era raro que un cuerpo de policía local transfiriese a su mejor agente, sobre todo a un lugar como Kiewarra. Era bastante improbable que Barnes fuese una lumbrera, y aunque Raco tenía demasiado tacto como para decirlo, el mensaje estaba claro: en aquella comisaría el sargento estaba solo.

Dejaron la caja con las pertenencias de Karen y de Billy sobre una mesa desocupada y la abrieron. Los fluorescentes zumbaban en el techo. En la ventana había una mosca que no paraba de chocar contra el cristal.

Aaron se sentó en una silla de madera, con la vejiga nerviosa y dolorida, y se mantuvo fiel al plan. Estaba con Luke Hadler cazando conejos. Dos, habían cazado dos. Sí, Ellie es —o sea, era— mi amiga. Sí, ese día la había visto en clase. ¡No! No habíamos discutido. Después del instituto no la volví a ver. No la ataqué. Estaba con Luke Hadler. Estaba con Luke Hadler. Estábamos cazando conejos. Estaba con Luke Hadler.

Tuvieron que soltarlo.

Entonces algunos rumores cobraron nueva forma. Tal vez no fuese asesinato, sino suicidio. Una versión muy popular era que el hijo de Falk había engatusado a aquella chica vulnerable; otra, que su padre, un hombre algo extraño, la había acosado y finalmente abusado de ella. ¿Quién sabía? En cualquier caso, casi podría decirse que la habían matado entre los dos Falk. Mal Deacon, el padre de la víctima, alimentó los rumores y luego crecieron por su cuenta y se asentaron. Se hicieron cada vez más robustos y no murieron nunca.

Una noche, alguien tiró un ladrillo contra la ventana del salón de los Falk. Dos días después echaron al padre de Aaron de la tienda de comestibles donde estaba comprando. No le quedó más remedio que marcharse de allí con las manos vacías y los ojos encendidos, dejando un montón de artículos en la caja. Al día siguiente, cuando Aaron iba de clase a casa en bicicleta, tres hombres lo siguieron en una camioneta. Se le fueron acercando poco a poco mientras él pedaleaba cada vez más deprisa, tambaleándose cuando se atrevía a mirar por encima del hombro, con el sonido de su propia respiración en los oídos.

Raco metió la mano en la caja y fue depositando el contenido sobre la mesa, en una fila.

Había una taza, una grapadora con el nombre de Karen escrito con típex, un cárdigan grueso tejido a mano, una botellita de perfume Spring Fling y una fotografía enmarcada de Billy y Charlotte. Bien poca cosa.

Falk abrió el marco y miró detrás de la foto. Nada, así que lo montó de nuevo. Al otro lado de la mesa, Raco le quitó el tapón al perfume y pulverizó un poco. Una fragancia cítrica flotó en el aire. A Falk le gustó.

Pasaron a las cosas de Billy: tres dibujos de coches, un par de zapatillas pequeñas de deporte, un libro para iniciarse en la lectura y una caja de lápices de colores. Falk pasó las páginas del libro sin saber bien qué buscaba.

Fue más o menos durante esos días cuando se dio cuenta de que su padre lo vigilaba. Desde el otro lado de la habitación, por la ventana, por encima del periódico. Aaron notaba un cosquilleo en la nuca, como el roce de una pluma, y levantaba la vista. A veces Erik apartaba la mirada al instante, pero otras no. Pensativo y callado. Aaron esperaba la pregunta, pero él nunca se la hizo.

Les dejaron un ternero muerto en la puerta de casa, con un corte tan profundo en el cuello que la cabeza estaba casi separada del cuerpo. A la mañana siguiente, padre e hijo metieron lo que pudieron en la furgoneta. Aaron se despidió con prisas de Gretchen y se entretuvo un poco más con Luke, pero ninguno de ellos mencionó el motivo de la partida. Cuando salieron de Kiewarra, la camioneta blanca de Mal Deacon los siguió hasta cien kilómetros más allá del límite urbano.

Y nunca más regresaron.

—Esa tarde, Karen se llevó a Billy a casa —dijo Falk, que estaba pensando en el tema desde que habían salido de la escuela—. Se supone que tenía que estar jugando con su amiga, pero el día que lo asesinaron, ella hizo que se quedase en casa. ¿Qué te parece? ¿Crees que es una coincidencia?

—No me lo parece —respondió Raco, negando con la cabeza.

—A mí tampoco.

—Pero de haber tenido la menor idea de lo que iba a ocurrir, seguro que se habría llevado a los dos críos lo más lejos posible.

—Tal vez sospechase que pasaba algo, pero no supiera qué —aventuró Falk.

—Ni lo grave que podía ser.

Falk cogió la taza de Karen y la posó sobre la mesa. Miró dentro de la caja, palpó los rincones: estaba vacía.

—Esperaba que hubiera algo más —admitió Raco.

—Yo también.

Pasaron un rato mirando los objetos y al final los guardaron de uno en uno.

13

Cuando Falk salió de la comisaría, las cacatúas chillaban en las copas de los árboles. Se llamaban unas a otras para regresar al nido ante la llegada de la noche, formando un coro ensordecedor a medida que las sombras de la tarde se alargaban. El ambiente era bochornoso y una gota de sudor le surcó la espalda.

Recorrió la calle mayor del pueblo sin prisa por llegar al pub que estaba al otro extremo. No era tarde, pero se veía a muy poca gente. Echó un vistazo a los escaparates vacíos de los locales abandonados, pegando la frente al cristal: todavía recordaba qué había antes en cada uno de ellos. La panadería. Una librería. La mayoría estaban completamente vacíos y era imposible saber cuánto tiempo llevaban así.

Se detuvo al llegar a una ferretería donde tenían expuestas varias camisas de algodón de trabajo. Un hombre de pelo cano, que llevaba una de esas camisas, además de un delantal y su nombre escrito en una placa, estaba a punto de darle la vuelta al cartel de «abierto» de la puerta, pero en cuanto vio que Falk miraba el escaparate, retiró la mano y lo dejó tal como estaba.

Falk tiró de su camisa. Era la misma que había llevado al funeral y estaba tiesa de lavarla en el lavabo de la habitación. Además se le pegaba a las axilas. Entró.

Al cabo de un instante, y bajo la luz intensa del interior, la sonrisa cálida del dependiente se congeló al reconocerlo. El hombre paseó la mirada por la tienda vacía con nerviosismo. Falk sospechaba que el local llevaba así casi todo el día. Tras vacilar un instante, el dependiente recuperó la sonrisa: es más fácil tener principios cuando también tienes la caja llena, pensó Falk. Luego le mostró la parca selección de ropa con la meticulosidad de un sastre. Falk compró tres camisas, porque el hombre parecía muy agradecido de que estuviera dispuesto a llevarse una.

Una vez en la calle, se puso el paquete debajo del brazo y echó a andar, aunque no había gran cosa que ver. Un local de comida para llevar ofrecía cocina de todos los rincones del mundo, siempre y cuando fuesen frituras y pudieran exponerse en un calientaplatos. La consulta del médico, una farmacia, una biblioteca diminuta. Una tienda donde, al parecer, vendían cualquier cosa: desde pienso para animales a tarjetas de felicitación. Después de varios locales tapiados con tablones, llegó al Fleece. Eso era todo: el centro urbano de Kiewarra. Se volvió y contempló la posibilidad de recorrerlo de nuevo, pero no consiguió reunir el suficiente entusiasmo.

Por la ventana del pub vio un grupito de hombres que miraban el televisor con indiferencia. Arriba sólo lo esperaba una habitación vacía, así que metió la mano en el bolsillo y palpó las llaves del coche. Antes de darse cuenta, ya estaba a mitad de trayecto hacia casa de Luke.

Cuando aparcó en el mismo lugar que antes, delante de la granja de los Hadler, el sol se estaba poniendo en el horizonte. La cinta policial amarilla colgaba todavía de la puerta.

Esa vez pasó la casa de largo y fue directo al más grande de los tres graneros. Miró la pequeña cámara de seguridad que estaba instalada sobre la puerta: parecía barata pero funcional. De plástico gris y con tan sólo un punto de luz roja, era muy fácil pasarla por alto si no se sabía que estaba allí.

Imaginó a Luke subido a una escalera en el momento de fijarla a la pared y darle la inclinación correcta. Estaba colocada de modo que captase lo máximo posible de la zona de los graneros donde guardaban la maquinaria de mayor valor. Lo de incluir la casa era meramente una consecuencia, la cámara abarcaba una estrecha franja del camino casi sin querer. La granja no iba a quebrar porque alguien les robase un televisor de hacía cinco años, pero quedarse sin el filtro del agua sería un asunto muy distinto.

Si quien había pasado por allí ese día era otra persona, ¿sabía de la existencia de la cámara?, se preguntó Falk. ¿Podía ser alguien que hubiera estado antes allí y conociera su alcance? ¿O había sido pura casualidad?

Si era Luke el que conducía su camioneta, sabía que la cámara captaría el número de matrícula, siguió pensando Falk. Pero para entonces era posible que todo le diese igual.

Atravesó el patio y dio una vuelta completa a la vivienda. Raco había cumplido su palabra de no dejar nada para los mirones: todas las persianas estaban bajadas y todas las puertas cerradas con llave. No había nada que ver.

Falk necesitaba aclararse las ideas, por lo que dejó la casa atrás y echó a andar a campo través. La propiedad limitaba con el río Kiewarra y, algo más allá, un bosquecillo de gomeros marcaba la linde. El sol veraniego se estaba poniendo ya, anaranjado.

A menudo las mejores ideas se le ocurrían caminando. Normalmente, eso implicaba patearse las calles que rodeaban el bloque de oficinas donde trabajaba en la ciudad, esquivando turistas y tranvías. O hacer kilómetros por el jardín botánico, o por la bahía, si estaba muy bloqueado.

Era consciente de que antes se sentía a gusto en el campo, pero ahora todo le resultaba muy distinto. Todavía tenía demasiado barullo en la cabeza. Escuchó el ritmo de sus pisadas sobre el suelo duro y el eco de las llamadas de las aves desde los árboles. Allí fuera, el griterío parecía aún más alto.

Cuando estaba a punto de llegar al límite del terreno, bajó el ritmo y finalmente se detuvo por completo. Pero no estaba seguro de qué lo había hecho dudar. La hilera de árboles que tenía delante se veía queda y sombría. Nada se movía. Un escalofrío inquietante le recorrió la espalda y el cuello. Le pareció que incluso las aves habían enmudecido. Aunque se sintió como un tonto, volvió la cabeza para mirar atrás. A su espalda no había más que la mirada ausente de los campos. La granja de los Hadler se recortaba sin vida en la distancia y se recordó que la había rodeado entera. Allí no había nadie. El lugar estaba vacío.

Se volvió hacia el río y se dirigió allí con un presentimiento palpitándole en el pecho. La respuesta le había ido llegando lentamente, pero de pronto cayó sobre él como un rayo: desde donde estaba, debería estar oyendo la corriente. El sonido característico del agua esculpiendo el paisaje. Cerró los ojos y escuchó, intentando percibirlo, deseando que se materializase. Pero no oyó más que una nada espeluznante. Abrió los ojos y echó a correr.

Entró en la arboleda a toda velocidad por el viejo camino, sin prestar atención al latigazo y los arañazos de las ocasionales ramas que lo invadían, y al llegar a la orilla se detuvo de golpe, jadeando. Pero no era necesario.

El enorme río se había convertido en poco más que una cicatriz polvorienta en la tierra. El lecho vacío se extendía a lo largo y ancho en todas direcciones, con sus curvas serpenteantes señalando el lugar por donde antes había fluido el agua. La grieta que los siglos habían cavado era ahora un batiburrillo de rocas y matojos. En la orilla, las raíces grises y nudosas de los árboles habían quedado expuestas como telarañas.

Era espantoso.

Incapaz de aceptar lo que veían sus ojos, Falk bajó al fondo aferrándose a la pendiente de tierra cocida con pies y manos. Se detuvo en el centro del lecho, en el vacío donde la caudalosa cinta de agua había tenido antaño la profundidad suficiente para cubrirle la cabeza.

La misma agua en la que Luke y él se habían zambullido todos los veranos, retozando y chapoteando para absorber su frescura. El agua que Falk había contemplado durante horas en las tardes soleadas, con el sedal moviéndose hipnóticamente, con la presencia robusta de su padre a su lado. El agua que había penetrado a la fuerza por la garganta de Ellie Deacon y la había invadido con ansia, hasta desalojarla de su propio cuerpo.

Falk intentó respirar hondo, pero el aire le dejó un sabor caliente y empalagoso en la boca. Su propia ingenuidad lo asaltó como una chispa de locura. ¿Cómo podía haber pensado que aún fluía agua dulce junto a aquellas granjas cuyo ganado se moría en el campo? ¿Cómo podía asentir como un tonto mientras la gente hablaba de sequía y no caer en la cuenta de que el río estaría seco?

Le temblaban las piernas y se notaba la vista nublada, mientras las cacatúas revoloteaban y chillaban a su alrededor, contra el cielo enrojecido y ardiente. Solo en aquel mundo monstruoso, Falk se llevó las manos a la cara y, una sola vez, gritó él también.

14

Falk se quedó un buen rato sentado en la orilla, dejando que lo invadiese una sensación de entumecimiento a medida que se ponía el sol. Al final se obligó a levantarse; la luz estaba desapareciendo. Sabía adónde se dirigiría a continuación, pero no estaba seguro de encontrar el camino en la oscuridad.

Dio la espalda al sendero que llevaba a la granja de los Hadler y echó a caminar en dirección contraria. Veinte años atrás había un riachuelo, pero ahora Falk tuvo que fiarse de su memoria y fue haciendo camino esquivando las raíces que sobresalían de la tierra y entre la maleza seca.

Mantenía la cabeza gacha, concentrado en no desviarse. Sin el sonido de la corriente del río como guía, más de una vez se dio cuenta de que estaba saliéndose de la ruta. El paisaje parecía muy distinto del de entonces, y no veía los hitos que él conocía. Justo cuando empezaba a preocuparse por haberse desviado mucho, encontró lo que buscaba y sintió una oleada de alivio. Estaba a poca distancia de la orilla, casi oculto entre la maleza y, a medida que atravesaba los matorrales, sintió una repentina felicidad. Por primera vez desde su regreso a Kiewarra, le pareció que estaba en casa. Estiró el brazo. Seguía allí, igual que siempre.

El árbol de la roca.

• • •

—Mierda, ¿dónde narices están?

Ellie Deacon frunció el ceño y, con la punta de una de sus bonitas botas, apartó delicadamente un montón de hojas.

—Tienen que estar por aquí, en alguna parte. Las he oído caer.

Aaron miró alrededor del árbol de la roca. Se agachó para palpar el suelo y removió las hojas secas buscando las llaves de casa de Ellie. Mientras, ella lo contemplaba con los ojos entrecerrados y, medio con desgana, le dio la vuelta a una piedra con el pie.

Falk pasó la mano por el árbol y esbozó una amplia sonrisa, con la sensación de que aquélla era la primera vez que sonreía de verdad en muchos días. De niño le parecía un milagro de la naturaleza: un eucalipto gigantesco que había crecido pegado a una roca sólida, con el tronco curvado a su alrededor, rodeándola en un nudoso abrazo.

Cuando era joven, Falk no comprendía que los demás no estuvieran fascinados con aquel árbol. Todas las semanas, los excursionistas pasaban por allí casi sin echarle ni un vistazo, y para otros críos de la zona era poco más que una rareza del paisaje. Pero siempre que él lo veía se preguntaba cuántos años habría tardado en quedar así. Creciendo milímetro a milímetro. Le daba la sensación vertiginosa de no ser más que un punto diminuto en el tiempo y eso le gustaba. Más de veinte años después, miró el árbol y sintió ese vértigo de nuevo.

Ese día, Aaron estaba solo con Ellie, cosa que, con dieciséis años, deseaba y al mismo tiempo lo asustaba. Habla-

120

ba sin parar; tanto que hasta a él mismo le molestaba. No obstante, las conversaciones se interrumpían a cada momento, como si encontraran inesperados baches en la carretera. Nunca les había ocurrido, pero desde hacía unos días eso parecía dominar su relación.

A menudo Aaron se veía buscando cosas que decir para obtener de ella algo más que una ceja enarcada o un gesto de la cabeza como respuesta. De vez en cuando daba con una veta de oro y Ellie sonreía.

Esos momentos le encantaban. Anotaba mentalmente lo que había dicho y lo guardaba para analizarlo más adelante, porque esperaba dar con un patrón que le permitiera crear un repertorio de bromas tan ingeniosas que ella no pudiese negarle una sonrisa. Pero de momento ese patrón era aleatorio y frustrante.

Habían estado casi toda la tarde a la sombra, apoyados en el árbol de la roca, y Ellie parecía más distante de lo habitual. En dos ocasiones él le había preguntado algo sin que ella diese siquiera señales de haberlo oído. Al final, con un miedo atroz a aburrirla, Aaron había propuesto que fueran a buscar a Luke o a Gretchen. Para su alivio, ella negó con la cabeza.

—Creo que ahora mismo no puedo con ese caos —respondió—. Ya estamos bien nosotros solos, ¿no?

—Sí, por supuesto.

Por supuesto que lo estaban. Intentó que no se le notase en la voz.

—¿Qué planes tienes para esta noche?

Ellie hizo una mueca.

—Trabajar.

Desde hacía un año tenía un trabajo a media jornada que consistía principalmente en atender con desgana tras el mostrador del quiosco.

—Pero ¿no trabajaste anoche?

—Abrimos todos los días, Aaron.

—Sí, ya lo sé, pero...

Eran más turnos de los que acostumbraba hacer. De pronto se planteó si estaría mintiéndole, pero enseguida *se sintió ridículo. No tenía ninguna necesidad de mentirle.*

La miró lanzar el juego de llaves al aire y atraparlo una y otra vez con ademán despreocupado. La luz de la tarde se reflejaba en su pintaúñas morado. Aaron intentaba armarse de valor para estirar el brazo y cogerlas en el aire; hacerla rabiar en broma, como haría Luke. Y luego... Bueno, Aaron no estaba seguro de qué ocurriría después. Por eso, cuando Ellie las lanzó demasiado alto y salieron volando hacia atrás por encima de sus cabezas, sintió cierto alivio.

Las llaves toparon con la roca y ambos oyeron el repique metálico cuando chocaron contra el suelo.

Falk se agachó junto a la roca y cambió varias veces de postura hasta que encontró el ángulo adecuado. Cuando por fin lo vio, soltó un leve gruñido de sorpresa y satisfacción.

El hueco.

—Eh, mira esto.

Aaron estaba de rodillas en el suelo y se balanceaba atrás y adelante. En el seno de la roca del árbol había aparecido una grieta profunda que desaparecía al mirar desde un ángulo distinto. Nunca la había visto. Un maravilloso hueco donde la base del tronco no estaba pegada a la roca, sino que tenía una leve curvatura hacia fuera. Una ilusión óptica que desde cualquier otro ángulo era casi invisible.

Aaron oteó el interior. Había espacio suficiente para meter el brazo, el hombro y, de haberlo querido, también la cabeza. Y allí, a la entrada de la grieta, vio lo que estaba buscando. Cogió las llaves de Ellie con aire triunfal.

Falk echó un vistazo al hueco. No veía más allá de la abertura, pero buscó una piedra pequeña, la lanzó al interior y la oyó chocar contra los costados de roca. No salió nada correteando ni reptando.

Dudó un momento, pero enseguida se bajó la manga hasta el puño y metió la mano en la negrura. Sus yemas dieron con un objeto —pequeño, cuadrado y no natural— y lo cogió. En ese instante notó que algo le pasaba por encima de la muñeca y sacó la mano de golpe. Se irguió y se rió del martilleo de su corazón.

Abrió la palma de la mano y reconoció el objeto al instante. Era un encendedor pequeño de metal. Abollado y oxidado, pero la bisagra aún funcionaba. Falk sonrió de oreja a oreja y le dio media vuelta sabiendo lo que encontraría: en una versión antigua de su letra estaban grabadas las iniciales A. F.

Nunca había sido demasiado aficionado a fumar, pero lo tenía para presumir y, hacia el final, lo había escondido porque no quería arriesgarse a que se lo encontrara su padre. Abrió la tapa, pero no se atrevió a encenderlo. No con aquellas condiciones meteorológicas. Frotó el metal con la palma y dudó si metérselo en el bolsillo. Sin embargo, tuvo la sensación de que le correspondía permanecer en aquel lugar, en otra época. Un momento después, se agachó y lo dejó en el agujero.

Ellie se acuclilló a su lado y se apoyó en su hombro para recuperar el equilibrio. Tenía la mano caliente. Estaba tan cerca que, cuando entrecerró los ojos y miró dentro del agujero, Aaron pudo distinguir el rímel que cubría cada una de sus pestañas. Cuando Ellie apretó su hombro contra el de él para meter la mano en el agujero y comprobar su tamaño con un tanteo cauteloso, le hizo un poco de daño.

—Qué guay —dijo Ellie en tono inexpresivo.

Aaron no sabía si hablaba en serio.

—He encontrado las llaves —contestó, enseñándoselas.

Ellie se volvió hacia él. Aaron se fijó en las diminutas motas que tenía en el rabillo del ojo, donde se le había corrido el rímel. Estaba bebiendo menos y, de cerca, se le veía la piel más lisa y clara.

—*Pues sí. Gracias, Aaron.*

—*De nada, Ellie.*

Él sonrió. Sentía su aliento en las mejillas. No estaba seguro de si realmente había movido la cabeza o si sólo había querido hacerlo, pero de pronto ella estaba mucho más cerca y estaba besándolo, apretando aquellos labios de color rosa contra los suyos. Aaron se los notó deliciosamente pegajosos, con un toque artificial de cereza. Mucho mejor de lo que había imaginado, y se dejó llevar, porque quería saborearla más, sentir la efervescencia de la pura alegría.

Levantó la mano para acariciarle la melena brillante, pero justo cuando se la posaba con cuidado en la nuca, ella ahogó una mínima exclamación aún con la boca en la de él, y se apartó deprisa. Se sentó en el suelo de golpe y se llevó los dedos a los labios y después al pelo. Aaron estaba paralizado, agachado, y conservaba aún el sabor de Ellie en la boca abierta. Lo invadió el miedo. Ella lo miraba.

—*Lo siento, Ellie. Per...*

—*No, lo siento yo. No quería...*

—*...dona. Es culpa mía. Pensaba que querías...*

—*No, Aaron, de verdad, no pasa nada. Es que...*

—*¿Qué?*

Ambos respiraron.

—*No me lo esperaba.*

—*Ah. —Y luego—: ¿Estás bien?*

—*Sí.*

Ellie abrió la boca como si fuera a decir algo más, pero el silencio se alargó. Durante un momento de infarto, él creyó verle lágrimas en los ojos, pero ella parpadeó y desaparecieron.

Aaron se levantó y le ofreció la mano para ayudarla. Por un horrible instante, creyó que Ellie no se la acep-

taría, pero entonces ella posó su palma en la de él y se levantó. Aaron dio un paso atrás para dejarle espacio.

—Lo siento —repitió.

—Por favor, no digas eso.

—Vale. Entonces, ¿todo está bien?

Ella lo sorprendió dando un paso hacia él, reduciendo la distancia. Antes de que Aaron se diese cuenta de lo que ocurría, Ellie le dio un beso suave, breve, en los labios. Otra vez el sabor a cerezas.

—Estamos bien. —Después se apartó, tan rápido como se había acercado—. Ya te lo he dicho, no me lo esperaba.

Cuando Aaron fue consciente de lo sucedido, ya se había acabado. Ellie se había inclinado para sacudirse el polvo de los vaqueros.

—Será mejor que me vaya. Y gracias —añadió sin levantar la cabeza—. Por encontrar las llaves, quiero decir. —Él asintió—. Oye —dijo Ellie, justo antes de dar media vuelta y marcharse—, lo de hoy no se lo contaremos a nadie, ¿vale? Mejor nos lo guardamos para nosotros.

—¿El qué? ¿Lo del hueco o...?

Ella se rió.

—Lo del hueco —respondió y lo miró por encima del hombro—. Pero lo otro tampoco. Al menos de momento.

Sonrió brevemente.

Aaron no estaba del todo seguro, pero pensó que, a fin de cuentas, había sido un buen día.

Falk no le había contado a nadie lo del hueco. Ni lo del beso. Estaba bastante seguro de que Ellie tampoco. Ella no había tenido que guardar el secreto mucho tiempo. Tres semanas más tarde y a tan sólo veinte metros de allí, sacaron a rastras del río el cadáver pálido y macerado de Ellie. Después de que la hallasen, Falk no había regresado al lugar y, aunque hubiese querido hacerlo, no tuvo ocasión. Antes de un mes, su padre y él estaban en Melbourne, a quinientos kilómetros de distancia.

Siempre se había alegrado de que Ellie y él descubriesen el agujero un día en que estaban solos. Cuando eran más pequeños y Luke, Ellie y él pasaban el rato junto al árbol de la roca, debieron de tener muchas oportunidades, pero en ese caso, aquello se habría convertido automáticamente en un descubrimiento de Luke. Y más tarde, cuando a los doce años al trío le salió una grieta a lo largo de la división de géneros, él hubiese reclamado la custodia absoluta.

Ninguno de ellos se percató hasta que ya era demasiado tarde. Ellie se fue introduciendo de forma gradual en el mundo extraño de las chicas, de las faldas, de las manos limpias y las conversaciones que hacían que Aaron y Luke intercambiaran miradas de perplejidad. Fue una migración lenta, pero un día Aaron levantó la cabeza y cayó en la cuenta: Luke y él estaban solos, desde hacía meses. No dejaron que les afectase, al fin y al cabo sólo era una chica. Probablemente era mejor que no los siguiese a todas partes.

Ellie se desvaneció de sus conciencias con una facilidad que ahora a Falk le parecía asombrosa, pero durante tres años apenas recordaba haber pensado en ella. Debía de verla por ahí, porque no había manera de evitarlo, pero cuando él tenía quince años y ella volvió a aparecer en su vida, era como si Ellie hubiese renacido con su forma definitiva y fuese dejando una estela de fascinación y misterio a su paso, como un perfume.

Para Luke y él, sentados en el respaldo de un banco del parque Centenary, aquél había sido un sábado por la noche más. Tenían los pies en el asiento, como un par de auténticos rebeldes, y atentos por si llegaba el policía local, como auténticos chavales de pueblo.

La grava crujió, algo se movió en las sombras y de pronto Ellie Deacon apareció de la nada. Llevaba el pelo de un negro azabache artificial, largo hasta los codos. A la luz anaranjada de las farolas, tenía un brillo mate. Estaba sola.

Se acercó sin prisa, vaqueros estrechos, botas rasguñadas con mucho arte, la tira del sujetador asomando por el escote barco de la camiseta. Miró a los dos chicos con los ojos perfilados y ellos le devolvieron la mirada boquiabiertos. Ellie enarcó una ceja ante la lata de cerveza caliente que compartían, metió la mano en su bolso de polipiel y sacó una botella de vodka casi llena.

—¿Hay sitio para una más? —preguntó.

Se dieron tanta prisa en hacerle un hueco que estuvieron a punto de caerse del banco. Los años transcurridos desaparecieron con el vodka y, antes de que diesen cuenta de casi toda la botella, el trío volvía a existir.

Sin embargo, había pequeñas variaciones en su amistad que insinuaban nuevos caminos por explorar. Las conversaciones tenían un tono nuevo. Los chicos todavía pasaban parte del tiempo a solas, pero Aaron se dio cuenta de que hacía todo lo que estaba en su mano por reducir las oportunidades de que Luke y Ellie quedasen sin él. Nunca lo comentó con su amigo, pero la cantidad de veces que sus propios intentos de pasar el rato a solas con ella se veían frustrados le hacía pensar que Luke llevaba a cabo una operación encubierta muy similar. La dinámica del grupo había dado un giro sutil pero definitivo y ninguno de ellos estaba seguro de dónde había aterrizado.

Ellie no llegó a explicarles bien por qué había vuelto. El día que Aaron se lo preguntó, ella puso los ojos en blanco.

—Son un hatajo de zorras —contestó—. Si la cosa no va de verse reflejadas en un espejo, no les interesa. Al menos a vosotros no os da vergüenza ir por ahí conmigo.

Encendió un cigarrillo y miró a Aaron a los ojos, como si eso lo aclarase todo. Y tal vez fuera así.

Cuando la amistad se sometió a su primera prueba de fuego, aún estaba afianzándose. Y la presión, inesperadamente, llegó de los tacones color fucsia de Gretchen Schoner.

La jerarquía social debía respetarse, incluso en Kiewarra, y Gretchen era una criatura a la que normalmente veían apartándose la melena dorada y riéndose, rodeada de un grupo de seguidores. Por eso Aaron y Ellie se quedaron boquiabiertos la noche en que Luke apareció en el parque Centenary con un brazo sobre sus hombros.

Luke había dado un estirón y ya les sacaba media cabeza a la mayoría de sus compañeros de clase. Además, los hombros y el pecho se le habían ensanchado en proporción. Esa noche, en la penumbra del parque, con la melena de Gretchen cayéndole sobre la manga de la chaqueta como una cortina y con un caminar decididamente arrogante, Aaron se dio cuenta de que su amigo parecía un hombre.

Cuando Luke la presentó, Gretchen se sonrojó y soltó una risita. Su amigo miró a Aaron por encima de la cabeza de ella y le guiñó el ojo sin demasiada sutileza. Tal como esperaba, Aaron asintió impresionado. Un sábado por la noche Gretchen podía estar en mil sitios, pero estaba allí, con Luke.

En las pocas ocasiones en las que había podido, hasta entonces, hablar algo con ella, se había llevado una agradable sorpresa. Era encantadora e inesperadamente ingeniosa. Charlar con ella era fácil y enseguida le hacía reír. No le costaba entender que la gente buscara su cercanía: la energía que irradiaba era una invitación al regodeo.

Ellie carraspeó de manera casi imperceptible detrás de Aaron y él se dio cuenta con un sobresalto de que prácticamente se había olvidado de ella. Cuando se volvió, la expresión de su amiga era de cierto desdén, pero no de sorpresa, como si hubiese dado por hecho que ni Luke ni él superarían esa prueba. Él había pasado de mirar la sonrisa de Gretchen a la expresión fría de Ellie, y de pronto sonaron las alarmas, pero ya era demasiado tarde. Miró a Luke pensando que se habría dado cuenta, pero él contemplaba la escena con curiosidad, como si le divirtiese. Durante un momento de tensión, nadie dijo nada.

Entonces, de repente, Gretchen sonrió a Ellie con complicidad e hizo un comentario de una malicia espectacular sobre una de las antiguas amigas de ésta. Hubo una pausa expectante y al cabo de un momento Ellie soltó una carcajada. Gretchen selló el trato ofreciéndoles tabaco. Le hicieron un hueco en el banco: esa noche y todos los sábados por la noche durante el siguiente año.

—Joder, Gretchen es el equivalente humano de un baño de burbujas —le susurró Ellie a Aaron unos días más tarde, pero no pudo ocultar una leve sonrisa.

Habían estado riéndose con una anécdota de Gretchen sobre un chico que le había pedido una cita escribiéndolo en uno de los campos de su padre y, arruinándole a éste, de paso, todo el cultivo. Pero ahora Luke y ella estaban enfrascados en una conversación con las cabezas tan juntas que casi se tocaban. Gretchen soltó una carcajada juguetona y bajó la mirada justo cuando Luke murmuraba algo que Aaron no alcanzó a oír.

—Tú y yo podemos irnos a otra parte si te estás hartando —le dijo él a Ellie—. No hace falta que nos quedemos aquí.

Ella lo miró un momento a través de una nube de humo y dijo que no con la cabeza.

—No, me cae bien. Es un poco atolondrada pero inofensiva.

—Bueno, vale.

Aaron suspiró en silencio y aceptó el cigarrillo que ella le ofrecía. Se volvió para encenderlo y vio que Luke le pasaba el brazo a Gretchen por los hombros y se le acercaba para darle un beso. Cuando se recostó de nuevo en el banco, miró a Aaron y Ellie por encima de la cabeza de Gretchen. Ellie, que examinaba la brasa del cigarrillo con expresión distante, no se dio cuenta.

Fue sólo un segundo, pero Aaron vio que su amigo fruncía el ceño un instante. Se le ocurrió que tal vez él no fuese el único que estaba un poco molesto por lo bien que se llevaban las chicas.

15

Falk se apoyó en la roca y contempló el río de polvo. A la granja de los Hadler y a su propio coche se llegaba por el camino de su izquierda. A la derecha aún se adivinaba la senda olvidada que se alejaba del río y se adentraba en la maleza. A lo largo de los últimos veinte años casi había desaparecido, pero para Falk estaba tatuada en el paisaje. La había recorrido mil veces. Se quedó allí plantado un buen rato, debatiéndose. Al final dio un paso hacia la derecha. Mil veces. ¿Qué tenía de malo recorrerla una más?

Tardó sólo unos pocos minutos en llegar al final del sendero, pero cuando emergió de entre los árboles, el cielo ya estaba de un añil intenso. Al otro lado de uno de los campos había una casa que brillaba gris en el crepúsculo. Falk atajó a campo través, como siempre había hecho. A medida que se acercaba, redujo el paso y se detuvo a unos veinte metros de la construcción. Estaba mirando la casa de su infancia.

La puerta del porche, que antes era amarilla, estaba pintada de un insípido tono azul, observó con algo parecido a la indignación. Había lugares donde la pintura estaba desconchada y debajo se veían destellos de amarillo, como heridas abiertas. Los años habían combado los escalones de madera donde él acostumbraba a sentarse a jugar con sus juguetes y a ordenar los cromos de fútbol. Debajo había una lata de cerveza caída sobre la hierba pajiza.

Resistió el impulso de recogerla y buscar un cubo de basura. De pintar la madera. De arreglar los escalones. Lo que hizo fue quedarse donde estaba. Todas las ventanas estaban a oscuras menos una, iluminada por el resplandor azulado de un televisor.

Falk sintió una aguda punzada de nostalgia por lo que podría haber sido. Podía ver a su padre de pie frente a la mosquitera por las tardes, una figura alta, enmarcada por la luz que salía de la vivienda, llamándolo para que dejase de jugar y entrase. Vamos a cenar, Aaron. Baño, cama. Venga, para dentro, hijo. Hora de entrar en casa. Erik Falk rara vez le hablaba de su madre, pero, cuando Aaron era pequeño, le gustaba fingir que la sentía en casa. Acariciaba con los dedos las cosas que sabía que ella habría tocado —los grifos de la cocina, la bañera y el lavabo, las cortinas— y la imaginaba en esos lugares.

Sabía que en una época habían sido felices allí. Al menos su padre y él. Y al mirar la casa en ese momento, era como ver una línea divisoria en su vida. Una marca en la cúspide del antes y el después. Sintió el hormigueo de la rabia en el pecho, pero no se le escapaba que en parte estaba enfadado consigo mismo. No sabía por qué había ido allí. Dio un paso atrás. No era más que otra vivienda que necesitaba reparaciones. Allí no quedaba nada de él ni de su padre.

Estaba dando media vuelta para regresar, cuando la mosquitera se abrió con un chirrido. Una mujer salió de la casa. La luz del televisor recortaba una silueta rechoncha. Llevaba el pelo de color castaño apagado recogido en una coleta lacia y sus caderas desbordaban la cintura del pantalón. Tenía el cutis rojizo y amoratado de una mujer cuyo consumo de alcohol ha rebasado la frontera de lo social y se ha convertido en algo serio. Encendió un cigarrillo y le dio una calada larga en silencio, sin quitarle ojo.

—¿Necesitas algo, amigo?

131

Soltó el humo y entrecerró los ojos cuando la nube le rodeó la cara.

—No. Es que...

Falk calló y se maldijo en silencio. Debería haber pensado algo con antelación. Alguna excusa para estar merodeando al anochecer ante la puerta de unos desconocidos. Estudió la expresión de la mujer y vio que ella lo miraba con recelo, pero no lo había reconocido. No sabía quién era. Eso ayudaba. Se planteó contarle la verdad, pero lo descartó de inmediato. Siempre podía sacar la placa. Lo haría si era necesario. Pero al Falk policía le daba vergüenza verse en esa situación.

—Lo siento —se disculpó finalmente—. Es que conocía a unos que vivían aquí.

La mujer no dijo nada, le dio otra calada al cigarrillo. Se llevó la mano libre a la espalda y, con aire pensativo, se sacó el pantalón de entre las nalgas. Y en ningún momento dejó de mirarlo con los ojos entornados.

—Aquí sólo estamos mi marido y yo. Desde hace cinco años. Y antes de eso, en la casa vivió mi suegra unos quince años.

—Fue hace mucho tiempo —comentó Falk—. Yo conocía a los que vivían aquí antes de ella.

—Pues se marcharon —contestó la mujer con el tono del que se ve obligado a afirmar algo evidente.

Se quitó una hebra de tabaco de la lengua con el índice y el pulgar.

—Sí, ya lo sé.

—¿Entonces?

Era una buena pregunta. Falk no estaba seguro de cuál era la respuesta. La mujer oyó un ruido que venía de dentro y se volvió. Abrió la mosquitera y asomó la cabeza.

—Sí, cariño —la oyó decir Falk—. Estoy en ello. No pasa nada. No, nadie. No hace falta que salgas. Que no, vete para adentro, ¿vale?

La mujer esperó un momento y cuando volvió a mirar a Falk tenía la cara roja y el ceño fruncido. Bajó del porche y se detuvo a unos metros de él.

—Si sabes lo que te conviene, será mejor que te vayas ya —le advirtió en voz baja pero hostil—. Ya lleva unas cuantas y, si tiene que salir, no lo hará precisamente de buen humor. No tenemos que ver una mierda con todo lo que pasó, ¿entiendes? Nada, ni ahora ni nunca. Y su madre tampoco. Así que ya puedes coger la acreditación de periodista o el espray o la bolsa de mierda que hayas traído y largarte cagando leches, ¿vale?

—Mire, lo siento. —Falk dio un paso atrás y le mostró las palmas de las manos para demostrarle que era inofensivo—. No pretendía molestar. A ninguno de los dos.

—Bueno, pues lo has hecho. Esta casa es nuestra, ¿vale? La compramos y está pagada. Y que no venga nadie a dar por culo, porque han pasado ya veinte años. ¿Es que no os habéis cansado aún del tema, panda de capullos?

—Mire, tiene razón. Ya me voy.

La mujer dio un paso adelante y señaló la casa. En la otra mano tenía el móvil.

—Claro que sí. Porque si no, no voy a llamar a la policía, sino al de dentro y a unos cuantos amigos suyos que estarán encantados de explicártelo para que lo entiendas. ¿Me oyes? Largo. —Respiró hondo y luego levantó la voz—: Y eso puedes decírselo a quienquiera que tenga que saberlo. No tenemos nada que ver con los que vivían aquí. Nada que ver con esos pervertidos.

La palabra resonó en los campos y Falk se quedó un momento paralizado. Luego dio media vuelta y se alejó sin decir nada.

No miró atrás ni una sola vez.

16

La melena rubia de Gretchen asomó entre la multitud del pub y Falk sintió un arrebato repentino de gratitud por no haber cedido al impulso de cancelar la cita.

Después de alejarse de su antigua casa la noche anterior, había regresado al coche y se había quedado allí un buen rato, luchando contra la tentación de partir hacia Melbourne. Tras una noche agitada, había pasado el día refugiado en la habitación, enfrascado en la pila de documentos que se había llevado de casa de los Hadler. La búsqueda apenas había dado resultados, pero él continuaba trabajando de forma metódica y tomando notas de vez en cuando si topaba con algo que le llamaba la atención. Era cuestión de hincar los codos y completar la tarea. Había hecho una única pausa breve para salir a comer algo, sin prestar atención al típico barullo de fin de semana de la calle, y, tras un momento de remordimiento, había silenciado el teléfono al recibir una llamada de Gerry. Falk cumpliría su promesa, pero eso no quería decir que quisiera hablar de ello.

En aquel momento, tras bajar al pub, por primera vez en todo el día, ya no tenía tanta prisa por marcharse. Gretchen lo encontró sentado a una mesa del rincón del fondo, con el sombrero inclinado hacia delante. Ella volvía a vestir de negro, pero esa vez con un vestido. Era muy corto y el faldón revoloteaba sobre las piernas al caminar.

Le quedaba mucho mejor que la ropa del funeral. Más de uno de los habituales del sábado por la noche volvió la cabeza al verla pasar. No tantos como en el instituto, pensó Falk, pero sí unos cuantos.

—Qué guapa estás.

Gretchen parecía complacida y, cuando él se levantó para ir a la barra, le dio un beso en la mejilla. Olía bien. A flores.

—Gracias, tú también. Me gusta la camisa. Muy a la vanguardia de la moda de Kiewarra.

Señaló su reciente compra con la cabeza y él sonrió. Gretchen se encajó en el asiento del rincón.

—¿No quedaban más mesas o estás escondiéndote?

—Escondiéndome. Más o menos. —Falk no pudo evitar sonreír—. Anoche fui hasta mi casa.

Ella enarcó las cejas.

—¿Y?

—No fue como yo esperaba.

—Nunca lo es.

Falk se acercó a la barra y dejó que el camarero de la barba le sirviese una cerveza y un vino blanco de calidad dudosa. A su regreso, Gretchen alzó la copa.

—Salud. ¿Te acuerdas de cuando nos moríamos por poder beber aquí? Tantas noches en el parque, tragándonos cualquier cosa que pudiéramos pillar... —Abrió los ojos con una falsa incredulidad y señaló a su alrededor—. Y ahora, míranos, nuestro sueño hecho realidad.

Falk se rió y sus miradas se cruzaron mientras rememoraban aquella época. Él era consciente de que una adolescencia de labios pintados y piernas largas proporcionaba a Gretchen un pozo de dicha juvenil más profundo que el de la mayoría, pero ahora que la miraba con su vestido, pensó que esos años, antes de la muerte de Ellie y de que todo cambiase, tal vez hubieran sido para ella los más felices. Esperaba que no. Esperaba que hubiese tenido más. Arrugó la frente sin querer y el momento se esfumó.

Gretchen se le acercó.

—Oye, tienes que saber que se ha corrido la voz. Todo el mundo sabe que le estáis echando un vistazo a lo de los Hadler. El sargento y tú.

—No es oficial.

—¿Y crees que eso importa?

Falk asintió. Tenía razón.

—¿Qué opina la gente?

—Depende de a quién se lo preguntes. Hay quienes dicen que ya tardabais y otros opinan que precisamente tú deberías estar metiéndote en tus asuntos —explicó y, bajando la voz, añadió—: Y todo el mundo está cagado de miedo por lo que podría significar si los ha asesinado otra persona.

Falk tuvo remordimientos por todas las llamadas perdidas de Gerry Hadler que se le habían acumulado en el móvil. Decidió llamarlo por la mañana a primera hora.

—¿Qué opinas tú? —preguntó con curiosidad.

—Que deberías ir con cuidado —contestó Gretchen toqueteando el pie de la copa—. Pero no me malinterpretes, me encantaría saber que no ha sido Luke.

—¿Tú crees que lo hizo?

Ella frunció el ceño y se lo pensó antes de responder.

—No lo sé. Cuando me enteré no me lo podía creer. Pero más que nada me costaba hacerme a la idea de que algo así hubiera ocurrido. Según decían, el caso estaba bastante claro. La verdad es que no me paré a pensar si Luke era el responsable o no, ¿sabes?

—Ni tú ni la mayoría. Yo tampoco.

Ella esbozó una sonrisa torcida y añadió:

—Esto no se lo diría a nadie más que a ti, pero hasta cierto punto eso es culpa de Luke, por ser tan gilipollas.

Allá abajo, los campos brillaban bajo la luna con un resplandor plateado y el puñado de casas de las diferentes granjas parecía un borrón en el paisaje. Los cuatro amigos estaban sentados en el borde del afloramiento roco-

so, con las piernas colgando. Luke había sido el primero en saltar la valla y, al hacerlo, había derribado la señal de «No pasar» con el pie. Aaron observó con cierto fastidio que su amigo no se había afeitado desde hacía días y que un rastrojo de barba le oscurecía el mentón. A la luz de la luna, cuando se acercó al borde, abrió los brazos y contempló las vistas, se le notaba aún más.

Al ver aquel precipicio, a Aaron le dio un vuelco el corazón, pero aun así saltó la valla sin mirar a sus compañeros. Ellie iba detrás de él y Luke le tendió el brazo a Gretchen con mucha ceremonia para ayudarla a pasar. A ella no le hacía falta, pero aceptó y sonrió. Y ahora estaban sentados charlando y riendo, sintiendo en el cuerpo el calor de la botella medio vacía que compartían. Ellie era la única que la rechazaba cuando se la ofrecían, diciendo que no con la cabeza. Se turnaban para beber y se desafiaban a inclinarse hacia el precipicio y mirar abajo. Bravuconadas y sandeces. Daba miedo, pero ellos no estaban asustados.

Falk enarcó las cejas un ápice, pero no discrepó.

—Entre gilipollas y asesino hay mucho trecho —comentó.

Gretchen asintió.

—Oye, no estoy diciendo que lo hiciese él. Pero ¿era capaz de hacerlo? —Gretchen miró a su alrededor, como si Luke fuese a aparecer de la nada y oír la conversación—. Ésa es una cuestión muy distinta.

Aaron veía con el rabillo del ojo que Luke tenía a Gretchen cogida de la cintura. Le musitó algo al oído y ella bajó la mirada con timidez; sus pestañas proyectaron una sombra azulada en las mejillas.

Aaron sentía la presencia de Ellie a su lado, pero no se movió. Era la primera vez que quedaban después del beso de la semana anterior en el árbol de la roca, y él aún tenía la sensación de caminar por arenas movedizas. Ella le había dicho que había trabajado todas las noches y él sólo se había permitido ir una vez al quiosco. Ellie lo había saludado desde la caja, pero allí no podían charlar.

Al subir hacia el mirador se había quedado algo rezagado con la esperanza de hablar unos minutos a solas con ella, pero Luke no se había separado de él ni un instante, cosa que lo enfurecía. Ellie no daba señales de acordarse de lo que había pasado bajo el árbol y, cuando llegaron a la cima, Aaron empezaba a pensar que se lo había imaginado todo.

Mientras subían sin prisa, Luke le contó una historia que Aaron sólo escuchaba a medias. De pronto, Ellie y Aaron se miraron y ella entornó los ojos con un gesto exagerado de sufrimiento. Después sonrió. Una sonrisa pura, cómplice y secreta sólo para él.

Animado por ese recuerdo, Aaron se movió con intención de acercarse un poco. Se volvió hacia ella, pero se detuvo en seco. Allí arriba, en el mirador, había muy poca luz, pero había la suficiente como para que Aaron viese algunas cosas con claridad. Entre ellas, los ojos de Ellie fijos en Luke Hadler mientras él le susurraba algo a Gretchen al oído.

—A veces era muy egoísta —dijo Gretchen.

Pasó el dedo por el círculo de condensación que había dejado la copa en la mesa, y lo emborronó.

—Él siempre se ponía primero, segundo y tercero delante de los demás y ni siquiera se daba cuenta. ¿Verdad que sí? ¿O sólo me lo parecía a mí?

Cuando Falk asintió con la cabeza, pareció satisfecha.

—Perdona, es que me cuesta separar al Luke que yo conocía de las cosas que está diciendo la gente. Bueno, el Luke al que yo creía conocer.

—Cuando éramos jóvenes, a mí me parecía que Luke era muy franco —admitió Falk—. Era muy abierto y decía lo que pensaba. A lo mejor no siempre te parecía bien, pero al menos sabías a qué atenerte.

—¿Y ahora?

—No lo sé. Sus bravuconadas me cabreaban, pero en el fondo siempre pensé que era uno de los buenos.

—Esperemos que así sea. —Gretchen entornó algo los ojos—. No me gustaría nada acabar pensando que no valió la pena.

—¿A qué te refieres?

—No, a nada —respondió. Parecía cohibida—. Tonterías. A hacerme amiga de él. Y tuya y de Ellie. Eso me cambió mucho la vida. Después de la muerte de Ellie, hubo chavales a los que yo ni habría mirado que empezaron a hacerme el vacío. Como si por ir con vosotros estuviera manchada. Pero comparados con todo lo demás, ésos eran problemas estúpidos de la adolescencia. No vale la pena preocuparse por ellos.

No había conseguido disimular del todo el tono nostálgico de su voz. Falk pensó en los amplios círculos sociales de Gretchen, que se habían estrechado en cuanto se convirtió en una componente fija de su malhadado cuarteto. Por primera vez, se le pasó por la cabeza que era posible que sin Ellie y sin él, Gretchen, la de la melena rubia, se hubiese sentido sola. Nunca había pensado en esa posibilidad. Estiró la mano y le tocó el brazo.

—Siento mucho no haber mantenido el contacto. No fue porque no me importases, pero... —Falk calló—. Bueno, no lo pensé. Debería haberme esforzado.

Gretchen esbozó una leve sonrisa.

—Olvídalo. A mí me pasó igual. Les echo la culpa a la edad y a las hormonas, porque en esa época todos éramos estúpidos.

Luke se levantó y se estiró exagerando los movimientos.

—Voy a mear —anunció. Su dentadura brilló en la penumbra—. No os metáis en líos mientras no estoy.

Desapareció entre los matorrales y los otros tres se quedaron sentados muy cerca unos de otros. Aaron y Gretchen se pasaron la botella y él la oyó tararear una melodía desafinada. A su otro lado, Ellie tenía la mirada perdida en el horizonte.

Un estrépito y un grito rompieron la calma del lugar y, en el silencio, resonó el eco. Los tres se miraron con el rostro plateado y el horror en la mirada. Aaron se levantó de un salto y, con las piernas como de goma por culpa del vodka, echó a correr hacia el ruido. Se adelantó a las chicas y a su espalda oyó una respiración trabajosa y asustada. Derrapó al borde de un desnivel. Había matorrales aplastados y arrancados. Las ramas del borde estaban partidas.

—¡Luke!

Gretchen apareció a su lado y chilló al vacío. Su voz rebotó y continuó llamándolo. No hubo respuesta. Falk se arrodilló y se acercó al borde a gatas. Miró abajo, temiendo lo que podía encontrar. El fondo estaba a más de cien metros, se lo tragaba la oscuridad.

—¡Luke! ¡Luke, tío! ¿Me oyes? —gritó.

Gretchen lloraba con la cara desencajada y bañada en lágrimas. Ellie llegó detrás de ella, avanzando entre los matojos. No corría, sino que caminaba. La respiración de Aaron era un rugido en sus oídos. Ellie echó una sobria mirada a la vegetación pisoteada. Luego se volvió y observó el bosque que tenían a su espalda, demorándose en las sombras de entre los árboles. Se acercó al borde del precipicio y oteó el abismo. Entonces miró a Aaron a los ojos y se encogió levemente de hombros.

—El gilipollas nos está engañando.

Dio media vuelta y se sacó algo invisible de debajo de una uña.

—Yo creía que Luke y tú seguiríais juntos —admitió Falk—. Pensaba en sí mismo antes que en los demás, pero siempre tuvo debilidad por ti.

Gretchen soltó una risita irónica.

—¿Y ser el personaje secundario en el show de Luke, veinticuatro horas al día, los siete días a la semana? No, gracias. —Suspiró y su voz se suavizó—. Lo intentamos durante un par de años, después de que tú te marchases. Entonces nos parecía muy serio, pero en realidad era una niñería. Creo que, en el fondo, ambos intentábamos mantener el cuarteto unido de alguna manera. Pero fallamos. Cómo no.

—¿Acabasteis mal?

—Bueno, no. —Gretchen lo miró con una sonrisa tensa—. No especialmente. O no peor de lo habitual. Nos hicimos mayores, eso es todo. Él se casó, yo tuve a Lachie. En cualquier caso, Luke no era el hombre que me convenía. Eso lo sé ahora. —Parpadeó—. Quiero decir, no ahora, sino antes de que ocurriese lo de Karen y Billy. —Hubo una pausa torpe—. Entonces, ¿Luke no te habló de mí? Me refiero a después de que te marchases.

El tono despreocupado de Gretchen no consiguió enmascarar su curiosidad.

Falk vaciló.

—Si podíamos evitarlo, no hablábamos de Kiewarra en absoluto. De hecho, nos esforzábamos por no comentar nada de aquí. Yo le preguntaba por ti, claro, y él me decía que estabas bien, que te veía por el pueblo y todo eso, pero...

Dejó la frase colgando porque no quería herirla. Lo cierto era que, a menos que le preguntase por ella, Luke apenas la mencionaba y, ahora que se había enterado de que habían seguido saliendo durante un par de años más, el detalle le parecía llamativo. Luke siempre le había dado a entender que su relación había durado muy poco.

—Me sorprendió bastante que se quedase en Kiewarra —continuó Gretchen—. Cuando tú te fuiste, pasó un tiempo en que no hablaba más que de salir de aquí. Su plan era ir a Melbourne y estudiar Ingeniería. Trabajar en grandes proyectos.

—¿En serio?

Falk no tenía ni idea de eso y Luke nunca lo había mencionado. Ni una sola vez le había pedido ayuda ni una carta de recomendación ni un lugar para pasar la noche en la ciudad.

—¿Y por qué no lo hizo?

Gretchen se encogió de hombros.

—Supongo que al final conoció a Karen. Siempre me ha costado saber qué quería Luke. —Hizo una pausa y cambió la copa de sitio—. ¿Sabes qué? Yo creo que si ella no se hubiese muerto, Luke habría acabado con Ellie. Era más su tipo que yo. Y ya que estamos, incluso más que Karen.

Falk bebió un sorbo de cerveza y se preguntó si eso era cierto.

Gretchen estaba histérica. Con la cara enrojecida y el pelo húmedo de sudor. Falk se dio cuenta de que estaba más borracha de lo que parecía. A él también le daba vueltas la cabeza, pero aun así no dejaba de acercarse al borde y gritar el nombre de su amigo.

—*¿Quieres apartarte de ahí?* —*le espetó Ellie la tercera vez que estuvo a punto de perder el equilibrio*—. *Como te caigas, tendremos de qué preocuparnos.*

Aaron deseó poder estar tan tranquilo como ella. Al principio, un destello de esperanza le había dicho que a lo mejor Ellie tuviese razón y Luke estuviera fingiendo; sin embargo, a medida que pasaban los minutos estaba menos seguro. Luke conocía el lugar, pero el borde del precipicio era muy inestable. Se lo habían dicho y los habían avisado de que no se acercasen allí. Más de una vez. El vodka le daba vueltas en el estómago. Tal vez Ellie tuviera razón, pero ¿y si...? Le vinieron a la cabeza las caras de Gerry y de Barb y no fue capaz ni de pensarlo.

—*Tenemos que... Por el amor de Dios, Gretchen, calla un segundo. Tenemos que ir a buscar ayuda.*

Ellie se encogió de hombros. Fue hasta el precipicio y colocó la puntera de las botas justo en el borde. Miró abajo unos segundos interminables y luego se apartó. Levantó ligeramente la barbilla.

—¿Lo oyes, Luke? —gritó con una voz clara, que rebotó en la pared de roca—. Vamos a bajar. Están todos cagados. Última oportunidad.

Mientras aguantaba la respiración, a Aaron le pareció que nada se movía. El mirador permaneció en silencio.

—De acuerdo —voceó Ellie. Parecía más triste que enfadada—. Si eso es lo que quieres, espero que estés contento.

La entonación acusadora resonó por el valle.

Aaron la miró un instante. Se fijó en la expresión fría de sus ojos, cogió a Gretchen de la mano y echó a correr camino abajo.

—A veces me da la sensación de que Luke sólo era leal contigo —dijo Gretchen—. Por cómo te acompañó cuando murió Ellie. Cuando te fuiste, aguantó mucha presión. Había mucha gente intentando que cambiase su versión y te delatase.

Vació la copa de vino y miró a Falk por encima del borde.

—Pero nunca lo hizo.

Falk respiró. Había llegado el momento de contárselo.

«Luke mintió. Tú mentiste.»

—Mira, Gretchen, en cuanto a...

—Tuviste mucha suerte, la verdad —lo interrumpió ella en voz algo más baja—. Para empezar, suerte de estar con él. Pero con la cantidad de críticas que recibió aquí, para él hubiera sido mucho más fácil ceder y cambiar su versión. Sin Luke, creo que la poli de Clyde te hubiese acusado a ti sin duda.

—Ya, lo sé. Escucha, Gretch...

Ella recorrió el bar con la mirada. Más de uno y de dos volvieron la cara deprisa.

—Mira, Luke no dio su brazo a torcer. Te fue fiel, la verdad, y lo hizo durante veinte años —continuó en voz aún más baja—. Eso es casi lo único que se interpone entre tú y el montón de problemas que podrías tener en este pueblo. Así que permíteme un consejo: yo de ti, haría lo posible por no decir ni hacer nada que contradiga su versión.

En cuanto llegaron abajo y doblaron un recodo del camino, Aaron no daba crédito a sus ojos, pero no tuvo más remedio que creerse lo que veía. Luke estaba apoyado en una roca, sano y salvo, con una sonrisa enorme en la boca y un cigarrillo en la mano.

—Hola —los saludó, y se rió—. ¿Por qué habéis tardado tanto?

Aaron se abalanzó sobre él.

—Joder, Gretchen, claro —contestó Falk, tratando de hablar en tono despreocupado. Sin embargo, el mensaje era evidente: no hagas preguntas ni digas nada—. ¿Por qué iba a hacer lo contrario?

Se miraron un momento a los ojos. Gretchen se recostó en el asiento y le sonrió de verdad.

—Muy bien. Por nada, pero quería asegurarme de que fueses prudente. Más vale prevenir.

Levantó la copa y, al ver que estaba vacía, la posó en la mesa. Falk vació su vaso y fue a la barra por otra ronda.

—Si todo el mundo lo tenía tan claro —dijo al regresar—, me sorprende que no echasen también a Luke del pueblo.

Gretchen cogió su copa y su sonrisa se desvaneció.

—Bueno, algunos lo intentaron. Al principio. Y con bastante empeño. Pero ya sabes cómo era Luke, se cerró en banda. No flaqueó ni dudó ni un momento y al final más o menos lo aceptaron. No les quedaba más remedio. —Echó un vistazo a su alrededor. Había menos gente observándolos—. Mira, si son honestos consigo mismos, saben que Ellie se suicidó. Tenía dieciséis años y necesitaba un apoyo que obviamente no recibía. Y sí, todos deberíamos sentirnos culpables de ello. Pero a la gente no le gusta sentir eso y, al fin y al cabo, en la nota aparecía tu apellido, algo que en realidad nunca se ha llegado a explicar.

Hizo una pausa y enarcó un poco las cejas.

Falk negó levemente con la cabeza. No supo explicarlo entonces y tampoco ahora, a pesar de que llevaba años devanándose los sesos. Había revivido una y otra vez las últimas conversaciones con Ellie tratando de descifrar algún mensaje o significado que se le hubiera pasado por alto. Para ella, él era aún Aaron, no Falk. ¿Qué tenía en mente cuando escribió su apellido? A veces no estaba seguro de qué lo inquietaba más: los problemas que eso le había causado, o el hecho de no haber averiguado nunca el motivo de esa anotación.

—Bueno —continuó Gretchen—, en realidad no importa. Durante las horas anteriores a su muerte, Ellie debía de estar pensando en ti, y a los que buscaban a alguien a quien señalar con el dedo, eso les bastó. Te guste o no, Luke era alguien que contaba y se involucraba en la comunidad. Aquí acabó siendo una especie de líder, y no podíamos permitirnos perder a mucha más gente. Creo que, en general, la mayoría prefirió olvidar el asunto. —Se encogió de hombros—. Por ese mismo motivo la gente sigue soportando a imbéciles como Dow y Deacon. Esto es Kiewarra. Es duro. Pero estamos en esto todos juntos. Tú te habías marchado y Luke se quedó. Por eso te echaron la culpa.

• • •

Aaron se abalanzó sobre él y Luke dio un paso atrás.

—Cuidado —le advirtió cuando Aaron lo agarró por los hombros.

Se tambalearon y cayeron al suelo de espaldas. Aterrizaron con un ruido sordo y a Luke se le cayó el cigarrillo de entre los dedos. Ellie se acercó y lo pisó.

—Ten cuidado con las chispas, ¿quieres? Ya los has asustado, Luke, no hace falta que también intentes matarnos en un incendio.

Aaron, que tenía a Luke sujeto bajo el peso de su cuerpo, notó la reacción física de su amigo ante el tono de Ellie. Era el mismo que empleaba con los animales de la granja.

—Por Dios, Ellie, ¿qué bicho te ha picado? ¿Ya no pillas las bromas? —preguntó con un tono que intentaba ser chulesco pero desenfadado, sin conseguirlo.

Aaron le olió el alcohol en el sudor.

—¿No te lo han explicado? —contestó Ellie—. Se supone que las bromas tienen que hacer gracia.

—Joder, Ellie, no sé qué te pasa estos días, no quieres beber ni echarte unas risas. Casi no sales, estás siempre trabajando en esa tienda de mierda. Te has vuelto tan aburrida que a lo mejor deberías juntarte con Aaron. Sois tal para cual, joder.

Aburrido. Cuando la palabra penetró en su mente, Aaron se sintió como si Luke le hubiera pegado. Miró a su amigo sin dar crédito y entonces lo cogió de la pechera de la camisa y le dio tal empujón que Luke se golpeó la cabeza contra el suelo. Aaron rodó por el suelo para alejarse de él con la respiración entrecortada, sin atreverse a mirarlo.

Ellie miró a Luke, que seguía tirado en el suelo, con algo peor que la rabia en el rostro. Era lástima. A su alrededor, todo parecía haberse callado.

—¿Eso es lo que piensas? —preguntó Ellie, de pie a su lado—. ¿Crees que tus amigos son aburridos porque te son leales? ¿Porque de vez en cuando demuestran tener un poco de sentido común? Aquí el único que hace el ridículo eres tú, Luke. Te crees que puedes usar a los demás sólo por diversión.

—Que te den. Yo no hago eso.

—Sí lo haces —continuó Ellie—. A todos nosotros. A mí, a Aaron. A esa novia tuya. ¿Te parece normal asustar a los que te quieren y hacer que se enfrenten entre sí? —Ellie meneó la cabeza—. Para ti no es más que un juego. Eso es lo que asusta de ti.

Durante un buen rato nadie dijo nada. Las palabras de Ellie llenaban el aire como una niebla, mientras los cuatro evitaban mirarse. Ellie fue la primera en moverse. Dio media vuelta y se marchó sin mirar atrás. Luke y Aaron la contemplaron desde el suelo y luego se levantaron. Aaron todavía no se sentía capaz de mirar a Luke.

—Puta —oyó que Luke murmuraba a espaldas de Ellie.

—Oye, no la llames así —le advirtió Aaron con tono seco.

Ellie no dio muestras de haberlo oído y continuó caminando a buen paso. Luke se volvió y rodeó a Gretchen con el brazo. Ésta estaba tan pasmada que había dejado de llorar y lo miraba en silencio.

—Lo siento si te he asustado, guapa. Pero tú sabías que era para reírnos un poco, ¿no?

Inclinó la cabeza y la besó en la mejilla. Luke tenía la cara reluciente de sudor y de un rojo rabioso.

—Pero bueno, a lo mejor me he pasado. He dicho un par de cosas que no tendría que haber dicho, os debo una disculpa.

Por cómo hablaba, parecía que su intención no hubiera sido otra que gastar una broma.

—Vaya si les debes algo... —se oyó la voz de Ellie, flotando en el aire de la noche.

Después de ese día, ninguno de los cuatro mencionó la discusión, pero el incidente se aferraba a ellos como el calor. Ellie hablaba con Luke sólo cuando era necesario, y siempre en el mismo tono cortés pero distante. Aaron, cohibido con Ellie y enfadado con Luke, se volvió aún *más retraído. A Gretchen le tocó el papel de intermediaria, y Luke simplemente fingía no percatarse de que las cosas habían cambiado.*

Aaron se decía que tarde o temprano olvidarían el asunto, pero en realidad no estaba tan seguro. Las grietas habían salido a la luz y eran más profundas de lo que él pensaba. No llegó a saber si tenía razón o no. Ellie murió dos semanas más tarde.

Gretchen estiró el brazo sobre la superficie rayada de la mesa y le rozó los dedos. El ruido del pub quedó en un segundo plano. Tenía manos de trabajadora: las uñas limpias y sin pintar y las yemas de los dedos, al contacto con su piel lechosa de oficinista, un poco ásperas.

Sabía que Ellie se había equivocado con ella. Gretchen nunca había sido una atolondrada. Era mucho más dura que eso. Se había quedado allí a verlas venir y había afrontado las consecuencias. Se había construido una vida en una comunidad que había sido capaz de hundir a otros, sobre todo a él, y tal vez ahora también a Luke Hadler. Gretchen era resistente, una luchadora. Y le estaba sonriendo.

—Sé que para ti no ha sido fácil regresar, pero me alegro muchísimo de verte —dijo—. Siempre fuiste el único de los cuatro que tenía dos dedos de frente. Ojalá...

Hizo una pausa y se encogió de hombros. Falk se fijó en su piel bronceada bajo el tirante del vestido.

—Ojalá hubieses podido quedarte. A lo mejor así las cosas hubiesen ido de otra manera.

Se miraron hasta que él sintió un calor que le subía por el pecho y el cuello. Carraspeó y aún estaba pensando en cómo responder cuando una figura se le plantó delante.

17

Grant Dow dio un golpe fuerte en la mesa con un vaso de cerveza medio vacío. Llevaba las mismas bermudas y la camiseta de la cerveza balinesa del día anterior. Falk gruñó por lo bajo.

—Pensaba que te habían prohibido entrar aquí —dijo en un tono tan neutro como pudo.

—Suelo tomármelo sólo como una sugerencia.

Falk miró por detrás de Dow al camarero, que contemplaba la escena con aire resignado. Falk enarcó las cejas, pero el escocés se encogió de hombros. «¿Qué le voy a hacer?» Al otro lado de la mesa, Gretchen lo miró a los ojos y movió apenas un ápice la cabeza en un gesto de negación. A continuación, habló en tono ligero:

—¿Necesitas algo, Grant?

—No, pero voy a decirte lo que necesitas tú, Gretch. Necesitas tener más cuidado a la hora de elegir novio.

Falk se percató de que Dow compartía la arrogancia de Mal Deacon, pero mientras la vena malvada de su tío era de una frialdad de reptil, Dow tenía la sangre bien caliente. Vista de cerca, su cara era un entramado de capilares rotos, roja a causa de la tensión alta.

—Las chicas que van por ahí con este tipo tienden a aparecer muertas.

A su espalda, sus amigos se rieron, pero habían tardado un segundo de más en reaccionar. Falk no estaba seguro de si eran el mismo grupo con el que estaba la noche anterior: eran del todo intercambiables. El camarero había dejado de servir y estaba pendiente de la conversación.

—Gracias, Grant, pero ya soy mayorcita. Esas cosas puedo decidirlas yo sola —repuso Gretchen—. Y ahora, si ya has dicho lo que venías a decir, ¿qué tal si sigues con lo tuyo y nos dejas a nosotros con lo nuestro?

Dow se echó a reír, enseñando una boca de dientes mal cuidados. A Falk le llegó el aliento de cerveza.

—Ya lo creo que sí, Gretch —contestó Dow y le guiñó un ojo—. Si me lo permites, hoy te has puesto muy elegante. Aquí no solemos verte tan arreglada. —Miró a Falk—. Lo del vestido debe de ser por ti, subnormal. Espero que se lo agradezcas.

Gretchen se sonrojó y evitó mirar a Falk. Éste se levantó y dio un paso hacia él. Estaba jugando la baza de que a Dow le pudieran más las ganas de evitar un arresto que la tentación de soltarle un puñetazo. Esperaba no equivocarse. Falk sabía que tenía algunas habilidades, pero las peleas de bar no eran una de ellas.

—¿Qué es lo que quieres, Grant? —le preguntó con calma.

—Si te digo la verdad —respondió el otro—, creo que ayer empezamos con mal pie. Por eso he venido a darte la oportunidad de arreglarlo.

—¿Arreglar qué?

—Ya sabes qué.

Se miraron. Toda la vida, Grant Dow había sido el más mayor, el más grande y fuerte. Siempre estaba a punto de estallar y eso hacía que la gente se apresurase a cambiar de acera cuando él se aproximaba. Con los años estaba más viejo y gordo, empezaba a vislumbrar las enfermedades crónicas que asomaban por el horizonte, y parecía rezumar resentimiento por todos sus poros.

—¿Eso es todo? —preguntó Falk.

—No, qué coño va a ser todo. Deja que te dé un consejo. O hazle caso a mi tío, aunque ya no dé pie con bola:

márchate —dijo Dow en voz baja—. Hadler era un saco de mierda y no merece los líos en los que te vas a meter por su culpa. Acuérdate de lo que te digo.

Dow miró a sus compinches por encima del hombro. Por la ventana del pub sólo se veía la noche. Falk sabía que más allá de la calle principal el pueblo estaba desierto. «En un sitio como éste, esas placas no importan tanto como deberían.» Tal vez fuese cierto, pero aún significaban algo.

—En cuanto los asesinatos de los Hadler se aclaren, me iré —concedió Falk—. Pero no antes.

—Eso no es asunto tuyo.

—¿Asesinan a una familia a tiros en un pueblo como éste y dices que no es asunto mío? Yo creo que nos incumbe a todos. Y parece que tú tienes algo que decir al respecto, así que podríamos empezar por ti. ¿Qué te parece si lo convertimos en un asunto oficial?

Falk se metió la mano en el bolsillo y sacó una libreta pequeña y un lápiz. En lo alto de la página, escribió: «Investigación caso Hadler.» Justo debajo, anotó el nombre de Dow en mayúsculas grandes, para que el otro lo viera.

—Vale, vale, tranquilízate, gilipollas.

Se había puesto nervioso, tal como Falk había previsto. Ver tu nombre en el papel significaba dejar constancia de las cosas.

—Dime tu dirección.

—De eso nada.

—No importa —respondió Falk sin perder comba—. Por suerte, ya me la sé.

Anotó la dirección de la granja de Deacon y miró al grupo de seguidores que estaba detrás de Dow. Se habían alejado un paso de la conversación.

—También quiero los datos de tus colegas, ya que el asunto les interesa tanto.

Grant miró alrededor. Los demás habían abandonado su expresión ausente y lo miraban indignados.

—¿Intentas cargarme el muerto? —preguntó Dow—. ¿Quieres un cabeza de turco?

—Grant, por favor —replicó Falk, resistiendo la tentación de poner los ojos en blanco—. Eres tú el que se ha acercado a nuestra mesa.

El otro lo miró de arriba abajo, a punto de estallar, con el puño derecho apretado, como sopesando si valía la pena. Volvió la cabeza para mirar atrás. El camarero aún los observaba, con las manos apoyadas en la barra. Miró a Dow con rostro serio y le señaló la puerta con la cabeza. Esa noche no les serviría más bebida.

Grant aflojó la tensión del puño y dio un paso atrás como si nada. Como si el esfuerzo no le mereciese la pena.

—Sigues con las mismas mentiras y la misma mierda de siempre —le dijo a Falk—. Te harán falta si quieres tener alguna oportunidad en este sitio.

Ladeó la cabeza y sus amigos lo siguieron fuera. El ruido del local, que había disminuido durante el encuentro, recuperó poco a poco los niveles habituales.

Falk se sentó. Gretchen lo miraba con los labios entreabiertos. Él le sonrió, pero se guardó la libreta en el bolsillo y no sacó la mano hasta estar seguro de que ya no le temblaba.

Gretchen meneó la cabeza con incredulidad.

—Joder, menudo recibimiento. Bien hecho —lo felicitó y le guiñó un ojo—. Ya te he dicho que eras el único sensato.

Se levantó y fue por la siguiente ronda.

Más tarde, cuando el pub ya cerraba, Falk la acompañó al coche. La calle estaba tranquila y a la luz de las farolas la melena de Gretchen relucía como una aureola. Se quedaron plantados a dos palmos de distancia y se miraron. Cada gesto era torpe o demasiado consciente, hasta que ella se rió y le puso ambas manos en los hombros. Se le acercó y le dio un beso en la mejilla. En la comisura de los labios. Él le rodeó la cintura y se abrazaron un momento, calor contra calor en el aire sofocante de la noche.

Al final, Gretchen se separó con un suspiro, se subió al coche, sonrió, lo saludó con la mano y se marchó. Falk se quedó solo bajo las estrellas, pensando, por extraño que pareciese, en Grant Dow. El tipo soltaba muchas sandeces, de eso no cabía duda, pero había dicho algo con lo que Falk se había quedado y que en ese momento recordó y examinó en su cabeza como si fuera un hallazgo.

«Lo del vestido debe de ser por ti, subnormal.»

Regresó al pub sonriendo de oreja a oreja.

Falk tenía ya un pie en el primer peldaño para subir a su habitación, cuando lo llamó el camarero.

—Oye, amigo, ven un momento si no te importa.

Falk suspiró sin mover la mano de la barandilla. Miró hacia arriba con ansia. Un retrato mal enmarcado de la reina lo miraba con indiferencia desde el rellano. Dio media vuelta y arrastró los pies hasta el bar. El local estaba vacío y cuando el camarero pasó la bayeta por la barra, Falk notó el olor a limón ácido del detergente.

—¿Qué te pongo?

—Pensaba que habías cerrado.

Falk cogió un taburete y se sentó.

—Sí, pero a ésta invita la casa. —Le puso una cerveza delante y después se sirvió él otra—. Considéralo un agradecimiento.

—¿Por qué?

—He visto a Grant Dow meterse con mucha gente, y la mayoría de las veces yo acabo limpiando la sangre del suelo. Pero como hoy no ha sido el caso, puedo relajarme y tomarme una bien fría contigo. —Le ofreció la mano—. David McMurdo.

—Salud.

Falk tomó un trago y se sorprendió de lo bien que le entraba. Esa semana había bebido más de lo que solía consumir en todo un mes.

—Lo siento mucho. Ya sé que dije que no daría problemas.

—Ay, amigo, si pudiera lidiar con todos los jaleos que se arman aquí como lo has hecho tú, sería feliz —contestó

McMurdo, acariciándose la barba—. Pero por desgracia aquí hay cierta preferencia por métodos más pedestres.

—¿Cuánto tiempo llevas en el pueblo?

—Pronto hará diez años. Y muchos todavía me miran como si acabase de bajarme del barco. En Kiewarra si no parece que eres de aquí de toda la vida nunca dejas de ser un forastero.

—Bueno, lo de ser de aquí de toda la vida tampoco te da carta blanca —respondió Falk con una sonrisa de resignación—. ¿Cómo acabaste en un sitio perdido como éste?

McMurdo calló un momento y se pasó la lengua por los dientes.

—¿Qué dices tú cuando te preguntan por qué te fuiste de Kiewarra?

—Oportunidades de empleo —contestó Falk con parquedad.

—Bueno, pues yo igual. Y no digo más. —McMurdo señaló a su alrededor y guiñó un ojo—. De todos modos, parece que a ti te ha ido bien. La verdad es que a tu colega Luke le habrían servido una o dos sugerencias a la hora de tratar con Dow. Claro que ya es demasiado tarde para eso.

—¿Tenían encontronazos?

—Día sí, día también —contestó McMurdo—. Cuando uno de los dos estaba aquí y yo veía entrar al otro, me daba un vuelco el corazón. Eran como... yo qué sé. Dos imanes. O siameses. Examantes celosos. Cualquier cosa. No podían dejarse en paz.

—¿Y por qué cosas se peleaban?

McMurdo puso los ojos en blanco.

—Querrás decir que por qué no se peleaban. Lo que se te ocurra: el tiempo, el críquet, el color de los putos calcetines. Siempre tenían alguna excusa para fastidiarse.

—Pero ¿de qué hablamos, de puñetazos?

—Sí, de vez en cuando —dijo McMurdo—. Y alguna vez con bastante saña, pero últimamente ya no era así. Los últimos años habían tenido más refriegas y riñas a gritos. A ver, no es que se tuvieran aprecio, pero creo que los dos lo disfrutaban. Por lo de engancharse con alguien y desahogarse.

—Algo que yo nunca he comprendido.

—Yo tampoco. Prefiero tomarme una cerveza, pero a algunos tíos debe de funcionarles.

Pasó la bayeta por la barra como el hombre que sabe que los inspectores de sanidad no lo vigilan.

—Eso sí, para Dow no debe de ser fácil cuidar de su tío.

Falk se acordó de que Mal Deacon lo había confundido con su padre.

—¿Sabes qué le pasa?

—Nada, que se le va un poco la cabeza últimamente. No sé si es por la bebida o por alguna cosa de salud. Pero sea lo que sea, en general se está calladito. De vez en cuando viene y se toma algo, o se entretiene dando paseos por el pueblo con su perro y mirando mal a la gente. Pero nada más.

»Grant Dow nunca ha sido una Florence Nightingale. ¿Se ocupa de su tío a tiempo completo? —McMurdo hizo una mueca—. Dios, no. Trabaja. Hace chapuzas, fontanería, un poco de construcción. Cualquier cosa que le dé dinero para cervezas. Pero hay que ver lo que es tener la suerte a la vuelta de la esquina, ¿verdad? Deacon va a dejarle la granja, o al menos eso dicen. Con esos grupos de inversión asiáticos que siempre están husmeando por ahí a ver qué fincas se venden, podría sacar un buen pellizco. La sequía no va a durar para siempre. Supongo.

Falk bebió un sorbo. Interesante. La granja de los Hadler limitaba con la de Deacon. No tenía ni idea de qué precio tendría en el mercado, pero para el comprador adecuado, dos fincas juntas siempre tenían más valor. Eso si la de los Hadler se pusiera en venta, algo mucho menos probable cuando Luke estaba vivo y al frente de la granja. Falk se guardó la idea para estudiarla en otro momento.

—Entonces, ¿es cierto lo que dicen por ahí de que estás investigando los asesinatos? —preguntó McMurdo.

—No es oficial —respondió Falk por segunda vez esa noche.

—Ya, claro —dijo McMurdo con una sonrisa de complicidad—. Aquí debe de ser la mejor manera de conseguir que se hagan las cosas.

—Dicho eso, ¿hay algo que yo debería saber?

—¿Te refieres a si Luke tuvo una bronca del demonio el día antes de su muerte? ¿A si Grant Dow anunció ante todo el pub que pensaba matar a tiros a toda la familia? ¿A sangre fría?

—Algo así me vendría bien.

—Siento decepcionarte, amigo —contestó McMurdo y sonrió mostrando su dentadura amarillenta.

—Jamie Sullivan nos ha dicho que la noche anterior a los asesinatos estuvo aquí con Luke —explicó Falk—. Que hicieron planes para ir a matar conejos.

—Sí, creo que fue así.

—¿Estaba Dow también?

—Sí, claro. Viene casi cada noche, por eso le jode tanto que le prohíba la entrada. Aunque para lo que me sirve decírselo, él no hace ningún caso. Yo tengo muy complicado obligarlo a cumplir, y lo sabe. Siempre que lo intento, se planta en el porche con los lerdos de sus amigos y un montón de latas. O sea, que sigo teniendo los mismos problemas y sin ganar ni un dólar. Pero bueno —McMurdo negó con la cabeza—, para responder a tu pregunta: la última noche que vino Luke, Grant Dow también estuvo aquí. Él y casi todo el mundo, vaya. Daban críquet en la tele y estaba lleno.

—¿Los viste hablar? ¿Se relacionaron? ¿Sabes si uno de los dos se metió con el otro?

—Que yo recuerde, no. Pero ya te digo que fue una noche movida, no paré ni un momento. —McMurdo se detuvo a pensar y, después del último trago de cerveza, reprimió un eructo—. Pero con ese par, ¿quién sabe? De un día para otro, no se sabía qué podía pasar. Sé que Luke era tu colega y Dow es un capullo, pero se parecían en muchas cosas. Beligerantes, provocadores y con bastante mal genio. Dos caras de la misma moneda, ¿entiendes?

Falk asintió. Lo entendía. McMurdo recogió los vasos vacíos y él aprovechó para despedirse. Se bajó del taburete, le dio las buenas noches y lo dejó apagando las luces, sumiendo la planta baja en la oscuridad. Mientras Falk subía los escalones medio tambaleándose medio arrastrando los pies, vio que le acababan de dejar un nuevo mensaje de voz. Esperó a estar encerrado en la habitación y tumbado en la cama antes de pulsar los botones con torpeza. Cerró los ojos y una voz conocida flotó desde el auricular.

—Aaron, haz el favor de contestar, ¿quieres? —Gerry Hadler hablaba con urgencia—. Mira, he estado pensando mucho en el día que murió Ellie. —Hizo una pausa larga—. Ven mañana a la granja si puedes. Hay algo que deberías saber.

Falk abrió los ojos.

18

Cuando Falk llegó con el coche, la granja Hadler le pareció distinta. La cinta amarilla que antes colgaba a trozos alrededor de la puerta ya no estaba. A ambos lados de la entrada, las persianas estaban subidas, las cortinas corridas y las ventanas entreabiertas.

El sol de media mañana ya calentaba con furia y, antes de salir del vehículo, Falk cogió el sombrero. Cargó debajo del brazo la caja que les habían dado en la escuela con las pertenencias de Karen y de Billy y subió por el camino que llevaba a la puerta principal. Ésta estaba abierta y dentro ya no olía tanto a lejía.

Falk encontró a Barb llorando en el dormitorio de matrimonio. Estaba sentada al borde de la cama enorme de Karen y Luke, con el contenido de uno de los cajones volcado sobre el edredón verde claro. Los calcetines hechos una bola y los calzoncillos se mezclaban con monedas y tapones de bolígrafo. A Barb le rodaban las lágrimas por las mejillas y caían sobre una hoja de papel de color que tenía en el regazo.

Falk dio unos golpecitos suaves en el marco de la puerta y ella se sobresaltó. Al acercarse, vio que sujetaba una felicitación del Día del Padre hecha a mano. Barb se secó la cara con la manga y blandió la tarjeta ante Falk.

—No hay secreto que sobreviva a una buena limpieza, ¿verdad? Resulta que Billy escribía con tantas faltas de ortografía como su padre.

Intentó reír, pero se le quebró la voz. Falk se sentó a su lado, le rodeó los hombros con un brazo y notó el temblor de los sollozos. En la habitación hacía un calor asfixiante por culpa del aire abrasador que entraba por las ventanas abiertas, pero no dijo nada. En ese momento, lo que salía por aquellas ventanas era más importante que lo que pudiera entrar.

—Gerry me ha pedido que viniese —dijo Falk cuando Barb se calmó un poco.

Ella se sonó la nariz.

—Sí, cariño, ya me lo ha dicho. Creo que está vaciando el granero grande.

—¿Te ha dicho qué quería? —preguntó Falk.

No sabía si Gerry pensaba contarle el asunto a su esposa en algún momento. Barb negó con la cabeza.

—No. Quizá quiera darte algo de Luke, pero no lo sé. Lo de venir a sacar trastos ha sido idea suya. Dice que ya es momento de enfrentarse a ello.

La frase final apenas se oyó. Había cogido un par de calcetines de Luke y de nuevo estaba deshaciéndose en lágrimas.

—Intento decidir si hay algo que pueda querer Charlotte. La pobre los añora muchísimo. —Un pañuelo de papel amortiguaba la voz de Barb—. No encontramos nada que la ayude. La hemos dejado con una niñera, aunque Gerry propone que la traigamos, para ver si estar con sus cosas la tranquiliza. Pero yo no lo voy a permitir, ya se lo he dicho. Me niego a traerla a esta casa, con lo que ocurrió aquí.

Falk le acarició la espalda. Mientras ella lloraba, echó un vistazo alrededor del dormitorio. Aparte de una capa de polvo, todo estaba limpio y ordenado. Karen había tratado de mantener el desorden a raya, pero había suficientes toques personales como para que pareciese un lugar acogedor.

Fotos enmarcadas de los niños de cuando aún eran bebés encima de una cómoda que parecía de buena calidad, pero que debía de ser de segunda mano, o tal vez incluso tercera. Era evidente que el presupuesto de decoración se había empleado en las habitaciones de los niños. La puerta del armario estaba entreabierta y Falk vio una hilera de ropa colgando de perchas de plástico. A mano izquierda, camisas lisas y entalladas de mujer, junto a blusas y pantalones de trabajo, y también algún vestido de verano. Los vaqueros y las camisetas de Luke estaban colgados con menos orden a mano derecha.

Ambos lados de la cama mostraban señales de un uso continuado. En la mesita de noche de Karen había un robot de juguete, un tarro de crema de noche y unas gafas de leer colocadas sobre una pila de libros. En el lado de Luke había un cargador de móvil enchufado y una taza sucia pintada a mano, con la palabra «papá» dibujada con trazo fino y vacilante. En las almohadas aún se notaba la marca de las cabezas. A saber qué diantres había hecho Luke Hadler los días anteriores a morir con toda la familia, pensó Falk, pero en cualquier caso no había dormido en el sofá. No cabía duda de que aquél era un dormitorio de dos.

De pronto le vino a la mente su propia habitación. Casi siempre dormía en el centro de la cama. La colcha era del mismo color azul marino que la que tenía cuando era adolescente. En los dos últimos años, no la había visto nadie que se sintiera con la confianza suficiente como para sugerirle que la cambiara por otra de cualquier color que no fuera tan clásico de chico. Sabía que el servicio de limpieza que acudía a su apartamento dos veces al mes a menudo no encontraba mucho que hacer. No acumulaba cosas, no guardaba casi nada por motivos sentimentales y se las había apañado con el mobiliario que le había quedado tres años antes, cuando el apartamento para dos se convirtió en el hogar de una sola persona.

«Eres un libro cerrado», le había dicho ella por última vez al marcharse, después de repetírselo a menudo a lo largo de los dos años que habían pasado juntos. Al principio intrigada, después preocupada y por último acusadora. ¿Por qué no la dejaba entrar? ¿Acaso no confiaba en ella?

¿No la amaba lo suficiente? Falk había tardado demasiado en darle una respuesta, pero de eso se dio cuenta cuando ya era tarde. Un silencio de una fracción de segundo había bastado para que ambos oyesen el toque de difuntos. Desde entonces, en la mesita de noche no acostumbraba a haber más que libros, un despertador y, de vez en cuando, una caja vieja de condones.

Barb resolló con fuerza y el ruido llevó a Falk de vuelta al dormitorio de Luke. Cogió la felicitación del Día del Padre que ella sostenía en el regazo y buscó en vano un lugar donde dejarla.

—¿Ves? Ése es el problema —se lamentó Barb sin apartar de él sus ojos enrojecidos—. ¿Qué narices se supone que voy a hacer con todas sus cosas? Hay demasiadas y ningún sitio donde guardarlas. No puedo llevármelas a casa, pero tampoco deshacerme de todo como si no importase...

Con la voz estrangulada, iba cogiendo objetos al azar y acercándoselos al pecho. La ropa interior que había sobre la cama, el robot de juguete, las gafas de Karen. Levantó los libros de la mesita y exclamó:

—Por el amor de Dios, ¡estos libros son de la biblioteca! ¿Cuánto retraso llevan ya? —Se volvió hacia Falk furiosa y con el rostro enrojecido—. Nadie te cuenta cómo va a ser, ¿verdad? Todo el mundo lo siente mucho, claro que sí, y todo el mundo quiere pasar por tu casa y cotillear sobre los detalles, pero nadie menciona que después tienes que vaciar los cajones de tu hijo muerto y devolver los libros a la biblioteca. Nadie te enseña cómo enfrentarte a eso.

Con una punzada de culpabilidad, Falk se acordó de la caja con los objetos personales de Karen y de Billy que había dejado en el pasillo, junto a la puerta de la habitación. Cogió los libros de las manos de Barb, se los puso debajo del brazo y la sacó del cuarto.

—Ya me ocupo yo de éstos. Vamos a...

La guió por delante de la habitación de Billy, sin permitirle detenerse en ella, y entraron aliviados en la cocina, bien iluminada. La hizo sentarse en un taburete.

—...Vamos a preparar un té —propuso.

Abrió el armario que le quedaba más a mano. No tenía la menor idea de qué encontraría allí, pero incluso en un escenario de un crimen solía haber tazas en las cocinas.

Barb lo observó un momento, se sonó la nariz y se levantó. Le dio unos golpecitos en el brazo.

—Deja, que yo sé dónde están las cosas.

Al final tuvieron que contentarse con café soluble, sin leche. El frigorífico llevaba dos semanas sin vaciar.

—No te he dado las gracias, Aaron —dijo Barb, mientras esperaban a que el hervidor calentase el agua—. Por ayudarnos. Por poner en marcha una investigación.

—Barb, no se trata de eso en absoluto —contestó Falk—. Eres consciente de que lo que estoy haciendo con el sargento Raco no es oficial, ¿verdad? Hemos hecho algunas preguntas, pero a título personal.

—Ya, ya lo sé. Lo entiendo —respondió de una manera que revelaba que en realidad no lo entendía—. Al menos habéis hecho que la gente se haga preguntas y eso cambia las cosas. Habéis armado algo de revuelo.

A Falk le acudió a la cabeza la imagen de Ellie y confió en que Barb no acabase lamentando todo aquello.

—Luke siempre agradeció que fueras su amigo —le dijo, mientras vertía agua hirviendo en tres tazas.

—Gracias —contestó él.

Pero Barb percibió algo en su tono y lo miró.

—De verdad —insistió—. Sé que no se le daba bien decir esas cosas, pero le convenía tener a alguien como tú en su vida. Alguien tranquilo, con la cabeza sobre los hombros. Siempre he pensado que, hasta cierto punto, eso era lo que atraía a Luke de Karen: veía en ella esas mismas cualidades. —Abrió el cajón correcto a la primera y sacó una cucharilla—. ¿Llegaste a conocer a Karen?

Falk negó con la cabeza.

—Es una pena, porque seguro que te habría caído muy bien. En muchos sentidos me recuerda a ti. Me recordaba. Creo que a veces le preocupaba ser un poco... no sé, aburrida quizá. Que ella fuera lo único que le impedía a Luke

162

llevar a cabo sus grandes ideas. Pero no era cierto. Era muy equilibrada y lista de verdad. Justo lo que él necesitaba, porque lo mantenía con los pies en el suelo. Igual que tú.

Barb lo miró un buen rato, con la cabeza ladeada y gesto triste.

—Deberías haber venido a la boda. O en cualquier otro momento. Te echábamos de menos.

—Es que... —Iba a decir que había sido por culpa del trabajo, pero vio algo en la expresión de ella que lo hizo callar—. La verdad es que no creía que fuese bien recibido.

Barb Hadler cruzó en dos zancadas la cocina que en otra época fue suya y abrió los brazos para rodear con ellos a Falk. Lo estrechó con fuerza hasta que él sintió que la tensión que tenía dentro empezaba a flaquear.

—Aaron, tú siempre serás bienvenido en mi familia —dijo Barb—. Nunca pienses lo contrario.

Se separó de él y, por un momento, se convirtió en la Barb Hadler de antaño. Le dio dos tazas de café humeante, le metió los libros bajo el brazo y señaló la puerta con un brillo matriarcal en la mirada.

—Vamos a llevarle esto a mi marido, y así le digo que si quiere vaciar la casa ya puede dejar de esconderse en el granero y venir a hacerlo él mismo.

Falk siguió a Barb por la puerta de atrás, a la luz cegadora de fuera. Estuvo a punto de tirarse el café encima intentando esquivar un bate de críquet de juguete abandonado en el suelo.

¿Era así como podría haber sido su vida? Se lo preguntó de repente. ¿Bates de críquet y café en la cocina de una granja? Trató de imaginárselo. Trabajar con su padre al aire libre y esperar el momento en que le cediese las riendas de la granja con un apretón de manos. Pasar los sábados por la noche con Luke en el Fleece, estudiando la invariable oferta local, hasta que un día su mirada se detuviera sobre alguien. Una boda rural rápida pero bonita y el primer bebé nueve meses después. El segundo al cabo de un año. Sabía que el papel de padre no le resultaría del todo natural, pero se esforzaría. Se dice que es distinto cuando los hijos son propios.

Los suyos serían amigos de los de Luke inevitablemente. Tendrían que aprender en la nefasta escuela pública rural, sí, pero también dispondrían de hectáreas de tierra donde estirar las piernas.

Las jornadas de trabajo en los campos serían largas, por supuesto, pero por las noches estaría en un hogar cálido repleto de ruido y de caos y de risas. De amor. Siempre habría alguien esperándolo con la luz encendida. ¿Quién podría haber sido? ¿Ellie?

La imagen empezó a desvanecerse de inmediato. Si ella hubiera sobrevivido. Si hubiese seguido allí. Si todo hubiera sido distinto. La idea era pura fantasía. Había perdido demasiadas oportunidades para que esa visión pudiese hacerse realidad.

Falk había escogido la vida que quería en Melbourne. Creía que era feliz con ella. Le gustaba poder caminar por la calle rodeado de gente sin que lo reconociese nadie. Disfrutaba desempeñando un trabajo que exigía más esfuerzo a su mente que a su espalda.

La vida era un toma y daca. Puede que después del trabajo regresase todos los días a un apartamento vacío y silencioso, pero no había nadie que lo supiese todo de él, que lo vigilara con mirada curiosa. Sus vecinos no lo juzgaban ni lo molestaban ni hacían correr rumores sobre su familia. No le echaban animales muertos ante la puerta de casa. Lo dejaban en paz.

Era consciente de que solía mantener las distancias y de que, más que amigos, tenía conocidos. Pero era mejor así, por si uno de ellos volvía a aparecer flotando y abotargado en un río, a un tiro de piedra de su casa. Y era cierto que todos los días se enfrentaba al largo trayecto hasta el trabajo y que pasaba la mayoría de los días bajo la luz de los fluorescentes de la oficina, pero al menos su sustento no pendía de un hilo, a merced del clima. Al menos, no había la menor posibilidad de que ver el cielo despejado le provocara el miedo y la desesperación suficientes como para que el extremo más peligroso de un arma le pareciese la respuesta correcta.

Tal vez en casa de Luke Hadler siempre hubiera una luz encendida cuando llegaba, pero algo de aquella comunidad sin esperanza y desgraciada se había colado en su hogar por la puerta principal. Algo tan podrido, espeso y negro que había extinguido esa luz para siempre.

Cuando llegaron a donde estaba Gerry, Falk tenía el ánimo por los suelos. Encontraron al hombre apoyado en una escoba, a la entrada de uno de los graneros. Los miró con cara sorprendida y echó una ojeada inquieta a su esposa.

—No sabía que habías llegado —dijo cuando Falk le dio una de las tres tazas.

—Estaba dentro conmigo, ayudándome—contestó Barb.

—Ah, vaya. Gracias.

Gerry sonaba indeciso.

—Cuando acabes de revolver por aquí, en la casa aún queda mucho trabajo. —Barb sonrió a su esposo—. Por lo que veo, has adelantado incluso menos que yo.

—Sí, ya lo sé. Lo siento. Estar aquí es más duro de lo que pensaba. —Gerry se dirigió a Falk—: Creía que había llegado el momento de encarar todo esto, de afrontar la situación. —Miró hacia la casa—. Oye, ¿hay alguna cosa que quieras llevarte? ¿Alguna foto o algo así? Lo que quieras.

Falk no podía imaginar llevarse a su vida ni una sola cosa de aquella casa horrible. Negó con la cabeza.

—No, gracias, Gerry. No hace falta.

Tomó un buen sorbo de café, tan rápido que estuvo a punto de atragantarse. Estaba deseando irse de allí lo antes posible, así que esperaba que Barb los dejase para poder hablar con Gerry a solas.

Sin embargo, se quedaron los tres tomando café en silencio, contemplando el horizonte. Falk distinguía a lo lejos la granja de Mal Deacon, un edificio bajo y feo, agazapado en la ladera. Entonces se acordó de que el camarero le había dicho que la heredaría el sobrino de Deacon.

—¿Qué pensáis hacer con la finca? —preguntó.

Gerry y Barb se miraron.

—No lo hemos decidido —respondió él—. Pero supongo que habrá que venderla. Si podemos. Y meter el dinero en un fondo para Charlotte. Podríamos derribar la casa y ponerla a la venta sólo como parcela de tierra.

Barb chasqueó la lengua bajito y Gerry la miró.

—Sí, ya lo sé, mi amor —dijo con un matiz de derrota en la voz—. Pero no creo que nadie quiera vivir aquí después de lo que ha sucedido, ¿no te parece? Y tampoco es que haya gente de fuera haciendo cola para mudarse a esta zona.

—¿Han dicho algo Dow o Deacon sobre la posibilidad de aunar esfuerzos? —preguntó Falk—. Juntar las parcelas, por ejemplo, para los inversores asiáticos.

Barb se volvió hacia él con una expresión de asco.

—A ésos no les daríamos ni los buenos días, así que imagínate si hemos pensado en hacernos socios. ¿Verdad, Gerry?

Su marido negó con la cabeza, pero Falk sospechaba que su visión de cómo estaba el mercado de la propiedad en Kiewarra era mucho más realista que la de ella.

—Desde ese lado de la valla no hemos recibido más que treinta años de problemas —continuó Barb en voz un poco más alta—, así que no nos planteamos ayudarlos. ¿Sabes que Mal solía salir de noche a hurtadillas a desplazar el límite de la propiedad? Como si no fuésemos a darnos cuenta. Debía de pensar que éramos idiotas. Y además arramblaba con cualquier cosa que no estuviera atornillada al suelo. Por mucho que lo negase, sé que fue él quien atropelló al perro de Luke hace años, ¿te acuerdas de eso?

Falk asintió. Luke quería mucho a ese perro. Con catorce años lo había acunado en el arcén de la carretera, llorando desconsolado.

—Cuando era más joven, Mal siempre tenía en casa a un puñado de tipos del pueblo hasta altas horas de la madrugada, ¿verdad que sí, Gerry? No hacían más que beber y correr con sus camionetas por las carreteras como auténticos locos, con la música a todo volumen, sabiendo que nosotros teníamos que levantarnos al alba para mantener la granja a flote.

—De eso ya hace tiempo, cariño —comentó Gerry, y Barb la tomó con él.

—¿Estás defendiéndolo?

—No, por Dios, sólo estoy exponiendo un hecho. Ya hace mucho que no está para tonterías de ésas, ¿no? Ya lo sabes.

Falk pensó en el extraño encuentro que había tenido con Deacon en el pub.

—Por lo que he visto, debe de tener algún tipo de demencia.

Barb resopló.

—¿Así es como se llama ahora? En mi opinión, lo que ocurre es que todo el daño que ha hecho en la vida le está pasando factura a ese viejo borracho.

Tomó un sorbo de café y miró la finca de Deacon. Cuando habló de nuevo, Falk le notó la pena en la voz.

—Yo lo sentía sobre todo por Ellie, porque al menos nosotros podíamos cerrar la puerta y olvidarnos de él, pero la pobre chica vivía en la misma casa. Creo que cuidaba de ella a su manera, pero era demasiado soberbio. ¿Te acuerdas de lo del campo de arriba, Gerry?

—No pudimos demostrar que fuese él.

—No, pero fue él. ¿Quién iba a ser si no? —Barb se dirigió a Falk—. Fue cuando vosotros teníais once años, más o menos. Poco después de que la madre de Ellie se marchase de aquí como alma que lleva el diablo, y conste que no la culpo. La pobre niña estaba triste, ¿verdad, Gerry? Estaba delgadísima, porque no comía como debía y

167

tenía aquella mirada, como si fuese a acabarse el mundo. Al final fui a decirle a Mal que la niña no estaba bien y que él tenía que hacer algo o se pondría enferma con tantas preocupaciones.

—¿Qué dijo él?

—Bueno, como te puedes imaginar, antes de que me diese tiempo a acabar la frase ya me había dado con la puerta en las narices. Una semana después, se nos murió todo lo que teníamos plantado en el campo de arriba. De repente, sin previo aviso. Hicimos unas pruebas y la acidez de la tierra estaba descompensada.

Gerry suspiró.

—Sí, eso puede pasar, pero...

—Pero es mucho más fácil que pase si tu vecino te echa vete a saber qué productos químicos —lo cortó Barb—. Nos costó miles de dólares y tuvimos que esforzarnos mucho para no hundirnos. No llegamos a recuperarnos del todo.

Falk se acordaba de esa tierra y también de lo tensas que eran ese año las conversaciones en casa de los Hadler a la hora de cenar.

—¿Por qué siempre se sale con la suya? —preguntó.

—No había pruebas de que lo había hecho él —insistió Gerry—. Pero... —Al ver que Barb estaba a punto de interrumpirlo de nuevo, levantó la mano—. Pero ya sabes cómo son aquí las cosas. La gente aguanta lo que sea antes de decidirse a intentar cambiar algo. Antes igual que ahora. Todos nos necesitamos para poder salir adelante. Mal Deacon tenía negocios con muchos de nosotros, y nosotros con él. Acumulaba favores y de vez en cuando dejaba de cobrarte un pago para tenerte bien agarrado. Si te peleabas con él, no era sólo con él. De repente, hacer tratos con tus vecinos o tomarte una cerveza tranquilo se volvía muy difícil. Y aquí la vida ya era muy dura.

Barb no le quitaba ojo.

—Gerry, la chica era tan desgraciada que se tiró al río.

—Les cogió las tazas, que chocaron entre sí—. A la mierda los negocios y las cervezas, todos deberíamos haber hecho más. Te espero en la casa. Cuando estés listo, hay mil cosas que hacer ahí dentro.

Dio media vuelta y se fue hacia la vivienda con gesto indignado, secándose la cara con la manga.

—Tiene razón —reconoció Gerry mientras la veía marcharse—. No sé lo que pasó, pero Ellie merecía algo muchísimo mejor. —Se volvió hacia Falk sin emoción en la mirada, como si la hubiese gastado toda durante las semanas anteriores—. Gracias por quedarte. Nos hemos enterado de que has preguntado por Luke por ahí.

—Bueno, un poco.

—¿Te importa que te pregunte qué te parece? ¿Crees que Luke mató a Karen y a Billy?

—Creo —respondió Falk con cautela— que hay una posibilidad de que no lo hiciera.

—Joder... ¿Estás seguro?

—No. He dicho que hay una posibilidad.

—Pero ¿crees que alguien más podría estar implicado?

—Podría ser.

—¿Tiene que ver con lo que le pasó a Ellie?

—La verdad es que no lo sé, Gerry.

—Pero ¿podría ser?

—Tal vez.

Silencio.

—Joder. Oye, hay algo que debería haberte contado antes.

Gerry Hadler tenía calor, pero no le importaba. Iba tamborileando un ritmo alegre en el volante con los dedos y silbando por una carretera solitaria, mientras el sol de la tarde le calentaba la frente a través del parabrisas. Ese año habían tenido lluvias decentes y cuando salía a recorrer la granja le gustaba lo que veía.

Le echó un vistazo a la botella de vino espumoso que tenía en el asiento del copiloto. Había ido al pueblo a por provisiones y, aunque no lo tenía pensado, había pasado por la tienda de bebidas a granel. Esperaba que Barb estuviera preparando el estofado de cordero de los viernes y quería darle una sorpresa. Encendió la radio. Sonaba una canción que no reconocía, pero tenía un ritmo de jazz muy marcado que le gustaba, así que fue cabeceando siguiendo el ritmo. Se acercaba a un cruce y pisó el freno.

—Yo sabía que Luke y tú habíais mentido sobre vuestra coartada el día que Ellie Deacon murió. —Gerry hablaba tan bajo que Falk tuvo que esforzarse para entender lo que decía—. La cuestión es que creo que alguien más también lo sabía.

Gerry estaba todavía a veinte metros del cruce cuando una figura que conocía bien pasó por allí en bicicleta a toda velocidad. Su hijo iba con la cabeza agachada y pedaleaba como un loco. Desde aquella distancia, con el sol bajo de la tarde, se le veía el pelo brillante y pegado a la cabeza, con un aspecto muy distinto de las greñas sueltas que solía llevar, pensó Gerry de pasada. No le quedaba bien.

Luke había atravesado el cruce sin mirar en ninguna dirección y Gerry masculló por lo bajo: tenía que hablar con el chico. Era cierto que apenas había tráfico en las carreteras, pero eso no quería decir que siempre fuesen seguras. Si continuaba así, Luke acabaría debajo de las ruedas de alguien.

—Venía desde el sur, del río. Muy lejos de los campos en los que se suponía que estabais. Tú no ibas con él. No llevaba la escopeta.

—El río no es lo único que está al sur —comentó Falk—. Hay más granjas, por ejemplo. Y los caminos para las bicicletas.

Gerry negó con la cabeza.

—Luke no venía de ningún camino. Llevaba aquella camisa gris que tanto le gustaba en esa época, quizá aún la recuerdes, aquélla tan fea que se ponía para arreglarse, una brillante. Me pareció que iba muy elegante, como si tuviera una cita o algo. Llevaba el pelo como engominado y en ese momento pensé que debía de estar probando un nuevo estilo. —Gerry se tapó los ojos con la mano un buen rato—. Pero siempre supe que simplemente lo llevaba mojado.

Cuando Gerry se detuvo en el cruce, Luke ya se alejaba. Siguiendo sus propios consejos, miró a ambos lados de la carretera. A la derecha, la figura oscurecida de su hijo se hacía cada vez más pequeña. A la izquierda sólo veía hasta la curva y estaba despejado. Gerry pisó el acelerador y reemprendió la marcha, y en cuanto hubo pasado el cruce, miró por el retrovisor.

La imagen del espejo desapareció en un segundo. Una camioneta blanca cruzando la intersección a toda prisa. Desde la izquierda. La misma dirección de donde había llegado su hijo.

Falk guardó silencio un largo momento.

—¿No viste quién la conducía? —preguntó, sin quitarle ojo a Gerry.

—No. No sabría decirlo. No prestaba atención, y pasó tan rápida que ni la vi. Pero fuera quien fuese, seguro que esa persona vio a Luke. —Gerry rehuía su mirada—. Tres días después, sacaron el cadáver de la chica del río, y fue el peor momento de mi vida. —De pronto se le escapó una risita extraña—. Bueno, hasta hace poco, claro. Publicaron la foto en todas partes, ¿te acuerdas?

Falk asintió con la cabeza. Habían tenido la sensación de que la mirada ausente de Ellie los contemplaba durante días desde las fotografías de las portadas de los diarios. Algunas tiendas improvisaron un cartel con la imagen para recaudar dinero para los gastos del funeral.

—Llevo veinte años con miedo de que ese conductor diga algo. De que llame a la puerta de la comisaría para decir que ese día vio a Luke —admitió Gerry.

—Puede que no le viese.

—Quizá no. —Gerry miró la casa de su hijo—. O puede que sí, y que cuando se decidió a llamar a una puerta no fuese la de la comisaría.

Falk, sentado dentro del coche a un lado de la carretera, pensó en lo que le había dicho Gerry. En Kiewarra había camionetas blancas a paladas, entonces y ahora. Tal vez no fuese nada. Si ese día alguien vio a Luke regresar desde el río, pensó Falk, ¿por qué no dijo nada en ese momento? ¿A quién beneficiaba guardar ese secreto durante veinte años?

Un detalle le rondaba por la cabeza: si el conductor había visto a Luke, ¿no era posible que él también hubiese visto al conductor? Quizá —y la idea fue tomando forma y exigiendo más atención—, quizá había sido al revés: a lo mejor era Luke quien estaba guardando el secreto y, por el motivo que fuese, se había cansado de hacerlo.

Le dio vueltas a la idea con la mirada perdida en el paisaje yermo. Al cabo de un rato, suspiró y sacó el móvil. Cuando Raco contestó, oyó el ruido de papeles.

—¿Estás en la comisaría? —le preguntó Falk.

Era domingo y hacía un día precioso. Se preguntó qué opinaría de eso la esposa de Raco.

—Sí. —Se oyó un suspiro—. Estoy revisando algunos papeles de los Hadler. Aunque todavía no sé si sirve de algo. ¿Y tú?

Falk le contó lo que le había explicado Gerry.

—Vaya —respondió Raco, y soltó aire—. ¿Tú qué opinas?

—No lo sé. Ahí podría haber algo. O a lo mejor no es nada. ¿Vas a estar ahí un rato más?

—Siento decir que voy a estar mucho rato.

—Voy para allá.

Falk acababa de colgar cuando le vibró el móvil. Abrió el mensaje de texto y su ceño fruncido se convirtió en una sonrisa al ver de quién era.

«¿Estás ocupado? —había escrito Gretchen—. ¿Tienes hambre? Estoy comiendo con Lachie en el parque Centenary.»

Pensó en Raco, rebuscando entre los informes de la comisaría, y en el café que no paraba de darle vueltas en el estómago desde que había salido de casa de los Hadler. Se acordó de la sonrisa de Gretchen cuando lo dejó fuera del pub, bajo las estrellas.

«Lo del vestido debe de ser por ti, subnormal.»

«Voy para allá —le escribió. Pensó un momento, y añadió—: Pero no puedo quedarme mucho rato.»

Eso no aliviaba su sentimiento de culpa, pero en realidad no le importaba.

El parque Centenary era el único lugar de Kiewarra donde parecía que se había invertido algo de dinero. Los arriates eran nuevos, y las flores estaban plantadas con cuidado, intercaladas con cactus, que, además de soportar bien la sequía, eran muy atractivos y daban al parque un aspecto exuberante que Falk llevaba semanas sin ver.

Con un aguijonazo de pena, descubrió que el banco en el que habían pasado tantos sábados por la noche ya no existía. Los columpios y la zona infantil que los habían sustituido brillaban con colores primarios y estaban llenos de niños. Todas las mesas de pícnic de alrededor estaban ocupadas. Los cochecitos competían por el espacio con neveras portátiles. Los padres charlaban y sólo interrumpían la conversación para turnarse a la hora de reñir o dar de comer a su prole.

Falk vio a Gretchen antes que ella a él y se detuvo un instante a observarla. Estaba sola en una de las mesas más alejadas, sentada en el banco con las largas piernas estiradas y los codos apoyados en la mesa. Llevaba la melena clara recogida en un moño despeinado y las gafas colocadas a modo de diadema. Contemplaba la actividad que tenía lugar en los columpios con cara divertida y Falk sintió la calidez de lo conocido. Vista desde lejos y a la luz del sol, podría haber tenido dieciséis años otra vez.

Gretchen debió de sentir que la miraba, porque de pronto levantó la vista. Le sonrió, lo saludó con la mano y él se acercó. Lo recibió con un beso en la mejilla y una fiambrera de plástico abierta.

—Toma un sándwich, Lachie no se los acabará.

Falk escogió uno de jamón cocido y se sentó a su lado en el banco. Gretchen estiró las piernas de nuevo y él sintió la calidez de su muslo. Llevaba chanclas y las uñas pintadas de rosa chillón.

—Esto no se parece en nada a como yo lo recordaba. Es alucinante —comentó Falk, mirando a los críos subirse a los columpios—. ¿De dónde ha salido el dinero?

—De una de esas organizaciones de beneficencia para las zonas rurales. Hace un par de años tuvimos suerte y unos filántropos ricachones nos dieron una subvención. Pero no debería burlarme, es genial. El mejor sitio de todo el pueblo, y siempre está a tope, a los críos les encanta. Compensa lo mal que me sentí al ver que quitaban nuestro banco.

Sonrió mientras los dos observaban cómo un niño enterraba a su amigo en el cajón de arena.

—Para los pequeños es fabuloso. Dios sabe que aquí no tienen mucho más que hacer.

A Falk le vino a la mente la pintura desconchada y el aro de baloncesto solitario del patio de la escuela.

—Supongo que compensa lo del colegio. Estaba mucho peor de lo que yo lo recordaba.

—Sí, otra cosa que agradecerle a la sequía.

Gretchen abrió una botella de agua, bebió un sorbo y se la ofreció con el mismo gesto con que antes le ofrecía vodka. Una intimidad muy natural. Falk la aceptó.

—La comunidad no tiene dinero —explicó ella—. Todo lo que el pueblo consigue del gobierno va a las subvenciones de los granjeros y no queda nada para los críos. Por suerte tenemos a Scott de director, que al menos parece que no le importe todo una mierda. Aunque una cuenta vacía tampoco da para tanto. No podemos pedir más a los padres.

—¿No podéis sacárselo a los filántropos ricachones otra vez?

Ella esbozó una sonrisa triste.

—Ya lo hemos intentado y creíamos que este año iba a caernos una buena cantidad. Pero eran una tropa distinta, un grupo privado. La Fundación Educativa Crossley, ¿te suena?

—Creo que no.

—Las típicas almas caritativas sensibleras, pero parecían justo lo que necesitábamos. Dan dinero a las escuelas rurales que pasan dificultades, pero parece que hay otros colegios que son más rurales o pasan más dificultades que el nuestro, aunque cueste creerlo. Que Dios los ayude. Llegamos a la última fase, pero no hubo suerte. Supongo que seguiremos buscando y el año que viene lo intentaremos de nuevo. Mientras tanto, ¿quién sabe? En cualquier caso... —interrumpió la frase para saludar a su hijo, que intentaba llamar su atención desde lo alto del tobogán y que se tiró mientras lo miraban—, de momento Lachie está contento en la escuela, y eso ya es algo.

El niño se acercó al trote y ella cogió la fiambrera de plástico y le ofreció un sándwich. El pequeño no le hizo caso y se concentró en Falk.

—Hola, chaval —lo saludó él, ofreciéndole la mano—. Me llamo Aaron, nos conocimos el otro día, ¿te acuerdas? Tu madre y yo éramos amigos de jóvenes.

Lachie le estrechó la mano y sonrió de oreja a oreja por la novedad del gesto.

—¿Me has visto en el tobogán?

—Claro que sí —respondió Gretchen, pero la pregunta no era para ella.

Falk asintió con la cabeza.

—Eres muy valiente —le reconoció al niño—. Desde aquí parece muy alto.

—Puedo hacerlo otra vez. Mira.

Lachie salió corriendo y Gretchen lo miró con una expresión peculiar. El niño esperó a que Falk estuviese prestándole atención antes de tirarse y, al llegar abajo, fue directo a la escalera para repetirlo. Falk levantó los pulgares.

—Gracias —dijo Gretchen—. Ahora mismo está obsesionado con los hombres adultos. Creo que empieza a darse cuenta de que otros chavales tienen padre y... bueno, ya sabes. —Se encogió de hombros sin mirar a Falk a los ojos—. De eso va la maternidad, ¿no? Dieciocho años de un sentimiento de culpa aplastante.

—¿Su padre no te ayuda en absoluto?

Él mismo se percató de la nota de curiosidad en su voz. Gretchen también y sonrió con complicidad.

—No. Y no pasa nada, puedes hacer preguntas. Su padre se marchó, no lo conocías. No era de aquí, era un trabajador que estuvo por la zona una temporada y lo único que sé de él es que me dejó este hijo maravilloso. Y sí, soy consciente de que eso no suena muy bien.

—No suena ni bien ni mal. Suena a que Lachie tiene suerte de tenerte —respondió Falk.

Mientras observaba al niño subir atléticamente la escalera del tobogán, se preguntó qué aspecto tendría el padre.

—Gracias. Yo no siempre lo siento así. A veces me pregunto si debería esforzarme por conocer a alguien. Por los dos, para que Lachie tenga una familia y sepa cómo es que tu madre no esté estresada y agotada todo el tiempo. Pero no sé...

Dejó la frase colgada y a Falk le preocupó que se sintiese avergonzada, pero de pronto le sonrió.

—En Kiewarra las reservas de hombres con los que salir están muy bajas. La sequía también les ha afectado.

—Entonces, ¿no te has casado? —preguntó, y Gretchen negó con la cabeza.

—No, nunca.

—Yo tampoco.

—Ya lo sé —contestó ella con un brillo travieso en la mirada.

Falk no sabía cómo lo hacían, pero las mujeres siempre estaban al tanto de esas cosas. Se miraron de reojo y se sonrieron. Imaginó a Gretchen y a Lachie viviendo solos en la vasta propiedad que ella les había comprado a los Kellerman y recordó el aislamiento sobrecogedor de la de los Hadler. Incluso él, que disfrutaba de la soledad más que la mayoría, empezaba a ansiar tener compañía después de unas horas rodeado sólo de campos.

—Estarás muy sola sin nadie más en la granja —comentó, y de inmediato deseó haberse mordido la lengua—. Perdona, pretendía ser una pregunta, no una frase horrible para ligar contigo.

Gretchen se rió.

—Ya lo sé. Aunque con comentarios como ese aquí encajarías mejor de lo que crees. —De pronto se le ensombreció el semblante—. Pero sí, a veces lo pienso. No es la falta de compañía lo que me afecta, sino la sensación de estar lejos de todo. La cobertura de internet no es buena y a menudo casi no la hay ni de móvil. De todos modos tampoco es que haya mucha gente intentando llamarme.

Hizo una pausa y sus labios se convirtieron en una línea tensa.

—¿Sabes que ni siquiera me enteré de lo que le había pasado a Luke hasta la mañana siguiente?

—¿En serio?

Falk estaba impresionado.

—Sí. Ni a una sola persona se le ocurrió llamarme. Ni a Gerry ni a Barb ni a nadie más. A pesar de todo lo que habíamos vivido juntos, supongo que yo... —se encogió de hombros— no era una prioridad. La tarde del suceso recogí a Lachie del colegio, fuimos a casa y cenamos. Lo acosté y vi una película.

»Todo muy corriente y aburrido, pero resulta que fue la última noche normal, ¿sabes? No había sido nada especial, pero daría lo que fuera por que las cosas volviesen a ser así de nuevo. Al día siguiente, cuando llegué a la puerta del colegio, todo el mundo estaba comentándolo. Sentí que todo el mundo lo sabía y... —Una lágrima se le deslizó por la nariz—. Nadie se había molestado en llamarme. No daba crédito. O sea, no me creía lo que estaba oyendo, de verdad. Pasé en coche por delante de la granja, pero no conseguí acercarme. La carretera estaba cortada y había policías por todas partes. Así que me fui a casa y, para entonces, ya salía en las noticias. Ya no había forma de no enterarse.

—Lo siento mucho, Gretch —dijo Falk, posándole una mano en el hombro—. Si te sirve de consuelo, a mí tampoco me avisó nadie. Me enteré cuando vi su foto en internet.

Falk todavía sentía la impresión que se había llevado al ver aquellos rasgos conocidos junto al terrible titular. Gretchen asintió y de pronto fijó la vista en algo que él tenía detrás. Le cambió la expresión y se apresuró a secarse los ojos.

—Mierda. Cuidado, por detrás viene Mandy Vaser, ¿te acuerdas? En aquella época se apellidaba Mantel. Joder, ahora no tengo ganas de verla.

Falk se volvió. La chica pelirroja de rasgos afilados que él recordaba como Mandy Mantel había sufrido una metamorfosis que la había convertido en una mujer menuda y arreglada, con una melena corta de color rojo brillante. Llevaba un bebé pegado al pecho con una especie de complicado cabestrillo que, a primera vista, tenía el aspecto de estar fabricado con fibra natural y anunciarse como ecológico. Al verla acercarse con paso marcial por la hierba amarillenta, Falk comprobó que conservaba los rasgos afilados.

—Se casó con Tim Vaser, que tenía un año o dos más que nosotros —le susurró Gretchen, mientras Mandy se aproximaba—. Tiene un par de críos en la escuela y, desde que se nombró a sí misma portavoz del grupo de madres ansiosas, está muy ocupada.

Mandy se detuvo delante de ellos. Miró a Falk, luego el sándwich de jamón que tenía en la mano y otra vez a Falk con un rictus de desagrado en la boca.

—Hola, Mandy —la saludó él.

Ella le dejó muy claro que no pensaba contestar, y se limitó a ponerle la mano detrás de la cabeza al bebé como para protegerlo de su saludo.

—Gretchen, siento interrumpirte —se disculpó, pese a que no parecía sentirlo en absoluto—. ¿Te importaría venir a nuestra mesa un momento? Queremos hablar contigo.

Lanzó una breve mirada a Falk y enseguida la apartó.

—Mandy —contestó Gretchen sin entusiasmo—, ¿te acuerdas de Aaron? Antes vivía aquí. Ahora trabaja para la Policía Federal.

Puso énfasis en la última frase.

Falk se acordó de que Mandy y él se habían besado en una ocasión, en un baile para adolescentes, si no recordaba mal. Mientras las luces tenues relucían en las paredes del gimnasio del instituto y un equipo de música atronaba en un rincón, ella lo había sorprendido invadiendo su boca con su lengua de niña de catorce años con sabor a refresco barato de limón. Se preguntó si Mandy lo recordaría. Por cómo estaba frunciendo el ceño y evitaba mirarlo a la cara, estuvo seguro de que sí.

—Me alegro de volver a verte —la saludó Falk, tendiendo la mano. No porque tuviese un interés especial en estrechársela, sino porque era evidente que hacerlo la incomodaría. Mandy se la miró y él notó que hacía un esfuerzo por reprimir la reacción automática de cortesía. Al final lo logró y lo dejó con la mano suspendida en el aire. Falk estuvo a punto de concederle cierto respeto por ello.

—Gretchen —repitió Mandy, que estaba perdiendo la paciencia—. Queremos hablar contigo.

Gretchen la miró a los ojos sin hacer ademán de moverse.

—Cuanto antes lo sueltes, Mandy, antes te diré que te metas en tus asuntos y antes podremos concentrarnos en pasar bien el domingo.

La otra se puso tensa. Miró por encima del hombro hacia la mesa donde un grupo de madres con un corte de pelo similar observaban tras las gafas de sol.

—De acuerdo. Muy bien. Yo, nosotras, no estamos cómodas teniendo a Aar... a tu amigo tan cerca de nuestros hijos. —Miró a Falk—. Nos gustaría que te marchases.

—Recibido —contestó Gretchen.

—Entonces, ¿se va?

—No —respondieron Falk y Gretchen al unísono.

Lo cierto era que ya debía de ser hora de ir a la comisaría a encontrarse con Raco, pero no pensaba permitir que la dichosa Mandy Mantel lo echase de allí. Mandy entrecerró los ojos y se agachó un poco.

—Escuchad una cosa —dijo—, ahora mismo somos las otras madres y yo, y estamos pidiéndotelo bien. Pero si crees que de ese modo lo entenderás mejor, no cuesta nada que vengan los padres a pedírtelo sin tanta educación.

—Por Dios bendito, Mandy —saltó Gretchen—, es policía. ¿Entiendes lo que te digo?

—Sí, pero también hemos oído lo que le hizo a Ellie Deacon. —Por todo el parque había grupos de padres contemplando la escena—. En serio, Gretchen, ¿tan desesperada estás que no te importa poner a tu propio hijo en peligro? Ahora eres madre, compórtate como es debido.

Falk se acordó de que el hombre que se había convertido en el marido de Mandy había escrito un poema para Gretchen y lo había recitado en público un Día de los Enamorados. No era de extrañar que se regodeara en la sensación de tener, por una vez, la sartén por el mango.

—Si piensas pasar mucho tiempo con éste... con esta persona, Gretchen —continuó Mandy—, no te sorprenda que avise a los de Servicios Sociales. Por el bien de Lachie.

181

—Eh... —intervino Falk, pero Gretchen lo interrumpió.

—Mandy Vaser —dijo en voz baja pero acerada—, si te crees tan lista, haz algo inteligente por una vez en tu vida: da media vuelta y márchate de aquí.

La otra irguió más la espalda para mostrar que no estaba dispuesta a ceder terreno.

—Y una cosa más, Mandy, ándate con ojo. Si mi hijo derrama una sola lágrima o deja de dormir aunque sea un solo minuto por algo que tú hayas hecho...

El tono gélido de Gretchen era una novedad para Falk. En lugar de acabar la frase, la dejó en el aire.

Mandy abrió mucho los ojos.

—¿Estás amenazándome? Ese lenguaje es agresivo y me lo tomo como una amenaza. No me lo puedo creer, después de todo lo que hemos tenido que soportar en este pueblo.

—¡La que amenazas eres tú! Servicios Sociales, y una mierda.

—Sólo quiero que Kiewarra sea un lugar seguro para nuestros hijos. ¿Te parece pedir demasiado, o es que las cosas no son ya lo bastante horribles? Sé que Karen no te caía bien, pero al menos podrías demostrar algo de respeto, Gretchen.

—Ya basta, Mandy —intervino Falk con sequedad—. Por el amor de Dios, cállate y déjanos en paz.

Ella lo señaló.

—No, márchate tú. —Dio media vuelta y echó a andar deprisa—. Voy a llamar a mi marido.

La frase flotó por todo el parque tras ella.

Gretchen tenía la cara enrojecida y, cuando bebió un trago de agua, Falk vio que le temblaban las manos. Fue a tocarle el hombro, pero se dio cuenta de que había gente mirando y no quería estropear más las cosas.

—Lo siento. No debería haber venido a verte aquí.

—No es culpa tuya —contestó ella—. Hay mucha tensión y el calor lo estropea todo aún más. —Respiró hondo y esbozó una media sonrisa—. Además, Mandy siempre ha sido un mal bicho.

Él asintió.

—Eso es verdad.

—Y para que conste, no es que Karen no me cayese bien, sólo que no teníamos una relación muy cercana. En la escuela hay muchísimas madres, no puedes ser amiga de todas. Como salta a la vista —añadió, señalando la espalda de Mandy con la barbilla.

Falk abrió la boca para contestar cuando le vibró el móvil. No hizo caso y Gretchen sonrió.

—No pasa nada, cógelo.

Él miró el mensaje de texto con una mueca de disculpa, y antes de acabar de leerlo ya se había levantado como un resorte.

Cinco palabras de Raco:

«Jamie Sullivan mentía. Ven ya.»

20

—Está ahí dentro.

Falk echó un vistazo a la única sala de interrogatorios de la comisaría por el ventanuco de cristal grueso que había en la puerta. Jamie Sullivan estaba sentado a la mesa, mirando el fondo de un vaso de plástico con gesto abatido. Parecía haberse encogido desde que lo vieron en el salón de su casa.

Falk se sentía mal por haber dejado a Gretchen sola en el parque, y aunque ella lo había mirado a los ojos y le había dicho que estaría bien, él había dudado. Porque no la creía. Al final, sin dejar de sonreír, Gretchen le había dado un empujoncito hacia el coche.

—Vete, no pasa nada. Luego me llamas.

Así que se había marchado.

—¿Qué has averiguado? —le preguntó a Raco.

El sargento se lo contó y Falk asintió con admiración.

—Estaba a la vista desde el principio —dijo Raco—. Sólo que ese día ocurrieron tantas cosas que se nos coló.

—Sí, claro, fue un día muy ajetreado. Sobre todo para Jamie Sullivan, por lo visto.

En cuanto entraron, el granjero levantó la cabeza de golpe. Sus dedos sujetaban con fuerza el vaso de plástico.

—Bueno, Jamie, quiero que quede claro que no estás arrestado —le informó Raco con brío—. Pero tenemos que aclarar un par de cosas de las que hablamos el otro día. Supongo que te acuerdas del agente federal Falk. ¿Tienes algún inconveniente en que esté presente en la conversación?

Sullivan tragó saliva. Miró de un lado a otro sin saber cuál era la respuesta correcta.

—Supongo... Trabaja para Gerry y Barb, ¿no?

—De forma extraoficial —apuntó Raco.

—¿Necesito a mi abogado?

—Como tú quieras.

Hubo un silencio. El abogado de Sullivan, si es que tenía uno, debía de pasar cincuenta semanas al año lidiando con disputas de propiedad y contratos de ganado, pensó Falk. Ese asunto podía ser territorio sin explorar para él. Por no hablar del coste por hora. Sullivan debió de llegar a la misma conclusión.

—No me habéis arrestado, ¿no?

—No.

—De acuerdo —accedió Sullivan—. Preguntad lo que queráis ya, que tengo que volver a la granja.

—Bien. Jamie, fuimos a verte hace dos días para hablar contigo del día en que murieron Luke, Karen y Billy Hadler —empezó Raco.

—Sí.

Tenía una fina película de sudor en el labio superior.

—Y durante la visita nos dijiste que, después de que Luke Hadler se marchase de tu finca a las cuatro y media, tú te quedaste allí. Dijiste... —Consultó las notas y leyó—: «Me quedé en la granja. Hice algunas tareas. Cené con mi abuela.»

Sullivan no respondió.

—Llegados a este punto, ¿hay algo que quieras comentar al respecto?

Sullivan miró alternativamente a Falk y a Raco y negó con la cabeza.

—Muy bien —contestó Raco, y deslizó una hoja de papel por encima de la mesa—. ¿Sabes qué es esto?

Sullivan se pasó la lengua por los labios secos. Dos veces.

—Es un informe de la agencia antiincendios.

—Eso es. Como puedes ver por la fecha, es del mismo día en que murieron los Hadler. Siempre que alguien llama a los bomberos, ellos lo registran así. En este caso, respondían a una llamada de emergencia. Lo dice aquí. —Raco señaló las líneas mecanografiadas—. Y aquí abajo está la dirección a la que fueron. ¿La reconoces?

—Por supuesto. —Hubo una pausa larga—. Es mi granja.

—Según este informe —continuó Raco, cogiéndolo—, los bomberos recibieron aviso para ir a tu propiedad a las 17.47 h. Fue una alerta automática, porque tu abuela había pulsado el botón del pánico. Al llegar la encontraron en la casa con los fogones en llamas. Aquí dice que apagaron el fuego y la tranquilizaron. Intentaron llamarte, pero no contestabas, y entonces llegaste a la casa. Según el informe, eso fue a las 18.05 h.

—Estaba en los campos.

—No, no estabas allí. He llamado al tipo que redactó el informe y se acuerda de que cuando apareciste venías de la carretera principal.

Se observaron. Sullivan fue el primero en apartar la mirada y fijarla en la mesa, como si allí fuese a encontrar respuesta. Una mosca solitaria volaba sobre sus cabezas con un zumbido metálico.

—Cuando se marchó Luke me quedé un rato en el campo, pero después salí a dar una vuelta con el coche —explicó Sullivan.

—¿Adónde fuiste?

—A ninguna parte, por ahí.

—Especifica —ordenó Falk.

—Fui al mirador. Pero no me acerqué a las tierras de los Hadler. Quería tranquilidad para pensar.

Falk lo miró y Sullivan intentó devolverle la mirada.

—¿Qué extensión tiene tu finca? —preguntó entonces Falk.

Sullivan vaciló, se olía una trampa.

—Unas ochenta hectáreas.

—O sea, que es bastante grande.

—Lo suficiente.

—Entonces, explícame cómo puede ser que un hombre que pasa doce o catorce horas al día solo en un terreno de ochenta hectáreas necesite todavía más tranquilidad para pensar. —Sullivan volvió la cara—. Así que, según tú, fuiste a dar una vuelta en coche. Solo. ¿Por qué tenías que mantenerlo en secreto? —preguntó Raco.

Sullivan miró el techo un instante, reflexionó y modificó su reacción inicial. Alzó la palma de las manos y los miró a los ojos de verdad por primera vez.

—Sabía que parecería raro y no quería meterme en líos. Si os digo la verdad, esperaba que no os enteraseis.

Por fin Falk sintió que estaba contándoles la verdad. Sabía por su expediente que Sullivan tenía veinticinco años y que se había mudado a Kiewarra diez años antes con su difunto padre y con su abuela. Más de una década después de que Ellie se ahogase. Aun así...

—¿Te suena de algo el nombre de Ellie Deacon? —le preguntó.

Justo cuando Sullivan levantaba la vista, su expresión varió un instante, demasiado rápido para que Falk pudiese interpretarla.

—Sé que murió hace años. Y también sé... —señaló a Falk con la barbilla— que Luke y... y tú erais amigos de ella. Nada más.

—¿Te habló Luke de ella?

Sullivan negó con la cabeza.

—A mí no. La mencionó una o dos veces, dijo que tenía una amiga que se ahogó. Pero él no hablaba mucho del pasado.

Falk hojeó la documentación hasta que encontró la foto que buscaba y se la pasó por encima de la mesa. Era un plano muy cerrado de la parte posterior de la camioneta de Luke, donde sólo se veían las cuatro marcas horizontales que hallaron cerca del cadáver.

—¿Tienes idea de qué son? —le preguntó a Sullivan.

Éste las estudió.

Cuatro líneas. Dispuestas en dos columnas de dos en la cara interior de la parte trasera, separadas por un metro de distancia. Sullivan no tocó la fotografía, sino que la recorrió con la mirada como tratando de comprender.

—¿Oxidación? —aventuró.

No estaba convencido ni fue convincente.

—De acuerdo.

Falk recuperó la foto.

—Mira, yo no los maté —afirmó Sullivan subiendo el tono—. Luke era mi amigo y se portaba muy bien conmigo.

—Entonces ayúdanos —le pidió Raco—. Ayúdalo a él. No nos hagas perder el tiempo investigándote a ti si deberíamos estar mirando en otra parte.

A la camisa azul del granjero le habían aparecido sendos círculos de humedad debajo de los brazos. El tufo a olor corporal llegó hasta el otro lado de la mesa. El silencio se prolongó.

Falk hizo su apuesta.

—Jamie, su marido no tiene por qué enterarse.

Sullivan levantó la vista y, por un instante, apareció en su boca la sombra de una sonrisa.

—¿Crees que estoy tirándome a la mujer de alguien?

—Creo que si hay alguien que pueda confirmar dónde estabas, deberías decírnoslo ahora mismo.

Sullivan se quedó muy quieto. Esperaron. Hasta que el granjero negó levemente con la cabeza.

—No hay nadie.

No había dado en el blanco, pensó Falk. Pero tenía la impresión de no haber errado demasiado el tiro.

—¿Qué es peor que ser el canelo al que culpan de un triple asesinato? —se preguntó Falk media hora más tarde.

Estaban mirando a Sullivan subirse a su cuatro por cuatro y marcharse de la comisaría. El interrogatorio había continuado dando palos de ciego hasta que el joven se había cruzado de brazos y se había negado a decir ni una palabra más, salvo para insistir en que tenía que comprobar si su abuela estaba bien o llamar a alguien para que se ocupase de hacerlo.

—Hay algo que lo asusta —dijo Raco—. La cuestión es qué.

—Habrá que vigilarlo —contestó Falk—. Voy al pub un rato para revisar el resto de los papeles de los Hadler.

En caso de duda, decía siempre uno de sus instructores, hay que seguir el dinero. Y había sido siempre un buen consejo.

Raco encendió un cigarrillo y lo acompañó al coche, que tenía aparcado en un descampado, detrás de la comisaría. Al doblar la esquina, Falk se detuvo en seco y se quedó plantado mirando, esperando a que su cerebro procesara lo que estaba viendo.

Alguien había rayado una y otra vez la pintura de las portezuelas y del capó del vehículo para escribir un mensaje. A la luz del sol, las letras emitían un destello plateado.

TE VAMOS A DESPELLEJAR, PUTO ASESINO

21

Cuando Gretchen vio llegar a Falk al aparcamiento del pub con el coche en esas condiciones, se quedó boquiabierta a media frase. Estaba hablando con Scott Whitlam en la acera, mientras Lachie jugaba a sus pies. Falk los vio por el espejo retrovisor mientras aparcaba.

—Mierda... —masculló en voz baja.

Entre la comisaría y el pub no había más que unos cientos de metros, pero Falk tenía la sensación de haber recorrido un largo trayecto por el centro del pueblo. Salió del vehículo y los arañazos plateados titilaron al cerrar la portezuela.

—Dios mío, ¿cuándo ha sucedido esto?

Gretchen se acercaba corriendo con Lachie a remolque. El niño saludó a Falk con la mano antes de reparar en el coche y quedarse mirándolo con los ojos muy abiertos. Estiró un dedo regordete para reseguir las letras grabadas, y cuando empezó a pronunciar la primera palabra, Falk se horrorizó y Gretchen se apresuró a apartarlo de allí. Lo mandó a jugar al otro extremo del aparcamiento y el niño lo hizo a regañadientes, arrastrando los pies, y empezó a meter cosas en una alcantarilla con un palo.

—¿Quién ha sido? —preguntó ella, al regresar a donde estaba Falk.

—No lo sé —respondió él.

190

Whitlam emitió un silbidito de condolencia mientras rodeaba el coche despacio.

—Sea quien sea, se ha empleado a fondo. ¿Qué han usado? ¿Un cuchillo, un destornillador o algo así?

—No tengo ni idea.

—Vaya panda de cabrones —exclamó el director—. Este sitio a veces es peor que la ciudad.

—¿Estás bien?

Gretchen le tocó el codo.

—Sí —respondió Falk—. Mejor que el coche, eso seguro.

Sintió un ramalazo de rabia. Tenía aquel coche desde hacía más de seis años. No era un vehículo para presumir, pero nunca le había dado problemas. No merecía que un paleto del campo lo destrozara.

«TE VAMOS A DESPELLEJAR.»

Se volvió hacia Whitlam.

—Tiene que ver con un asunto del pasado, una chica de la que éramos amigos...

—Sí, tranquilo. —Whitlam asintió—. Ya me han contado la historia.

Gretchen resiguió las marcas con el dedo.

—Escucha, Aaron, tienes que ir con cuidado.

—No me pasará nada. Esto es una lata, pero...

—No, es mucho peor.

—Ya, bueno. ¿Qué más van a hacer, despellejarme de verdad?

Ella tardó un momento en contestar.

—No sé. Mira lo que les pasó a los Hadler.

—Eso es distinto.

—¿Estás seguro? No puedes saberlo con certeza.

Falk miró a Whitlam buscando apoyo, pero el director se encogió de hombros.

—Esto es una olla a presión, amigo. Antes de que te des cuenta, cualquier cosita de nada se convierte en algo muy grande. Aunque eso ya lo sabes. De todos modos, por si acaso, más vale prevenir. Sobre todo cuando ambas cosas han sucedido el mismo día.

Falk lo miró.

—¿Ambas cosas?

Whitlam echó un breve vistazo a Gretchen, que se movió incómoda.

—Lo siento —se disculpó—, pensaba que ya los habrías visto.

—¿El qué?

Whitlam sacó un trozo de papel cuadrado del bolsillo trasero del pantalón y se lo entregó. Falk lo desplegó. Una corriente de aire caliente removió las hojas secas del suelo.

—¿Quién ha visto esto?

Ninguno de los dos contestó y Falk los miró.

—¿Y bien?

—Todo el mundo. Están por todo el pueblo.

El Fleece estaba lleno de gente, pero Falk distinguía el acento celta de McMurdo por encima de la cacofonía general. Se detuvo a la entrada, detrás de Whitlam.

—No pienso ponerme a debatir contigo, amigo mío —decía McMurdo desde detrás de la barra—. Mira a tu alrededor. Esto es un bar, no una democracia.

Tenía un puñado de octavillas arrugadas en la mano. Eran iguales que la que estaba quemándole a Falk en el bolsillo, y tuvo que reprimir el impulso de sacarla y mirarla una vez más. Era un retrato muy burdo que debían de haber fotocopiado quinientas veces en la diminuta biblioteca del pueblo.

En la parte superior se leía en letras mayúsculas: «RIP ELLIE DEACON, 16 AÑOS.» Debajo había una foto del padre de Falk con poco más de cuarenta años, aunque ya se lo veía envejecido, y a su lado una instantánea de Falk tomada con prisas. Por lo visto, se la habían hecho saliendo del pub uno de esos días. Aparecía mirando de reojo, su expresión congelada en una mueca momentánea. Debajo de las fotos, en letra más pequeña: «Estos hombres fueron interrogados en relación con la muerte de Ellie Deacon. Se necesita más información. ¡Proteged vuestra población! ¡Seguridad para Kiewarra!»

Antes, en el aparcamiento, Gretchen le había dado un abrazo y le había susurrado al oído:

—Son una panda de completos gilipollas, pero ándate con ojo.

Después de eso, había cogido en brazos a Lachie y se había marchado pese a las quejas del niño. Whitlam había dirigido a Falk hacia el pub después de rechazar sus protestas con un gesto de la mano.

—Aquí son como tiburones, amigo —había dicho el director—, en cuanto huelen la sangre, se te echan encima. Lo mejor es que te sientes aquí conmigo y te tomes una cerveza fría. Tenemos derecho a ella por la gracia de Dios, como hombres nacidos bajo la Cruz del Sur.

Sin embargo, en ese momento los dos se habían detenido en la entrada. McMurdo estaba discutiendo con un hombre corpulento de rostro purpúreo, que, según recordaba Falk, una vez le había dado la espalda a su padre en la calle. El tipo señalaba enfáticamente las octavillas con el dedo y decía algo que desde allí él no alcanzaba a entender. Entretanto, el camarero negaba con la cabeza.

—No sé qué decirte, amigo —contestó McMurdo—. Si quieres protestar sobre algo, coge papel y boli y escríbele a tu representante en el Parlamento. Pero éste no es el lugar para hacerlo.

Tiró las hojas a la basura y al volverse vio a Falk, que lo miraba desde el otro extremo de la sala. Con un movimiento de cabeza apenas perceptible, le sugirió que no entrara.

—Vámonos —le dijo éste a Whitlam, y se apartó de la entrada—. Muchas gracias, pero no es buena idea.

—Creo que tienes razón. Por desgracia. Joder, a veces esto parece aquella peli que se llamaba *Defensa* —se quejó Whitlam—. ¿Qué piensas hacer?

—Refugiarme en la habitación, supongo. Repasar unos papeles, esperar a que pase.

—A la mierda. Vente a casa a tomar algo.

—Muchas gracias, pero no. Será mejor que no me vea nadie por ahí.

—Eso no suena mejor en absoluto. Venga, vamos. Pero en mi coche, ¿eh? —Whitlam sacó las llaves y sonrió de oreja a oreja—. A mi esposa le irá bien conocerte. Tal vez la hace sentirse un poco mejor. —Su sonrisa perdió un poco de brillo, pero enseguida se recuperó—. Además, quiero que veas una cosa.

Whitlam le envió un mensaje de texto a su esposa desde el coche y recorrieron el trayecto en silencio.

—¿No te preocupa que me vean en tu casa? —preguntó Falk finalmente. Pensaba en el incidente del parque—. A las madres no les hará ni pizca de gracia.

—Que se jodan —respondió Whitlam sin apartar la mirada de la carretera—. Así a lo mejor aprenden algo: «No juzguéis para no ser juzgadas por una panda de zumbadas de miras estrechas», o como sea el versículo. Bueno, ¿quién crees que ha repartido por ahí esas declaraciones de amor?

—Supongo que Mal Deacon. O su sobrino Grant.

Whitlam frunció el ceño.

—Grant tiene más números. Según he oído, Deacon ya no está muy presente. Mentalmente quiero decir. Pero no lo sé, no me relaciono con esos dos. Vivo mejor sin ese fastidio.

—Puede que tengas razón. —Falk miró por la ventana apesadumbrado, pensando en su coche y en las palabras plateadas que le habían grabado en la carrocería—. Pero ninguno de los dos dudaría a la hora de ensuciarse las manos —añadió.

Whitlam lo miró y sopesó su respuesta. Al final se encogió de hombros. Había dejado atrás la calle principal y estaba recorriendo el laberinto de callejones que en Kiewarra pasaba por barrio residencial. Después de ver los extensos terrenos y la serie de edificios que conformaba cada granja, aquellas casas parecían compactas y muy cuidadas. Alguna hasta tenía césped verde, pero Falk pensó que no había mejor modo de anunciar que era artificial. Whitlam aparcó en un patio asfaltado, junto a una elegante casa unifamiliar.

—Qué sitio tan bonito —dijo Falk, pero Whitlam torció el gesto.

—Una zona residencial en el campo: lo peor de ambos mundos. La mitad de las casas de alrededor están vacías, lo cual es una pesadez. La seguridad se resiente, ¿sabes? Vienen muchos chavales a hacer el idiota. Pero todos los que tienen granjas viven en sus terrenos, y el pueblo no tiene un gran atractivo para los de fuera. —Se encogió de hombros—. De todos modos, es alquilada, así que ya veremos.

Condujo a Falk hasta una cocina moderna y luminosa, donde su mujer estaba preparando un aromático café con un aparato bastante complicado. Sandra Whitlam era una mujer esbelta, de piel clara y ojos grandes y verdes que le daban aspecto de estar permanentemente sobresaltada. Whitlam los presentó y ella le estrechó la mano con cierto aire de suspicacia, pero aun así le señaló una confortable silla de la cocina.

—¿Una cerveza? —preguntó Whitlam con la puerta de la nevera abierta.

Sandra, que estaba colocando tres tacitas de porcelana en la mesa, se detuvo.

—¿No acabáis de venir del pub?

Hablaba en tono alegre, pero sin volverse a mirar a su marido.

—Sí, bueno, es que al final no hemos llegado a entrar —contestó él y le guiñó un ojo a Falk.

Sandra apretó los labios, que formaron una línea fina.

—Tomémonos ese café, Sandra —dijo Falk—. Huele muy bien.

Ella forzó una leve sonrisa y Whitlam se encogió de hombros y cerró la nevera. Sandra sirvió los tres cafés y se movió por la cocina con paso ligero y silencioso, mientras colocaba una selección de distintos quesos y galletas saladas en un plato. Falk tomó un sorbo de su taza y miró una foto de familia enmarcada que había junto a su codo. En ella se veía a la pareja con una niña pequeña de pelo rubio oscuro.

—¿Es vuestra hija? —preguntó para llenar el silencio.

—Sí, Danielle —contestó Whitlam, y cogió la foto—. Debe de estar por aquí.

Miró a su esposa, que estaba delante del fregadero y, al oír el nombre de la niña, había dejado a medias lo que estaba haciendo.

—Está viendo la tele en la salita —confirmó Sandra.

—¿Está bien?

Su esposa se limitó a encogerse de hombros y Whitlam se dirigió a Falk:

—Danielle está bastante confusa, la verdad —le explicó—. Ya te dije que era amiga de Billy Hadler y no entiende muy bien lo que ha ocurrido.

—Gracias a Dios —apuntó Sandra, mientras plegaba furiosamente el trapo de cocina en un cuadrado—. Espero que nunca tenga que comprender algo tan horroroso como lo que ha ocurrido. Cada vez que lo pienso me pongo enferma. Para lo que ese hijo de puta les ha hecho a su esposa y a su hijo, el infierno es demasiado poco.

Se inclinó sobre la encimera y empezó a cortar queso. Empujó el cuchillo con tal fuerza para atravesar el bloque que la hoja se estrelló contra la tabla con un fuerte golpe.

Whitlam carraspeó levemente.

—Aaron vivía aquí, en el pueblo. Era amigo de Luke Hadler cuando eran jóvenes.

—Vaya. A lo mejor en esa época él era diferente. —Estaba desatada. Enarcó las cejas y se dirigió de nuevo a Falk—: ¿Pasaste la infancia en Kiewarra? Se te debió de hacer muy larga.

—Bueno, tuvo sus momentos. Entonces, ¿a ti no te está gustando el pueblo?

A Sandra se le escapó una carcajada.

—Digamos que no ha sido el nuevo comienzo que esperábamos —contestó con voz cortante—. Sobre todo para Danielle. Bueno, para nosotros tampoco.

—Bueno, supongo que no soy el más adecuado para defender este sitio —dijo Falk—, pero ya sabéis que lo que les ha sucedido a los Hadler es uno de esos incidentes que ocurren una vez en la vida como mucho.

—Puede que sí —respondió Sandra—, pero lo que no entiendo es la actitud de la gente. He oído a algunos que casi se compadecían de Luke Hadler, que lamentaban lo mal que debían de estar yéndole las cosas para hacer algo así. Me daban ganas de sacudirlos y decirles, ¿cómo puedes ser tan imbécil? Da igual cómo estuviese pasándolo, ¿a quién le importa? ¿Te imaginas los últimos instantes de vida de Billy y de Karen? Y, sin embargo, la gente le tiene una especie de... no sé, de piedad provinciana. —Señaló a Falk con el dedo. Él vio que se había hecho la manicura—. Y me da igual que se suicidase después. Asesinar a tu mujer y a tu hijo es el colmo de la violencia doméstica. Ni más ni menos.

Durante un breve momento, lo único que se oyó en la cocina fue el sonido de la cafetera, que humeaba sobre la encimera impoluta.

—Tranquila, cariño. No eres la única que piensa así —dijo Whitlam.

Alargó un brazo y posó una mano encima de las de su esposa. Ella parpadeaba deprisa y empezaba a corrérsele el rímel por la comisura del ojo. Esperó un momento antes de retirar las manos y coger un pañuelo de papel. Whitlam se volvió hacia Falk.

—Ha sido un golpe terrible para todos. Yo he perdido un alumno, Danielle a su amiguito. Y Sandra lo siente muchísimo por Karen, eso es evidente.

Sandra hizo un ruido apenas perceptible con la garganta.

—Me comentaste que Billy tenía que venir a jugar la tarde en que murió —dijo Falk, recordando la conversación que habían tenido en la escuela.

—Sí —respondió Sandra, antes de sonarse la nariz.

197

Sirvió un poco más de café mientras hacía un esfuerzo visible por recuperar la compostura.

—Venía bastante a menudo. Y viceversa. Danielle también iba a casa de ellos. Se llevaban de maravilla, era una delicia verlos juntos. Lo añora muchísimo, no entiende por qué no lo verá más.

—Entonces, ¿era un plan habitual? —preguntó Falk.

—No es que estuviese programado, pero desde luego no era inusual —respondió Sandra—. Esa semana Karen y yo no habíamos organizado nada, pero Danielle encontró un juego de raquetas de bádminton que le habíamos regalado para su cumpleaños. Se les daba fatal, pero a Billy y a ella les encantaba entretenerse con eso. Llevaba algún tiempo sin usarlas y de repente se obsesionó con ellas, ya sabes cómo son los críos. Quería que Billy viniera lo antes posible para jugar con él.

—¿Cuándo hablaste con Karen para quedar? —preguntó Falk.

—Me parece que fue el día anterior, ¿verdad? —Sandra miró a su marido, que se encogió de hombros—. Creo que sí. ¿Te acuerdas de que Danielle estaba dándote la lata para que le colocases la red en el jardín? Bueno, yo llamé a Karen por la noche y le pregunté si Billy querría venir a casa con Danielle al día siguiente. Me contestó que sí, que de acuerdo, y ya está.

—¿Cómo te pareció que estaba?

Sandra arrugó el ceño como si estuviera sometiéndose a una prueba.

—Bien. No recuerdo gran cosa. Tal vez un poco... distraída. Pero fue una conversación muy corta y además era tarde, así que no charlamos casi nada. Le propuse el plan, ella dijo que sí y nada más.

—Hasta que...

—Hasta que al día siguiente me llamó después de comer.

• • •

—Diga.

—Hola, Sandra. Soy Karen.

—Ah, hola, ¿qué tal estás?

Hubo una pausa breve, seguida de un ruido leve, quizá una risita.

—Buena pregunta. Mira, Sandra, siento mucho hacerte esto, pero al final Billy no podrá ir a vuestra casa.

—Oh, ¡qué pena! —respondió Sandra, reprimiendo un gemido.

Eso significaba que por la tarde Scott o ella, o tal vez ambos, tendrían que estar disponibles para jugar uno o dos partidos de bádminton con su hija. Elaboró una lista mental de posibles sustitutos.

—¿Pasa algo? —preguntó algo tarde.

—Sí. Es que... —La línea se quedó en silencio y Sandra pensó que la llamada se había cortado—. Billy ha estado un poco pachucho. Me parece que es mejor que venga directamente a casa. Lo siento, espero que Danielle no se disguste.

Sandra sintió una punzada de culpa.

—No seas tonta, no pasa nada. Si no está al cien por cien, qué le vamos a hacer. Además, con los planes que tiene Danielle, seguro que es mejor que descanse. Ya quedaremos otro día.

Otro silencio. Sandra miró el reloj de la pared. Debajo, una corriente de aire agitó la lista de cosas pendientes que colgaba del panel de corcho.

—Sí —contestó Karen finalmente—. Sí. Puede ser.

Sandra tenía una despedida cortés en la punta de la lengua, cuando oyó que Karen suspiraba. Dudó, pero pensó que las únicas madres con niños en edad escolar que no suspiran a diario son las que tienen niñera. Aun así, le pudo más la curiosidad.

—Karen, ¿estás bien?

Silencio.

—Sí —contestó Karen, y luego, tras otra pausa larga—: ¿Y vosotros?

Sandra Whitlam puso los ojos en blanco y miró la hora de nuevo. Si salía ya hacia el centro tendría tiempo

de poner la lavadora a su regreso y de hacer unas lla-
madas para buscar un sustituto antes de ir a recoger a Da-
nielle a la escuela.

—Sí, todo bien, Karen. *Gracias por avisarme, espero*
que Billy se recupere pronto. Hasta luego.

—No pasa ni un día en que no me sienta culpable por
esa llamada —admitió Sandra, y volvió a llenar las tazas
de café como con un tic nervioso—. Por haber acabado la
conversación con esas prisas. A lo mejor necesitaba a alguien con quien hablar y yo...

Antes de acabar la frase le saltaron las lágrimas.

—No es culpa tuya, mi amor. ¿Cómo ibas a saber lo
que ocurriría?

Whitlam se levantó y abrazó a su esposa. Sandra se
puso algo tensa y miró a Falk cohibida mientras se secaba
los ojos con un pañuelo de papel.

—Lo siento —se disculpó—. Es que era muy buena
persona. Una de las que hacía que estar aquí fuese tolera-
ble. Todos la querían, todas las madres del colegio, y seguro que algunos padres también. —Hizo un amago de risa
que cortó al instante—. Dios, lo siento, no quería... Karen
nunca... Quería decir que era popular.

Falk asintió.

—No pasa nada, lo he entendido. Es evidente que caía
muy bien.

—Sí, exacto.

Hubo un silencio y Falk aprovechó para acabarse el
café y levantarse.

—Ya va siendo hora de que os deje tranquilos.

Whitlam dio cuenta también del último sorbo que le
quedaba en la taza.

—Espera, enseguida te llevo. Pero antes quiero enseñarte una cosa. Ya verás, te gustará. Ven conmigo.

Falk se despidió de una Sandra todavía llorosa y siguió
a Whitlam hasta un despacho muy acogedor. Desde el otro

lado del pasillo le llegaba el sonido amortiguado de unos dibujos animados. El estudio tenía un estilo mucho más masculino que el del resto de la casa, al menos la parte que él había visto, con muebles gastados pero bien cuidados. Las paredes estaban cubiertas de arriba abajo con baldas llenas de libros de deporte.

—Esto casi parece una biblioteca —comentó Falk, mirando el contenido de las estanterías, que abarcaba desde el críquet hasta las carreras de trotones, y de biografías a almanaques—. Que no se diga que no eres aficionado.

Whitlam agachó la cabeza fingiendo estar abochornado.

—Hice un posgrado en historia moderna pero, si te digo la verdad, centré toda la investigación en la historia del deporte. Carreras, boxeo, los orígenes de los partidos amañados, etcétera. O sea, todo lo divertido. Pero me gusta pensar que a pesar de eso también sé manejarme con el típico documento descolorido y lleno de polvo.

Falk sonrió.

—Reconozco que no te tenía por un loco de los documentos llenos de polvo.

—No eres el único, pero la verdad es que si se trata de bucear en un archivo no hay quien pueda conmigo. Y ya que hablamos del tema... —de un cajón sacó un sobre grande y se lo entregó a Falk—, he pensado que a lo mejor esto te interesaba.

Falk lo abrió y sacó una fotocopia de una fotografía en blanco y negro de un equipo. Los jóvenes titulares del equipo de críquet de Kiewarra de 1948 posaban con sus impolutos uniformes blancos. Los rostros eran pequeños y aparecían borrosos y descoloridos, pero sentado en el centro de la primera fila Falk descubrió a alguien conocido: su abuelo. Al ver el nombre escrito en letras claras en la lista de integrantes del equipo, sintió que se le aceleraba el corazón: «Capitán: Falk, J.»

—¡Fabuloso! ¿De dónde lo has sacado?

—De la biblioteca. Gracias a mis elevados conocimientos de documentalista —sonrió Whitlam—. He estado investigando un poco sobre la historia deportiva de Kiewarra. Sólo para mí, porque me interesa. Encontré eso y se me ocurrió que te gustaría verlo.

—Es genial, muchas gracias.

—Quédatela, es una copia. Si quieres, un día te enseño dónde está la original. Debe de haber más de la misma época y a lo mejor él sale en otras.

—Gracias, Scott, de verdad. Qué descubrimiento.

Whitlam se apoyó en el escritorio, se sacó una de las octavillas anti-Falk arrugadas del bolsillo, hizo una bola y la lanzó a la basura. Encestó limpiamente.

—Siento lo de Sandra —se disculpó Whitlam—. Ya estaba costándole acostumbrarse a la vida de aquí antes de eso. La idea de la relajante escapada al campo no ha salido como esperábamos y la tragedia de los Hadler lo ha empeorado todo. Creíamos que al venir aquí nos alejábamos de estas cosas, y ha sido huir del fuego para caer en las brasas.

—Pero lo que les ha pasado a los Hadler es algo muy extraordinario —contestó Falk.

—Sí, ya lo sé, pero... —Echó un vistazo rápido a la puerta y vio que no había nadie en el pasillo. Bajó la voz—. Es hipersensible a cualquier tipo de violencia. No lo cuentes, pero en Melbourne me atracaron y la cosa acabó... bueno, acabó mal. —Miró la puerta de nuevo, pero ya había empezado y, al parecer, necesitaba desahogarse—. Yo había ido a Footscray, a una fiesta de un amigo que cumplía cuarenta, y corté por una callejuela que llevaba a la estación, como hace todo el mundo. Sólo que esa vez resultó que había cuatro tíos. En realidad eran chavales, pero con navajas. Estaban bloqueando el paso y yo y otro tipo al que no conocía de nada, un pobre desgraciado que pasaba por allí al mismo tiempo que yo, quedamos atrapados. Hicieron lo de siempre: pedir las carteras y el teléfono, pero, no sé cómo, la cosa se torció.

»Se asustaron y se volvieron locos. A mí me dieron una paliza, me cosieron a patadas y me fracturaron las costillas. Pero al otro le pincharon en el vientre con la navaja y empezó a desangrarse en la acera. —Whitlam tragó saliva—. Tuve que dejarlo allí para ir a buscar ayuda, porque esos hijos de puta me habían robado el móvil. Cuando volví, la ambulancia ya había llegado, pero demasiado tarde. Dijeron que lo habían encontrado muerto.

Whitlam bajó la vista y estuvo un momento toqueteando un clip. Meneó la cabeza como para sacudirse la imagen.

—Así que, bueno, eso fue. Y ahora esto. Así que ya ves por qué Sandra no está muy contenta. —Sonrió con dificultad—. Aunque en las circunstancias actuales creo que se podría decir lo mismo de casi cualquier vecino del pueblo.

Falk intentó pensar en alguna excepción. No se le ocurrió nadie.

22

De regreso en su habitación, Falk se apostó junto a la ventana, mirando la calle vacía. Whitlam lo había acompañado al pub y se había despedido de él con un gesto amistoso, a la vista de todos los que pasaban por allí. Falk había esperado a que se marchase y después había ido al aparcamiento de atrás a comprobar si su coche estaba tan mal como recordaba. Y de hecho estaba aún peor. Las palabras que le habían grabado en la carrocería brillaban a la luz tenue de la tarde y alguien había tenido la cortesía de meterle un puñado de aquellas octavillas bajo el limpiaparabrisas.

Había subido la escalera del pub sin que nadie se diese cuenta y había pasado el resto de la velada tumbado en la cama y revisando los últimos documentos de los Hadler. Le escocían los ojos y, aunque ya era tarde, todavía tenía los nervios a flor de piel por culpa de las interminables tazas de café de Sandra Whitlam. Por debajo de la ventana pasó un coche solitario con los faros encendidos y una zarigüeya del tamaño de un gato pequeño corrió por el tendido eléctrico con una cría al lomo. Entonces la calle quedó en silencio de nuevo. El silencio de las zonas rurales.

En parte, eso era lo que sorprendía a los nativos de las ciudades como los Whitlam, pensó Falk. La calma. Comprendía que buscasen una vida idílica en el campo; mucha gente quería lo mismo. La idea tenía algo seductor y saludable si se sopesaba atrapado en un atasco de tráfico o encajonado en un piso sin jardín. Todos se veían respirando aire puro y limpio y haciéndose amigos de sus vecinos. Sus hijos comerían las hortalizas cultivadas en casa y aprenderían el valor de una verdadera jornada de trabajo.

Tras su llegada, mientras el camión vacío de las mudanzas desaparecía en la distancia, echaban un vistazo a su alrededor y la vastedad apabullante del paisaje siempre los pillaba por sorpresa. El espacio era lo primero que los impresionaba: su magnitud. Podían ahogarse en el paisaje. Y darse cuenta de que entre ellos y el horizonte no había ni un alma podía resultar extraño y alarmante.

Pronto descubrían que las verduras no crecían tan fácilmente como en las macetas que tenían en el alféizar de las ventanas de su casa, en la ciudad. Hasta el último brote requería ayuda para crecer en aquella tierra reticente, y luego había que arrancarlo, mientras que los vecinos estaban demasiado ocupados haciendo lo mismo a escala industrial como para que los saludaran con mucho entusiasmo. No necesitaban lidiar todos los días con el tráfico de camino al trabajo, pero tampoco había adónde ir con el coche.

Falk no culpaba por eso a los Whitlam, de niño ya lo había visto muchas veces. Los recién llegados echaban una ojeada a su alrededor —un erial gigantesco de tierra yerma y dura— y todos pensaban lo mismo: «No tenía ni idea de que esto iba a ser así.»

Se volvió y recordó cómo se reflejaba la crudeza de la vida local en las pinturas de los alumnos de la escuela. Caras tristes y paisajes marrones. Los dibujos de Billy Hadler eran algo más alegres, pensó. Los había visto colgados por la casa: imágenes llenas de color, hojas tiesas con la pintura seca. Aviones con gente sonriente mirando por las ventanillas. Muchas versiones distintas de coches. Al menos Billy no estaba triste, como algunos de los otros críos, pensó Falk, aunque estuvo a punto de echarse a reír por lo absurdo de su reflexión. Billy estaba muerto, pero al menos no estaba triste. Hasta el final. Al final debía de estar aterrorizado.

Por enésima vez, Falk trató de imaginar a Luke persiguiendo a su hijo y, aunque era capaz de representarse la escena en la cabeza, las imágenes eran borrosas y no conseguía verlas con nitidez. Rememoró la última vez que Luke y él se habían visto. Cinco años antes en Melbourne, un día gris y sin nada que destacar. Cuando la lluvia todavía era más una molestia que una bendición. Para entonces, a Falk no le quedaba más remedio que admitir que tenía la sensación de no conocer a su amigo en absoluto.

Falk divisó a Luke de inmediato al otro extremo del bar de Federation Square. Él llegaba directo de la oficina, mojado y agobiado, uno más entre los hombres grises con traje. Luke, que se acababa de escapar de una convención de proveedores, conservaba una energía que no pasaba desapercibida. Estaba apoyado en una columna, con una cerveza en la mano y una sonrisa divertida, observando a la clientela de la tarde, compuesta por mochileros británicos y adolescentes aburridos vestidos de negro de los pies a la cabeza.

Recibió a Falk con una cerveza y una palmada en el hombro.

—Con un corte de pelo como ése, no le dejaría esquilar a una de mis ovejas ni de coña —dijo Luke sin bajar la voz, y señaló con la botella a un joven delgado, con un peinado que debía de haberle costado mucho dinero, a medias entre una cabeza rapada y una cresta.

Falk respondió con una sonrisa, pero se preguntó qué necesidad tenía Luke de salir con esos comentarios de chaval de campo siempre que se veían. Tenía un negocio agrícola en Kiewarra con una facturación de cientos de miles de dólares, pero siempre que iba a la ciudad tenía que hacerse el ratón de campo.

La cuestión era que eso le proporcionaba una excusa fácil y conveniente para explicar la grieta que parecía ensancharse con cada visita. Falk pidió una ronda y se

*interesó por Barb, Gerry, Gretchen. Al parecer todos esta-
ban bien, ninguna novedad.*

*Luke le preguntó qué tal se las apañaba desde que su
padre había fallecido el año anterior y Falk respondió que
bien, sorprendido y agradecido a partes iguales por que su
amigo se hubiese acordado de preguntar por él. ¿Y la chica
con la que Falk estaba saliendo? Nueva sorpresa. Bien,
gracias. Estaba a punto de mudarse con él. Luke sonrió
de oreja a oreja.*

*—Joder, ya puedes ir con cuidado. En cuanto te po-
nen los cojines de adorno en el sofá, ya no hay manera de
echarlas.*

Ambos se rieron, habían roto el hielo.

*El hijo de Luke, Billy, ya tenía un año y crecía depri-
sa. Su amigo le enseñó las fotos que llevaba en el móvil.
Un montón. Falk las miró con la educada paciencia de
los que no tienen hijos y escuchó una ristra de anécdotas
sobre otros proveedores de la conferencia, gente a la que
Falk no conocía. A cambio, Luke fingió interés mientras
él le hablaba de su trabajo saltándose las tareas de despacho y destacando las partes más entretenidas.*

*—Haces muy bien —decía siempre Luke—. Hay que
meter a esos putos ladrones entre rejas.*

*Sin embargo, su manera de decirlo daba a entender,
con delicadeza, que perseguir a hombres con traje no era
verdadero trabajo policial.*

*No obstante, ese día Luke mostró más interés, porque
no se trataba sólo de tipos trajeados. La esposa de un futbo-
lista había aparecido muerta, con dos maletas con miles de
dólares en metálico al lado de la cama. A Falk le habían encargado la tarea de descubrir la procedencia de los billetes. El
caso era peculiar. La habían hallado en la bañera, ahogada.*

*La palabra se le escapó sin querer y flotó en el aire
entre ambos. Falk carraspeó.*

—¿Siguen dándote la lata en Kiewarra?

*No hacía falta especificar a qué clase de molestias se
refería. Luke movió la cabeza con gesto enfático para decir
que no.*

—Qué va. Hace años que no, ya te lo dije la última vez.

Falk notó que estaba a punto de darle las gracias de manera automática, pero por el motivo que fuese no era capaz de pronunciar la palabra. Una vez más. Hizo una pausa y miró a su amigo mientras Luke tenía la vista perdida en el infinito.

No estaba seguro de cuál fue el motivo, pero en ese momento sintió una punzada de irritación. Tal vez estuviera quejoso por culpa del trabajo, o cansado y hambriento, y con ganas de llegar a casa. O bien harto de deberle tanta gratitud a aquel hombre. De sentir que daba igual la mano que le repartiesen, porque Luke siempre iba a tener mejores cartas.

—¿Nunca piensas decirme dónde estabas de verdad aquel día? —le preguntó.

Luke apartó la mirada de lo que quiera que estuviese contemplando.

—Tío, ya te lo he dicho —contestó—. Mil veces. Estaba cazando conejos.

—Ya, bueno, vale.

Falk reprimió las ganas de poner los ojos en blanco. Ésa había sido siempre la respuesta desde que se lo había preguntado por primera vez años atrás. Pero nunca le había parecido del todo cierta. Era raro que Luke saliese solo a disparar con la escopeta y Falk aún recordaba su expresión cuando se acercó a la ventana de su dormitorio. El recuerdo de aquella noche estaba teñido de miedo y alivio, era verdad, pero la historia siempre le había parecido improvisada. Luke lo observaba con atención.

—A lo mejor tendría que preguntarte yo dónde estabas tú —dijo en un tono ligero, pero nada artificial—. Eso si quieres recorrer ese camino una vez más.

Falk lo miró a los ojos.

—Ya sabes dónde estaba, pescando.

—En el río.

—Sí, río arriba.

—Pero solo.

Falk no respondió.

—Así que supongo que tengo que confiar en tu palabra —continuó Luke, y bebió un trago de cerveza sin quitarle ojo a Falk—. Por suerte, para mí tu palabra vale más que el oro, amigo. Pero parece que es mejor para todos que sigamos con la versión de que fuimos a cazar conejos juntos, ¿no crees?

Se miraron mientras el ruido del bar aumentaba y disminuía a su alrededor. Falk sopesó sus opciones. Al final le dio un trago a su cerveza y cerró el pico.

Al cabo de un rato, cada uno recurrió a las excusas obligadas sobre coger el tren o tener que madrugar. Cuando se estrecharon la mano, sin saber que aquélla sería la última vez, Falk se sorprendió tratando de recordar, una vez más, por qué seguían siendo amigos.

Falk se metió en la cama y apagó la luz. Durante un buen rato permaneció inmóvil. La araña había reaparecido por la tarde y su silueta oscura acechaba desde el dintel de la puerta del baño. Fuera, la noche se había sumido en un silencio sepulcral. Falk era consciente de que necesitaba dormir un poco, pero fragmentos de conversaciones recientes y pasadas se le agolpaban en la cabeza. Los restos de la cafeína que le corrían por las venas contribuían a impedirle cerrar los ojos.

Se tumbó de costado y encendió la lamparita. En una silla, debajo de su sombrero, estaban los libros de la biblioteca que le había dado Barb. Al día siguiente los metería en el buzón de devoluciones. Cogió el de arriba. Una guía práctica para crear un jardín ecológico de suculentas verduras. Sólo el título ya le provocó un bostezo, y estaba seguro de que conciliaría el sueño con un par de páginas, pero no se veía con fuerzas de leer aquello. El otro era una edición de bolsillo muy sobada de una novela negra. Una mujer, una figura desconocida que acechaba entre las sombras, una serie de víctimas. Lo típico. No era lo que más le gustaba, pero si no hubiera sido capaz de disfrutar de un buen misterio se habría dedicado a otra cosa. Se recostó en la almohada y se puso a leer.

El argumento era bastante obvio, nada especial, pero cuando empezaron a pesarle los párpados ya llevaba treinta páginas. Decidió seguir leyendo hasta el final del capítulo y al pasar la página una fina hoja de papel se deslizó del libro y le cayó en la cara.

La cogió y la miró con los ojos entrecerrados. Era un resguardo de la biblioteca que decía que Karen Hadler había cogido ese ejemplar en préstamo el lunes 19 de febrero. Cuatro días antes de su muerte, pensó Falk. Ella usaba ese papel como marcapáginas, y a él le resultó muy deprimente darse cuenta de que aquel *thriller* mediocre tal vez fuese lo último que había leído en su vida. Falk estaba arrugando ya el papel cuando vio el trazo de bolígrafo en la parte de atrás.

Curioso, alisó el resguardo y le dio la vuelta. Esperaba una lista de la compra, pero lo que leyó le aceleró el pulso al instante. Intentó eliminar mejor las arrugas y lo colocó debajo de la lamparita para iluminar la letra continua y redondeada de Karen.

En algún momento durante los cuatro días transcurridos desde que sacó el libro de la biblioteca y que la asesinasen a la entrada de su casa, Karen Hadler había escrito dos líneas detrás del resguardo. La primera era una sola palabra anotada con prisas, pero la había subrayado tres veces.

Grant??

Falk intentó concentrarse, pero el número de teléfono de diez cifras que estaba escrito debajo le llamó la atención. Se lo quedó mirando hasta que le lloraron los ojos y los dígitos se juntaron y perdieron nitidez. Sentía sus latidos en la cabeza como un estruendo ensordecedor. Cerró los ojos, los abrió de nuevo y repitió el gesto, pero los números seguían allí, en el mismo orden.

Falk no necesitaba dedicar ni un solo segundo a preguntarse de quién sería aquel número. No le hacía falta porque lo conocía bien: era el suyo.

23

A la mañana siguiente encontraron a Grant Dow metido a gatas debajo del fregadero de una señora. Tenía una llave inglesa en la mano y un par de nalgas carnosas a la vista.

—Oye, ¿luego vais a traerlo de vuelta para que me arregle la fuga? —preguntó la mujer cuando lo levantaban del suelo.

—Yo no contaría con ello —respondió Raco.

Los hijos de la mujer contemplaban con júbilo y los ojos muy abiertos mientras los dos policías llevaban a Dow al coche patrulla. Sus expresiones reflejaban lo que había sentido Raco unas horas antes al ver el resguardo que le había enseñado Falk. El subidón de adrenalina lo había puesto a dar vueltas por la comisaría, dando saltitos de puntillas.

—¿Tu número de teléfono? —repitió Raco una y otra vez—. ¿Para qué querría Karen hablar contigo? Y sobre Grant...

Falk, que había pasado casi toda la noche despierto preguntándose lo mismo, no podía más que negar con la cabeza.

—No lo sé. Si intentó ponerse en contacto conmigo, no dejó ningún mensaje. He revisado el historial de llamadas perdidas y no aparece el número de su casa ni del trabajo ni del móvil. Además, es que nunca he hablado con ella. No digo últimamente. Nunca. Ni una sola vez en mi vida.

—Pero ella debía de saber quién eras, ¿no? Luke hablaba de ti, y Barb y Gerry Hadler te vieron en la tele hace unos meses. Pero ¿por qué a ti?

Raco cogió el teléfono de la oficina y marcó los diez dígitos. Miró a su compañero con el auricular pegado a la oreja y a éste le sonó el móvil bien alto en la mano. Falk no oyó el mensaje del contestador cuando saltó, pero ya sabía lo que decía: había escuchado su propia voz las suficientes veces por la noche, cada vez que marcaba el número desde la habitación sin dar crédito a lo que había descubierto.

«Éste es el contestador del agente federal Aaron Falk. Por favor, deja un mensaje», decía la grabación. Breve y amable.

Raco colgó y lo miró.

—Piensa.

—Ya lo he hecho.

—Piensa más. Grant Dow y Luke no se llevaban bien, eso ya lo sabemos. Pero si Karen tenía problemas con él, ¿por qué no nos llamó a nosotros?

—¿Estás seguro de que no lo intentó?

—Durante la semana anterior a los asesinatos no se realizó ninguna llamada a la policía ni a cualquier otro servicio de emergencia desde ninguno de los números de los miembros de la familia Hadler —recitó Raco—. Obtuvimos el registro de las llamadas el mismo día en que encontramos los cadáveres.

Cogió la novela y le dio la vuelta para examinar la cubierta. La hojeó de nuevo, pero entre las páginas no había nada más.

—¿De qué va el libro?

—Una detective investiga una serie de muertes entre el alumnado de una universidad de Estados Unidos —explicó Falk, que había pasado leyendo casi toda la noche para llegar al final—. Cree que es un tío cabreado de la ciudad, que elige a niños ricos como víctimas.

—Vaya mierda. ¿Y es él?

—Ah, pues... No. No es lo que parece. Al final, resulta que es la madre de una de las chicas de la hermandad de alumnas.

—¿La madre de quién? Dios mío, dame fuerzas.

Raco se pellizcó el puente de la nariz y cerró el libro de golpe.

—Entonces, ¿qué sabemos? ¿Se supone que este libro de mierda significa algo o qué?

—No lo sé. No creo que Karen lo terminase, por si sirve de algo. Y he ido a la biblioteca a primera hora. Dicen que sacaba muchos libros de este género.

Raco se sentó, miró ausente el resguardo y se levantó de nuevo.

—¿Estás seguro de que no te llamó?

—Al cien por cien.

—Vale. Pues vamos. —Cogió las llaves del coche de la mesa—. Tú no lo sabes y ni Karen ni Luke pueden decírnoslo, así que vamos a traer a la única persona que tal vez sepa explicarnos qué demonios hace su nombre escrito en un papel que estaba en el dormitorio de una mujer asesinada.

Dejaron a Dow cociéndose en la sala de interrogatorios durante más de una hora.

—He llamado a Clyde —le dijo Raco a Falk, algo más tranquilo—. Les he dicho que un gilipollas que era investigador financiero de Melbourne se había presentado por aquí para echar un vistazo a los papeles de los Hadler, tenía un par de preguntas sobre un documento que se había hallado en la propiedad y que si querían venir a vigilarte mientras preguntabas por aquí. Tal como esperaba, han rechazado la oferta. Podemos proseguir.

—Vaya, buen trabajo —lo felicitó Falk sorprendido.

Se dio cuenta de que esa vez a él ni se le había pasado por la cabeza llamar a la comisaría de Clyde.

—¿Qué hacemos?

—En la granja no encontraron ni una huella dactilar de Dow.

—Eso no significa nada, para eso están los guantes. ¿Qué tal es su coartada para los asesinatos?

Raco negó con la cabeza.

—Sólida y al mismo tiempo floja. Estaba cavando una zanja con dos de sus colegas en no sé qué sitio perdido. Lo comprobaremos, claro, pero todos jurarán que estaba allí.

—Bueno, pues vamos a ver qué dice él.

Dow estaba recostado en la silla, con los brazos cruzados y la vista al frente. Cuando entraron en la sala casi ni los miró.

—Ya era hora —dijo—. Aquí hay gente que tiene que ganarse la vida.

—¿Quieres que venga tu abogado, Grant? —preguntó Raco, y cogió una de las sillas—. Tienes derecho a llamarlo.

Dow frunció el ceño. Era muy probable que el suyo trabajase para la misma empresa hipotética que el de Sullivan, pensó Falk. Propiedades y ganado cincuenta semanas al año. Dow dijo que no con la cabeza.

—No tengo nada que esconder. No perdáis más tiempo.

Falk observó con interés que Dow estaba más enfadado que nervioso. Dejó la carpeta sobre la mesa e hizo una pausa.

—Describe tu relación con Karen Hadler.

—Masturbatoria.

—¿Algo más? Teniendo en cuenta el hecho de que la encontraron asesinada.

Dow se encogió de hombros, imperturbable.

—No.

—Pero te resultaba atractiva —dijo Falk.

—¿Tú la viste? Antes de que la palmara, claro.

Falk y Raco no contestaron y Dow entornó los ojos.

—Mira, supongo que no estaba nada mal. Al menos para lo que hay por aquí —añadió finalmente.

—¿Cuándo hablaste con ella por última vez?

214

Dow se encogió de hombros.

—No me acuerdo.

—¿No sería el lunes anterior a su muerte? El diecinueve de febrero. ¿O durante los dos días siguientes?

—La verdad es que no sé decírtelo.

Dow se revolvió en el asiento y la silla crujió bajo su mole.

—Oye, ¿qué me obliga a estar aquí? ¿La ley? Tengo la hostia de cosas que hacer.

—Entonces, vamos al grano —intervino Falk—. Quizá puedas explicar por qué Karen Hadler escribió tu nombre, Grant, en un resguardo la misma semana en que la asesinaron.

Deslizó una fotocopia del trozo de papel de la biblioteca sobre la mesa.

Mientras Dow contemplaba la hoja durante un buen rato, en la sala no se oía más que el zumbido de los fluorescentes. Sin previo aviso, el hombre estrelló la palma de la mano contra la mesa.

Ambos policías se sobresaltaron.

—No vais a cargarme el muerto —les advirtió Dow y una nube de saliva salió despedida hacia ellos.

—¿De qué muerto hablas, Grant? —preguntó Raco con voz deliberadamente neutra.

—De esa puta familia. Si a Luke le da por matar a su mujer y a su hijo a tiros, es asunto suyo. —Los señaló a ambos con un índice grueso—. Pero no tiene nada que ver conmigo, ¿me oís?

—¿Dónde estabas la tarde del tiroteo? —preguntó Falk.

Dow negó con la cabeza sin quitarle el ojo. Tenía el cuello de la camisa empapado de sudor.

—Tío, que te den. Bastante daño hiciste con lo de Ellie, no vengas ahora a acabar también conmigo y con mi tío. Esto es una caza de brujas.

Raco carraspeó antes de que Falk pudiera responder.

—Muy bien, Grant —dijo con calma—. Sólo queremos algunas respuestas, así que te lo vamos a poner lo más fácil posible. Les contaste a los agentes de Clyde que estabas cavando una zanja en Eastway con los dos compañeros que tenemos apuntados aquí. ¿Lo mantienes?

—Sí. Eso hacía. Estuve allí todo el día.

—Y tus amigos lo confirmarán, ¿no?

—Más les vale, puesto que es la verdad.

Dow consiguió mirarlos a los ojos al decirlo. Una mosca describía círculos frenéticos alrededor de sus cabezas mientras el silencio se alargaba.

—Dime una cosa, Grant, ¿qué harás con la granja cuando fallezca tu tío? —preguntó Falk.

El cambio de tema pareció desconcertarlo.

—¿Perdona?

—He oído que vas a heredar.

—¿Y qué? Me lo he ganado —ladró.

—¿Por qué? ¿Por dejar que tu tío viva en su propiedad mientras está viejo y enfermo? Hace falta ser un gran hombre para eso.

Lo cierto era que Falk no veía motivos para que Dow no heredase, pero era evidente que el comentario había levantado ampollas.

—Es por alguna cosa más, listillo. —Abrió la boca para añadir algo, pero se lo pensó mejor. Esperó un momento antes de hablar de nuevo—. ¿Por qué no iba a heredar? No tiene más familia.

—Claro, después de la muerte de Ellie no le queda nadie más —insistió Falk y Dow tomó aire con furia—. Entonces, ¿venderás la propiedad en cuanto puedas?

—Vaya si la venderé. No querrás que me ponga a cultivar la tierra, ¿no? No soy idiota. Y mucho menos cuando hay un montón de chinos muriéndose por comprar terrenos aquí. Hasta los nuestros, que no valen una mierda.

—¿Y los de los Hadler?

Dow tardó unos segundos en responder.

—Supongo.

—Es muy probable que la pequeña Charlotte tenga todavía menos ganas que tú de cargar con los sacos de abono, y he oído que tarde o temprano pondrán la granja en venta. Dos fincas, una al lado de la otra. —Falk se encogió de hombros—. Para los inversores extranjeros eso sería mucho más atractivo, cosa que en sí misma es muy interesante. Sobre todo cuando el propietario de una de las dos fincas ha acabado con un tiro en la cabeza.

Por una vez, Dow no contestó y Falk supo que había llegado a la misma conclusión.

—Volvamos a Karen. —Falk aprovechó la ventaja para cambiar de rumbo—. ¿Alguna vez lo intentaste con ella?

—¿El qué?

—Una relación romántica, o sexual.

Dow soltó un resoplido.

—No me fastidies... Era la reina del hielo. No malgastaría saliva en hablar con ella.

—Crees que Karen te habría dado calabazas —concluyó Falk—. Eso podría haberte escocido.

—No me faltan mujeres, amigo. Te lo agradezco, pero no te preocupes por mí. Viendo cómo babeas detrás de Gretchen por todo el pueblo, tienes de sobra con preocuparte de ti mismo.

Falk pasó por alto el comentario.

—¿Es posible que Karen hiriese tu orgullo? ¿Discutiste con ella por algo? ¿Es posible que la cosa se complicase un poco?

—¿Qué? No.

Dow miró a izquierda y derecha.

—Pero con su marido sí te enfadabas. Según he oído, bastante a menudo —apuntó Raco.

—¿Y qué? Siempre era por chorradas. Porque Luke era un gilipollas, nada más. No tenía nada que ver con su parienta.

Hubo una pausa y cuando Falk habló de nuevo, lo hizo en voz baja.

—Grant, vamos a comprobar todo lo que hiciste ese día, y puede que tus amigos te cubran las espaldas. Lo que pasa es que hay coartadas que son como las placas de yeso que tú usas: al principio aguantan, pero con un poco de presión se parten enseguida.

Dow bajó la mirada un momento y, cuando alzó la cabeza, su actitud había cambiado. Sonrió. Una sonrisa fría de oreja a oreja, que se extendía hasta sus ojos.

—¿Te refieres a una coartada como la tuya cuando mi prima escribió tu nombre antes de morir?

El silencio se prolongó tenso, y tres pares de ojos contemplaron la fotocopia del resguardo que había sobre la mesa. Cuando descubrieron su nombre entre las posesiones de Ellie, Falk se había alterado mucho más de lo que Dow lo estaba ahora. Estaba preguntándose qué podría significar eso, cuando Dow soltó una risotada.

—Menos mal que mi coartada está hecha de ladrillo, ¿no? Comprueba todo lo que quieras, amigo, no te cortes. No me malinterpretes, yo no les tenía mucho cariño a los Hadler que digamos, y sí, pienso vender la granja de mi tío a la primera oportunidad que tenga, pero no los maté. No estuve en su finca y si quieres hacer que parezca que sí, tendrá que ser cargándomelo con pruebas falsas. ¿Y sabes qué? —Dio un puñetazo en la mesa que sonó como un disparo—. Creo que no tienes huevos de hacer eso.

—Grant, si estabas allí, lo probaremos.

Dow le dedicó una sonrisa burlona.

—Estoy deseando ver cómo lo intentas.

24

—Tenéis suerte de que conservemos el vídeo, normalmente se borra al cabo de un mes.

Scott Whitlam recorrió la lista de archivos del ordenador hasta encontrar lo que buscaba. Se echó hacia atrás para que Falk y Raco pudiesen ver la pantalla. Estaban en su despacho y por la puerta entraba el barullo escolar de un lunes por la tarde.

—De acuerdo, ahí vamos. Esto es lo que se ve desde la cámara de la entrada —explicó Whitlam.

Pulsó el botón del ratón y la grabación empezó a reproducirse en la pantalla. Según podían ver, la cámara estaba instalada sobre la puerta principal de la escuela y apuntaba hacia los escalones, para captar a cualquier visitante que se acercase.

—Lo siento, la calidad no es gran cosa.

—No te preocupes, es mejor que lo que tenemos de casa de los Hadler —contestó Raco.

—En cualquier caso, las cámaras sólo sirven si graban algo —apuntó Falk—. ¿Qué más tienes ahí?

Whitlam hizo otro clic y la vista cambió.

—La otra cámara está en el aparcamiento del personal.

El plano también estaba tomado desde un lugar elevado y mostraba una vista borrosa de una hilera de coches.

—¿Son las dos únicas cámaras de la escuela? —quiso saber Raco.

—Lo siento, pero sí. —Whitlam frotó los dedos índice, corazón y pulgar, el símbolo universal del dinero—. Si pudiéramos pagarlas, tendríamos más.

—¿Sale Karen en su último día? —preguntó Falk, aunque no era Karen a quien estaban buscando, sino a Grant Dow.

Falk y Raco, fieles a su palabra, habían pasado varias horas interrogando a los amigos de Dow sobre su coartada, y ellos habían confirmado hasta la última coma. Era justo lo que Falk esperaba, pero no por eso dejaba de irritarlo.

Whitlam amplió la imagen del aparcamiento hasta que llenó toda la pantalla.

—Karen solía venir en coche, así que supongo que debió de grabarla esta cámara.

Buscó el archivo correcto y saltó hasta el final del horario escolar. Miraron las imágenes en silencio y vieron a los alumnos pasar en parejas o en grupos de tres, riéndose y cuchicheando, libres para el resto del día. Un hombre delgado y calvo entró en el plano, fue hasta uno de los coches y abrió el maletero. Removió algunas cosas en el interior, sacó una bolsa voluminosa que se echó al hombro y salió del plano por el mismo lugar por donde había llegado.

—El conserje —explicó Whitlam.

—¿Qué lleva en la bolsa?

El director negó con la cabeza.

—Sé que tiene sus propias herramientas. Me imagino que será eso.

—¿Lleva mucho tiempo trabajando aquí? —preguntó Falk.

—Creo que unos cinco años. Por si sirve de algo, parece un buen tipo.

Falk no respondió. Continuaron mirando la grabación durante diez minutos más, hasta que el goteo de alumnos se secó y el aparcamiento se quedó desierto. Y justo cuando Falk estaba a punto de perder la esperanza, apareció Karen.

Falk se quedó sin aliento. Era una mujer muy hermosa. La contempló atravesar la pantalla, con su melena clara ondeando a los lados de la cara, sin tapársela. La baja calidad del vídeo le impedía interpretar su expresión. No era alta, pero caminaba con brío y la gracia de una bailarina. Se dirigía al coche empujando el cochecito de Charlotte, procedente de la guardería.

Tres pasos detrás de ella iba Billy. Falk sintió un escalofrío al ver a aquel crío robusto, de pelo oscuro, que se parecía tanto a su padre. A su lado, Raco cambió de postura y carraspeó. Él había visto de primera mano el horror que le esperaba al niño.

Billy se estaba rezagando, absorto en el juguete que llevaba en la mano. Karen se volvió y lo llamó en silencio por encima del hombro y él corrió a alcanzarla. Metió a sus dos hijos en el coche, les abrochó los cinturones y cerró la puerta. Se movía con rapidez y eficiencia. ¿Tenía prisa? Falk no sabría decirlo.

En la pantalla, Karen se irguió y, durante un momento, se quedó inmóvil con la palma en el techo del coche, de espaldas a la cámara. Inclinó la cabeza hacia delante un poco y se llevó la mano a la cara. Hizo algo con los dedos, un movimiento discreto. Enseguida lo repitió.

—Joder, ¿está llorando? —preguntó Falk—. Rebobina ese trozo, rápido.

Nadie habló mientras visionaban las imágenes de nuevo. Y después una tercera y una cuarta vez. La cabeza gacha, dos gestos apenas perceptibles con la mano.

—No se distingue —dijo Raco—. Podría ser eso, pero también podría estar rascándose la nariz.

Dejaron que la grabación continuase avanzando. Karen alzó la cabeza, pareció que respiraba hondo, abrió la portezuela del lado del conductor y se subió al coche. Salió marcha atrás de la plaza y se marchó. El aparcamiento quedó vacío. Según la hora de la grabación, a ella y a su hijo les quedaban menos de ochenta minutos de vida.

Siguieron repasando el vídeo saltándose fragmentos largos en los que nadie llegaba ni se iba. La recepcionista del colegio se marchó diez minutos después de Karen y no ocurrió nada más hasta al cabo de otros cuarenta. Poco a poco, los maestros empezaron a dirigirse a sus vehículos uno a uno y Whitlam fue identificándolos a medida que aparecían. El conserje regresó, guardó la bolsa en el maletero y se marchó a las cuatro y media.

Al final, el último coche que quedaba en el aparcamiento era el de Whitlam. Avanzaron la grabación. Poco después de las siete de la tarde, el director apareció en la pantalla. Caminaba despacio, con la cabeza gacha y los hombros hundidos. Sentado junto a Falk, el maestro exhaló, mientras miraba la pantalla con la mandíbula apretada.

—Me cuesta mucho ver esto —explicó—. Por entonces, los agentes de Clyde ya me habían llamado para decirme que Karen y Billy habían muerto.

Siguieron mirando mientras Whitlam se subía al coche sin prisa y, después de dos intentos fallidos de arrancar, retrocedía y se alejaba. Dejaron el vídeo en funcionamiento diez minutos más. Grant Dow no aparecía en ningún momento.

—Bueno, yo ya me voy —anunció Deborah desde la recepción, con el bolso colgado del hombro.

Esperó un momento, pero la única respuesta fue una especie de gruñido. Falk levantó la cabeza y le sonrió. A lo largo de los últimos días ella se había mostrado algo menos distante, y él pensó que algo habían avanzado, cuando la mujer fue a por café para los demás y le ofreció también a él una taza. Sospechaba que Raco había hablado con ella.

Éste y el agente Barnes apenas reaccionaron cuando Deborah salió de la comisaría y la puerta se cerró de golpe. Estaban los tres sentados cada uno en un escritorio distinto, con la mirada fija en la grabación granulada de la pantalla del ordenador. Habían cogido todo el metraje disponible de las dos cámaras de la escuela y habían ido al centro.

Raco le había contado a Falk que en la calle principal de Kiewarra había tres cámaras de circuito cerrado. Una junto al pub, otra cerca de las oficinas municipales y otra sobre la puerta del almacén de la farmacia. Habían ido a buscar las grabaciones de las tres.

Barnes bostezó y estiró sus brazos gruesos hacia el techo. Falk estaba preparado para la retahíla de quejas, pero el agente continuó mirando la pantalla sin decir ni pío. Un rato antes le había dicho a Falk que no conocía a Luke ni a Karen, pero que había dado una charla de seguridad viaria a la clase de Billy Hadler un par de semanas antes de su muerte. Todavía tenía sobre la mesa la tarjeta de agradecimiento de los niños, que incluía la firma de Billy, hecha con un lápiz de cera.

Falk reprimió un bostezo; llevaban horas de visionado. Él se ocupaba de los vídeos de la escuela y con el paso de las horas había descubierto una o dos cosas de interés: un alumno que había hecho pis en secreto en la rueda delantera del coche del director y una maestra que había rayado el coche de un compañero con el suyo y se había marchado a toda prisa. Pero ni rastro de Grant Dow.

Falk se dio cuenta de que estaba viendo las imágenes de Karen una y otra vez. Esa semana había llegado y se había marchado tres veces: todos los días a excepción del martes, que era su día de descanso, y del viernes, porque entonces ya estaba muerta. Cada día era más o menos lo mismo. Su coche aparecía en el aparcamiento alrededor de las ocho y media de la mañana. Sacaba a los niños, cogía las mochilas y los gorros para el sol y salía del plano en dirección hacia la escuela. Poco después de las tres y media el proceso se repetía a la inversa.

Falk estudió sus movimientos. Cómo se agachaba para hablar con Billy, con una mano en el hombro del niño. No le veía la expresión, pero se la imaginaba sonriéndole a su hijo. Se fijó en cómo acunaba a Charlotte cuando la trasladaba del asiento para niños del coche al carrito. Antes de que le pegasen un tiro en el vientre, Karen Hadler había sido una mujer agradable, con buena mano para los niños y las finanzas. Falk estaba seguro de que Barb tenía razón: le habría caído muy bien.

El fragmento del jueves, el día que Karen y Billy habían sido asesinados, se convirtió para él en una obsesión. No paraba de verlo y rebobinarlo sin cesar, analizando cada fotograma. ¿Era aquello una leve vacilación en el paso a medida que se acercaba al coche? ¿Había algo entre los matorrales que le había llamado la atención? ¿Agarraba la mano de su hijo con más fuerza de la habitual? Falk sospechaba que estaba leyendo demasiado entre líneas, pero continuó mirando el vídeo una y otra vez. Contemplaba la imagen de la rubia esposa de su difunto amigo y, en silencio, la instaba a coger el móvil y marcar el número que había apuntado en el resguardo de la biblioteca. Instaba a su yo del pasado a coger el teléfono. Pero ninguna de las dos cosas ocurría y el guión permanecía invariable.

Falk se estaba planteando dar el día por finalizado cuando a Barnes se le cayó el bolígrafo que con el que estaba jugueteando y se irguió en la silla.

—Venid a ver esto.

Clicó con el ratón e hizo retroceder el vídeo. Él era el encargado de visionar el material de la cámara de la farmacia, que no enfocaba nada más interesante que una callejuela tranquila y la puerta del almacén.

—¿Qué pasa? ¿Dow? —preguntó Falk.

Raco y él se acercaron a la pantalla.

—Pues no —contestó Barnes, y pulsó el botón de reproducir.

Según la grabación, eran las 16.41 h del jueves. Poco más de una hora antes de que encontrasen muertos a Karen y a Billy Hadler.

Durante unos segundos, el vídeo parecía una imagen fija en la que sólo se veía el callejón vacío. Pero de pronto un cuatro por cuatro pasó por delante de la cámara a toda velocidad. Visto y no visto.

Barnes rebobinó el fragmento y ralentizó la imagen. Cuando el coche reapareció, la detuvo. Estaba borrosa y el ángulo era muy forzado, pero no importaba, porque se veía claramente la cara del conductor: Jamie Sullivan los miraba a través del parabrisas.

• • •

Cuando Falk y Raco llegaron al callejón, la luz iba desapareciendo, pero tampoco había mucho que ver. Habían dejado que Barnes se marchase, después de un día de trabajo provechoso. Falk se colocó debajo de la cámara de circuito cerrado de la farmacia y miró a su alrededor. La callejuela era estrecha y discurría en paralelo a la calle principal de Kiewarra. A un lado quedaba la parte trasera de la inmobiliaria, la peluquería, el centro de salud y la farmacia, al otro descampados que se habían convertido en aparcamientos improvisados. No se veía ni un alma.

Raco y Falk recorrieron la callejuela de arriba abajo. Les llevó muy poco tiempo. Se podía acceder en coche desde ambos extremos y conectaba con las carreteras que salían del pueblo en dirección al este y al oeste. En hora punta, sería el atajo perfecto para atravesar el centro sin quedar atrapado en el tráfico. No obstante, pensó Falk, aquello era Kiewarra y allí no había hora punta.

—Vamos a ver, ¿por qué motivo querría nuestro amigo Jamie Sullivan evitar que lo viesen en el centro veinte minutos antes de que los Hadler murieran asesinados?

La voz de Falk resonó entre las paredes de ladrillo.

—Se me ocurren unas cuantas razones y ninguna buena —respondió Raco.

Falk oteó la lente de la cámara.

—Al menos ahora tenemos una idea de dónde estaba —dijo—. Desde aquí podría haber llegado a casa de los Hadler en un tiempo que encaje con los hechos, ¿verdad?

—Sí, sin ningún problema.

Falk se apoyó en un muro y echó la cabeza hacia atrás. Los ladrillos habían absorbido el calor del día. Estaba agotado. Cerró los ojos y el roce de los párpados le escoció.

—Por un lado, tenemos a Jamie Sullivan, que dice que es un gran amigo de Luke, mintiendo acerca de dónde estaba, y al que hemos pillado escabulléndose por el centro justo antes de que su amigo muriese de un disparo —resumió Raco—. Por otro lado, tenemos a Grant Dow, que no sólo admite no tragar a Luke, sino que su nombre ha aparecido escrito de puño y letra de una de las víctimas. Pero tiene coartadas para parar un tren.

Falk abrió un ojo y miró a Raco.

—No te olvides del conductor misterioso de la camioneta blanca que hace veinte años podría haber visto, o no, a Luke Hadler en un cruce, montando en bicicleta en dirección contraria al río.

—Sí, eso también.

Guardaron silencio durante un buen rato, mirando la callejuela como si fuesen a encontrar la respuesta pintada en la pared.

—A tomar por culo —dijo Falk.

Se enderezó y, con un empujón, se apartó de la pared. Le costó algo de esfuerzo.

—Te propongo que trabajemos siguiendo un método. Primero traemos a Sullivan a la comisaría otra vez y le preguntamos qué demonios hace en la grabación del callejón. Estoy hasta aquí de que ese tío nos tome el pelo.

—¿Ahora? —preguntó Raco con los ojos enrojecidos. Tenía cara de estar igual de exhausto que Falk.

—Mañana.

Mientras atajaban hacia la calle principal por un pasaje estrecho, a Raco le sonó el teléfono. Se paró en mitad de la calzada y lo sacó del bolsillo.

—Es mi esposa. Perdona, tengo que contestar —se excusó, y se lo llevó al oído—. Hola, preciosa.

Se habían detenido fuera del quiosco. Falk señaló la tienda con la cabeza e hizo el gesto de levantar una botella. Raco asintió agradecido.

Dentro se estaba fresco y no había nadie. Técnicamente, era la misma tienda en la que Ellie había trabajado, donde pasaba las tardes marcando el precio de las botellas de leche y del tabaco en la caja registradora. Después de que hallasen su cadáver, habían colgado carteles con su foto en el escaparate para recaudar fondos para una corona.

Sin embargo, la disposición de la tienda había cambiado tanto desde aquella época que estaba casi irreconocible. Aun así, Falk recordaba haber buscado cualquier excusa para ir a hablar con Ellie cuando ella estaba detrás de aquel mostrador. Se gastaba el dinero en cosas que ni quería ni necesitaba.

En algún momento habían sustituido las neveras antiguas por otras industriales sin puertas. Falk se entretuvo delante de una de ellas y notó que se evaporaba parte del calor de su piel. Sin embargo, seguía teniendo un calor molesto por dentro, como una fiebre persistente. Al final cogió dos botellas de agua y algo para la cena: un sándwich de jamón y queso que estaba ya algo reseco y una magdalena envasada.

Se volvió para llevar la compra a la caja y rezongó en silencio, porque acababa de reconocer el rostro de detrás del mostrador. No había visto al vendedor desde que ambos compartían las mismas aulas sofocantes, sentados en sus pupitres.

El tipo tenía menos pelo que entonces, pero sus rasgos marcados aún le resultaban familiares. Era uno de aquellos chavales cortos de entendederas y rápidos en enfurecerse, recordó Falk, mientras trataba con desesperación de recuperar su nombre. Tenía la sensación de que, de vez en cuando, el chico había sido objeto de las burlas de Luke, y pensó con una punzada de culpabilidad que él nunca se había molestado en intervenir. Se obligó a sonreír, se acercó a la caja y dejó los artículos en el mostrador.

—¿Qué tal te va, Ian? —le preguntó.

Había sacado el nombre de la nada en el último instante. Ian algo más. Willis. Buscó la cartera en el bolsillo.

Willis se quedó mirando la comida como si no recordase qué tenía que hacer.

—Eso es todo, amigo —dijo Falk.

El otro no contestó, sino que levantó la cabeza y miró más allá.

—El siguiente —dijo con voz clara.

Falk miró a su alrededor. En la tienda no había nadie más. Se volvió hacia Willis, que continuaba mirando unos pasos más allá con determinación, y sintió un latigazo de rabia. Y algo más. Algo parecido a la vergüenza.

—Bueno, vale. No quiero causarte ningún disgusto, te pago esto y me largo —lo intentó Falk de nuevo, acercándole la cena un poco más—. Y te juro que no le contaré a nadie que me has atendido, palabra de *boy scout*.

El otro siguió mirando detrás de él.

—El siguiente.

—¿En serio?

Falk era consciente de la rabia en su propia voz.

—O sea, que este pueblo está muriéndose, pero tú puedes permitirte rechazar a un cliente, ¿no?

Willis apartó la vista y alternó la posición de los pies. Falk se planteó llevarse las cosas y dejar el dinero delante de la caja, pero entonces el otro abrió la boca.

—Ya me habían comentado que estabas por aquí. Mandy Vaser dice que has estado molestando a los críos en el parque.

Trataba de parecer escandalizado, pero no supo disimular el regocijo malicioso que sentía.

—¿En serio? —preguntó Falk.

Su antiguo compañero de clase asintió con la cabeza y siguió mirando más allá de él.

—No quiero venderte nada. Ni hoy ni nunca.

Falk lo miró fijamente y se dio cuenta de que el tipo debía de llevar veinte años esperando la oportunidad de sentirse superior a alguien y no estaba dispuesto a desperdiciarla. Abrió la boca para protestar, pero no dijo nada. Hubiera sido la definición perfecta de malgastar las energías.

—Pues nada. —Dejó las cosas allí—. Que tengas buena suerte, Ian. Aquí te va a hacer falta.

La campanilla de la puerta sonó a su espalda cuando salió al calor de fuera. Raco había guardado el teléfono y primero se fijó en sus manos vacías y después en su expresión.

—¿Qué ha pasado?

—He cambiado de opinión.

Raco miró la tienda, y luego a Falk, y lo comprendió enseguida.

—¿Quieres que le diga algo?

—No, déjalo. Pero gracias de todos modos. Nos vemos mañana. Elaboraremos un plan para lo de Sullivan.

Dio media vuelta; se sentía más nervioso de lo que estaba dispuesto a admitir por culpa de la escena de la tienda. De pronto se moría por largarse de allí, a pesar de que no lo esperaba nada más que una larga velada en el cuartucho del pub. Raco, tentado, miró otra vez la tienda y se volvió hacia Falk.

—Oye, ven a cenar a mi casa —le propuso—. Mi mujer lleva días insistiendo en que te invite.

—No, de verdad, no pasa nada.

—Mira, amigo, puedo discutir contigo ahora, o discutir con ella más tarde. Al menos contigo tengo alguna posibilidad de ganar.

25

Cuarenta minutos más tarde, Rita Raco dejó en la mesa, delante de Falk, un cuenco humeante de pasta. Se marchó después de posarle los dedos en el hombro apenas un instante y regresó al cabo de un momento con una botella de vino. Estaban los tres sentados al aire libre, a una mesa pequeña de madera de pino cubierta con un mantel colorido, mientras el cielo mudaba a un añil intenso. Los Raco vivían en un antiguo local comercial reconvertido que quedaba en un extremo de la calle principal y desde donde se podía ir a pie a la comisaría. En el jardín de atrás había lavanda y un limonero, y las lucecitas de colores colgadas en la valla daban a la escena un resplandor muy festivo.

La luz se derramaba desde las ventanas de la cocina y Falk observó a Rita mientras ella iba entrando a buscar una cosa u otra. Se ofreció a ayudar, pero ella le dijo que no con un gesto de la mano y una sonrisa. Una mujer pequeña y fuerte, con un halo de pelo castaño y brillante que le caía sobre los hombros. Sin darse cuenta, se pasaba la mano por el vientre abultado por el embarazo. Daba la impresión de poseer una reserva enorme de energía y, pese a su estado, sorteaba con soltura cualquiera de las muchas tareas que llevaba a cabo con una eficiencia constante. ·

Cuando sonreía, cosa que ocurría a menudo, le aparecía un hoyuelo profundo en la mejilla izquierda y, en el momento en que le puso la comida en la mesa, Falk ya tenía muy claro por qué Raco se había enamorado de ella. Empezaron a comer —un guiso delicioso de salsa de tomate, berenjena y salchicha especiada, que regaron con un syrah decente— y sintió que él mismo se había enamorado un poco.

El aire nocturno era cálido, aunque la oscuridad parecía haber absorbido parte del calor. Rita bebía agua mineral, pero miraba el vino con un anhelo que no enturbiaba su buen humor.

—Qué no daría yo... Hace tanto tiempo —dijo, y se rió al ver la expresión reprobadora de su marido. Estiró el brazo y le acarició el cuello hasta que él sonrió de nuevo—. Se preocupa mucho por el bebé —le confió a Falk—. No ha nacido todavía y ya la está sobreprotegiendo.

—¿Cuándo sales de cuentas? —preguntó Falk.

Su ojo inexperto le decía que estaba a punto.

—Dentro de cuatro semanas. —Miró a su marido y sonrió—. Todavía me faltan cuatro larguísimas semanas.

Alrededor de la buena comida, la conversación fluía con facilidad. Charlaron sobre política, religión, fútbol. Cualquier cosa menos lo que estaba sucediendo en Kiewarra. De todo menos de los Hadler. Hasta que Raco recogió la mesa y se llevó los platos a la cocina, Rita no se decidió por fin a preguntar.

—Dime —le dijo a Falk—, con sinceridad, por favor: ¿saldrá todo bien?

Rita echó un vistazo a la puerta de la cocina y Falk supo que no se refería sólo al caso Hadler.

—Mira, ser policía en una comunidad pequeña nunca es fácil. En muchos sentidos, es una labor muy ingrata. Hay mucha política por medio y demasiada gente que sabe demasiado sobre los demás. Pero tu marido está haciendo un trabajo excelente. De verdad. Es muy listo y se dedica de lleno y con ganas. Los de arriba se fijan en eso. Llegará lejos.

—Ya, bueno —repuso Rita, quitándole importancia con un gesto de la mano—, eso a él no le preocupa. Su padre fue policía local de un pueblucho toda su vida, un puntito en el mapa, cerca de la frontera con Australia Meridional. No lo conocerás. Nadie lo conoce. —Miró de nuevo la puerta de la cocina—. Pero, según tengo entendido, lo respetaban mucho. Mantenía el orden como un patriarca firme pero justo y por eso lo tenían en tanta estima. Y cuando se jubiló siguieron respetándolo.

Rita hizo una pausa. Cogió la botella y repartió el vino que quedaba entre la copa de Falk y su vaso.

—Chis... —sugirió, llevándose un dedo a los labios antes de alzar el vaso.

Falk sonrió.

—¿Os conocisteis allí? ¿En Australia Meridional?

—Sí, pero no en el pueblo. Allí no iba nadie —añadió con naturalidad—. Fue en el restaurante de mis padres, en Adelaida. Él trabajaba cerca. Era su primer destino con la policía y era tan correcto... Deseaba que su padre se sintiera orgulloso de él. —Sonrió al recordar y se acabó su poco de vino—. Pero estaba solo y venía a nuestro restaurante todo el tiempo, hasta que me apiadé de él y dejé que me llevase a tomar algo. —Se frotó el vientre con la mano—. Esperó hasta que yo acabé el máster y luego nos casamos enseguida. De eso hace dos años.

—¿De qué era el máster?

—Farmacología.

Falk vaciló. No sabía cómo formular la pregunta. Rita se la ahorró.

—Sí, ya lo sé —dijo ella con una sonrisa—. ¿Qué hago descalza y embarazada en un lugar perdido como éste, cuando podría estar en cualquier otra parte, poniendo en práctica mis conocimientos? —Se encogió de hombros—. Estoy aquí por mi marido, y no es para siempre. Verás, sus ambiciones no son las mismas que tienen muchos otros. Él adora a su padre y es el más joven de tres hermanos, así que creo que siente, equivocadamente en mi opinión, que siempre debe luchar por conseguir la atención de su padre. Por eso nos mudamos a una comunidad rural. Él tenía grandes esperanzas de que todo le fuese como a su padre, pero desde el principio las cosas se... —vaciló un instante— se torcieron muchísimo. Tiene una presión constante. ¿Te dijo que fue él quien encontró al niño?

Falk asintió.

Rita se estremeció a pesar del calor.

—Yo se lo digo siempre. Que lo que está pasando aquí no es culpa suya. Este sitio es diferente. No es como el pueblo de su padre.

Rita enarcó las cejas y Falk asintió para darle la razón. Ella negó con la cabeza y le apareció medio hoyuelo en la cara.

—Aun así, ¿qué puedo hacer yo? La relación de un hombre con su padre no se somete a ninguna lógica.

Raco apareció en el quicio de la puerta con tres cafés.

—He puesto los cacharros en remojo. ¿De qué habláis?

—Le estaba contando que te pones demasiada presión tratando de igualar los estándares de tu padre —explicó Rita y estiró el brazo para alisarle los rizos. Le salió el hoyuelo de nuevo—. Y tu compañero está de acuerdo conmigo.

Falk, que no había expresado ninguna opinión a favor ni en contra, decidió que Rita debía de tener razón. Raco se sonrojó un poco, pero movió la cabeza para que ella pudiera alcanzársela.

—No es exactamente así.

—No pasa nada, mi amor. Él te comprende. —Rita bebió un sorbo de café y miró a Falk por encima del borde de la taza—. ¿Verdad que sí? Hasta cierto punto, es el mismo motivo por el que tú estás aquí. Por tu padre.

Se produjo un silencio perplejo.

—Mi padre falleció.

—Vaya, lo siento. —Rita lo miró a los ojos con empatía—. Pero eso no lo hace menos cierto, ¿verdad? La muerte casi nunca cambia lo que sentimos por una persona. Más bien acrecienta ese sentimiento.

—Mi amor, ¿de qué estás hablando? —preguntó Raco, dándole un toque amistoso al tiempo que recogía la botella vacía—. Sabía que no tenías que beber de esto.

Rita frunció el ceño, vacilante. Miró a Falk, después a su marido, y otra vez a Falk.

—Disculpa —dijo—. Puede que quizá lo haya entendido mal, pero he oído los rumores sobre tu amiga que murió de joven. Dicen que tu padre lo pasó muy mal y que incluso lo culparon a él; que tuvo que sacarte de aquí y abandonar su casa. Imagino que eso habrá causado cierta... fricción. Y ahora van y reparten esas octavillas horribles por todo el pueblo con su foto. —Guardó silencio un momento—. Te pido disculpas. Por favor, no me hagas caso. Siempre leo demasiadas cosas entre líneas.

Todos guardaron silencio unos instantes.

—No, Rita —contestó Falk—. De hecho, creo que tienes toda la razón.

La camioneta de Mal Deacon estuvo en su retrovisor durante más de cien kilómetros después de salir de Kiewarra. Erik, el padre de Aaron, conducía con un ojo en el reflejo y las dos manos aferradas al volante.

Aaron iba mudo en el asiento del copiloto, desconcertado aún por haber tenido que despedirse con tanta prisa de Luke y de Gretchen. Las posesiones de la familia Falk se agitaban en la parte de atrás, chocando entre ellas. Lo poco que habían conseguido meter en la furgoneta. Antes de partir, habían cerrado la casa con llave y la habían protegido lo mejor que podían. Habían repartido el rebaño entre los vecinos dispuestos a hacerse cargo de las ovejas. Aaron no se atrevía a preguntar si aquello era temporal o para siempre.

Una vez, al principio del viaje, Erik había frenado para dejar que Deacon lo adelantase. Como si estuvieran dando un paseo en un día normal. Pero la sucia camioneta de color blanco había seguido avanzando a la misma velocidad hasta alcanzar su parachoques con un impacto que hizo que la cabeza de Aaron cayese hacia delante con fuerza. Erik no volvió a frenar.

Había transcurrido casi una hora cuando de pronto Deacon hizo sonar el claxon en un bramido continuo. Se iba acercando, su vehículo se veía enorme en el espejo del lado de Aaron, mientras el estridente bocinazo resonaba en la carretera vacía. Con el cerebro embotado por aquel sonido, Aaron presionó las palmas contra la guantera, preparándose para el inevitable golpe desde atrás. A su lado, su padre apretaba la mandíbula. Los segundos se dilataron y, cuando Aaron creía que no podría soportarlo más, el ruido cesó. El silencio abrupto retumbó en sus oídos.

En el espejo, vio a Deacon bajar la ventanilla y extender el brazo poco a poco para mostrarles el dedo corazón. Aguantó una eternidad con él fuera del coche, contra el viento. Y finalmente, por fortuna, se fue haciendo cada vez más pequeño en el espejo hasta desaparecer de la vista.

—Mi padre odiaba Melbourne —explicó Falk—, no llegó a habituarse a la ciudad. Encontró un trabajo de oficina que consistía en gestionar la cadena de suministro de un negocio agrícola, pero absorbía sus ganas de vivir.

A Falk lo habían mandado al instituto más cercano para terminar el último curso. Distraído y desanimado, no recordaba siquiera haber cogido el bolígrafo y mucho menos alzar la mano en clase. Hizo los exámenes finales y los superó con notas buenas pero no sobresalientes.

—Yo me adapté un poco mejor que mi padre, porque allí él estaba muy solo. Pero nunca hablamos de ello. Ambos nos encerramos en nosotros mismos y seguimos adelante. Y eso no ayudó.

Rita y Raco lo miraron desde el otro lado de la mesa. Ella estiró el brazo y puso una mano sobre la suya.

—Estoy segura de que pensaba que todos los sacrificios que había hecho por ti valían la pena.

Falk ladeó la cabeza un poco.

—Gracias por decir eso, pero no estoy seguro de que él estuviese de acuerdo.

• • •

Aaron continuó mirando por el retrovisor mientras viajaban en silencio. Deacon no reapareció y, después de pasar una hora sin incidentes, su padre frenó en seco y detuvo la furgoneta en el arcén de la carretera vacía. Los neumáticos chirriaron en el asfalto y Aaron salió disparado contra el cinturón de seguridad.

Cuando Erik Falk dio un manotazo al volante, él se sobresaltó. Su padre estaba más pálido que nunca y una capa de sudor le brillaba en la frente. Erik se volvió en el asiento y con un movimiento ágil y rápido cogió a su hijo por la pechera. Aaron ahogó un grito al ver que aquellas manos que nunca se habían alzado con rabia contra él retorcían la tela de la camisa para acercarlo.

—Voy a preguntártelo sólo una vez, así que dime la verdad.

Aaron nunca había oído a su padre hablar con ese tono de voz. Parecía indignado.

—¿Fuiste tú?

El impacto de la pregunta se le extendió por el pecho con la fuerza de una onda expansiva y sintió que se ahogaba. Se obligó a tomar una bocanada de aire, pero notaba una opresión en los pulmones. Durante un momento no fue capaz de hablar.

—¿Qué? Papá...

—¡Dímelo!

—¡No!

—¿Has tenido algo que ver con la muerte de esa chica?

—No. Papá, no. Claro que no, joder.

Sintió cómo el latido de su corazón retumbaba contra los puños de su padre. Pensó que tenían sus posesiones más preciadas tiradas en una pila en la parte de atrás de la camioneta, chocando entre sí, que se había despedido de Luke y de Gretchen deprisa y corriendo. Pensó en Ellie, a la que nunca más vería, y al pensar en Deacon aún echó

un último vistazo por la ventanilla trasera. Sintió una sa-
cudida de rabia e intentó zafarse de su padre.

—No he sido yo. ¿Cómo se te ocurre preguntarme
eso, joder?

Su padre no lo dejó apartarse.

—¿Sabes cuánta gente me ha preguntado por la nota
que escribió esa chica muerta? Amigos míos, personas
a las que conozco desde hace años. Muchos años. Ahora,
cuando me ven, cruzan la calle. Y todo por culpa de esa
nota. —Lo cogió con más fuerza—. Así que tienes que
decírmelo porque me lo debes. ¿Qué hacía tu nombre en
ese papel?

Aaron Falk se acercó a él, padre e hijo cara a cara.
Abrió la boca.

—¿Y por qué estaba el tuyo?

—Después de eso, nuestra relación ya nunca fue la misma
—admitió Falk—. Intenté recuperarla varias veces a lo
largo de los años, y supongo que él también quiso hacerlo a
su manera. Pero no supimos arreglarlo. Dejamos de hablar de ello y nunca más mencionamos Kiewarra. Hicimos
como si no existiese, nada de aquello había ocurrido. Él
se conformó con Melbourne, me aguantó a mí y luego se
murió. Y ya está.

—¿Cómo te atreves? —Los ojos de su padre se encendie-
ron de furia y su expresión era indescriptible—. Tu madre
está enterrada en ese pueblo. Por Dios santo, tus abuelos
levantaron esa granja de la nada. Toda mi vida, mis ami-
gos, están allí. No te atrevas a echarme eso encima.

Aaron sentía latir la sangre en la cabeza. Sus amigos.
Su madre. Él también había dejado todo eso atrás.

—Entonces, ¿por qué huimos? —Cogió a su padre
por la muñeca y tiró para soltarse. Esa vez lo consiguió—.

¿Por qué tenemos que salir corriendo con el rabo entre las piernas? Con eso sólo conseguimos parecer culpables.

—No, es la nota lo que nos hace parecer culpables. —Erik le clavó una dura mirada—. Dime la verdad, ¿estabas con Luke?

Aaron se obligó a mirar a su padre a los ojos.

—Sí.

Erik Falk abrió la boca. Luego la cerró. Miró a su hijo como si no lo hubiese visto antes. El aire del coche se había convertido en algo tangible y pútrido. Meneó la cabeza, se volvió hacia el volante y encendió el motor.

El resto del trayecto transcurrió sin que intercambiasen ni una sola palabra. Aaron ardía de rabia y vergüenza y mil cosas más, y pasó todo el viaje mirando el retrovisor lateral.

Parte de él lamentaba que Mal Deacon no reapareciese.

26

Después de regresar a pie desde la casa de Raco, Falk sentía la necesidad urgente de lavarse. El pasado lo cubría como una capa de mugre. Además, había sido un día muy largo y le parecía que era mucho más tarde de la hora real. Cuando cruzó la sala sin ser visto y subió la escalera, el bar estaba en su momento álgido.

En la ducha, su cuerpo mostraba las marcas de la exposición al sol de Kiewarra. En la piel de los antebrazos, del cuello, de la uve de la pechera. Lo que antes era pálido se había tornado de un rojo rabioso.

Con el agua corriendo, los primeros golpes en la puerta apenas se oyeron. Falk cerró los grifos y se quedó allí desnudo, escuchando. Otra ráfaga de golpes, esta vez más fuertes.

—¡Falk! ¡Deprisa! —Otra ronda de porrazos acompañó la voz—. ¿Estás ahí?

Cogió una toalla y estuvo a punto de resbalar en el suelo mojado. Abrió la puerta de par en par y encontró a McMurdo sin aliento y con el puño en alto para llamar de nuevo.

—Baja —le dijo el camarero, jadeando—. Deprisa.

Salió corriendo y bajó los escalones de dos en dos. Falk se puso unos pantalones cortos, una camiseta y unas zapatillas de deporte sin secarse siquiera y al salir cerró la puerta de golpe.

El bar estaba sumido en el caos. Había sillas patas arriba y por todas partes brillaban las esquirlas de los vasos rotos. Había alguien encorvado en un rincón, tapándose la nariz con las manos ensangrentadas, y McMurdo estaba de rodillas, tratando de separar a dos hombres que forcejeaban en el suelo. El semicírculo de clientes que se habían congregado a su alrededor perdió la sonrisa y se apartó en cuanto Falk se plantó en el centro de la sala en dos zancadas.

La bajada abrupta del volumen general distrajo a los dos que se estaban peleando y McMurdo consiguió meter el brazo. Los separó y ambos se quedaron tirados en el suelo, cada uno en su rincón, respirando con dificultad.

A Jamie Sullivan ya se le estaba hinchando un ojo, que empezaba a convertirse en un bulbo deforme. Tenía el labio inferior partido y arañazos en la mejilla.

Delante de él, Grant Dow sonrió e hizo una mueca de dolor mientras se palpaba la mandíbula con cuidado. A primera vista había salido mejor parado, y él lo sabía.

—Venga, tú y tú —ordenó Falk, señalando a dos de los espectadores que parecían más sobrios—. Llevad a Sullivan al baño y ayudadlo a lavarse la sangre de la cara. Cuando acabéis, traedlo de vuelta, ¿entendido?

Entre los dos ayudaron a Sullivan a levantarse. Falk se dirigió entonces a Dow.

—Tú siéntate ahí y espera. Y... No. Cállate. Ahora mismo lo que más te conviene es mantener esa bocaza cerrada, ¿me oyes?

Falk se volvió hacia McMurdo.

—Un trapo limpio, por favor. Y vasos grandes de agua para todos. De plástico.

Falk le llevó el trapo al tipo del rincón que estaba encorvado con las manos en la nariz.

—Siéntate recto, amigo —le dijo—. Eso es, muy bien. Coge esto.

El otro se irguió y se apartó las manos de la cara. Falk parpadeó al ver el rostro ensangrentado de Scott Whitlam.

—Joder, ¿cómo te has metido en este lío?

Whitlam intentó encogerse de hombros e hizo una mueca de dolor.

—Por estar *dodde do* debía —contestó con el trapo en la cara.

Falk dio media vuelta y miró a los curiosos.

—Os sugiero que os larguéis de aquí ya.

Raco se abrió paso justo cuando la sala empezaba a vaciarse. Llevaba la misma camiseta que durante la cena, pero en un lado de la cabeza tenía los rizos de punta, y los ojos inyectados en sangre.

—Me ha llamado McMurdo. Estaba durmiendo. ¿Hace falta una ambulancia? El doctor Leigh está de guardia.

Falk miró a su alrededor. Sullivan había salido ya del baño y al oír que mencionaban al médico levantó la cabeza con expresión preocupada. Los otros dos estaban encorvados en sus respectivas sillas.

—No, creo que no —respondió Falk—. A menos que sospeches que un par de ellos tengan encefalograma plano. Cuéntame —le dijo a McMurdo.

El camarero entornó los ojos.

—Por lo visto, nuestro amigo, el señor Dow, considera que se le ha implicado en el asesinato de los Hadler sólo porque Jamie Sullivan no tiene cojones para confesar. Y ha pensado que éste era un buen momento para animarlo a decir la verdad.

Falk se plantó delante de Dow en tres zancadas.

—¿Qué ha pasado?

—Nada, un malentendido.

Falk se le acercó y le pegó la boca a la oreja. Olió todo el alcohol que tenía acumulado en las capas más profundas de la piel.

—Grant, si tanto te estamos molestando, no tienes más que darnos un buen motivo para que Karen escribiese tu nombre.

Dow soltó una risa amarga. Le apestaba el aliento.

—Viniendo de ti, tiene su gracia. ¿Te refieres al buen motivo que tú no ofreciste para explicar la nota de Ellie? No —dijo, y secundó la negativa meneando la cabeza—, podría darte mil excusas, amigo, y tú no me dejarías tranquilo. No te quedarás a gusto hasta que nos cargues lo de los Hadler a mí o a mi tío.

Falk se apartó.

—Ándate con ojo. Si sigues hablando de ese modo, acabarás en un interrogatorio de verdad, fichado por la policía y todo lo demás, y entonces te verás metido en un montón de mierda, ¿me entiendes? —Falk extendió el brazo—. Dame las llaves.

Grant lo miró con incredulidad.

—Ni de coña.

—Mañana puedes pasar por la comisaría a buscarlas.

—Hay más de cinco kilómetros hasta mi casa —protestó Grant, con ellas en la palma de la mano.

—Mala suerte. Disfruta del paseo.

Falk le arrancó las llaves de la zarpa y se las guardó en el bolsillo.

—Y ahora lárgate.

A continuación fue a ocuparse de Sullivan y de Whitlam, que recibían las inexpertas atenciones de McMurdo y de Raco.

—Jamie, ¿nos explicas qué ha pasado? —dijo Falk.

El chico miró el suelo con el ojo bueno.

—Lo que él ha dicho, un malentendido.

—No me refiero a esta noche. —No hubo respuesta y Falk dejó que el silencio se alargase—. Cuanto más tiempo calles, peor para ti. —Nada.

—De acuerdo —concluyó Falk. Estaba sudado, mojado de la ducha y más que harto—. Mañana te presentas en la comisaría a las diez; teníamos que hablar contigo de todos modos. Y te lo advierto, amigo, más vale que esta noche pienses bien dónde estabas ese día.

Sullivan arrugó el gesto. Parecía a punto de echarse a llorar. Falk y Raco se miraron.

—Jamie, te llevo a casa —se ofreció Raco—. Venga, te ayudo a levantarte.

Sullivan se dejó ayudar y salió del bar con el policía sin mirar a nadie. Por último, Falk se dirigió a Whitlam, que estaba en un rincón con el trapo en la nariz y aspecto avergonzado.

—Creo que ya ha parado de sangrar —dijo el director, palpándose la nariz con delicadeza.

—Vamos a echarle un vistazo.

Falk se la miró y trató de recordar la formación de primeros auxilios que había recibido.

—Bueno, mientras no os tengan que hacer la foto del curso un día de éstos, supongo que sobrevivirás.

—Gracias.

—No hace falta que tú también vengas a la comisaría mañana, ¿verdad?

—No, yo no, jefe. —Whitlam levantó las manos—. Yo sólo pasaba por aquí, soy inocente. Estaba saliendo del baño y ellos han arremetido contra mí. Ni siquiera los he visto venir, por eso he perdido el equilibrio y me he dado un golpe en la cara con una silla.

—Vaya —contestó Falk, y lo ayudó a levantarse. El hombre no mantenía bien el equilibrio—. No sé si deberías conducir.

—He venido sobre dos ruedas.

—¿En moto?

—Qué dices, soy maestro. En bici.

—Vale. Venga, vamos.

No había mucho espacio, pero torciendo el manillar consiguieron embutir la bicicleta en el maletero del coche de Falk. Recorrieron las calles desiertas sin apenas hablar.

—¿Habéis tenido suerte con las cámaras de circuito cerrado? —preguntó Whitlam finalmente, y tosió mientras intentaba respirar por la nariz.

—Todavía estamos en ello —respondió Falk—. Gracias por ayudarnos con eso.

—Nada, tranquilo.

Al perder la mirada por la ventanilla, vio en el cristal el reflejo distorsionado de su rostro hinchado.

—Espero que todo esto acabe pronto. Este sitio es una pesadilla.

—Todo irá bien —respondió Falk sin pensar.

—¿Tú crees? —preguntó Whitlam, recostado en el asiento, palpándose la nariz con cuidado—. Yo no estoy tan seguro. Me acuerdo de cuando me preocupaba por cosas normales: por los resultados del fútbol y los realities de la tele. Ahora eso me parece increíble. No pienso más que en la escuela, en los agujeros en el presupuesto, en encontrar el dinero que hace falta. En niños que aparecen muertos, por Dios santo.

Whitlam continuó mirando por la ventana hasta que Falk aparcó delante de su casa. La luz encendida del porche les dio la bienvenida y en sus rasgos magullados se reflejó el alivio. El hogar.

Falk, que estaba agotado e incómodo porque se le pegaba la ropa al cuerpo, de pronto anheló estar en su piso.

—Gracias por traerme. ¿Quieres entrar a tomar algo? —preguntó Whitlam al salir del coche, pero Falk dijo que no con la cabeza.

—Muchas gracias, pero no. Ha sido un día muy largo.

Abrió el maletero y manipuló el manillar de la bicicleta de nuevo hasta que pudo sacarla de un tirón.

—Lo siento si te ha quedado todo hecho un asco —se disculpó Whitlam, escudriñando la tapicería en la oscuridad.

—No te preocupes por eso. ¿Estarás bien? ¿Podrás curarte la nariz y todo eso?

Whitlam hizo girar su bicicleta e intentó sonreír.

—Sí, sobreviviré. Perdona que esté de este humor. No soy yo, es el paracetamol sin receta el que habla.

—No siempre será así. Hoy has tenido mala suerte y te ha pillado en medio.

—Ya, es que es justo eso, ¿no? Nadie puede controlar la onda expansiva de todas estas cosas. —Arrastraba un poco las palabras y Falk no estaba seguro de que fuese tan sólo por el golpe de la nariz—. Casi me hace gracia. Porque yo estoy aquí, compadeciéndome de mí mismo, pero luego me acuerdo del pobre Billy. Eso sí que es una puta onda expansiva. Voy a decirte una cosa, no sé qué pasaba en esa casa con Luke, con la sequía o con la granja, no sé cuál fue el motivo, pero a esa criatura no tenía que haberle afectado.

Al final del camino que llevaba a la vivienda, Sandra se asomó a la puerta y quedó enmarcada por la luz del interior. Los saludó con la mano. Whitlam se despidió y Falk lo miró arrastrar la bicicleta hasta la puerta. Aún parecía un poco inseguro. Mientras montaba de nuevo en el coche, su teléfono emitió un zumbido. Era un mensaje de texto de Raco. Falk lo leyó y golpeó el volante con júbilo.

«¿Quieres saber qué hacía Jamie Sullivan en la callejuela? Llama en cuanto puedas.»

27

Cuando Falk y Raco llegaron a la mañana siguiente, a primera hora, el hombre ya los esperaba pacientemente fuera de la comisaría.

—El doctor Leigh —se lo presentó Raco a Falk—. Muchas gracias por venir.

—No pasa nada. Pero si no les importa habrá que darse prisa, hoy tengo la consulta llena y más tarde estoy de guardia.

Raco no contestó, se limitó a sonreír educadamente y a abrir la puerta de la comisaría. Falk miró al doctor con curiosidad. Hasta entonces no había conocido al médico de familia del pueblo, pero había leído su nombre en el informe de los asesinatos de los Hadler. Había sido el primer sanitario en llegar al escenario del crimen. A sus poco más de cuarenta años, conservaba todo el pelo y tenía el aire saludable del que practica lo que predica.

—He traído el historial de los Hadler. —El doctor Leigh dejó una carpeta sobre la mesa de la sala de interrogatorios—. Es lo que querían, ¿no? ¿Ha habido algún avance?

Se sentó en la silla que le ofrecían y cruzó las piernas. Estaba relajado. Tenía una vara de hierro por columna vertebral, una postura excelente.

—Sí, alguno. —Esa vez la sonrisa de Raco no llegó a asomarse a los ojos—. Doctor Leigh, ¿podría decirnos dónde estaba la tarde del veintidós de febrero?

• • •

Jamie Sullivan se quedó solo en uno de sus campos, mientras la camioneta de Luke Hadler desaparecía en la distancia. En cuanto lo perdió de vista, sacó el móvil y envió un único mensaje de texto. Esperó. Al cabo de dos minutos, el teléfono vibró con la respuesta. Sullivan asintió con la cabeza una vez y se dirigió a su cuatro por cuatro.

Un relámpago de sorpresa cruzó la cara del médico, que sonrió confuso.

—Ya sabe dónde estaba esa tarde: con ustedes, en el escenario del asesinato de los Hadler.

—¿Y dos horas antes de eso?

Una pausa.

—En la consulta.

—¿Con pacientes?

—Al principio sí. Después estuve descansando un par de horas en el apartamento de arriba.

—¿Por qué?

—¿Cómo que «por qué»? Es lo que suelo hacer cuando tengo turno partido. Estar de servicio desde primera hora de la mañana hasta la noche es agotador. No me cabe duda de que lo saben por propia experiencia.

Raco no reaccionó al intento de destacar la afinidad entre ellos.

—¿Hay alguien que pueda confirmarlo?

Sullivan llegó al pueblo en un momento. No se cruzó con nadie por la carretera y sólo con un puñado de vehículos al acercarse al centro. Antes de llegar a la calle principal, giró a la derecha y entró en una callejuela que discurría por detrás de una hilera de locales comerciales. Sabía que estaba siendo demasiado precavido, porque a nadie le extrañaría ver que su coche estaba aparcado en el centro, pero llevaba el secretismo pegado a la piel como una cicatriz y ya le resultaba imposible prescindir de él. Al frente, la cámara de circuito cerrado que estaba instalada en la pared de la farmacia parpadeó a su paso.

El doctor Leigh se inclinó hacia delante con el ceño fruncido. Toqueteó las esquinas de la carpeta de los Hadler, sin saber si debía abrirla.

—En serio, ¿de qué va este asunto?

—¿Podría responder, por favor? —contestó Raco—. ¿Esa tarde estuvo usted solo en el apartamento de la consulta?

Leigh miró a Raco, después a Falk y luego de nuevo al sargento.

—¿Debería llamar a mi abogada? ¿Tendría que estar aquí conmigo?

Había un leve desafío en su voz.

—Quizá sería prudente —respondió Raco.

El médico se apartó de la mesa como si acabara de quemarse.

Sullivan aparcó en el garaje, que siempre estaba abierto y vacío. Salió del coche y bajó la persiana para que no lo viese nadie. El chirrido del metal contra el metal le dio dentera. Esperó un momento, pero no hubo reacción. La callejuela estaba vacía.

Fue a la puerta anónima que había junto a la de servicio de la consulta y llamó al timbre. Miró a izquierda y derecha. Un momento después, la puerta se abrió y el doctor Leigh le sonrió. Esperaron a estar dentro, con la puerta bien cerrada, antes de besarse.

Leigh cerró los ojos y se frotó el puente de la nariz con el índice. Su excelente postura ya no era tan erguida.

—Vale. Entiendo que les han dicho cuál es la situación —concluyó—. Pues sí. Esa tarde no estuve solo en el apartamento. Estaba con Jamie Sullivan.

Raco hizo un ruidito medio de frustración medio de satisfacción, y se recostó en la silla. Movió la cabeza en señal de incredulidad.

—Ya era hora. ¿Sabe cuánto tiempo hemos invertido, o mejor dicho, malgastado en investigar la coartada de Sullivan?

—Lo sé, lo sé. Lo siento.

Las disculpas del médico parecían sinceras.

—¿Que lo siente? Ese día murieron tres personas, amigo. Y usted estuvo allí conmigo y vio los cadáveres. Ese pobre niño. Seis años y un disparo en la cabeza. ¿Cómo ha podido dejarnos dar palos de ciego? Quién sabe las consecuencias que podría tener.

El médico se balanceó un poco en la silla como si lo hubieran golpeado físicamente.

—Tiene razón —respondió. Se mordió la uña del pulgar y parecía al borde de las lágrimas—. ¿Acaso cree que yo no quería decirlo desde el principio? En cuanto supe que habían ido a casa de Jamie a hacerle preguntas. Él mismo debería haberlo dicho entonces, por supuesto. O yo. Pero supongo que nos asustamos. No hablamos cuando era el momento y a medida que pasaba el tiempo yo... nosotros no sabíamos cómo hacerlo.

—Bueno, quizá el retraso haya merecido la pena, porque mientras tanto, anoche a Jamie le partieron la cara —dijo Raco.

Leigh los miró pasmado.

—Ah, ¿no lo sabía? —preguntó Raco—. Pues sí, se metió en una pelea en el bar. De no ser por eso, nunca me habría dicho lo que estaba pasando, aunque el golpe se lo llevó en la cabeza, no en la conciencia. Nos podían haber ahorrado todo esto desde hace días, debería darles vergüenza.

El médico se tapó los ojos con la mano y estuvo así un minuto largo. Falk se levantó a buscarle un vaso de agua y el hombre se lo bebió de un trago, agradecido. Esperaron.

—Total que entonces no fue capaz de contárselo. Pues ha llegado la hora —lo instó Falk, sin abandonar del todo la cortesía.

Leigh asintió.

—Jamie y yo llevamos juntos año y medio, más o menos. Es una relación sentimental. Pero, como es evidente, lo hemos mantenido todo en secreto —explicó—. Comenzó cuando él tuvo que empezar a traerme a su abuela más a menudo. Ella estaba empeorando y él tenía que bregar con eso solo. Necesitaba apoyo y alguien con quien hablar, y a partir de ahí la cosa fue creciendo. Yo siempre había pensado que podía ser gay, pero por estas tierras... —Leigh interrumpió la frase y meneó la cabeza—. Lo siento, todo eso no importa mucho. El día que asesinaron a los Hadler, yo tenía consulta hasta las cuatro y después disponía de un rato libre. Jamie me envió un mensaje y le dije que viniera, algo bastante habitual. Llegó y hablamos un rato. Tomamos un refresco. Luego nos fuimos a la cama.

Sullivan estaba secándose en el pequeño cuarto de baño, después de darse una ducha, cuando en el apartamento de la consulta sonó el teléfono de emergencias. Oyó que Leigh contestaba la llamada. La conversación fue breve y apresurada, y él no alcanzó a entender nada. El médico se asomó a la puerta del baño con la cara desencajada.

—Tengo que irme. Ha habido un accidente con arma de fuego.

—Mierda, ¿en serio?

—Sí. Oye, Jamie, tengo que decirte que ha sido en casa de Luke Hadler.

—No fastidies. ¡Acabo de estar con él! ¿Está bien?

—No me han dado detalles, pero luego te llamo. Márchate cuando quieras. Te quiero.

—Yo también.

Y se fue.

Sullivan se vistió con manos temblorosas y regresó a su casa en coche. Ya había visto uno de esos accidentes; un amigo de un amigo de su padre. El hedor ácido y cobrizo de la sangre se le había colado hasta lo más hondo de las fosas nasales y había permanecido allí durante meses, o al menos así se lo pareció a él. Casi le bastó con recordarlo para volver a sentir aquel aroma cálido e intenso. Llegó a casa sonándose la nariz y se encontró con dos camiones de bomberos aparcados fuera. Un bombero vestido con uniforme ignífugo fue a su encuentro mientras Jamie corría hacia la puerta.

—Tranquilo, chico. Tu abuela está bien. Lo de la pared de la cocina es otro asunto.

—Cuando ustedes aparecieron con sus preguntas, me llamó asustado —les explicó Leigh—. Dijo que lo habían pillado desprevenido y que había mentido sobre su paradero. —Leigh los miró a ambos a los ojos—. Eso no es excusa. Los dos lo sabemos. Pero les pido que, por favor, no nos juzguen con demasiada dureza. Cuando se lleva tanto tiempo mintiendo sobre algo, se convierte en una costumbre.

—No lo juzgo por ser gay, amigo, sino por hacernos perder el tiempo cuando hay una familia entera en la tumba —respondió Raco.

El médico asintió.

—Lo sé. Si pudiera volver atrás y hacer las cosas de otra manera, lo haría. Por supuesto que sí. No me avergüenza ser homosexual —dijo—. Y Jamie está en ello. Pero en Kiewarra hay muchas personas que se lo pensarían dos veces antes de dejar que un marica los atendiera a ellos o a sus hijos. Y lo mismo a la hora de sentarse cerca de uno a tomar algo en el Fleece. —Leigh miró a Falk—. Usted mismo ha vivido de primera mano lo que ocurre aquí cuando alguien llama la atención. Eso es lo que queríamos evitar.

Dejaron que el médico se marchase. Falk pensó un momento y luego salió corriendo de la comisaría tras él.

—Espere, antes de que se vaya quiero preguntarle por Mal Deacon. ¿Su demencia es muy severa?

Leigh no tardó en contestar.

—No puedo hablar de eso con usted.

—Una cosa más para la lista, ¿no?

—Lo siento. Me gustaría, pero de verdad no puedo. Es mi paciente.

—No necesito información detallada, me basta con un comentario general. ¿Qué clase de cosas recuerda? ¿Algo de hace diez minutos, pero no lo de hace diez años? ¿Al revés?

Leigh dudó y volvió la vista hacia la comisaría.

—Hablando muy en general —cedió—, los pacientes de más de setenta años que presentan síntomas similares a los de Mal, tienden a sufrir un deterioro de la memoria muy rápido. Puede que el pasado lejano les parezca más claro que los acontecimientos más recientes, pero a menudo los recuerdos se mezclan y se confunden. No son fiables, si es que se refiere a eso. Y hablo muy en general, que conste.

—¿Se morirá de eso? Es la última pregunta, se lo prometo.

Leigh lo contempló con expresión afligida. Miró a su alrededor, la calle estaba casi vacía.

—No directamente —dijo en voz más baja—. Pero todo eso complica muchas cosas relacionadas con la salud: aseo personal básico, nutrición... Sospecho que, llegada esa fase, a un paciente le queda más o menos un año, tal vez un poco más. O puede que menos. Y tampoco ayuda mucho que el paciente lleve toda su vida adulta bebiendo alcohol varias veces al día. Una vez más, hablando en general.

Marcó el fin de la conversación con una inclinación de la cabeza y dio media vuelta. Falk lo dejó marcharse.

—Habría que imputarlos a los dos, a él y a Sullivan —dijo Raco cuando Falk regresó a la comisaría.

—Sí, habría que hacerlo.

Pero ambos sabían que eso no ocurriría.

Raco se recostó en la silla y se tapó la cara con las dos manos. Soltó un suspiro profundo.

—Dios... ¿Y ahora qué demonios hacemos?

Para engañarse a sí mismos actuando como si no se hubiesen topado con otro callejón sin salida, Falk llamó a Melbourne. Al cabo de una hora, tenía una lista de todas las camionetas de color claro que había registradas en Kiewarra el año que Ellie Deacon murió. La cifra total era de ciento nueve.

—Sin contar con que por aquí podría pasar cualquiera de otro pueblo —comentó Raco con pesimismo.

Falk repasó la lista y vio muchos apellidos conocidos. Antiguos vecinos, padres de sus excompañeros de clase. Mal Deacon también estaba. Falk contempló el nombre un buen rato. Pero también había más gente: Gerry Hadler mismo, los padres de Gretchen, incluso el suyo. Ese día, Gerry podía haber visto a medio pueblo en el cruce. Harto, Falk cerró el expediente.

—Voy a salir un rato.

Raco refunfuñó. Falk se alegró de que no le preguntase adónde iba.

28

El cementerio estaba a escasa distancia del pueblo, en una parcela grande de tierra, resguardada del sol por unos gomeros enormes. De camino, Falk pasó por delante de la señal de alerta de incendios y vio que el nivel había subido a «extrema». Empezaba a soplar el aire.

Como el entierro había sido privado, él no había visto dónde estaban las tumbas de los Hadler, pero no le costó encontrarlas. Recién colocadas, las lápidas pulidas parecían muebles de interior que alguien hubiese dejado por error a la intemperie entre los de los vecinos, estropeados ya por el tiempo. Las tumbas estaban rodeadas por un mar de celofán de un palmo de altura, peluches y ramos de flores, ahora ya marchitos. Incluso desde un par de metros de distancia, el olor acre de las flores medio podridas era difícil de soportar.

Los sepulcros de Karen y de Billy quedaban casi ocultos bajo una montaña de ofrendas, mientras que el de Luke estaba casi despejado. Falk se preguntó si Gerry y Barb serían los responsables de limpiar las tumbas cuando los regalos dejaran de ser ofrendas para convertirse en desechos. Barb ya había tenido suficiente con la granja, como para tener que arrodillarse con una bolsa de basura en la mano y pasar el mal trago de recoger los ramos secos y decidir con qué quedarse y qué tirar. No podía ser. Falk tomó nota de que debía preguntárselo.

Se sentó en el suelo y se quedó un rato junto a las tumbas, sin hacer caso de la capa de polvo que le ensuciaba los pantalones del traje. Pasó la mano sobre la inscripción de la lápida de Luke, intentando ahuyentar la sensación de irrealidad que lo atenazaba desde el funeral: «Luke Hadler está en ese ataúd —repitió para sí—. Luke Hadler está enterrado aquí.»

¿Dónde se encontraba Luke la tarde en que murió Ellie? La pregunta emergió de nuevo como una mancha. Tenía que haberle insistido cuando tuvo la oportunidad. En aquel momento había llegado a creerse que la mentira lo protegía a él. Si hubiera sabido lo que iba a ocurrir...

Se quitó ese pensamiento de la cabeza. Era una objeción que ya había oído en demasiadas bocas desde su regreso a Kiewarra: «De haberlo sabido, habría actuado de otra manera.» Demasiado tarde. Con ciertas cosas había que convivir el resto de la vida.

Falk se puso en pie y dio la espalda a los Hadler. Se adentró en el cementerio hasta que encontró la calle que buscaba. En aquel sector las lápidas habían perdido el lustre hacía ya mucho tiempo, pero muchas le resultaban tan familiares como si fueran viejos amigos. Las acarició con afecto al pasar, hasta detenerse frente a una en concreto, una que el sol había blanqueado. Allí no había flores, y en ese instante se le ocurrió que debería haber comprado un ramo. Eso era lo que haría un buen hijo: llevarle flores a su madre.

Para compensarlo, se agachó y limpió la tierra y el polvo que cubría la inscripción del nombre con un pañuelo de papel. Después hizo lo mismo con la fecha de la muerte. Nunca le había hecho falta que le recordasen esa fecha. Toda la vida había sabido que su madre murió el día que nació él. «Complicaciones y pérdida de sangre», era la respuesta seca que le dio su padre cuando tuvo edad suficiente para preguntárselo. Por la mirada que le dedicó a continuación, Falk sintió que su nacimiento casi había compensado la pérdida, pero no del todo.

De pequeño le dio por ir solo al cementerio en bicicleta y al principio, a modo de penitencia solemne, montaba guardia junto a la tumba de su madre. Pero al cabo de un tiempo se dio cuenta de que a nadie le importaba que él estuviera allí plantado y su relación acabó derivando en algo parecido a una amistad de dirección única. Ponía todo su empeño en sentir algún tipo de amor filial, pero incluso en aquel momento le resultaba un sentimiento artificial. Era incapaz de prender esa llama por una mujer a la que no había conocido. Se sentía culpable, porque en el fondo sentía más afecto por Barb Hadler.

Aun así, le gustaba visitar a su madre, y ella lo escuchaba mejor que nadie. En un momento dado, había empezado a acudir allí con la merienda, libros, los deberes, y se tumbaba en la hierba junto a la tumba y le contaba cómo le había ido el día, cómo le iba la vida, en forma de monólogo ininterrumpido.

Sin darse cuenta del todo, en ese momento hizo justo eso: estiró las piernas y se tendió sobre la hierba rala, junto a la lápida. La sombra de los árboles atenuaba el calor, y con la mirada fija en el cielo y un tono de voz que era poco más que un murmullo, le habló de los Hadler y de su regreso al pueblo. Del reencuentro con Gretchen. De lo desagradable que había sido el encuentro con Mandy en el parque y con Ian en el quiosco. Le contó que temía no averiguar la verdad sobre Luke.

Cuando se quedó sin cosas que decir, cerró los ojos y permaneció inmóvil a su lado, arropado por la calidez del suelo que le calentaba la espalda y la del aire que lo rodeaba.

Al despertarse, vio que el sol se había desplazado en el cielo. Bostezó, se levantó y estiró las articulaciones, que se le habían quedado rígidas. No estaba seguro de cuánto tiempo había pasado allí tumbado. Se sacudió la ropa y se dirigió hacia la entrada principal. No obstante, se detuvo a medio camino. Tenía que visitar otra tumba.

Tardó mucho más tiempo en dar con ella, puesto que antes de marcharse de Kiewarra para siempre sólo la había visto una vez, el mismo día del entierro. Al final topó con ella casi por casualidad. Tenía una lápida pequeña que pasaba desapercibida, encajonada entre otros monumentos funerarios mucho más ornamentados. La hierba amarillenta la cubría casi por completo y a los pies de la lápida había un ramo de tallos secos envueltos en papel de celofán hecho trizas. Falk cogió el pañuelo de papel y se agachó para limpiar la mugre del nombre. Eleanor Deacon.

—No la toques, capullo.

La voz sonó a su espalda y lo sobresaltó. Dio media vuelta y vio a Mal Deacon oculto en la penumbra, sentado a los pies de un ángel enorme que había en la siguiente hilera de tumbas. Tenía una cerveza en la mano y un perro rollizo y marrón dormido a su lado. El animal se despertó y, al bostezar, dejó ver la lengua del color de la carne cruda. Deacon se puso en pie con algo de dificultad y dejó la botella a los pies del ángel.

—Aparta las manos o te las corto.

—No hace falta, Deacon. Ya me voy.

Falk se apartó. El viejo lo miró con los ojos entornados.

—Eres el chaval, ¿no?

—¿Cómo?

—Eres Falk hijo, no el padre.

Él miró al anciano a la cara. Apretaba la mandíbula con ademán agresivo y su mirada parecía más lúcida que la vez anterior.

—Sí, soy el hijo —contestó Falk, sintiendo una punzada de tristeza al decirlo.

Echó a andar.

—Muy bien. Espero que esta vez te largues para siempre.

Deacon fue tras él con paso tembloroso. Le pegó un tirón a la correa de su perro y el animal se quejó.

—Todavía no me marcho. Y cuidado con ese animal.

Falk no se detuvo. Oyó que Deacon trataba de alcanzarlo. Sus pisadas en el terreno irregular eran lentas e inestables.

—Ni siquiera ahora puedes dejarla en paz, ¿verdad? Puede que seas el hijo, pero eres igual que tu padre. Das asco.

Falk se dio media vuelta.

Del jardín llegaban dos voces diferentes: una que hablaba fuerte y otra con más calma. Aaron, con doce años, dejó la mochila en la mesa de la cocina y se dirigió a la ventana. Su padre tenía los brazos cruzados y cara de hartazgo, mientras Mal Deacon lo señalaba repetidas veces con el dedo.

—Faltan seis —decía Deacon—. Un par de ovejas y cuatro corderos. Unos cuantos de ésos a los que estabas echándoles el ojo el otro día.

Erik Falk suspiró.

—Te digo que no están aquí, amigo. Si quieres perder el tiempo en ir a echar un vistazo, hazlo. Como si estuvieras en tu casa.

—Y dirías que es una coincidencia, ¿no?

—Más bien diría que es una prueba de la chapuza de valla que tienes. Si quisiera tus ovejas, te las habría comprado. Pero yo diría que no están a la altura.

—A mis ovejas no les pasa nada. Para qué pagar por ellas cuando puedes trincármelas, ¿no es así? —preguntó Deacon, levantando la voz por momentos—. No sería la primera vez que te quedas con algo mío.

Erik Falk lo miró un momento y negó con la cabeza sin dar crédito.

—Ya es hora de que te vayas, Mal.

Fue a dar media vuelta, pero Deacon lo agarró del hombro con malos modos.

—Me ha llamado desde Sídney para decir que no piensa volver, para que te enteres. ¿Ya estás contento? Te

sientes un gran hombre, ¿no? Porque tú la convenciste para que se largase.

—Yo no convencí a tu mujer de nada —respondió Erik, apartándole la mano—. Más bien diría que te bastaste tú solito con la botella y los puños. Lo único que me sorprende es que aguantase tanto tiempo.

—Ay, vaya, menudo príncipe azul. Siempre dispuesto a dejarla llorar en tu hombro y a ponerla en mi contra. Le comiste el coco para que se marchara y, de paso, para que se metiese en la cama contigo, ¿verdad?

Erik Falk enarcó las cejas de golpe. Soltó una carcajada, una risotada genuina de diversión.

—Mal, yo no me he tirado a tu mujer, si es eso lo que te preocupa.

—Y una mierda.

—No, amigo, te equivocas. No te miento. Y sí, alguna vez, cuando ya no podía más, ella se pasaba por casa a tomar un té y llorar un poco. Cuando le hacía falta alejarse un poco de ti. Pero nada más. Era bastante agradable, eso no te lo niego, pero le daba a la botella casi con la misma ansia que tú. A lo mejor, si cuidases mejor lo que te rodea, como por ejemplo tu esposa o las ovejas, no se largarían así como así. —Erik Falk meneó la cabeza—. En serio, no tengo tiempo que perder contigo ni con tu mujer. La única que me da lástima es tu hija.

El puño de Mal Deacon se abalanzó como el perro que abandona de un salto la caseta, y lo alcanzó en un golpe de suerte, justo encima del ojo izquierdo. Falk se tambaleó y cayó de espaldas, y el cráneo aterrizó en el suelo con un fuerte crujido.

Aaron salió corriendo y dando gritos y se agachó junto a su padre, que miraba al cielo aturdido. Tenía un corte junto al nacimiento del pelo por donde ya brotaba sangre. Aaron oyó a Deacon reírse y entonces se abalanzó contra él y le dio un cabezazo en el pecho. Deacon tuvo que dar un paso atrás, pero su corpulencia lo sostuvo y no perdió el equilibrio. En un abrir y cerrar de ojos, agarró a Aaron *del brazo con una mano de hierro que se hundía en su carne y tiró de él para acercárselo a la cara.*

—Escúchame bien. Cuando tu padre se levante del suelo, dile que lo de ahora le parecerá una palmadita en la cabeza en comparación con lo que le va a pasar si lo encuentro haciendo el tonto con algo que me pertenece. A él o a ti, a cualquiera de los dos.

Tiró a Aaron al suelo de un empujón, dio media vuelta y se marchó a grandes zancadas, silbando entre dientes.

—¿Sabes que vino suplicándome? —dijo Deacon—. Sí, tu padre. Después de lo que le hiciste a mi Ellie. Vino a verme. Ni siquiera intentó convencerme de que no habías sido tú, de que no podrías haberlo hecho. Nada de eso. Lo que quería era que les pidiese a todos los del pueblo que os dejasen tranquilos hasta que la policía se hubiese pronunciado. Como si me importase lo que os pasara.

Falk respiró hondo y se obligó a dar media vuelta y alejarse.

—Ya lo sabías, ¿verdad? —Las palabras de Deacon flotaban detrás de él—. Sabías que tu padre pensaba que podías haber sido tú. ¿Cómo no ibas a saberlo? Debe de ser una sensación aterradora, que tu propio padre confíe tan poco en ti.

Falk se detuvo. Ya estaba casi demasiado lejos para oírlo. «No te pares», se dijo. Sin embargo, se volvió a mirar. Deacon sonrió.

—¿Qué? —le gritó desde lejos—. No irás a decirme que se tragó esa mierda de excusa que os inventasteis con el chaval de los Hadler. Puede que tu padre fuese un cobarde y un necio, pero no era idiota. ¿Al final le aclaraste las cosas? ¿O siguió sospechando de ti hasta el día que murió?

Falk no respondió.

—Ya me lo parecía —apuntó Deacon, sonriendo.

No, quería gritarle Falk. Nunca lo habían aclarado. Le echó una mirada prolongada al viejo y luego, con gran esfuerzo, se obligó a dar media vuelta y alejarse de él. Paso a paso, sorteando las lápidas que ya había olvidado. A su espalda aún podía oír a Mal Deacon reírse con los pies bien plantados sobre la tumba de su hija.

29

El disparo atravesó el campo distante como un bramido y su eco resonó en el aire caliente. Antes de que el silencio se asentara, se oyó otro estampido. Falk se quedó inmóvil en el camino de acceso a la granja de Gretchen, con una mano en el aire, a punto de cerrar la portezuela del coche.

Su mente se trasladó de inmediato al pasillo fregado de los Hadler, a la mancha de la moqueta. Imaginó a una mujer rubia tumbada en el suelo, sangrando, sólo que esa vez no era Karen, sino Gretchen.

Se oyó otra detonación y Falk salió corriendo a campo través hacia el ruido. Intentó adivinar de dónde venía, pero el sonido rebotaba en la tierra dura y el eco lo desorientaba. Oteó el horizonte con desesperación, mirando hacia todas partes sin ver nada, hasta que le empezaron a llorar los ojos por el sol abrasador.

Al final la encontró, aunque los pantalones cortos de color caqui y la camisa amarilla eran casi invisibles en contraste con los campos blanquecinos. Se detuvo en seco con gran alivio y una vergüenza repentina. Gretchen volvió la cabeza y lo miró un momento antes de apoyarse la escopeta en el hombro y saludarlo con la mano. Falk tenía la esperanza de que no lo hubiera visto correr. Ella se le acercó a campo través.

—¡Qué rápido has venido! —gritó.

Llevaba un par de protectores auditivos de color rosa alrededor del cuello.

—Espero que no te importe. —La había llamado al salir del cementerio—. Necesitaba ver una cara amistosa.

—Perfecto. Pues me alegro de verte. Y tengo una hora antes de ir a buscar a Lachie al colegio.

Falk miró alrededor, esperando mientras se le acompasaba la respiración.

—Me gusta este sitio.

—Gracias. Parece que los conejos opinan igual que tú —respondió ella, señalando con la cabeza por encima del hombro—. Tengo que cargarme a unos cuantos más antes de dar el día por terminado. Venga, tú los avistas y yo les disparo.

La siguió por el campo hasta donde ella había dejado el zurrón. Rebuscó en el interior y sacó otro par de cascos protectores. Metió la mano de nuevo y sacó una caja de munición. Winchester. No los cartuchos Remington que habían hallado junto a los cadáveres de los Hadler, pensó Falk de inmediato. Sintió alivio y, al momento, remordimientos por haberse fijado en ese detalle. Gretchen abrió la escopeta y la cargó.

—La madriguera está allí —señaló, con los ojos entornados por el sol—. Cuando veas uno, me lo señalas.

Falk se puso los cascos y se sintió como si estuviera sumergido en el agua, con todos los sonidos amortiguados. Veía los gomeros meciéndose al viento en silencio. Por el contrario, los ruidos de su cabeza se amplificaron: la sangre que el corazón bombeaba, el leve chasquido de los dientes.

Miró la zona que rodeaba la madriguera y durante un buen rato no ocurrió nada. Pero de pronto percibió un movimiento en el paisaje. Estaba a punto de hacerle una señal a Gretchen cuando vio que ella se apoyaba ya la escopeta en el hombro y cerraba un ojo. Apuntó el arma y siguió al conejo describiendo un arco firme. Se oyó un sordo estampido y una bandada de cacatúas galah echó a volar desde un árbol cercano.

—Bien, creo que le hemos dado —anunció ella, y se quitó los cascos.

Cruzó el campo, se agachó y, por un instante, los pantalones cortos le apretaron las nalgas. Se levantó con aire triunfal, sosteniendo un conejo muerto colgando de las patas.

—Buen disparo —la felicitó él.

—¿Quieres probar?

A Falk no le apetecía particularmente. No había disparado a un conejo desde la adolescencia. Sin embargo, como ella ya estaba ofreciéndole la escopeta, se encogió de hombros.

—Vale.

Al coger el arma, notó que estaba caliente.

—Ya sabes cómo va —le dijo Gretchen.

Le puso los cascos y Falk sintió un cosquilleo en el cuello, justo donde ella le había rozado la piel. Entrecerró los ojos y fijó la mirilla en la madriguera. Había restos de sangre en la tierra que le recordaron la marca que había dejado Billy Hadler y se le heló la sangre. De pronto, no quería estar allí haciendo aquello. Percibió un movimiento al frente.

Gretchen le dio un golpecito con los dedos en el hombro y señaló. Él no reaccionó, y ella lo tocó de nuevo.

—¿Qué pasa? —Más que por oírla, Falk supo lo que le decía por el movimiento de sus labios—. Lo tienes ahí.

Él bajó el arma y se quitó los cascos.

—Perdona —se disculpó—, supongo que llevo demasiado tiempo sin cazar.

Ella lo miró un momento y asintió.

—Vale, no pasa nada. —Le dio una palmadita en el brazo y le cogió la escopeta—. Pero sabes que tengo que matarlo igualmente, ¿verdad? No puedo tener conejos en los campos.

Levantó el cañón, apuntó y disparó.

Antes incluso de echar a andar hacia allá, Falk sabía que Gretchen había acertado el tiro.

• • •

Una vez en la casa, ella recogió los papeles que tenía esparcidos ordenadamente encima de la mesa de la cocina.

—Ponte cómodo, no me tengas en cuenta el desorden —dijo, y en un hueco colocó una jarra de agua con hielo—. He estado rellenando solicitudes para la junta escolar, para conseguir más financiación de organizaciones benéficas y cosas así. Estaba pensando en recurrir a la Fundación Crossley otra vez, aunque Scott diga que sería perder el tiempo. A lo mejor este año quedamos finalistas. El problema es que antes de darte dinero, todos quieren saberlo todo.

—Qué montón de papeleo, ¿no?

—Es una pesadilla, y he de reconocer que no es mi fuerte. Hasta ahora, los miembros de la junta no hemos tenido que ocuparnos de estas cosas. —Hizo una pausa—. Por eso no debería quejarme. De hecho, era una de las tareas de Karen, así que...

Dejó la frase incompleta.

Falk echó un vistazo a la cocina de Gretchen mientras la ayudaba a apilar la documentación encima del aparador. No tenía claro qué esperaba encontrarse, pero tenía peor aspecto del que se imaginaba. La cocina estaba limpia, pero era evidente que los muebles y los electrodomésticos habían visto tiempos mejores.

El lugar de honor lo ocupaba una foto enmarcada de Lachie, el hijo de Gretchen. Falk la cogió y pasó el pulgar por la sonrisa dentona del niño. Se acordó de la imagen de Billy en la grabación de circuito cerrado, cruzando el aparcamiento sin prisa detrás de su madre. A su corta vida sólo le quedaban ochenta minutos. Dejó el marco en la encimera.

—Ya sé que te sonará raro, pero ¿alguna vez te habló Karen de mí? —preguntó.

Gretchen lo miró con sorpresa.

—¿De ti? No lo creo. Aunque nosotras tampoco hablábamos mucho. ¿Por qué lo dices? ¿Os conocíais?

Falk se encogió de hombros y se preguntó por enésima vez por qué tendría la mujer su número escrito en un papel.

—No, creo que no. Me preguntaba si mi nombre había salido alguna vez a colación.

Gretchen lo miró fijamente sin parpadear una sola vez con sus ojos luminosos.

—Que yo sepa, no. Pero ya te he dicho que no conocía mucho a Karen.

Se encogió brevemente de hombros, un gesto para indicar que había acabado con el tema. Se hizo un silencio algo incómodo durante el cual sólo se oyó el tintineo del hielo mientras Gretchen servía el agua.

—Salud —dijo, levantando el vaso—. A veces esto es mejor que el vino, aunque no muy a menudo.

Falk se fijó en los músculos del cuello mientras ella bebía un buen sorbo.

—¿Qué tal va la investigación? —preguntó Gretchen cuando terminó de beber.

—Parece que Jamie Sullivan está limpio.

—¿Ah, sí? Eso está bien, ¿no?

—Sí, para él sí. Pero significa que no hemos avanzado mucho.

Gretchen ladeó la cabeza como un pájaro.

—¿Te quedarás hasta que se resuelva?

Falk se encogió de hombros.

—A este ritmo, lo dudo. La semana que viene tengo que estar en la oficina. —Calló un momento—. Hace un rato me he cruzado con Mal Deacon.

Le relató el encontronazo del cementerio.

—No dejes que te afecte. Ese hombre ha perdido la cabeza. —Gretchen estiró el brazo por encima de la mesa y le rozó la mano izquierda con la yema de los dedos—. Veinte años después, todavía intenta echarte la culpa de lo que le ocurrió a Ellie. No ha sido capaz de aceptar que Luke y tú estabais juntos.

—Gretchen, escucha...

—Si alguien hizo las cosas mal, es el propio Deacon —continuó ella sin hacerle caso—. Es culpa suya que su hija fuese tan infeliz como para tirarse al río, pero él lleva años buscando a alguien a quien culpar.

—¿Nunca has dudado de que fuese un suicidio?

—No —respondió Gretchen sorprendida—. Claro que no. ¿Por qué iba a dudarlo?

—Sólo era una pregunta. Sé que hacia el final Ellie estaba un poco rara y que la mayor parte del tiempo no se relacionaba mucho. Y es evidente que vivir con Deacon debía de ser un infierno, pero yo no me había dado cuenta de que estuviera tan desesperada. No tanto como para matarse.

Gretchen soltó una risa seca.

—Dios mío. Vosotros dos estabais ciegos. Ellie Deacon era muy desgraciada.

Al acabar la clase, Ellie metió el libro de matemáticas en la mochila. Se puso a copiar los deberes de la pizarra sin pensar, pero de pronto se detuvo con el bolígrafo suspendido. ¿Para qué los estaba copiando? Se le había pasado por la cabeza saltarse todas las clases del día, pero al final había decidido no hacerlo, aunque a regañadientes. Porque eso no serviría más que para llamar la atención. Era mejor hacer lo mismo de siempre. Mantener un perfil bajo y esperar que... Bueno, si no podía esperar lo mejor, podía desear al menos que tampoco sucediese lo peor.

En el pasillo, un grupo de chicos se agolpaba alrededor de una radio, escuchando el partido de críquet. Australia contra Sudáfrica. Hubo una jugada de seis carreras y todos se pusieron a vitorear. Era viernes por la tarde y todo era perfecto. Ya tenían ese resplandor del fin de semana en la cara.

Ellie se preguntó cuánto tiempo llevaba ella sin sentirse así, y no fue capaz de recordarlo. Si los días de entre semana ya eran un infierno, los sábados y los domingos eran aún peores. Se alargaban hasta el infinito y el final no parecía estar más cerca que el horizonte.

Pero ese fin de semana sería distinto, pensó, y mientras recorría el pasillo entre los empujones de la multitud, fue acariciando la idea. Después de ése, todo sería distinto. Ese fin de semana tenía un final firme a la vista.

Enfrascada en sus pensamientos, Ellie se sobresaltó cuando alguien la cogió del brazo. Le había tocado una magulladura pequeña y la presión le dolía.

—Eh, ¿adónde vas tan deprisa? —le preguntó Luke Hadler desde las alturas.

—¿A qué te refieres?

Falk miró a Gretchen.

—Ya lo sabes, Aaron —respondió ella—. Tú también estabas ahí y veías las mismas cosas que yo. Las últimas semanas estaba rarísima. Eso los días que salía con nosotros, porque casi ni la veíamos. Estaba en esa mierda de trabajo o... Bueno, no sé lo que hacía, pero está claro que no pasábamos mucho tiempo juntos. Había dejado de beber del todo, ¿te acuerdas? Decía que era para adelgazar, pero visto en perspectiva, era una excusa de mierda.

Falk asintió despacio. Se acordaba. Le había sorprendido porque probablemente ella era la más aficionada a beber de los cuatro. Aunque tampoco era tan sorprendente, dado su historial familiar.

—¿Por qué crees que lo dejó?

Gretchen se encogió de hombros con tristeza.

—No lo sé. Tal vez no se fiase de sí misma cuando bebía, no estuviera segura de qué podría llegar a hacer. Y aunque me da rabia reconocerlo, creo que Luke tenía razón el día que tuvimos esa bronca en el mirador.

—¿De qué hablas?

—No me refiero a que hiciese bien al engañarnos —aclaró enseguida—. Eso fue horrible. Me refiero a cuando dijo que Ellie ya no aguantaba las bromas. No debería haberlo dicho, pero era cierto. Ya no aguantaba nada. No hacía falta que se riese de aquel estúpido numerito, eso está claro, pero para entonces ella ya no se reía de nada.

Siempre estaba sobria y seria, y se marchaba por ahí sola. Seguro que lo recuerdas.

Falk permaneció en silencio. Lo recordaba.

—Y creo que... —empezó a decir Gretchen, pero se calló.

—¿Qué crees?

—Creo que si eres sincero contigo mismo, llevas mucho tiempo sospechando que Ellie Deacon era víctima de abusos.

Ellie se soltó y se frotó la marca. Luke no pareció darse cuenta.

—¿Adónde vas tan deprisa? ¿Te apetece ir al pueblo a tomar una Coca-Cola o algo así? —preguntó él en tono demasiado natural.

Ellie había perdido la cuenta de la cantidad de veces que, desde la discusión del mirador, él había intentado ingeniárselas para quedarse a solas con ella. De momento, siempre se lo había quitado de encima. Se le había ocurrido que quizá quisiera pedirle disculpas, pero no se veía con fuerzas para averiguarlo, y tampoco le importaba. Le parecía típico de Luke: incluso cuando pretendía pedirte perdón, eras tú la que tenía que esforzarse. En cualquier caso, aunque ya se le hubiera pasado el cabreo, aquél no era el día de suerte de Luke.

—No puedo. Ahora no me va bien.

No quiso disculparse. Sí que pensó, por un instante, si tal vez debería enterrar el hacha, por los viejos tiempos. Se conocían desde hacía años. Tenían una historia común. Pero entonces él torció el gesto y, por la expresión malhumorada con que la miró, supo que no valía la pena. En la vida de Ellie Deacon ya había demasiados hombres que le pedían más de lo que le daban. No necesitaba otro más. Dio media vuelta. Era mejor dejarlo correr. Luke Hadler era quien era y eso nunca cambiaría.

Falk bajó la vista con el peso de la culpa y el arrepentimiento en el pecho. Gretchen estiró la mano y le tocó el brazo.

—Sé que no es fácil de admitir —le dijo—, pero las señales estaban ahí. Lo que pasa es que éramos demasiado jóvenes y egocéntricos para darnos cuenta.

—¿Por qué no nos lo dijo? —preguntó Falk.

—Puede que tuviese miedo. O incluso que le diera vergüenza.

—Quizá pensó que no le importaba a nadie.

Gretchen lo miró.

—Ella sabía que a ti sí te importaba, Aaron. Por eso tenía una relación más cercana contigo que con Luke.

Falk negó con la cabeza, pero Gretchen asintió.

—Es cierto. Tú eras estable. Alguien en quien ella podía confiar. Si hubiera intentado hablar contigo, la habrías escuchado. Y, vale, Luke llamaba más la atención y era más zalamero que tú, pero eso no siempre es positivo. Él era la estrella, pero a la mayoría de la gente no le gusta convertirse en un mero añadido en su propia vida. Eso contigo no pasa. Tú siempre te has preocupado más de los demás que de ti mismo. De lo contrario, ahora no estarías en Kiewarra.

—*¡Oye, Ellie!*

Estaba a medio pasillo, sintiendo los ojos de Luke clavados en la nuca, cuando oyó la voz que salía de un aula vacía. Dentro, Aaron Falk metía macetas de plantas, cada una de ellas con su etiqueta, en una caja grande de cartón. Ellie sonrió y entró.

—*¿Qué tal ha ido la presentación? ¿Otro sobresaliente?* —*preguntó ella.*

Se enrolló en el dedo la punta de un helecho que asomaba por la caja y lo empujó hacia dentro. Aaron se encogió de hombros con modestia.

—No lo sé. *Supongo que bien. Las plantas no son lo mío.*

Él no quería decirlo, pero Ellie estaba segura de que lo había hecho de primera. En cuestiones académicas, Aaron casi no tenía que dar ni un palo al agua. Ella tampoco había dado demasiados palos durante el curso, pero sus resultados eran bien distintos. Hacía mucho que los profesores habían dejado de molestarla por eso.

Aaron cerró la caja y la levantó con sus brazos largos y torpes.

—No sé cómo voy a llevar esto a casa. ¿Me ayudas? *La recompensa es una Coca-Cola.*

Había hablado con la misma naturalidad que Luke, como si nada, pero sin atreverse a mirarla a los ojos y sonrojándose un poco. Las cosas se habían puesto un poco raras desde el día en que se besaron junto al árbol de la roca y la discusión del mirador no había ayudado. Ellie sentía la necesidad de explicarse, pero no se le ocurría qué decir. Lo que en realidad quería hacer era cogerle la cara, besarlo otra vez y decirle que él había hecho cuanto estaba en sus manos.

Aaron seguía esperando respuesta y ella vaciló. Podía ir con él. No tardaría mucho. Pero se dijo que no, con firmeza. Había tomado una decisión. Tenía otros planes.

—No puedo, lo siento —*contestó, y lo sentía de verdad.*

—No te preocupes.

Le dedicó una sonrisa sincera y Ellie entonces se sintió mal. Aaron era de los buenos. Siempre la hacía sentirse a salvo.

«*Deberías contárselo.*»

La idea se le metió en la cabeza sin permiso. Meneó la cabeza. No. No podía contárselo. Era una estupidez. Y era demasiado tarde. Él sólo intentaría impedírselo. Sin embargo, al ver aquella franqueza en su cara sintió que se le retorcían las entrañas con una sensación de soledad que la obligaba a preguntarse si, a lo mejor, era eso precisamente lo que andaba buscando.

● ● ●

—Pobre Ellie —se lamentó Falk—. Joder, se supone que éramos sus amigos, y la dejamos sola con su problema.

Gretchen se miró las manos.

—Yo también me siento culpable. Pero no te atormentes con eso. Otras personas debieron de sospecharlo y miraron para otro lado. Tú eras un crío, e hiciste lo que podías. Y siempre te portaste bien con ella.

—Pero no lo suficiente. No sé qué le pasaba, pero estaba ocurriendo delante de nuestras narices y no nos dimos cuenta.

Estaban a gusto y tranquilos en la cocina, y Falk pensó que le pesaban tanto las piernas que no tendría fuerzas para ponerse en pie y marcharse. Gretchen se encogió de hombros y entonces le tocó una mano. Tenía la palma caliente.

—Es una lección que tuvimos que aprender por las malas. En aquella época pasaron muchas cosas, y no todo giraba alrededor de Luke.

Ellie miró a Aaron y él le sonrió. «Cuéntaselo», le susurró una vocecita al oído, pero ella no hizo caso. Basta. Ya se había decidido. No pensaba contárselo a nadie.

—Me tengo que ir.

Ellie se alejó un par de pasos y luego se detuvo. El pensamiento de lo que tenía por delante le concedió un impulso temerario. Sin llegar a darse cuenta de lo que hacía, se acercó a él, se inclinó sobre la caja de plantas y le dio un beso suave en los labios. Se los notó secos y cálidos. Entonces se echó atrás con prisa y se dio un doloroso golpe en la cadera contra un pupitre.

—¡Nos vemos!

Incluso a ella le sonó falsa su voz, y no esperó a oír la respuesta.

272

Se volvió hacia la puerta del aula y estuvo a punto de saltar del susto. Apoyado en el quicio, observando en silencio, estaba Luke Hadler. Su expresión era indescifrable. Ellie respiró hondo y se obligó a sonreír.

—¡Hasta luego, Luke! —dijo, mientras se colaba por el hueco que quedaba en la puerta.

Él no le devolvió la sonrisa.

30

Falk se sentó en la cama, con una docena de hojas esparcidas delante. No se oía ningún ruido en el pub. Los últimos clientes se habían marchado hacía ya horas. Miró las notas que había tomado del caso y trazó unas líneas de conexión que iban de un lado a otro, hasta encontrarse con una maraña de rayas y un montón de cabos sueltos. Cogió una hoja en blanco y empezó de nuevo. El resultado fue el mismo. Sacó el móvil y marcó un número.

—Creo que el padre de Ellie Deacon abusaba de ella —dijo en cuanto Raco contestó.

—¿Perdona? Espera un segundo —contestó Raco con voz soñolienta.

El sargento tapó el auricular con la mano y Falk oyó una conversación a lo lejos. Supuso que hablaba con Rita. Miró el reloj y vio que era más tarde de lo que pensaba.

Raco tardó un minuto entero en volver a ponerse al teléfono.

—¿Sigues ahí?

—Disculpa, pero no me había dado cuenta de la hora que es.

—No pasa nada. ¿Qué decías de Ellie?

—Lo estábamos hablando con Gretchen. Ellie no era feliz. Peor aun, era desgraciada. Estoy seguro de que Mal Deacon abusaba de ella.

—¿Hablas de abusos físicos o sexuales?

—No lo sé. Puede que ambas cosas.

—Vaya —contestó Raco, y se hizo un silencio.

—Deacon no tiene coartada para la tarde de los asesinatos de los Hadler.

Oyó que Raco suspiraba hondo al otro lado de la línea.

—Tiene más de setenta años, amigo, y problemas mentales. Por muy cabrón que sea, es un viejo chocho.

—¿Y qué? Eso no le impide sostener una escopeta.

—¿Cómo que «y qué»? —replicó Raco de malas maneras—. Creo que tu visión de Deacon está teñida por el odio que le tienes por todo lo que te pasó hace veinte años.

Falk no respondió.

—Lo siento —se disculpó el sargento, y bostezó—. Estoy muy cansado. Hablamos mañana. Saludos de Rita —añadió al cabo de un momento.

—Salúdala también de mi parte. Y lo siento. Buenas noches.

Raco colgó.

Habían pasado unos pocos minutos, o eso le pareció a Falk, cuando el teléfono fijo de la habitación lo despertó con un trino agudo y artificial. Consiguió abrir un ojo. Aún no eran las siete de la mañana. Tumbado con el antebrazo sobre la cara, intentó obligarse a reaccionar. Había estado revisando las notas hasta sumirse en un sueño sudoroso y ligero, y ahora su cabeza protestaba con un dolor palpitante. Como el ruido le resultaba insoportable, hizo acopio de fuerzas y estiró el brazo para levantar el auricular.

—Ya era hora, joder —se quejó McMurdo—. ¿Te he despertado?

—Sí.

—Bueno, amigo, eso da igual. Tienes que bajar ahora mismo.

—No estoy vestido.

—Hazme caso —insistió McMurdo—. Te espero en la parte de atrás. Te echaré una mano como pueda.

El coche de Falk estaba cubierto de mierda. Los manchurrones y churretes de materia fecal tapaban toda la pintura y se acumulaban alrededor de las ruedas y debajo de los limpiaparabrisas. Con los primeros rayos de sol de la mañana, la suciedad ya se había secado y se había incrustado en las palabras que le habían grabado en la carrocería. Las letras de «DESPELLEJAR» ya no eran plateadas, sino de color mierda.

Falk echó a correr, pero tuvo que taparse la nariz con la camisa para poder acercarse. El hedor tenía una presencia casi sólida que le llenaba la boca. Las moscas se arremolinaban alrededor del coche con frenesí y, asqueado, intentó apartarlas para que no se le posaran en la cara ni en el pelo.

El interior era aún peor. Habían metido algún tipo de embudo o de manguera por la rendija que tenía por costumbre dejar abierta en la ventanilla del lado del conductor, para que el calor escapase durante la noche. Aquella materia repugnante estaba sobre el volante y la radio y se había acumulado en el suelo y en los asientos. Los demás coches del aparcamiento estaban intactos. McMurdo se hizo a un lado con el antebrazo pegado a la nariz y la boca, negando con la cabeza.

—Hostia puta, tío. Lo siento mucho. Estaba sacando los cascos vacíos y me lo he encontrado así. Deben de haber venido durante la noche. —McMurdo hizo una pausa—. Al menos es animal. Casi toda. Creo.

Sin dejar de taparse la nariz con la camisa, Falk rodeó el coche en silencio. Su pobre coche. Primero se lo habían rayado y ahora lo habían destruido. Sintió que lo embargaba la rabia mientras aguantaba la respiración para mirar por las ventanillas manchadas sin acercarse demasiado. A través de toda la porquería, vio que en el interior había algo más. Dio un paso atrás sin atreverse a hablar.

Pegadas a los asientos, cubiertas de mierda y con un olor apestoso, había cientos de octavillas que pedían información sobre la muerte de Ellie Deacon.

En la comisaría, el ambiente era sombrío.

—Les voy a cantar las cuarenta a Dow y a su tío —le dijo Raco a Falk antes de coger el teléfono—. ¿Sabes cuánto valía el coche? A lo mejor puedes pedir una indemnización.

Falk se encogió de hombros con aire ausente. Estaba sentado a una mesa, con la mirada perdida sobre el expediente de los Hadler. Al otro lado de la sala, Raco colgó y apoyó la cabeza en las manos un momento.

—Por lo visto, Deacon está llevando a cabo un ataque preventivo —le dijo a Falk—. Va a presentar una denuncia contra ti.

—No me digas. —Falk cruzó los brazos y miró por la ventana de la comisaría—. Y, sin embargo, es mi coche el que está cubierto de mierda.

—Dice que has estado acosándolo. No sé qué sobre tocar la tumba de su hija, o algo así. Viene para aquí con una abogada.

—Perfecto.

Falk no se volvió a mirarlo.

—¿Hace falta que te pregunte...?

—No estaba haciendo nada, pero tampoco hay testigos, así que será su palabra contra la mía. Y soy parte interesada, o sea que...

Se encogió de hombros.

—¿No te preocupa? Esto va en serio, amigo. Tendré que tramitar la denuncia, pero de ella se encargará alguien independiente. Podría suponer un golpe para tu carrera.

Falk lo miró.

—Claro que me preocupa. Pero es un ejemplo más de cómo es Deacon, ¿no? —Hablaba en voz tan baja que Raco tuvo que acercarse para oír lo que decía—. Va dejando una estela de destrucción y desgracia. Maltrataba a su mujer y seguro que hacía lo mismo con su hija. Después usó el poder que tenía sobre el pueblo para echarnos a mi padre y a mí. Y Dios sabe qué habrá hecho su sobrino para que Karen Hadler escribiese su nombre días antes de morir. Esos dos no son trigo limpio, y no hay nadie que les diga nada.

—¿Qué sugieres?

—No sé qué sugerir. Yo sólo digo que Deacon merece que lo cuelguen de los cojones. Acusarlo de vandalismo es demasiado poco para alguien como él. Porque es culpable de algo mucho peor. Los Hadler, su propia hija. Algo. Estoy seguro.

Oyeron que la puerta de entrada se abría y se cerraba de golpe. Deacon y su abogada acababan de llegar.

—Escúchame, amigo —lo instó Raco—. Eso no te consta. Si te oyen decir cosas así fuera de esta comisaría, no podrás librarte de la acusación de acoso ni queriendo, ¿me entiendes? Así que vigila lo que sale por esa boca. Por mucho que quieras ver la relación, no hay nada que vincule a Deacon con los asesinatos de los Hadler.

—Pregúntaselo.

—La visión de túnel es muy peligrosa.

—Tú pregúntaselo.

La abogada era joven y muy vehemente respecto a los derechos de su cliente. Raco la escuchó con paciencia mientras los acompañaba a la sala de interrogatorios. Falk los vio pasar y se recostó en la silla, frustrado. Deborah salió de detrás del mostrador de recepción y le dio una botella de agua fría.

—Estar aquí con Mal Deacon ahí dentro no es una situación ideal.

—Ya —suspiró Falk—. Así es el protocolo. Juega a tu favor hasta que deja de hacerlo.

—¿Sabes qué tendrías que hacer? Algo útil mientras esperas —le dijo, señalando el pasillo con la cabeza—. Al almacén le vendría bien una limpieza.

Falk la miró.

—No creo que...

Deborah le echó una mirada por encima de las gafas.

—Sígueme, anda.

Abrió una puerta que estaba cerrada con llave y lo hizo pasar. Dentro olía a humedad y había varias estanterías repletas de papeles y de material de oficina. La mujer se llevó un dedo a los labios y se tocó la oreja. A través del conducto de ventilación que quedaba por encima de los estantes, Falk oyó voces. Apagadas, pero audibles.

—Para que conste en la grabación, yo soy el sargento Raco, y aquí presente está mi compañero el agente Barnes. Por favor, digan sus nombres.

—Cecilia Targus.

La voz de la abogada llegó fresca y vigorosa a través del conducto.

—Malcolm Deacon.

En el almacén, Falk miró a Deborah.

—Esto hay que arreglarlo —susurró.

Ella respondió con un amago de guiño.

—Ya lo sé, pero hoy no.

Cerró la puerta al salir y Falk se sentó en una caja a escuchar. La abogada de Deacon intentó empezar.

—Mi cliente... —comenzó a decir, pero se calló.

Falk imaginó a Raco levantando la mano para silenciarla.

—Ya nos ha dado una copia escrita de la denuncia contra el agente federal Falk, gracias. —La voz de Raco se colaba a través de la rendija del aire—. Como ya sabe, técnicamente él está fuera de servicio y no es miembro de este cuerpo de policía, de modo que el asunto se trasladará a la persona correspondiente de su cadena de mando.

—A mi cliente le gustaría tener la seguridad de que nadie va a molestarlo y de que...

—Siento decirle que no puedo ofrecerle ninguna garantía.

—¿Por qué no?

—Porque su cliente es el vecino más cercano de una vivienda en la que tres personas murieron por arma de fuego, y en la actualidad no dispone de coartada —expuso Raco—. También da la casualidad de que es sospechoso de un acto de vandalismo cometido anoche contra un coche. Pero de eso ya hablaremos luego.

Hubo un silencio.

—En relación con las muertes de los tres miembros de la familia Hadler, el señor Deacon no tiene nada más que añadir a su...

Esa vez fue Deacon quien interrumpió a la letrada.

—Yo no tengo nada que ver con esa puta masacre —saltó de pronto—, ya puedes dejar constancia de eso.

La voz aguda de Cecilia Targus intervino:

—Señor Deacon, le aconsejo que...

—Cállate, bonita. —El desprecio de Deacon levantaba ampollas—. No tienes ni idea de cómo funcionan las cosas por aquí. Éstos me cargarían los asesinatos a la mínima, sin pensárselo dos veces. Lo último que necesito es que me enchironen por tu culpa.

—No obstante, su sobrino me ha pedido que lo aconseje...

—Pero ¿qué te pasa? ¿Que por tener tetas eres sorda además de imbécil?

Hubo otro largo silencio. Falk, sentado a solas en el almacén, no pudo evitar sonreír. Nada como una buena dosis de misoginia a la antigua usanza para que un ignorante rechace un buen consejo. Bueno, Deacon no podría quejarse de que no lo habían avisado.

—Mal, tal vez pueda contarnos de nuevo lo que ocurrió ese día, por favor.

Raco hablaba con voz calmada pero firme, y Falk pensó que el sargento tenía una gran carrera por delante, siempre y cuando aquel caso no aniquilase su entusiasmo antes de darle tiempo a arrancar.

—No tengo nada que decir. Estaba a un lado de la casa arreglando la valla, cuando vi que la camioneta de Luke Hadler llegaba por el camino de entrada a su casa.

Deacon sonaba más lúcido de lo que Falk lo había oído hasta entonces, pero sus palabras tenían el soniquete de una historia aprendida de memoria, más que de un recuerdo.

—Hadler iba y venía todo el tiempo, así que no le presté atención —continuó Deacon—. Entonces oí un disparo procedente de sus tierras y me metí en casa. Al cabo de poco, otro tiro.

—¿Hizo algo?

—¿Como qué? Es una granja, joder. Todos los días alguna bestia recibe un tiro. ¿Cómo iba a saber que eran esa mujer y su hijo?

Falk imaginó a Deacon encogiéndose de hombros.

—En cualquier caso, ya he dicho que no estaba pendiente. Estaba hablando por teléfono.

Se produjo un silencio de asombro.

—¿Cómo?

Falk oyó el eco de su propia confusión en el tono de Raco. En su declaración, Deacon no había mencionado ninguna llamada. Falk la había leído suficientes veces como para saberlo.

—¿Qué? —respondió Deacon, que no parecía entender lo que ocurría.

—¿Respondió una llamada durante los disparos?

—Sí —contestó Deacon—. Ya lo dije. —Pero su voz había cambiado. Sonaba menos segura.

—No, no lo mencionó —contestó Raco—. Nos contó que entró en la casa y que entonces oyó el segundo disparo.

—Sí, eso es, entré porque estaba sonando el teléfono —aclaró Deacon, pero vaciló. —Hablaba más despacio y se atrancó un poco con la última palabra—. Era la tipa de la farmacia, que llamaba para decirme que ya tenía las medicinas preparadas.

—O sea que cuando oyó el segundo disparo ¿estaba hablando por teléfono con la mujer de la farmacia? —preguntó Raco con incredulidad evidente.

—Sí —respondió Deacon, que ya no parecía nada seguro—. Eso es. Eso creo. Porque me preguntó qué había sido ese ruido y le dije que nada, cosas de las granjas.

—¿Hablaba con el móvil?

—No. Con el fijo. Allí la cobertura es una mierda.

Otro silencio.

—¿Por qué no nos lo había contado antes? —preguntó Raco.

Ahora el silencio fue aún más prolongado. Cuando Deacon habló de nuevo, sonó como un niño.

—No lo sé.

Falk sí lo sabía. Era por la demencia. En el almacén, apoyó la cabeza en la superficie fresca de la pared, pero por dentro gritaba de frustración. Oyó una leve tos que venía del conducto de ventilación. Cuando habló la abogada parecía satisfecha.

—Creo que ya hemos terminado.

31

Raco retuvo a Deacon en la sala de interrogatorios veinte minutos más para preguntarle por los daños causados al coche de Falk, pero era una batalla perdida. Al final dejó marchar al viejo, no sin antes hacerle una seria advertencia.

Falk cogió las llaves del coche patrulla y esperó detrás de la comisaría hasta que el viejo se marchó en su vehículo. Aguardó cinco minutos y recorrió sin prisa la ruta hacia la granja Deacon. Por el camino, la señal de advertencia de incendios le indicó que el peligro continuaba siendo extremo.

Al llegar al cartel descolorido que señalaba el límite del Complejo Deacon, un ambicioso nombre, dejó la carretera y traqueteó por un camino de gravilla. Un puñado de ovejas expectantes levantaron la cabeza y lo miraron pasar.

La propiedad estaba en lo alto de una colina y ofrecía unas vistas imponentes de los campos vecinos. A la derecha, algo más abajo en el amplio valle, Falk distinguió con claridad el hogar de los Hadler. El tendedero giratorio era una tela de araña colocada sobre un palo y los bancos del jardín parecían muebles de una casa de muñecas. Veinte años antes, las pocas veces que había visitado a Ellie en su casa, la vista le había parecido preciosa. En aquel momento, en cambio, apenas podía mirarla.

Detuvo el coche junto a una caseta medio derruida, justo cuando Deacon trataba de cerrar su vehículo. Le temblaban las manos y se le cayeron las llaves al suelo. Falk cruzó los brazos y lo miró agacharse despacio para recuperarlas. El perro de Deacon acudió al trote a los pies de su amo y gruñó a Falk. El anciano levantó la vista. Por primera vez, algo había sustituido a la agresividad de su expresión: parecía exhausto y confuso.

—Acabo de salir de comisaría —dijo Deacon, aunque no parecía tenerlas todas consigo.

—Sí, ya lo sé.

—Entonces, ¿qué quieres? —Deacon se irguió cuanto pudo—. ¿Vas a pegarle a un viejo aprovechando que no te ve nadie? Menudo cobarde.

—Si algún día tengo que arruinar mi carrera por darle un puñetazo a alguien no será a ti —respondió Falk.

—Entonces, ¿qué?

Buena pregunta. Falk lo miró. A lo largo de dos décadas, aquel tipo se había cernido sobre él como una sombra gigantesca. Había sido el hombre del saco, el aguafiestas, el monstruo de debajo de la cama. Ahora que lo tenía delante, Falk seguía notando el regusto de la rabia en la garganta, sólo que estaba diluida con algo. No era lástima, de eso estaba seguro.

Cayó en la cuenta de que se sentía estafado. Había tardado demasiado en matar a la bestia y con el paso de los años ésta se había arrugado y marchitado, y el combate ya no sería entre iguales. Dio un paso adelante y, durante un segundo, el miedo se asomó a la mirada de Deacon. Un relámpago de vergüenza recorrió a Falk, que se detuvo en seco preguntándose qué hacía allí.

Miró a Deacon a los ojos.

—Yo no tuve nada que ver con la muerte de tu hija.

—Y una mierda. Tenía tu nombre escrito en esa nota y tu coartada era un cuento chino...

Una vez más, daba la impresión de estar recitando un discurso memorizado. Falk lo interrumpió.

—¿Cómo lo sabes, Deacon? Dímelo. ¿Por qué has estado siempre tan seguro de que Luke y yo no estábamos juntos el día en que murió Ellie? Porque te voy a decir una cosa: me da la impresión de que sabes más de lo que reconoces sobre lo que pasó ese día.

Al entrar en casa y no oler la cena, Mal Deacon sintió un fogonazo de irritación. Su sobrino estaba tumbado en el viejo sofá marrón de la sala, con los ojos cerrados y una cerveza haciéndole equilibrios encima de la barriga. La radio retransmitía críquet a todo volumen. Los australianos estaban atrapando al equipo sudafricano.

Deacon le bajó las botas del sofá a su sobrino de una patada y éste abrió un ojo.

—¿Qué demonios pasa aquí? ¿Es que nadie va a preparar la cena? —preguntó.

—Ellie no ha llegado de clase.

—¿Y no podrías haber empezado tú, vago de mierda? Llevo todo el día partiéndome el lomo con las ovejas.

Grant se encogió de hombros.

—Es el trabajo de Ellie.

Deacon gruñó, pero su sobrino tenía razón, de eso se ocupaba ella. Cogió una cerveza del paquete de seis que Grant tenía a su lado y fue a la parte de atrás de la casa.

El orden y la limpieza de la habitación de su hija eran extraordinarios. El cuarto estaba en silencio, casi al margen del caos del resto de la vivienda. Deacon bebió un trago de la lata de pie en la entrada. Sus ojos lo recorrieron todo como un par de escarabajos, pero no se decidía a entrar. En el umbral de aquel cuarto impoluto, tuvo la inquietante sensación de que algo no encajaba. De que había un cabo suelto. Una grieta en el pavimento. Todo se veía perfecto, pero allí pasaba algo.

Echó un vistazo rápido a los postes blancos de la cama y frunció el ceño. Había una hendidura circular diminuta en la madera y allí la pintura se había agrietado y desconchado. Justo debajo, la moqueta rosa tenía marcas de fricción que formaban un círculo imperfecto y esa zona se veía uno o dos tonos más oscura que el resto. Apenas se notaba, pero estaba ahí.

Deacon sintió frío en el estómago, como si se le hubiera caído un cojinete dentro. Contempló el dormitorio silencioso, la hendidura y la mancha, y el alcohol desencadenó un torrente de furia en sus venas. Se suponía que su hija debía estar en casa y no estaba. Agarró la cerveza con fuerza y esperó que su solidez y su frescura lo calmasen.

Más tarde dijo a los policías que en ese momento había sabido que pasaba algo terrible.

Falk observó al padre de Ellie con atención.

—Quizá puedas decir que no tienes sangre de los Hadler en las manos —dijo Falk—, pero tú sabes algo de lo que le ocurrió a tu hija.

—Cuidado con lo que dices —respondió Deacon en voz baja y tensa, como un muelle enrollado.

—Por eso estabas tan empeñado en hacerme cargar con la culpa, ¿verdad? Porque si no hay ningún sospechoso disponible, la gente empieza a buscar uno. Y quién sabe lo que descubrirían si te echasen un vistazo. ¿Negligencia? ¿Abusos?

El anciano se abalanzó sobre Falk con una fuerza asombrosa y, al pillarlo por sorpresa, lo tumbó de espaldas. La mano rechoncha de Deacon le aplastaba la cara, mientras el perro daba vueltas a su alrededor, ladrando como un loco.

—¡Te voy a destripar! —gritaba Deacon—. Si te oigo decir algo así otra vez, te saco las tripas como a un animal. Yo la quería, ¿me oyes? Quería a esa chica.

Luke Hadler tenía el corazón en un puño. Se detuvo con una mano en la radio, justo cuando los australianos estuvieron a punto de lograr un wicket. Con el bateador de vuelta en su sitio y pasado el momento de pánico, apagó el transistor.

Se roció desodorante en abundancia por todo el pecho y abrió el armario. Con gestos de autómata, cogió la camisa gris que una vez ella había admirado. Se miró al espejo y, mientras se la abotonaba, enseñó los dientes. Le gustaba lo que veía, pero sabía por experiencia que eso no significaba una mierda. La mayor parte del tiempo, sólo un adivino sabría qué les pasaba a aquellas chicas por la cabeza.

Como ese día, por ejemplo. Le acudió a la cabeza la imagen de Ellie presionando sus labios calientes y mezquinos contra los de Aaron y su reflejo arrugó la frente en el espejo. ¿Era la primera vez que ocurría? Por alguna razón, estaba seguro de que no. Sintió una punzada fuerte de algo parecido a los celos. Sacudió la cabeza con fuerza. ¿Qué más le daba? Le traía sin cuidado, pero, joder, de vez en cuando Ellie Deacon podía ser muy cabrona. Como cuando pasaba de él y corría para estar con Aaron. No es que eso lo molestase, pero, por favor, no había más que echar un vistazo al cuadro para saber que algo no encajaba nada bien.

Los largos dedos de Deacon se clavaron en la mejilla de Falk y le provocaron un dolor tan intenso que éste lo agarró por la muñeca y lo apartó de golpe. Lo tumbó de espaldas en el suelo, se levantó y se apartó de él. El enfrentamiento había durado apenas unos segundos, pero ambos hombres jadeaban, con la adrenalina por las nubes. Deacon lo contempló con las comisuras de los labios blancas de saliva.

Falk lo miró sin hacer caso del perro, que le enseñaba los dientes. Se inclinó amenazante sobre un hombre enfermo que estaba tendido en el suelo. Más tarde se odiaría por ello. En aquel instante le daba igual.

• • •

Al llegar a casa, a Aaron le dolían los brazos de cargar con la caja de plantas, pero no podía quitarse la sonrisa de la cara. Lo único que empañaba su buen humor era un leve arrepentimiento. Quizá debería haber ido tras Ellie cuando ella salió del aula. Pensó que Luke habría hecho eso: seguir la conversación, convencerla de que, al fin y al cabo, sí quería una Coca-Cola.

Frunció el ceño y dejó la caja en el porche. No le cabía duda de que Ellie había sonreído a Luke al salir del aula. Hacía tiempo que apenas se hablaban, ¿y eso no le impedía dedicarle una sonrisa?

Aaron se había preparado para la sonrisita burlona y el comentario impertinente que supuso que haría su amigo en cuanto Ellie se hubiera marchado, pero Luke se había limitado a enarcar las cejas.

—Ten cuidado con ésa —fue todo lo que le dijo.

Aaron le había propuesto que fuesen a dar una vuelta por el pueblo, pero Luke había respondido que no con la cabeza.

—Lo siento, tío, tengo que ir a un sitio.

Ellie también le había dicho que tenía cosas que hacer. ¿El qué?, se preguntó Aaron. Si fuese a trabajar se lo habría dicho, ¿no? Trató de no darle demasiadas vueltas a lo que pudieran estar haciendo sus dos amigos sin él.

Así que, para entretenerse con algo, cogió las cañas de pescar y se fue al río. Corriente arriba, donde picaban últimamente, aunque de repente también se le ocurrió ir al árbol de la roca, por si Ellie estaba allí. Se debatió entre ambas opciones. Si ella hubiese querido estar con él, se lo habría dicho. Pero sus señales eran tan difíciles de interpretar... Tal vez, si pasasen más tiempo juntos los dos solos, ella se daría cuenta. Le convenía alguien como él. Si no era capaz de conseguir que se diese cuenta, algo iba muy mal.

• • •

—¿Crees que yo maté a tu hija ese día? —preguntó Falk, mirando a Deacon allí tumbado—. ¿Crees que la sujeté debajo del agua hasta que se ahogó y que después me pasé años mintiéndole a todo el mundo, incluido mi padre?

—No sé qué ocurrió ese día.

—Yo creo que sí lo sabes.

—Yo la quería.

—¿Y desde cuándo eso nos impide hacer daño a las personas? —preguntó Falk.

—Pues dame una jodida pista. En una escala del uno hasta la cárcel, ¿en qué clase de marrón te has metido? —gritaba Raco por teléfono.

Falk se dio cuenta de que no lo había visto enfadado hasta entonces.

—En ninguno. Mira, no pasa nada. Déjalo —contestó Falk.

Estaba sentado en el coche patrulla, a un kilómetro de la propiedad de Deacon, con ocho llamadas perdidas de Raco en el móvil.

—¿En ninguno? —dijo Raco—. ¿Tú te crees que me he caído de un guindo, amigo? ¿Hay una denuncia contra ti y crees que no sé exactamente dónde estás? Pero ¿quién te has creído que soy? ¿Un paleto del campo que no tiene ni puta idea de nada?

—¿¡Qué dices!? —exclamó Falk—. No, Raco, claro que no.

Su propia falta de control lo había trastornado. Se sentía mal, como si llevase un disfraz.

—Te largas justo después de la entrevista... que, por cierto, sé que has escuchado. Y ahora te lo noto en la voz, amigo, has hecho algo a Deacon. Con un coche patrulla. O sea que sí que pasa algo, ¿te enteras? La última vez que lo comprobé, aquí todavía mandaba yo, y si estás acosando a alguien que acaba de ponerte una denuncia, te aseguro, amigo, que tenemos un problema bien gordo.

Se hizo un largo silencio. Falk imaginó a Raco dando vueltas por la comisaría, mientras Deborah y Barnes escuchaban la conversación. Respiró hondo varias veces. El corazón aún le martillaba en el pecho, pero empezaba a recuperar el sentido común.

—No tenemos ningún problema —le aseguró—. Lo siento. Ha sido una reacción momentánea y si hay consecuencias, me las cargo yo, no tú. Te lo prometo.

La línea estuvo tanto tiempo muda que Falk no estaba seguro de si le había colgado.

—Escucha una cosa, amigo —dijo finalmente Raco en voz más baja—, creo que este asunto empieza a ser demasiado para ti. Con todo lo que hay detrás.

Falk negó con la cabeza, aunque no hubiese nadie allí para verlo.

—No. Ya te lo he dicho. Ha sido un momento de locura. No ha pasado nada.

O al menos nada más.

—Mira, ya has hecho todo lo que esperaba de ti. Y más —decía Raco—. Hemos llegado mucho más lejos de lo que habría llegado yo solo, soy muy consciente de ello, amigo. Pero puede que éste sea el momento de dejarlo y pasárselo a los de Clyde. Es culpa mía, debería haberlo hecho hace tiempo. Esto no es responsabilidad tuya. Nunca lo ha sido.

—Oye, Raco...

—Además, estás obsesionado con Deacon y con Dow. Te empeñas en señalarlos a ellos. Es como si tuvieras que pillarlos por lo de los Hadler, para compensar lo que quiera que le ocurriese a Ellie.

—¡No se trata de eso! ¡Karen escribió el nombre de Dow!

—Ya lo sé, pero ¡no hay más pruebas! Tienen coartadas. Ahora los dos las tienen. —Raco suspiró—. La llamada de la que nos ha hablado Deacon a la hora del tiroteo parece que es verdad. Barnes está esperando que le envíen el registro de llamadas, pero la chica de la farmacia ha confirmado lo que él ha dicho. Se acuerda de lo que pasó.

—Mierda. —Falk se pasó una mano por la frente—. ¿Y por qué no lo ha mencionado antes?

—Porque nadie se lo ha preguntado.

Una pausa.

—Deacon no lo hizo —afirmó Raco—. Él no mató a los Hadler. Tienes que abrir los ojos, y rápido. De tanto mirar al pasado, te está cegando.

32

Falk sintió que la tensión de sus hombros empezaba a aflojarse más o menos cuando Gretchen sirvió la tercera copa de vino tinto. Un peso que llevaba tanto tiempo oprimiéndole el pecho que ya apenas lo percibía, había empezado a ceder. Notó que se le relajaban los músculos del cuello. Bebió otro trago y disfrutó de la sensación que le provocaba constatar que la saturación desordenada de su mente cedía el paso a una niebla más placentera.

La cocina estaba en penumbra, y la mesa, recogida. Habían cenado estofado de cordero. De los suyos, según había explicado Gretchen. Habían fregado la vajilla entre los dos, ella con las manos sumergidas en la espuma y él secando con el trapo, trabajando juntos y disfrutando, aunque cohibidos, de la domesticidad.

Al terminar fueron al salón, donde él, saciado y con la copa en la mano, se había arrellanado en un sofá viejo y hundido. Desde allí la había observado moverse despacio por la habitación y encender varias lamparitas que había en las mesas auxiliares, creando un resplandor dorado. Tocó un interruptor invisible y una discreta melodía de jazz llenó la estancia. Algo lento y tenue. Las cortinas de color granate estaban descorridas y, al otro lado de la ventana, nada se movía en el paisaje.

Gretchen había recogido a Falk un rato antes en el pub con su coche.

—¿Qué le ha pasado? —le había preguntado, refiriéndose al vehículo.

Falk le había contado los destrozos. Ella había insistido en verlo y habían ido caminando hasta el aparcamiento, donde Gretchen había levantado la lona con mucho cuidado. Le habían dado un buen manguerazo por fuera, pero el interior seguía destrozado. Compasiva, Gretchen se había reído con cariño al tiempo que le acariciaba el hombro. Así no parecía tan grave.

De camino a casa por carreteras secundarias, Gretchen le había dicho que Lachie iba a dormir a casa de la niñera. Sin más explicaciones. Su melena rubia resplandecía a la luz de la luna.

Se sentó en el sofá, en el mismo que él pero al otro extremo. Le tocaba a él salvar la distancia. Siempre le resultaba un poco difícil. Interpretar las señales. Encontrar el momento justo. Demasiado pronto podía ofender; demasiado tarde, también. Ella sonrió. Falk pensó que tal vez esa noche no le costaría tanto.

—Así que todavía logras resistirte a la llamada de Melbourne —dijo ella, y bebió un sorbo.

El vino tenía el mismo color que sus labios.

—Algunos días es más fácil que otros —respondió él, y le devolvió la sonrisa.

Notaba una sensación cálida en el pecho, en el abdomen. Y más abajo.

—¿Crees que acabaréis pronto?

—La verdad es que resulta difícil decirlo —contestó con vaguedad.

No quería hablar del caso. Gretchen asintió y se sumieron en un silencio cómodo. El calor sofocaba las notas tristes del jazz.

—Tengo que enseñarte una cosa —dijo ella.

Se volvió en el sofá y estiró el brazo para alcanzar la estantería de libros que tenía detrás. El gesto la acercó a él y, por un breve instante, le mostró la piel suave de su espalda. Cuando Gretchen se recostó de nuevo, tenía dos álbumes de fotos en las manos. Eran tomos grandes, con gruesas cubiertas. Abrió el primero por el principio, pero lo descartó y lo dejó a un lado. A continuación abrió el segundo y se acercó a Falk.

La distancia ya estaba salvada. Lo había conseguido sin siquiera acabarse el vino.

—El otro día encontré esto —dijo Gretchen.

Él echó un vistazo. Sentía el roce de sus brazos desnudos. Se acordó del día del funeral, cuando la vio en la calle después de tanto tiempo. Pero no. No quería pensar en eso justo en ese momento. No quería pensar en los Hadler. Ni en Luke.

Falk miró el álbum. Había tres o cuatro fotos por página, cubiertas con una lámina de plástico. En las primeras aparecía ella de pequeña: imágenes luminosas, con los clásicos tonos amarillos y rojizos de los revelados de laboratorio. Pasó algunas páginas.

—¿Dónde...? Ah, aquí está —dijo.

Volvió la página hacia él y le señaló una foto. Falk se acercó. Era él. Y también ella. Una fotografía que nunca había visto. Treinta años atrás: Falk llevaba unos pantalones cortos de color gris y Gretchen un uniforme escolar que le quedaba grande. Estaban uno al lado del otro entre un pequeño grupo de niños uniformados. Los demás estaban sonriendo, mientras que ellos dos miraban a la cámara con recelo. Rubio infantil: ella de un luminoso tono dorado, él blanco. A juzgar por su expresión enfurruñada, Falk pensó que posaban obligados por la persona que estaba detrás de la cámara.

—Creo que era el primer día de colegio. —Gretchen lo miró de reojo y enarcó una ceja—. Así que, por lo que parece, tú y yo fuimos amigos antes que los demás.

Él se rió y se acercó un poco más, mientras ella pasaba un dedo por aquella imagen del pasado. Gretchen levantó la cabeza y lo miró, en el presente, y sus labios rojos se separaron para ofrecerle una sonrisa de dientes blancos. De pronto estaban besándose. Él le pasó el brazo por detrás de la espalda, se la acercó y sintió la calidez de su boca, le rozó la mejilla con la nariz y le enredó los dedos en el pelo. Sintió el roce suave de su pecho y tuvo una intensa conciencia de la presión de la falda vaquera contra sus muslos.

Se separaron, se rieron, avergonzados, respiraron hondo. En la penumbra, los ojos de Gretchen parecían casi azul marino. Él le apartó un mechón de la frente y ella se acercó de nuevo y lo besó. El olor del champú, el sabor del vino tinto en el aliento.

Falk no oyó el móvil. Sólo cuando ella se quedó quieta, registró que había algo más allá de ellos dos. Intentó no hacer caso, pero Gretchen se llevó un dedo a los labios. Él se lo besó.

—Chis —objetó entre risas—. ¿Es el tuyo o...? No, es el mío. Perdona.

—Déjalo —le pidió él.

Pero Gretchen ya estaba apartándose para levantarse del sofá y alejarse.

—Lo siento, no puedo. Podría ser la niñera.

Y le sonrió. Una sonrisa traviesa que despertó un hormigueo por las zonas de su piel que acababan de estar en contacto con ella. Aún notaba el tacto de su piel. Gretchen miró la pantalla del móvil.

—Es ella. Ahora vuelvo. Ponte cómodo.

Y le guiñó un ojo. Un adelanto juguetón de lo que le esperaba. En cuanto ella salió de la habitación, Falk sonrió de oreja a oreja.

—Hola, Andrea. ¿Qué tal? ¿Pasa algo? —la oyó decir.

Él cogió aire y lo soltó de golpe y después se frotó los ojos con los nudillos. Meneó la cabeza, bebió un trago de vino y se irguió. Se espabiló un poco, pero no demasiado, para no romper el hechizo antes de que Gretchen regresase.

Desde la habitación contigua, la voz de ella no era más que un murmullo. Apoyó la cabeza en el respaldo del sofá y escuchó el sonido indistinguible. Percibía una cadencia que subía y bajaba, tranquilizadora. Sin querer, pensó que sí, que casi sería capaz de acostumbrarse a aquello. No en Kiewarra, sino en alguna otra parte. En algún lugar donde lloviese, con hierba y espacios abiertos. Sabía cómo desenvolverse en ese tipo de entorno. Melbourne y su vida real parecían estar a cinco horas y un millón de kilómetros de distancia. Por mucho que creyese que la ciudad se le hubiese metido dentro, se preguntó por primera vez qué escondía él en su corazón.

Cambió de postura y su mano rozó la fresca cubierta de los álbumes de fotos. La voz de Gretchen seguía llegándole desde la habitación de al lado como un murmullo. Hablaba sin prisa, explicando algo con paciencia. Falk se puso el álbum en el regazo, lo abrió sin demasiadas ganas y parpadeó para combatir la pesadez del vino.

Buscaba la foto de los dos, pero enseguida se dio cuenta de que había cogido el álbum equivocado. En la primera página, en lugar de las instantáneas de la niñez, aparecía una joven Gretchen de unos diecinueve o veinte años. Falk se disponía a cerrarlo, pero cambió de parecer. Miró las fotos con interés. No la había visto nunca con esa edad. La conocía de más joven y ahora, cuando ya era algo mayor. En medio, nada. Ella aún miraba a la cámara con cierta suspicacia, pero su reticencia a posar había desaparecido. Llevaba faldas más cortas y su expresión era más coqueta.

Pasó la página y se sobresaltó al verse cara a cara con Gretchen y con Luke, inmortalizados en una fotografía brillante a todo color. Ambos con poco más de veintipico, con complicidad y las cabezas juntas, riéndose y sonriéndose el uno al otro. ¿Qué le había dicho ella?

«Estuvimos saliendo uno o dos años, nada serio. Como te puedes imaginar, la cosa no salió bien.»

En las dos siguientes dobles páginas encontró una serie de imágenes similares. Excursiones, vacaciones en la playa, una fiesta de Navidad. De pronto se acababan. Justo cuando el rostro de Luke cambiaba de un joven de veintipico años a un hombre de casi treinta. Más o menos en la época en que había conocido a Karen, había desaparecido del álbum de Gretchen. Falk se dijo que era normal. No pasaba nada. Tenía sentido.

Echó un vistazo al resto de las páginas, mientras la voz amortiguada de ella flotaba desde la habitación contigua.

Estaba a punto de cerrar el álbum cuando se le quedó la mano paralizada.

En la última página, debajo de la lámina protectora, había una foto de Luke Hadler. No estaba mirando a la cámara, sino otra cosa, con una sonrisa serena en la cara. La imagen era un primer plano, pero parecía que estuviera en una habitación de hospital, apoyado en el borde de una cama. En los brazos tenía un recién nacido.

Entre los pliegues de la manta azul asomaba una carita rosácea, pelo oscuro y una muñeca rechoncha. Luke sostenía al bebé con naturalidad. Paternalmente.

Billy, pensó Falk de inmediato. Había visto mil fotos como ésa en casa de los Hadler. Pero en cuanto el nombre le vino a la cabeza, se dio cuenta de que algo no cuadraba. Se inclinó sobre el álbum de fotos de Gretchen y se frotó los ojos, de pronto totalmente despejado. La foto, tomada en una habitación en penumbra y con un flash demasiado fuerte, no era buena. Pero era nítida. Acercó el álbum a la lámpara de la mesita y la tenue luz le mostró la imagen con mayor claridad. Entre los pliegues de la mantita azul, alrededor de la muñeca regordeta, el niño llevaba un brazalete de plástico donde estaba escrito su nombre en letras mayúsculas: «LACHLAN SCHONER.»

33

Falk podía ver su reflejo deformado cambiante en las ventanas oscurecidas. La voz de Gretchen llegaba flotando desde el pasillo. De pronto, le sonaba distinta. Falk cogió el otro álbum y lo hojeó. Había fotos de ella sola, de ella con su madre, de noche en Sídney, con su hermana mayor. Pero ninguna de Luke. Estuvo a punto de saltarse una. Volvió atrás. Era una foto mala, de esas que no merece la pena incluir en un álbum. La habían tomado en algún acontecimiento del pueblo. Gretchen quedaba en segundo plano. De pie, cerca de ella, estaba Karen Hadler y a su lado, Luke.

Por encima de la cabeza de su esposa, Luke Hadler miraba a Gretchen, que le sonreía con el mismo aire travieso con que lo había mirado a él hacía un momento. Buscó de nuevo la foto de Luke con el bebé de Gretchen. El hijo que, con ese pelo oscuro, ojos marrones y nariz afilada, estaba creciendo sin parecerse en nada a su madre.

Se sobresaltó al oír a Gretchen a su espalda.

—No era nada —dijo ella.

Falk se volvió deprisa. Gretchen sonrió, dejó el móvil y cogió la copa de vino.

—Lachie necesitaba oír mi voz.

La sonrisa se desvaneció en cuanto vio por qué página estaba abierto el álbum. Lo miró con una máscara por rostro.

—¿Lo saben Gerry y Barb Hadler? —Falk detectó el matiz de su propia voz y no le gustó—. ¿Lo sabía Karen?

Ella dio un respingo y se puso a la defensiva.

—No hay nada que saber.

—Gretchen...

—Ya te lo he dicho. El padre de Lachie no está aquí. Luke era un viejo amigo y por eso venía a vernos. Pasaba un par de horas con Lachie de vez en cuando. ¿Y qué? ¿Qué problema supone eso? Era un modelo de rol masculino, nada más.

Gretchen balbucía sin sentido. Se calló. Respiró hondo. Miró a Falk.

—Luke no es su padre.

Falk no respondió.

—No lo es —insistió ella.

—¿Qué dice en el certificado de nacimiento?

—Esa parte está en blanco. Aunque tampoco es asunto tuyo.

—¿Tienes alguna foto del padre de Lachie? Aunque sea una, para enseñármela.

Ella respondió con silencio.

—¿Sí o no? —la apremió él.

—No tengo por qué enseñarte nada.

—No debió de ser fácil para ti cuando Luke conoció a Karen.

Falk no reconocía su propia voz. Le parecía fría y distante.

—Por Dios santo, Aaron. Te digo que no es el padre de Lachie. —Gretchen tenía el cuello y la cara enrojecidos. Tomó un sorbo de vino—. No nos habíamos acostado en... —aclaró con un matiz de súplica en la voz—. Dios, desde hacía años.

—¿Qué pasó? Luke no se comprometía contigo, no quería sentar la cabeza. Pero entonces conoce a Karen y...

—Sí, ¿y? —lo interrumpió ella.

Movió la copa y el vino estuvo a punto de rebosar. Intentó evitar que se le llenasen los ojos de lágrimas y toda la ternura que le habían mostrado antes desapareció.

—Vale, sí, me cabreó que la escogiese a ella. Me dolió. Luke me hizo daño. Pero la vida es así, ¿no? El amor es así.

Gretchen se calló. Se mordió la punta de la lengua con los incisivos.

—Me preguntaba por qué no te caía bien Karen —dijo Falk—, pero es obvio que esa razón lo explica todo, ¿no?

—¿Y qué? Tampoco tenía por qué ser su mejor amiga.

—Ella tenía todo lo que tú querías: Luke, la seguridad, el dinero, al menos el dinero que había. Y tú estabas sola. El padre de tu hijo se había largado, se suponía que se había marchado del pueblo. O quizá estaba unas calles más allá, jugando a mamás y a papás con otra familia.

Gretchen se volvió hacia él con las mejillas surcadas de lágrimas.

—¿Cómo puedes preguntarme eso? ¿Cómo puedes insinuar que tuve un lío con Luke mientras él estaba casado? ¿Que era el padre de mi hijo?

Falk la contempló. Ella siempre había sido la guapa. Su belleza era casi etérea. Y entonces le vino a la memoria la mancha del dormitorio de Billy Hadler. Recordó a Gretchen colocándose la escopeta y disparando a los conejos.

—Lo pregunto porque tengo que hacerlo.

—Joder, pero ¿qué te pasa? —Su expresión se endureció. Tenía los dientes teñidos por el vino—. ¿Estás celoso? ¿Te molesta que durante una época yo eligiese a Luke y él me eligiera a mí? Ésa debe de ser una de las razones por las que has venido. Pensarías que finalmente podrías vengarte de él, ahora que ya no está.

—Eso es una estupidez —soltó él.

—¿Una estupidez? Dios, mírate —respondió Gretchen casi gritando—. Cuando éramos críos siempre ibas detrás de él como un perrito. Y ahora, incluso ahora, has venido a un sitio que odias y has venido por él. Me das lástima. ¿Es que acaso no ves cómo te domina? Es como si estuvieras obsesionado con él.

Falk casi podía sentir los ojos de su amigo muerto observándolos desde el álbum.

—Joder, Gretchen, estoy aquí porque han muerto tres personas, ¿vale? Y espero, por el bien de tu hijo, que lo peor que le hayas hecho a esa familia sea mentir sobre tu relación con Luke.

Ella fue hacia la puerta y, al pasar por su lado, le rozó el hombro y derribó la copa de vino que estaba en la mesita. La mancha empapó la moqueta como un charco de sangre. Gretchen abrió la puerta de la casa de par en par y una corriente de aire caliente arrastró al interior una lluvia de hojas secas.

—Fuera.

Sus ojos eran un par de sombras. Tenía la cara de un rojo intenso. En el umbral, tomó aire como si fuese a decir algo, pero se detuvo. Su boca se torció en una sonrisa fría.

—Aaron, espera. Antes de que te precipites, tengo que decirte algo. —Su voz era poco más que un susurro—. Lo sé.

—¿Qué sabes?

Se le acercó tanto que casi le rozaba la oreja con los labios. Falk le olió el vino en el aliento.

—Sé que la coartada de cuando murió Ellie Deacon era mentira. Porque sé dónde estaba Luke. Y no era contigo.

—Espera, Gretchen...

Ella le dio un empujón.

—Parece que todos tenemos secretos, Aaron.

La puerta se cerró de golpe.

34

La caminata hasta el pueblo fue muy larga. Falk sentía que, a cada paso, el impacto en la planta de los pies le rebotaba por todo el cuerpo para convertirse en un martilleo en la cabeza. Los pensamientos se le amontonaban en la mente como moscas. Revivió conversaciones que había tenido con Gretchen, examinándolas a la luz descarnada de aquella última charla, buscando grietas en ellas. Llamó a Raco, pero no obtuvo respuesta. Tal vez aún estuviera enfadado con él. Le dejó un mensaje pidiéndole que lo llamase.

Cuando llegó al Fleece, ya casi era la hora de cerrar. Scott Whitlam estaba en los escalones de la entrada, abrochándose el casco de la bicicleta. Su nariz tenía mejor aspecto que la otra noche. El director lo miró un momento y dejó lo que estaba haciendo.

—¿Estás bien? —le preguntó.

—No mucho, ha sido una noche difícil.

—Se te nota —coincidió Whitlam, quitándose el casco—. Venga, te invito a una rápida.

Falk sólo quería subir aquella escalera y meterse en la cama, pero no tuvo fuerzas para resistirse. Siguió a Whitlam al interior. El bar estaba casi vacío y McMurdo, que estaba limpiando la barra, hizo una pausa y fue por dos vasos de cerveza sin preguntar nada. Whitlam dejó el casco sobre la superficie de madera.

—Invito yo. Apúntalas en mi cuenta, amigo —le dijo a McMurdo.

Éste frunció el ceño.

—Aquí no se fía.

—Venga ya, ¿ni para un cliente habitual?

—No me hagas repetirlo, amigo.

—Vale, de acuerdo. —Whitlam sacó la cartera y rebuscó en ella—. Igual estoy un poco... Tengo que pagar con tarjeta.

—Deja, ya pago yo.

Falk se adelantó y dejó un billete de veinte en la barra, rechazando sus protestas con un gesto de la mano.

—Da igual, olvídalo. Salud.

Falk bebió un buen trago. Cuanto antes se la acabase, antes podría dar la velada por terminada.

—Cuéntame, ¿qué te ha pasado? —preguntó Whitlam.

—Nada. Que estoy hasta las narices de este sitio.

«Me dolió. Luke me hizo daño.»

—¿Habéis avanzado?

En un instante de enajenación, Falk estuvo a punto de contárselo. McMurdo había dejado de limpiar y los escuchaba desde detrás de la barra. Finalmente, se encogió de hombros.

—Será una alegría largarme de aquí.

Pasara lo que pasase, el lunes tenía que estar en Melbourne. Y si Raco se salía con la suya, sería incluso antes.

Whitlam asintió.

—Ya me gustaría a mí. Aunque... —cruzó los dedos en alto— igual te sigo antes de lo que pensaba.

—¿Te vas de Kiewarra?

—Eso espero. Tengo que hacer algo por Sandra ya. Está hasta la coronilla. He mirado algunos destinos nuevos, quizá alguna escuela en el norte. Para cambiar de aires.

—En el norte hace todavía más calor.

—Pero al menos llueve —respondió Whitlam—. Aquí el problema es la falta de agua. Todo el pueblo se vuelve loco.

—Brindo por eso —dijo Falk, y vació su vaso.

Le pesaba la cabeza. Vino, cerveza, emociones.

Whitlam entendió la indirecta y siguió su ejemplo.

—Bueno, será mejor que me largue, que mañana hay colegio. —Le tendió la mano—. Espero verte antes de que te marches, pero por si acaso, buena suerte.

Falk se la estrechó.

—Gracias. Igualmente, allá en el norte.

Whitlam dijo adiós con un gesto alegre y Falk le entregó los vasos vacíos a McMurdo.

—¿Has dicho que te vas pronto?

—Probablemente —contestó Falk.

—Bueno, pues, te lo creas o no, sentiré verte marchar. Eres el único que paga sin rechistar. Y ya que hablamos del tema... —Abrió la caja registradora para devolverle el billete de veinte—. Pondré las cervezas en la cuenta de la habitación. Por si así te es más fácil pasarlas como gastos, o lo que sea que hagáis los polis.

Falk cogió el billete con cara de sorpresa.

—Ah, vale. Gracias. Pensaba que no fiabas.

—Eso es sólo para Whitlam. A ti sí.

Falk frunció el ceño.

—¿Y por qué a él no? Ya debes de conocerlo lo suficiente.

McMurdo soltó una risa.

—Vaya que sí. Lo conozco bastante bien. Por eso sé dónde mete el dinero.

Señaló con la cabeza las tragaperras que iluminaban la sala de atrás.

—¿A Whitlam le gustan las máquinas? —preguntó Falk.

McMurdo asintió.

—Y todo lo demás: caballos, galgos. Siempre tiene un ojo puesto en el canal de carreras y otro en las aplicaciones esas del móvil.

—¿En serio?

Falk no daba crédito, pero al mismo tiempo tampoco le extrañaba. Se acordó de todos los libros de deportes que tenía en casa. A lo largo de su vida profesional se había cruzado con mucha gente que apostaba, y sabía que no había un estereotipo. Lo único que tenían en común era que no querían ver la realidad y que estaban sin blanca.

—Disimula mucho, pero desde la barra se ve de todo —dijo McMurdo—. Sobre todo cuando llega el momento de pagar las cervezas. De hecho, creo que las tragaperras son lo que menos le gusta.

—Ah, ¿sí?

—Sí. Me da la impresión de que para él son minucias. Aunque eso no le impide meterles su peso en monedas cada vez que viene. Eso es lo que hacía la otra noche, cuando se llevó un golpe por accidente. Cuando Jamie y Grant se dieron de puñetazos.

—No me digas.

—Bueno, sea como sea, yo no debería chismorrear —añadió McMurdo—. Despilfarrar el sueldo no es ilegal. Gracias a Dios, porque si no, tendría que cerrar.

—Tú y mucha gente más.

Falk consiguió sonreír.

—Lo que pasa es que estos que apuestan tanto son unos pobres bobos. Siempre están buscando estrategias y maneras de ganar. Cuando al final lo único que cuenta es que hayas escogido el caballo ganador.

A Falk, la habitación nunca le había recordado tanto a una celda. Se cepilló los dientes sin encender la luz y se dejó caer en la cama. A pesar del caos que tenía en la cabeza, el agotamiento pudo con él. Estaba quedándose dormido.

Una lata rodó por la calle y el sonido metálico se amplificó en el silencio. A través del sopor, le recordó al repiqueteo artificial de las tragaperras. Cerró los ojos. McMurdo tenía razón con lo de las apuestas. Era como aquel caso. A veces ni siquiera todas las estrategias del mundo servían de nada.

«Lo único que cuenta es que hayas escogido el caballo ganador.»

En lo más profundo del cerebro de Falk, un engranaje giró. Despacio, porque estaba algo gripado. Cubierto de una costra de suciedad, difícil de mover. Cedió un cuarto de vuelta a regañadientes, se detuvo y se quedó así.

Falk abrió los ojos lentamente. Estaba demasiado oscuro para ver nada, pero contempló la negrura y se puso a pensar.

Se figuró Kiewarra en tres dimensiones. Se imaginó subiendo, hasta el mirador quizá, y la escena que tenía a los pies fue haciéndose más pequeña cuanto más subía. Al llegar a la cima, miró hacia abajo. El pueblo, la sequía, los Hadler. Por primera vez se percató de lo diferentes que podían ser las cosas desde una perspectiva distinta.

Lo pensó con los ojos abiertos, mientras miraba el vacío durante varios minutos. Comprobando qué pasaba con el engranaje en la nueva posición. Finalmente se sentó, despejado del todo. Se puso una camiseta y se calzó las zapatillas de deporte. Cogió la linterna y un periódico viejo y bajó la escalera en silencio para salir al aparcamiento.

El coche estaba donde lo había dejado. Le lloraban los ojos por culpa del hedor a estiércol, pero casi no se daba ni cuenta. Apartó la lona y, usando el diario como guante improvisado, abrió el maletero. Como los asientos de atrás lo separaban del resto del vehículo, la tormenta de mierda no lo había alcanzado.

Encendió la linterna e iluminó el espacio vacío. Estuvo allí un buen rato. Luego sacó el móvil e hizo una foto.

De vuelta en la habitación, le costó mucho rato dormirse. Aun así, despertó al despuntar el alba, se vistió y esperó con impaciencia. En cuanto el reloj dio las nueve, cogió el teléfono e hizo una llamada.

Luke Hadler agarraba el volante con las manos sudadas. El aire acondicionado estaba a tope, pero casi no se no-

taba desde que había salido de casa de Jamie Sullivan. Con la garganta seca, deseó tener una botella de agua a mano. Se obligó a prestar atención a la carretera. Estaba llegando a casa. Ya faltaba poco.

Acababa de girar hacia el último tramo de carretera, cuando vio una figura a lo lejos. De pie junto a la carretera. Haciéndole señas.

35

Falk irrumpió en la comisaría sin aliento. Había salido corriendo del pub nada más colgar.

—Era una cortina de humo.

Raco, sentado a su mesa, levantó la mirada. Parecía medio dormido y tenía los ojos enrojecidos.

—¿El qué?

—Todo, tío. La cosa no iba con Luke.

—Genial —musitó Luke mientras se acercaba.

Cuando pudo distinguir quién lo saludaba, se le encogió el corazón. Por un momento se planteó no detenerse, pero hacía un calor abrasador. Calculaba que un rato antes habían llegado a los cuarenta grados.

Dudó un momento más y, al final, pisó el freno y paró la camioneta, bajó la ventanilla y se asomó.

Falk abrió el expediente de los Hadler con dedos temblorosos, excitado y al mismo tiempo frustrado consigo mismo.

—Estábamos haciendo lo imposible por encontrar vínculos con Luke, por saber qué ocultaba o quién quería verlo muerto. ¿Y adónde nos ha llevado eso? A ninguna parte. O a nada sustancial. Hemos encontrado muchos motivos menores, pero ninguno que bastara. Y tú tenías razón.

—¿La tenía?

—Sí, con lo de la visión de túnel. Ambos hemos visto sólo lo que queríamos ver. Llevamos desde el principio apostando por el caballo equivocado.

—*Parece que necesitas ayuda, ¿no?*

Luke se asomó a la ventanilla y señaló con la barbilla el objeto que aquella persona tenía a los pies.

—*Gracias. Sí, eso parece. ¿Llevas herramientas?*

Luke apagó el motor, salió del vehículo y se agachó para echar un vistazo.

—*¿Qué ha pasado?*

Ésas fueron las últimas palabras de Luke Hadler, justo antes de que un peso se estrellase contra su nuca. Se oyó un ruido sordo, húmedo. Y de pronto se hizo el silencio cuando los pájaros enmudecieron sobresaltados.

Con la respiración entrecortada e inclinado sobre el cuerpo desplomado de Luke Hadler, Scott Whitlam miró lo que había hecho.

Falk rebuscó entre los documentos y sacó la fotocopia del resguardo de Karen Hadler de la biblioteca. La palabra «Grant» destacaba encima del número de teléfono de Falk. Le acercó a Raco la fotocopia sobre el escritorio y golpeó la palabra con el dedo.

—«Grant.» Dios, no es un puto nombre. Se refiere a una subvención.

• • •

Karen cerró la puerta del despacho del director al entrar y el bullicio del miércoles por la tarde quedó amortiguado. Llevaba un vestido rojo con un estampado de manzanas blancas y parecía preocupada. Eligió la silla que estaba más cerca de la mesa de Scott Whitlam y se sentó con la espalda recta y los pies cruzados por los tobillos.

—Scott —empezó a decir—, no estaba segura de si debía venir a hablar contigo de esto, pero es que hay un problema. Y no puedo hacer la vista gorda.

Se echó adelante con cautela, casi cohibida, y le entregó una hoja de papel. El logo de la Fundación Educativa Crossley destacaba en el membrete, impreso sobre fondo blanco. Karen miró a Scott desde debajo de su flequillo rubio, y sus ojos buscaban una sola cosa: una señal que la tranquilizase.

En algún lugar de la parte del cerebro de Scott Whitlam donde se determinaban las reacciones de lucha o huida, una puerta escondida se abrió con un crujido y él alcanzó a vislumbrar hasta dónde estaba dispuesto a llegar para pararle los pies a Karen.

—Aquí «Grant» no se refiere al nombre —repitió Falk, señalando la hoja—. Significa también beca, subvención, subsidio, una aportación en efectivo. Justo lo que la escuela de primaria de Kiewarra solicitó a la Fundación Educativa Crossley el año pasado. Y la solicitud fue rechazada. Pero ¿a que no sabes qué?

Raco parpadeó sin dar crédito.

—Me tomas el pelo.

—De eso nada. Esta mañana he hablado con el director de la Fundación y resulta que este año la escuela ha recibido una subvención económica de cincuenta mil dólares.

• • •

A posteriori, Whitlam podía identificar el momento exacto en que lo había echado todo a perder. Había cogido el papel que llevaba el membrete inconfundible y delator y había examinado la carta. Era el formulario de control de calidad que enviaban a todos los que recibían subvenciones, para preguntarles sobre su satisfacción en cuanto al proceso de solicitud.

No era una prueba del todo incriminatoria, lo que quería decir que debía de haber otros documentos por ahí. Otras cosas que ella no le había enseñado. Karen estaba dándole la oportunidad de explicarse o confesar. Whitlam se daba cuenta de ello por cómo lo miraba con aquellos ojos azules, suplicando una explicación razonable.

Debería haber dicho: «Sí, qué raro. Voy a ver qué ha pasado. A lo mejor al final hemos tenido suerte.» Joder, tendría que haberle dado las gracias. Eso era lo que debería haber hecho. Pero se dejó llevar por el pánico. No se había molestado en leer la carta antes de desecharla.

En ningún momento había previsto que los dados le regalasen la partida, pero fue en esa jugada concreta cuando la perdió. Dos unos: ojos de serpiente. Colorín colorado, este cuento se ha acabado.

—No será nada —respondió Whitlam, y con esas palabras decidió su destino—. Es un error, no hagas caso.

Pero el error lo había cometido él. Se dio cuenta al ver cómo ella tensaba la espalda y bajaba la mirada. Estaba distanciándose de él. Si al entrar no lo sabía a ciencia cierta, al salir estaba convencida.

El adiós de Karen Hadler al salir de su despacho fue más seco que los campos que rodeaban el pueblo.

—Scott Whitlam —dijo Raco—. Mierda. Mierda... ¿Encaja?

—Sí, encaja. Tiene problemas con el juego. Me enteré anoche.

Falk le contó lo que le había explicado el camarero.

—Eso es lo que me dio la idea. Estaba escuchando a McMurdo y me di cuenta de que llevábamos desde el principio mirando donde no era.

—Entonces, ¿de qué estamos hablando? De robar fondos de la escuela para cubrir ¿qué? ¿Deudas? —aventuró Raco.

—Podría ser. Whitlam apareció por aquí el año pasado; venía de la ciudad. No tiene ninguna conexión con la zona y se ha quedado a pesar de que es evidente que odia estar aquí. Me contó no sé qué historia sobre un atraco en Melbourne en el que apuñalaron a un desconocido. No me sorprendería que en ese percance hubiera más de lo que él cuenta.

Guardaron silencio unos segundos.

—Dios, pobre Karen —se lamentó Raco.

—Vaya par de idiotas —contestó Falk—. La sacamos de la ecuación demasiado rápido. A ella y a Billy, pensando que eran daños colaterales. Luke siempre había sido el importante, el centro de atención, desde que éramos pequeños. Era la tapadera perfecta. ¿Cómo podía girar este asunto en torno a la aburrida de su esposa cuando podía tratarse de Luke?

—Joder...

Raco cerró los ojos y repasó lo que sabían del caso. A medida que las piezas iban encajando, meneaba la cabeza.

—Ni Grant Dow acosaba a Karen ni ella le tenía miedo a su marido.

—En todo caso, era Luke el que estaría preocupado por lo que ella creía haber descubierto en la escuela.

—¿Crees que se lo había contado?

—Yo diría que sí —contestó Falk—. Si no, ¿de dónde había sacado mi número de teléfono?

Karen fue directa del despacho de Whitlam a los servicios de las niñas. Se encerró en un cubículo y apoyó la frente en la puerta, mientras dejaba que las lágrimas de rabia resbalasen por sus mejillas. Hasta justo un mo-

mento antes de entrar a hablar con él había mantenido una pizca de esperanza. Quería que Whitlam mirase la carta y se echase a reír. «Ya sé lo que ha pasado», tenía que haber contestado él, antes de ofrecerle una explicación en la que todo encajara perfectamente.

Estaba desesperada por oírle decir algo así, pero la reunión no había salido como esperaba. Se secó las lágrimas con una mano temblorosa. ¿Qué podía hacer? Parte de ella se resistía a creer que Scott hubiera robado el dinero, incluso después de confirmar que era cierto. De todos modos, debía admitir que lo sabía desde el principio: ella misma había revisado las cuentas. Los errores que habían aparecido eran del director, no suyos. Un rastro de migas de pan que dejaban el fraude al descubierto. El robo. Intentó decir la palabra en voz alta, pero sonaba demasiado mal.

Para Karen no era lo mismo sospechar algo que tener una certeza, mientras que su marido siempre había visto el mundo en blanco y negro.

—Cariño, si crees que ese cabrón ha birlado el dinero, llama a la policía y da parte. Si tú no quieres, lo denuncio yo —le había dicho Luke dos días antes.

En ese momento, Karen estaba sentada en la cama, apoyada en el cabecero, con un libro de la biblioteca abierto en el regazo. No estaba leyendo mucho. Miró a su marido quitarse la ropa y amontonarla en una silla. Él se quedó desnudo en mitad del dormitorio y bostezó arqueando su ancha espalda. Le dedicó una sonrisa soñolienta y a ella la impresionó lo encantador que estaba en la penumbra. Hablaron entre susurros para que el sonido no llegase a los cuartos de los niños.

—No, Luke —dijo ella—, no te metas en esto, por favor. Ya me encargo yo. Pero antes quiero estar segura. Y entonces lo denunciaré.

Se daba cuenta de que, hasta cierto punto, estaba siendo demasiado precavida. Pero el director de la escuela formaba parte de los cimientos de la comunidad y se imaginaba cómo reaccionarían los padres de los *alumnos.* Todo el mundo estaba tan tenso que a Karen le preocupaba en parte que pudieran incluso atacarle. No podía airear una acusación de ese calibre sin pruebas firmes. Kiewarra ya era demasiado frágil, por eso había que hacer las cosas bien. Y también debía pensar en su trabajo. Si se equivocaba, ya podía despedirse de él.

—Primero debería hablar con Scott —dijo Karen cuando su marido se metió en la cama y le posó una mano cálida en el muslo—. Quiero darle la oportunidad de explicarse.

—O de esconderse, diría yo. Karen, cariño, deja que se ocupe la poli.

Ella se calló con actitud rebelde. Luke suspiró.

—De acuerdo, si no quieres ir a la policía, al menos que alguien te aconseje sobre esas pruebas que crees necesitar.

Luke se volvió en la cama y cogió el teléfono móvil. Buscó entre los contactos y le dictó un número.

—Llama a este tipo. Es mi amigo, el policía. Está con los federales en Melbourne y hace no sé qué relacionado con dinero. Es un buen tío, muy listo. Y además me debe una. Puedes confiar en él, te ayudará.

Karen Hadler no contestó. Le había dicho a Luke que lo solucionaría ella y eso pensaba hacer. Pero ya era tarde y no quería discutir. Entre todos los trastos que tenía en la mesita de noche, encontró un bolígrafo y cogió el papel que tenía más a mano: el resguardo de la biblioteca que usaba como marcapáginas. Eso le valía. Le dio la vuelta y escribió una palabra que sirviera como recordatorio, encima del número de Aaron Falk. Y como su marido seguía mirándola, metió la hoja en el libro que estaba leyendo y lo dejó junto a la cama.

—Así no se pierde —le dijo, y apagó la luz antes de recostarse en la almohada.

—Llámalo —insistió Luke, al tiempo que rodeaba a su esposa con los brazos en el silencio de la noche—. Aaron sabrá qué hacer.

314

36

Una hora y media más tarde, Falk y Raco estaban vigilando la escuela desde un coche patrulla sin distintivos. Habían aparcado en lo alto de una calle secundaria, y desde su posición estratégica veían el edificio principal y el patio de delante.

Se abrió una portezuela trasera del coche y el agente Barnes entró en él. Había subido al trote y estaba sin resuello. Se asomó al hueco entre los dos asientos delanteros y les enseñó la mano, donde sostenía con orgullo un par de cartuchos Remington nuevos.

Raco cogió la munición e inspeccionó la marca. Asintió, era la misma que había encontrado junto a los cadáveres de Luke, Karen y Billy Hadler. Estaba seguro de que los de balística podrían confirmar la correspondencia de forma más precisa, pero de momento le bastaba con eso.

—Estaban bajo llave, en la caseta de mantenimiento, tal como has dicho.

Barnes casi daba botes en el asiento.

—¿Has tenido algún problema para entrar? —preguntó Falk.

Barnes trató de fingir modestia, pero fracasó.

—He ido directo al conserje con la típica excusa de la inspección rutinaria. Licencias, seguridad y esas mierdas. Me ha dejado pasar sin problema. De hecho, ha sido hasta demasiado fácil. Pero he visto suficientes cosas mal como para que el hombre se calle. Le he dicho que si lo arregla todo antes de mi próxima visita, haré la vista gorda. Ése no va a decirle nada a nadie.

—Buen trabajo —lo felicitó Raco—. Mientras no se lo cuente a Whitlam en las próximas horas, no pasa nada. Los refuerzos de Clyde tardarán unos cuarenta minutos.

—Pues no sé por qué no entramos y arrestamos a ese cabrón nosotros —refunfuñó Barnes desde el asiento de atrás—. Los de Clyde no han hecho nada para llevarse los méritos.

Raco lo miró.

—Nos reconocerán el mérito cuando llegue el momento, amigo. Por eso no te preocupes. No van a llevarse mucha gloria por cerrar su casa y coger sus extractos del banco.

—Pues ojalá se den prisa —contestó Barnes.

—Sí, eso digo yo —convino Falk.

Los tres se volvieron a mirar el edificio que se veía a lo lejos. Sonó un timbre y las puertas se abrieron. Los niños fueron saliendo poco a poco y formaron grupos que correteaban por el patio y disfrutaban de su libertad temporal. Detrás de ellos, Falk divisó una figura en el umbral. Un sombrero, una taza de café en la mano, parte de una corbata roja sobre una camisa clara. Scott Whitlam. Falk notó que Barnes se revolvía en el asiento.

—Cincuenta mil. Una cantidad miserable como para matar a tres personas por ella.

—No tiene tanto que ver con el dinero como parece —respondió Falk—. Los adictos al juego buscan algo más. He visto casos que rápidamente se convierten en situaciones desesperadas. Cada vez que tiran los dados creen que es como tener una segunda oportunidad. La cuestión es saber qué perseguía Whitlam.

—Da igual lo que sea. Eso no justifica lo que ha hecho —opinó Barnes.

—No, pero el dinero es así —apuntó Falk—. Puede llegar a ser repugnante.

316

• • •

Whitlam salió a la puerta de la escuela con la taza entre las manos. Se había levantado aire de nuevo y sintió que el polvo se le pegaba a la piel sudada. Los niños gritaban y corrían por el patio y se preguntó si ya podía empezar a respirar con tranquilidad. En un par de días Falk se habría marchado, y con un poco de suerte tal vez antes. Decidió que ése sería el momento de sentirse a salvo. Pero no antes.

Unos pocos meses más. Si conseguía no llamar la atención y confiaba en su suerte, luego podría desaparecer hacia su nuevo puesto en el norte. En parte le costaba creer que hubiese llegado tan lejos. El día que Raco mencionó las grabaciones de seguridad de la granja de los Hadler, estuvo a punto de tener un ataque al corazón. No sabía que tenían cámaras y había pasado un buen rato sentado con sudores fríos, con un agente a cada lado, mientras consideraba lo cerca que había estado de que lo descubriesen.

Tenía que irse de allí. Convencer a Sandra de que le diera una última oportunidad. Empezaría de cero una vez más y dejaría de jugar. Se lo había prometido. Se lo había dicho la noche anterior y, por primera vez, con la cara bañada en lágrimas, se había dado cuenta de que hablaba en serio. Ella lo había mirado en silencio, porque ya se lo había oído decir en otras ocasiones. Justo antes de mudarse a Kiewarra y al menos dos veces más antes de eso. Pero esa vez tenía que convencerla de que era verdad. Mejor aún, se dijo, tenía que cumplir su promesa. Dejar de jugar. Porque había mucho más en riesgo de lo que estaba dispuesto a perder.

Sólo de pensarlo se le encogía el estómago. Sandra estaba muy preocupada y eso que no tenía ni idea de cuánto pesaba el hacha que tenían sobre la cabeza. Ella creía que tener la cuenta del banco siempre en números rojos era el peor de sus apuros. La vergüenza de hacer la compra

317

semanal con una tarjeta de crédito, salvar las apariencias con casas de alquiler y máquinas de café pagadas a plazos. Sandra creía que su problema era tener que vivir al día, pero que la situación no iba más allá. No sabía nada del rastro de deudas que su marido había dejado desde Melbourne hasta allí. Ni de los horrores que la aguardaban a ella y a su hija si él no pagaba.

Whitlam esbozó una media sonrisa ante la perturbadora idea de decirle la verdad. La sola mención de la pistola de clavos bastaría para que ella saliese corriendo en dirección al norte.

Habían ido a decírselo a su casa. A Kiewarra desde Melbourne. Dos de esos yonquis de los esteroides, con cuellos como patas de elefante, se habían presentado a la puerta de su hogar para comunicarle que su jefe se estaba poniendo nervioso. Tenía que pagar. Llevaban la pistola de clavos consigo para mostrársela y Whitlam se había quedado paralizado de miedo. Sandra y Danielle estaban en casa, las oía charlar tranquilamente en la cocina, mientras aquellos dos tipos le detallaban en voz baja lo que pensaban hacerles si no les daba lo que debía. Una banda sonora terrorífica.

La notificación de la Fundación Educativa Crossley había llegado dos días después, y la carta iba dirigida a él. Se la habían entregado junto con el formulario para solicitar el pago un día que Karen tenía fiesta. Por eso el sobre había aparecido en su mesa sin abrir.

Había tomado la decisión en un abrir y cerrar de ojos. Ellos regalaban millones. Cincuenta mil dólares eran calderilla para esos ricachones de mierda. Podía destinarlo a algo vago y difícil de cuantificar. Formación, quizá, o programas de apoyo. Eso pondría en las casillas del formulario. Serviría al menos durante un tiempo. Pero era lo que necesitaba: un tiempo. Lo tomaba prestado para pagar a los de Melbourne y ya lo devolvería más adelante. De alguna manera. No bastaba para pagar la deuda, de hecho ni siquiera se acercaba, pero sí para darle un respiro.

Había desviado el dinero sin permitirse pensarlo demasiado. Había sustituido los datos de la cuenta de la es-

318

cuela por la suya, esa que Sandra no conocía. En el formulario había dejado el nombre de la escuela, porque los bancos no se fijaban en eso, sólo en el número. Sabía que nunca comprobaban si ambos campos se correspondían. Se dijo que el plan estaba bien. No era gran cosa y ni mucho menos un buen plan, pero le servía para no hundirse. Y entonces, una tarde, llamó a su puerta Karen Hadler con el formulario de la Fundación Crossley en la mano.

Whitlam recordaba su expresión. Cerró el puño y, con disimulo, discretamente, dio unos puñetazos suaves en la pared hasta que tuvo los nudillos pelados y ensangrentados.

Whitlam se quedó mirando a Karen mientras ella salía de su despacho. En cuanto oyó el clic de la puerta, giró la silla y vomitó en la papelera sin hacer ruido. No podía ir a la cárcel. Allí encerrado no podría pagar lo que debía, y sus acreedores no eran de los que perdían el tiempo en averiguar los motivos. O pagaba él o pagaba su familia, ése era el trato. Ni más ni menos. Le habían enseñado la pistola de clavos, le habían hecho tocarla. Había sentido su peso plomizo en la mano. Debía pagar o su... No. No tenía alternativa. Pagaría. Por supuesto que sí.

Solo en el despacho, se obligó a pensar. Karen lo sabía y eso significaba que lo más probable era que acabase contándoselo a su marido, si no lo había hecho ya. ¿Cuánto tardaría en destaparlo todo? Era una mujer precavida y, en muchos aspectos, casi demasiado meticulosa. Eso la frenaba. Karen Hadler querría estar segura al cien por cien antes de pasar a la acción. En cambio, Luke era distinto.

Whitlam no disponía de mucho tiempo y no podía permitir que aquello saliese a la luz. No tenía alternativa.

El final de la jornada escolar llegó, pero no le proporcionó respuestas. Esperó tanto como pudo y al final hizo lo que siempre hacía en momentos de estrés: cogió todo el dinero que tenía en metálico, y el que no tenía, y fue a sala de tragaperras del pub, donde, rodeado de sus luces y de su tintineo optimista, empezó a vislumbrar la solución. Como tantas veces le había ocurrido.

Solo y oculto entre las máquinas, Whitlam oyó la voz de Luke Hadler, que estaba sentado a una de las mesas a la vuelta de la esquina. Se quedó inmóvil, casi sin atreverse ni a respirar, esperando que Hadler le contase a Jamie Sullivan lo del dinero de la escuela. Estaba seguro de que lo haría y, sin embargo, no fue así. Lo que hicieron fue quejarse de los conejos y planear un descaste en la granja de Sullivan para el día siguiente. Quedaron a una hora. Luke pensaba llevar su propia escopeta. Interesante, pensó Whitlam. Tal vez la partida no hubiese acabado. Aún quedaba una jugada.

Después de meter en la máquina otros cien dólares en monedas, ya tenía el esbozo de un plan. Lo repasó mentalmente y lo fue perfilando. La idea estaba bien. No era perfecta. Tampoco segura al cien por cien. Tal vez tuviese el cincuenta por ciento de posibilidades de salir bien. Y no había día en que esa probabilidad a Whitlam no le pareciese aceptable.

En el patio, un grupo de niños pasó por delante de Whitlam como un rayo, su hija entre ellos. Por un segundo creyó ver a Billy Hadler entre los críos, y no era la primera vez. Whitlam movió la cabeza sin querer, una especie de espasmo involuntario del cuello. Cuando se acordaba del niño, todavía se le revolvía el estómago. Aunque eso ya daba igual.

Se suponía que Billy no iba a estar allí. Agarró la taza con la mano de los nudillos pelados y regresó al despacho. Se suponía que el niño tenía que estar en otra parte, así habían quedado. Se había asegurado de que fuese así. Había desempolvado las raquetas de bádminton a propósito y, después de eso, sólo había hecho falta una sugerencia muy sutil para que Sandra cogiese el teléfono y lo organizase todo para que Billy fuese a jugar a su casa. Si la estúpida de su madre no lo hubiera cancelado y no hubiera fastidiado el plan, Billy no se habría visto envuelto en todo aquello. Toda la culpa era de Karen.

Whitlam había intentado salvarlo, y nadie podía decir lo contrario. Tomó un sorbo de café que le quemó la lengua e hizo una mueca de dolor. Lo sintió deslizarse por la garganta y revolverle las entrañas.

Whitlam había salido del pub con las tripas revueltas y había pasado la noche sin pegar ojo, repasando el plan por si detectaba algún fallo. El día siguiente lo pasó sentado en el despacho, sumido en el estupor, con la mirada perdida, esperando lo inevitable: que llamasen a la puerta. Supuso que Karen habría hablado con alguien. Estaba seguro. Iban a ir a buscarlo, pero no sabía quién. ¿La policía? ¿El presidente de la junta escolar? ¿Otra vez Karen, quizá? Temía esa llamada a su puerta y al mismo tiempo la deseaba. Si sonaba, querría decir que Karen lo había contado. Quería decir que ya era demasiado tarde. Y entonces no se vería obligado a llevar a cabo su plan.

No le hacía falta preguntarse si era capaz de hacerlo, sabía que sí. Ya lo había comprobado con el de la callejuela de Footscray. Pero aquel tipo debería haber sido más hábil. Se suponía que era un profesional.

Whitlam ya se había topado con él en otra ocasión. El hombre lo había arrinconado en un aparcamiento, le había quitado la cartera y le había entregado un mensaje en forma de puñetazo fuerte en los riñones. Whitlam daba por sentado que en Footscray la cosa sería más o menos igual, pero el tipo se había enfadado y había blandido la navaja pidiéndole más dinero del acordado. Las cosas se habían puesto feas en un momento.

El tipo se movía con torpeza y lo más probable era que hubiese tomado algo. Debía de haber oído que Whitlam era profesor y tal vez no contase con su complexión

atlética. Whitlam contraatacó a la embestida mal calcula-
da con un placaje de rugby muy afortunado y cuando
ambos aterrizaron en el cemento, se oyó un fuerte golpe.

La hoja reflejó la luz anaranjada de la farola y Whitlam
sintió que la punta le dejaba una línea roja y cálida en el
vientre. El miedo y la adrenalina se apoderaron de él, y
agarró la mano con que su agresor sostenía la navaja. Se
la retorció y, aplicándole el peso de su cuerpo, la dirigió
hacia el torso del atacante. El hombre se negaba a soltarla.
Aún la sostenía cuando le atravesó la piel. Soltó un húme-
do gruñido en la cara de Whitlam, que lo tenía inmovili-
zado en el suelo y notaba el ritmo cada vez más lento de la
sangre que se vertía sobre la calzada. Esperó hasta que el
tipo dejó de respirar. Y después otro minuto más.

Whitlam tenía lágrimas en los ojos. Estaba temblan-
do y la posibilidad de desmayarse lo aterrorizaba. Pero en
lo más profundo de su ser encontró un punto diminuto
de calma. Al verse arrinconado, había reaccionado. Había
hecho lo que debía. Él, tan familiarizado con esa sensa-
ción tan vertiginosa de caída libre cada vez que se metía
la mano en el bolsillo para sacar la cartera, por una vez
había tomado el control de la situación.

Se examinó el pecho con dedos temblorosos. El cor-
te era superficial. Parecía mucho peor de lo que era. Se
agachó junto a su atacante e hizo lo que tenía que hacer:
practicarle dos rondas de reanimación cardiorrespirato-
ria para asegurarse de que las huellas dactilares mancha-
das de sangre fuesen un reflejo de su deber cívico. Buscó
una casa con las luces encendidas en una calle vecina y,
cuando les pidió que informasen de un robo, dio rienda
suelta a las emociones que había estado reprimiendo. Los
agresores habían huido, pero había que darse prisa, por
favor, porque había una persona malherida.

Siempre que pensaba en el incidente, que era más a
menudo de lo que había previsto, sabía que había sido
en defensa propia. Aquella nueva amenaza lo había sor-
prendido en un despacho en lugar de en un callejón, y
en la mano esgrimía una carta en lugar de una navaja,

pero en el fondo no le parecía tan distinta. El tipo en la callejuela. Karen al otro lado de su mesa. Torciéndole el brazo. Obligándolo a actuar. Ellos o él, a eso se reducía el asunto. Y Whitlam escogió salvarse él.

Llegó el final de la jornada escolar. Las aulas y el patio se vaciaron. Nadie llamó a la puerta del despacho. Karen no había dado parte todavía. Aún podía salvar la situación. Ahora o nunca. Miró el reloj.

Ahora.

37

—¿Cómo fue Whitlam hasta la granja de los Hadler? —preguntó Barnes, asomando la cabeza entre los asientos delanteros—. Nos dejamos los ojos viendo la grabación de circuito cerrado de la escuela y, que yo recuerde, su coche no se movió del aparcamiento en toda la tarde.

Falk buscó las fotos del cadáver de Luke tirado en la caja de la camioneta. Sacó el primer plano de las cuatro rayas horizontales del interior y se la pasó al agente junto con su móvil, donde se veían las que había tomado del maletero de su coche la noche anterior. En la tapicería de fieltro había dos rayas largas.

Barnes comparó las imágenes.

—Son las mismas marcas —concluyó—. ¿De qué son?

—Las de mi maletero son recientes —explicó Falk—. Son marcas de ruedas. El cabrón fue hasta allí en bici.

Whitlam no avisó en recepción de que se marchaba. Salió por la puerta de atrás sin ser visto; había dejado la chaqueta en la silla y el ordenador encendido: un símbolo universal que significaba «no me he ido, vuelvo enseguida».

Fue a la caseta con cuidado de no entrar en el limitado ángulo de visión de las cámaras y se sorprendió dando gracias a Dios por la falta de recursos. Estuvo a punto de echarse a reír por la ironía. En cuestión de minutos, Whitlam había abierto el armero y se había echado al bolsillo un puñado de cartuchos. Metió en una bolsa de deporte la única escopeta disponible en la escuela para controlar la población de conejos y se la echó al hombro. Pensaba usarla sólo como último recurso. Que Luke Hadler se hubiese llevado la suya, suplicó en silencio. Había ido a cazar con Sullivan. Pero si tenía munición o no, Whitlam no lo sabía.

Corrió hasta la caseta de las bicicletas. Esa mañana había llegado pronto y había aparcado el coche en una calle tranquila cerca de la escuela. Había sacado la bicicleta del maletero y con ella había recorrido el resto del trayecto, después la había atado en un lugar donde pronto estaría rodeada de otras. Escondida a plena luz del día. Luego había regresado a pie hasta el coche, lo había llevado al aparcamiento del colegio y había escogido un buen lugar dentro del ángulo de alcance de la cámara.

Abrió el candado de la bicicleta que lo esperaba entre las demás y al poco rato estaba rodando por carreteras desiertas hacia la finca de los Hadler. No estaba lejos y Whitlam pedaleaba a buen ritmo. Se detuvo a un kilómetro de la casa y escogió un lugar donde la maleza había crecido sin control junto a la carretera. Se metió entre los arbustos y esperó, suplicando, en una plegaria silenciosa y febril, haber calculado bien la hora.

Al cabo de veinticinco minutos estaba sudando y convencido de que había perdido la oportunidad. Por allí no había pasado ni un solo vehículo. Transcurrieron ocho minutos más, de uno en uno. Nueve. Y entonces, justo cuando Whitlam miraba de reojo el cañón de la escopeta preguntándose si ésa era su otra escapatoria, lo oyó.

El motor de una camioneta rugía en la distancia. Whitlam se asomó a mirar. Era justo la que él necesitaba. Con la cabeza dándole vueltas, rezó una oración dando gracias. Salió a la carretera y dejó la bicicleta tirada a sus pies. Se colocó a un lado, estiró los brazos y empezó a *hacer señas desesperadas, como lo que era: un hombre a punto de ahogarse.*

Por un terrible instante tuvo la sensación de que no iba a parar. Pero cuando se acercó más, el vehículo frenó y se detuvo a su lado. El conductor bajó la ventanilla.

—Parece que necesitas ayuda, ¿no?

Luke Hadler se asomó.

Whitlam sintió un intenso dolor en el codo al golpear con todas sus fuerzas la nuca de Luke con el calcetín lleno de piedras. Cuando éste entró en contacto con la parte superior de su cuello, se oyó un crujido como de gravilla y Luke se desplomó de bruces en el suelo.

Whitlam se puso unos guantes de látex que había sacado del laboratorio de ciencias de la escuela y abrió la caja de carga del vehículo. Con la rapidez de un atleta, cogió a Luke por debajo de los brazos y subió como pudo aquel peso muerto a la parte trasera.

Escuchó. La respiración de Luke era trabajosa y superficial. Levantó el calcetín y se lo estrelló contra la cabeza dos veces más. Sintió cómo se le resquebrajaba el cráneo, y Luke empezó a sangrar, pero Whitlam no hizo caso. Lo tapó con una lona que había en la parte de atrás y tiró su bicicleta encima. Las ruedas tocaron el panel lateral. Tenían una costra de tierra.

La escopeta de Luke estaba en el asiento del copiloto. Whitlam sintió tanto alivio que se mareó y tuvo que apoyar la frente en el volante durante un minuto antes de que se le pasase. El arma estaba descargada. Bien. Sacó la munición Remington de su bolsillo y la cargó.

La suerte estaba echada.

38

El recreo de la mañana se había acabado hacía más de media hora y todo estaba tranquilo. En la distancia, el patio se veía desierto y Falk trataba de contener un bostezo cuando le sonó el móvil. Raco y Barnes se sobresaltaron cuando el estrépito de la llamada irrumpió en el silencio del vehículo.

—¿Es el agente federal Falk? —preguntó una voz—. Soy Peter Dunn, el director de la Fundación Educativa Crossley. Hemos hablado esta mañana.

—Sí —respondió Falk, irguiéndose en el asiento—. Dígame.

—Mire, esto me resulta un poco incómodo, pero la solicitud por la que me ha preguntado antes, la de la escuela de primaria de Kiewarra...

—Sí —dijo Falk, deseando que el tipo fuera directo al grano.

—Sé que usted ha dicho que había que tratar el tema con discreción, pero acabo de descubrir que, al parecer, mi ayudante, que es nueva y todavía está situándose, le ha pasado el asunto a otro miembro del equipo que no ha comprendido la naturaleza confidencial del...

—¿Y qué?

—Y se ve que hace veinte minutos ha llamado a la escuela en cuestión para preguntar...

—¡No!

Falk se abrochó el cinturón de seguridad deprisa y, como un loco, empezó a hacerles señas a Raco y Barnes para que hiciesen lo mismo.

—Sí, lo sé. Le pido...

—¿Con quién ha hablado?

—Tratándose de una cantidad tan elevada, ha ido directa a lo más alto. Al director, el señor Whitlam.

Falk colgó.

—A la escuela. Ahora.

Raco pisó el acelerador a fondo.

El cadáver de Luke se movía bajo la lona con el traqueteo del camino mientras Whitlam avanzaba hasta la granja de los Hadler. Procuraba no mirar por el retrovisor y se aferraba al volante con las manos sudadas dentro de los guantes. Al llegar a la casa, detuvo la camioneta y se bajó de un salto antes de pararse a pensar en lo que lo esperaba. No había dudado hasta que llegó a la puerta.

Apenas conocía la distribución de la casa ni de las tierras adyacentes. No lo suficiente como para tener que buscar a Karen en ellas. Abrumado por toda aquella locura, se vio llamando al timbre. Mejor que fuera ella quien se acercara. Tenía la escopeta colgando del costado, bien pegada al muslo.

Karen Hadler abrió la puerta y, al reconocerlo, parpadeó con sorpresa. Tomó aire y movió la lengua detrás de los dientes para pronunciar la ese sibilante de «Scott». Ya se estaba formando en su garganta la ce cuando Whitlam levantó el arma con un movimiento rápido, apretó el gatillo y la hizo enmudecer sin haber pronunciado todo el nombre. Él había cerrado los ojos y, al abrirlos, la vio caer de espaldas con el vientre rojo y abierto. Se estremeció al oír el crujido de sus codos cuando se desplomó sobre las baldosas y el golpe de la cabeza contra el suelo. Karen lo miró con un parpadeo escalofriante y un lamento largo y agudo le surgió de lo más profundo del pecho.

Pero a Whitlam le pitaban los oídos y no podía oír nada.

—¿Mami?

No. No. No oía nada.

—¿Mami?

Sólo su propia respiración y el pitido de sus oídos. Desde luego, no oía a Billy Hadler chillar como un pajarito en un rincón oscuro del pasillo, con un muñeco colgando de una mano y la boca abierta en un gesto de horror.

—¿Mami?

Whitlam no daba crédito. No podía creérselo. El crío estaba en casa. ¡El crío estaba en casa! ¿Por qué demonios no estaba lejos, a salvo en la otra punta del pueblo, jugando en su jardín con su hija? En vez de eso, estaba allí. Y lo había visto. Y ahora Whitlam tenía que conseguir que todo fuese como si el niño no hubiera visto nada, y sólo había una manera de conseguir eso. «¿Estás contenta, hija de puta entrometida?», le gritó al cadáver de Karen cuando Billy dio media vuelta y salió corriendo como un rayo por el pasillo, demasiado asustado para llorar y hacer otro ruido que no fuesen aquellos horribles jadeos.

A Whitlam le parecía estar fuera de su cuerpo. Lo siguió, irrumpió en el cuarto del niño y, enloquecido, se puso a abrir las puertas del armario y a levantar la colcha. ¿Dónde se había metido? ¿Dónde? Estaba enfadado, furioso por lo que le habían obligado a hacer. Oyó un ruido que venía de la cesta de la ropa sucia y, aunque no recordaba haberla apartado, debió de hacerlo, porque allí estaba Billy. Pegado a la pared, con la cara escondida entre las manos. Lo que sí recordaba era que había apretado el gatillo. Sí. Más adelante, eso lo recordaría muy bien.

De nuevo oyó aquel pitido terrorífico en los oídos, y otra vez... Oh, Dios santo, por favor, no, que sea otra cosa. Durante un instante espantoso, pensó que los llantos venían de Billy, a quien le faltaba ya media cabeza y la mitad del pecho. Se preguntó si era él mismo quien sollozaba, pero se llevó una mano a la boca y comprobó que la tenía cerrada.

Siguió el sonido por el pasillo casi con curiosidad. La niña estaba en su cuarto, de pie en la cuna, desgañitándose. Whitlam se quedó en el umbral y pensó que iba a vomitar.

Se colocó el cañón de la escopeta debajo de la barbilla y lo sostuvo allí, sintiendo el calor que irradiaba el metal, hasta que venció el impulso. Luego, despacio, le dio la vuelta al arma y la apuntó hacia el pijama amarillo de la niña. Le temblaba en las manos. Respiró hondo. Tenía un caos ensordecedor en la cabeza, pero entre todo el ruido distinguió una nota solitaria que lo urgía a entrar en razón. ¡Mírala! Se obligó a parar un momento. Parpadeó. Mira la edad que tiene. Y escucha. Está llorando. Llorando, porque todavía no habla. No sabe hacerlo. La niña no podía hablar, no podía contárselo a nadie.

Le asustó darse cuenta de que incluso así sentía la tentación.

—¡Bum! —musitó entre dientes.

Oyó una risa espeluznante, pero miró a su alrededor y no vio a nadie.

Whitlam dio media vuelta y echó a correr. Saltó por encima del cadáver de Karen, fue hasta la camioneta de Luke, montó en ella y salió a toda velocidad hacia la carretera. No se cruzó con nadie y condujo hasta que de tan alterado no era capaz de agarrarse al volante. Cogió el siguiente desvío que vio: un caminito de nada que conducía a un claro pequeño.

Whitlam bajó del vehículo y sacó la bicicleta de atrás con los dientes castañeteándole. Cuando apartó la lona y la echó para un lado con manos temblorosas, las cuatro rayas horizontales que las ruedas habían dejado en la pintura al moverse durante el trayecto quedaron ocultas.

Se armó de valor y se inclinó sobre el cadáver. No percibió ningún movimiento. Le observó la cara con tanta atención que descubrió incluso el corte que Luke se había hecho con la cuchilla de afeitar. No tenía ni un soplo de aliento: había dejado de respirar.

Se puso un par de guantes nuevos y un poncho de plástico y arrastró el cadáver hasta el borde de la camioneta. Le costó mucho esfuerzo colocarlo medio sentado, pero cuando lo consiguió, le puso la escopeta entre las rodillas, los dedos en el gatillo, el cañón apoyado en los dientes.

Le aterrorizaba la posibilidad de que el cadáver resbalase y se quedara tirado de cualquier manera. Tuvo una idea extraña e imposible: debería haber practicado. Entonces cerró los ojos y apretó el gatillo. La cara de Luke desapareció y su cuerpo se desplomó hacia atrás. El golpe de la nuca quedó disimulado entre todo aquel desastre. Había terminado. Whitlam metió los guantes, el poncho y la lona en una bolsa de plástico para quemarlos más tarde, respiró hondo tres veces y empujó la bicicleta hacia la carretera desierta.

Cuando empezó a pedalear, las moscardas ya se acercaban.

39

El despacho de Whitlam estaba vacío. No encontraron la cartera ni las llaves ni el móvil. La chaqueta estaba en el respaldo de la silla.

—A lo mejor ha salido un momento —les dijo la secretaria, nerviosa—. Tiene el coche aquí.

—No, no ha salido un momento —contestó Falk—. Barnes, vete a su casa. Si su esposa está allí, detenla.

Se tomó un instante para pensar y luego se volvió de nuevo hacia la secretaria.

—¿La hija de Whitlam está en clase todavía?

—Sí, creo que...

—Muéstreme quién es. Ahora.

La secretaria no tuvo más remedio que correr tras Falk y Raco para seguirles el paso.

—Es aquí —dijo sin aliento al llegar a la puerta del aula—. Está ahí dentro.

—¿Cuál es? —preguntó Falk, buscando a través del ventanuco a la niña que había visto en los retratos familiares de los Whitlam.

—Ésa —confirmó ella, señalándola—. La niña rubia de la segunda fila.

Falk se dirigió a Raco.

—¿Crees que se marcharía del pueblo sin su hija?

—Es difícil de saber, pero creo que no. No si puede evitarlo.

—Yo tampoco lo creo. Debe de estar cerca. —Falk hizo una pausa—. Llama a Clyde, ya deben de estar a punto de llegar. Haz que corten las carreteras y reúne a todos los que puedas que hayan participado en alguna búsqueda.

Raco siguió la mirada de Falk hacia la ventana. Más allá de la escuela se extendía la maleza, densa y abundante. Con aquel calor, parecía que temblaba. No daba ninguna pista.

—Va a ser una cacería dificilísima —aventuró Raco, llevándose el móvil a la oreja—. Ese de ahí fuera es el mejor escondite del mundo.

Los equipos de búsqueda formaron una hilera, hombro con hombro, y se situaron a lo largo del camino con sus chalecos de seguridad de color naranja. En lo más alto, el viento arrancaba susurros y un golpeteo arrítmico a los gomeros. Las ráfagas más fuertes levantaban polvo y arenilla y los obligaban a entrecerrar los ojos o a tapárselos. A su espalda, se extendía el pueblo de Kiewarra, que centelleaba bajo la calima.

Falk tomó su puesto en la hilera. Era mediodía y ya notaba cómo se le acumulaba el sudor debajo del chaleco reflectante. A su lado, Raco esperaba con expresión seria.

—Las radios encendidas, señoras y señores —ordenó el líder de la partida a través del megáfono—. Les recuerdo que por aquí hay serpientes tigre, así que cuidado con donde ponen los pies.

Un helicóptero removía el aire caliente en las alturas. El líder dio la señal y la hilera naranja avanzó casi a una. Los matorrales se cerraron a su espalda y se los tragaron. A medida que se adentraban en la maleza, la espesura y los gomeros que se alzaban sobre sus cabezas iban separándolos. Al cabo de unos pasos, Falk sólo veía a Raco a mano izquierda y a la derecha un chaleco naranja en la distancia.

«Búsqueda de sonda», les había explicado el líder sin disimular su impaciencia. Perfecta para la maleza densa. Los participantes formaban una hilera y se adentraban en la espesura en línea recta, comprobando lo que tenían delante hasta que algo les impedía avanzar.

—La teoría es que si nosotros no podemos pasar, su director tampoco. Si algo les corta el paso, dan media vuelta y regresan al camino —les había dicho el líder, lanzándole un chaleco a Falk—. Abran bien los ojos. Ahí dentro las cosas pueden ponerse difíciles.

Falk avanzó. Salvo por el crujido de las ramas secas que iban pisando y el viento que azotaba las copas de los árboles, reinaba un silencio extraño. El sol estaba alto y blanco y de vez en cuando se abría paso entre los claros de la fronda como el haz de una linterna. Incluso el ruido del helicóptero parecía amortiguado mientras éste planeaba en las alturas como un ave rapaz.

Falk caminaba con precaución, mientras la luz que pasaba por la celosía de hojas se proyectaba caprichosamente en el suelo. No estaba del todo seguro de qué señales debía buscar y la mera idea de que éstas se le escapasen le revolvía el estómago. No había participado en una búsqueda a gran escala desde que estaba haciendo la formación de policía, pero de joven había pasado el tiempo suficiente entre aquellos árboles como para saber que te arrastraban hacia dentro y después no te dejaban salir con la misma facilidad.

Una gota grande de sudor le escocía en el rabillo del ojo y se la quitó con impaciencia. Los minutos iban pasando y a su alrededor la arboleda parecía espesarse a cada paso. Falk se dio cuenta de que tenía que levantar cada vez más los pies para pasar entre la hierba alta. Al frente veía un matorral amplio que incluso desde aquella distancia le pareció una maraña infranqueable. Estaba a punto de llegar al final de su sector. Ni rastro de Whitlam.

Se quitó el sombrero y se pasó una mano por la cabeza. No se oían gritos de celebración desde ningún punto de la fila. La radio que llevaba colgada del cinturón estaba en silencio. ¿Se les había escapado? Le acudió a la mente la imagen fugaz de Luke tumbado de espaldas en la camioneta. Se puso el sombrero y continuó hacia delante, abriéndose camino hacia la maleza impenetrable. Avanzaba lento y sólo había dado unos pasos cuando notó que un palo le rebotaba en el chaleco.

Levantó la mirada con sorpresa. A su izquierda, unos metros más allá y un poco más adelante, Raco se había detenido y se había vuelto hacia él. Se llevó un dedo a los labios indicándole que guardara silencio.

—¿Whitlam? —preguntó Falk, articulando en silencio.

—Quizá —contestó Raco del mismo modo.

Levantó la mano en un gesto de incertidumbre. Se acercó la radio a la boca y murmuró algo.

Falk oteó por los alrededores buscando motas naranja, y vio que la persona más cercana era un punto distante oculto tras una cortina de árboles. Se acercó a Raco con sigilo, haciendo muecas cada vez que sus pies hacían crujir alguna ramita del sotobosque.

Miró el lugar que señalaba su amigo. Un tronco caído formaba una oquedad en la hierba, delante del matorral. Aunque apenas se veía, había algo que sobresalía y que no estaba en consonancia con el entorno, algo rosáceo y carnoso. Dedos. Raco sacó la pistola reglamentaria.

—Yo no lo haría. —La voz de Whitlam llegó desde el tronco. Sonó extrañamente calmado.

—Scott, somos nosotros —contestó Falk, forzándose a hablar en el mismo tono—. Tienes que entregarte. Aquí hay cincuenta personas buscándote. Es la única salida.

La risa de Whitlam surgió de entre la hierba.

—Siempre hay más de una salida —replicó—. Pero qué falta de imaginación la de los policías. Dile a tu amigo que guarde el arma. Después puede volver a hablar por la radio y decirle a todo el mundo que se marche.

—De eso nada —respondió Raco.

Tenía el arma apuntando al tronco, firme entre sus manos.

—Vaya que sí.

Whitlam se levantó de pronto. Estaba sucio y sudoroso y en la mejilla tenía una serie de raspaduras que, en contraste con su piel sonrosada, se veían de color violeta.

—Quietos ahí —les advirtió el director—, estáis saliendo en la tele.

Señaló hacia arriba con un dedo. El helicóptero de la policía volaba en un cielo despejado. Describía un arco amplio e iba apareciendo y desapareciendo entre las copas de los árboles. Falk no estaba seguro de que los hubieran visto. Esperaba que sí.

De repente, Whitlam estiró el brazo hacia delante, como si estuviese haciendo un saludo nazi, y se separó un paso del tronco. Tenía algo en la mano.

—Apartaos —dijo, y volvió la mano hacia arriba.

Falk alcanzó a ver un destello metálico y su cerebro le gritó que era una pistola, mientras otra parte más profunda de su conciencia revoloteaba con frenesí tratando de procesar las imágenes que estaba viendo. A su lado, Raco se tensó. Whitlam abrió la mano dedo a dedo y Falk se quedó sin aliento. Oyó a Raco soltar un gruñido grave y prolongado. Era mil veces peor que un arma.

Era un mechero.

40

Whitlam encendió el mechero y la llama danzó con un resplandor blanco contra la maleza gris. Era una pesadilla. Como que se te enredase el paracaídas, que los frenos te fallasen en la autopista. Una premonición, y Falk sintió que el miedo estallaba en su interior y le hormigueaba en la piel.

—Scott... —empezó a decir, pero Whitlam levantó un solo dedo a modo de aviso.

Era un mechero caro, de los que permanecían encendidos hasta que cerrabas la tapa. La llama tembló y se meció con el viento.

Con un movimiento rápido de la mano, Whitlam sacó una botella pequeña de un bolsillo. Levantó el tapón y bebió un trago. Sin dejar de mirarlos, vertió un chorrito del líquido ambarino a su alrededor. Al cabo de un instante, Falk notó el olor a whisky.

—Consideradlo como una póliza de seguro —gritó Whitlam.

La llama titiló en el extremo de su brazo tembloroso.

—¡Scott, no seas imbécil! —le chilló Raco—. Así nos matarás a todos. Incluido tú.

—Entonces disparadme. Pero yo lanzaré el mechero.

Falk cambió de postura y las hojas y las ramas que tenía bajo los pies crujieron. Dos años sin apenas precipitaciones y, encima, alcohol: estaban pisando una caja de cerillas. A su espalda, invisibles pero conectados a ellos por una cadena ininterrumpida de hierba seca y gomeros, estaban la escuela y el pueblo. Sabía que el fuego podría recorrer esa distancia a la velocidad de un tren bala. Las llamas se elevaban, saltaban y se daban un festín con todo lo que encontraban. Corrían como un animal. Devastaban el terreno con una eficacia inhumana.

Raco apuntaba a Whitlam con la pistola, pero le temblaban los brazos. Volvió la cabeza unos centímetros hacia Falk.

—Ahí atrás está Rita —dijo en voz baja, apretando la mandíbula—. Voy a pegarle un tiro antes de que pueda prender ni una brizna de hierba.

Falk pensó en la esposa de Raco, una mujer llena de vida pero que ahora cargaba con un embarazo, y alzó la voz.

—¡Scott! No vas a salir de aquí si ese mechero cae al suelo y lo sabes. Te abrasarás vivo.

Whitlam movió la cabeza con un espasmo nervioso ante la imagen y el mechero le bailó en la mano. Falk tomó aire de golpe y Raco dio medio paso atrás y renegó.

—¿Quieres vigilar lo que haces con eso, joder? —le gritó Raco.

—No os acerquéis —les advirtió Whitlam, que había recobrado el control—. Baja el arma.

—No.

—No tienes elección. Si no, lo tiro.

—Cierra el mechero.

—Tú primero. Baja el arma.

Raco titubeó. Tenía la yema del dedo blanca sobre el gatillo. Lanzó una mirada fugaz a Falk y después se agachó a regañadientes y dejó el arma en el suelo. Falk no podía culparlo. Sabía bien lo que el fuego podía hacer. A un vecino suyo se le había ido de las manos una quema controlada y había perdido la casa y cuarenta ovejas un verano. Falk y su padre habían tenido que atarse trapos a la cabeza y armarse con mangueras y cubos mientras el cielo de mediodía se volvía negro y rojo. Las ovejas estuvieron balando hasta que dejaron de hacerlo. El fuego rugía y aullaba enloquecido. Fue aterrador. Un recordatorio del infierno. Y ahora la tierra estaba más seca que entonces. El avance no sería lento.

Delante de ellos, Whitlam encendía y apagaba el mechero como si fuese un juguete. Raco, incapaz de apartar la vista de aquel espectáculo terrorífico, apretaba los puños. El helicóptero se cernía sobre ellos y, con el rabillo del ojo, Falk vio un puñado de chalecos naranja entre los árboles. Era evidente que les habían avisado de que mantuviesen la distancia.

—Así que lo adivinaste, ¿eh? —preguntó Whitlam, que parecía más interesado que enfadado—. Lo del dinero de la fundación.

Abrió el mechero y esa vez dejó la llama encendida. A Falk se le encogió el estómago e intentó no mirar.

—Sí —contestó—. Tendría que haberme dado cuenta antes. Pero disimulaste muy bien tu ludopatía.

Whitlam soltó una risita. Un ruidito extraño y siniestro que se llevó el viento.

—Sí, tengo mucha práctica. Sandra ya me lo había advertido. Me decía que un día lo pagaría caro. Y mira...

Los apuntó con el mechero y Raco soltó un ruido gutural.

—Escuchad, Sandra no tiene nada que ver con esto, ¿vale? Ella cree que me gusta apostar de vez en cuando, pero no tiene ni idea de la verdad. No sabe nada de eso ni de lo demás. Decidme que lo habéis entendido. Ella no sabía nada. Ni de lo de la subvención. Ni de lo de los Hadler.

Al pronunciar el apellido de la familia se le trabó la lengua y cogió aire deprisa.

—Y siento mucho lo del niño. Lo de Billy —continuó Whitlam, y se estremeció al mencionarlo.

Bajó la mirada y cerró la tapa del mechero. Falk sintió un primer soplo de esperanza.

—Ni se me había ocurrido que Billy pudiese sufrir algún daño. Se suponía que no iba a estar allí. Tenéis que creerme. Intenté que estuviese a salvo. Quiero que Sandra lo sepa.

—Scott —dijo Falk—, ¿por qué no vienes con nosotros? Podemos ir a buscar a Sandra y contarle todo esto.

—Como si ella quisiera saber algo de mí, después de lo que he hecho... —Las mejillas de Whitlam brillaban a causa del sudor y las lágrimas—. Debería haberla dejado marchar hace años, la primera vez que quiso dejarme. Tendría que haberla dejado llevarse a Danielle, que se alejara de mí y estuviera a salvo. Pero no lo hice y ahora ya es demasiado tarde.

Se pasó la mano por la cara y Raco aprovechó para alcanzar el arma.

—¡Eh!

Antes de que Raco llegase a tocar la pistola, Whitlam tenía la llama danzando de nuevo.

—Teníamos un acuerdo entre caballeros.

—Vale —respondió Falk—. Tranquilo, Scott. Mi compañero se preocupa por su familia, igual que tú.

El sargento, inmóvil con un brazo estirado y una expresión de miedo y furia en la cara, se irguió despacio.

—Scott, mi mujer está embarazada —dijo con voz estrangulada, pero mirándolo a los ojos—. Sale de cuentas dentro de cuatro semanas. Por favor. Por favor, cierra el mechero.

A Whitlam le tembló la mano.

—Cállate.

—Todavía puedes darle la vuelta a todo esto —intervino Falk.

—No puedo. No es tan fácil. Vosotros no lo entendéis.

—Por favor —insistió Raco—. Piensa en Sandra y en Danielle. Cierra el mechero y ven con nosotros. Si no quieres hacerlo por ti, hazlo por tu esposa. Por tu niña.

Whitlam torció el gesto y los arañazos de la mejilla se le oscurecieron y se volvieron de un tono preocupante. Intentó respirar hondo, pero estaba demasiado agitado.

—¡Lo hice por ellas! —gritó—. ¡Todo! Este desastre ha sido por ellas. Quería protegerlas. ¿Qué debería haber hecho? Me enseñaron la pistola de clavos. Me hicieron tocarla. ¿Qué alternativa me quedaba?

Falk no estaba seguro de qué hablaba Whitlam, pero se lo imaginaba. Pese al pánico creciente, se sentía extrañamente indiferente. Por mucho que Whitlam fuera capaz de justificarse, la bestia que había engendrado aquellos actos monstruosos la había creado él mismo.

—Nosotros cuidaremos de las dos, Scott. Nos ocuparemos de que Sandra y Danielle estén bien —intentó tranquilizarlo, pronunciando los nombres en voz alta y clara—. Ven con nosotros y dinos lo que sabes. Podemos mantenerlas a salvo.

—¡No podéis! No podéis protegerlas para siempre. Y yo no puedo protegerlas en absoluto.

Whitlam sollozaba. Agarraba el mechero con más fuerza, de modo que la llama temblaba todavía más. Falk contuvo el aliento.

Intentó detener el torbellino que tenía en la cabeza y pensar con claridad. A su espalda estaba Kiewarra, apiñado en el fondo de un valle, con sus secretos y su oscuridad. La escuela, el ganado, Barb y Gerry Hadler, Gretchen, Rita, Charlotte, McMurdo. Calculó frenéticamente. Las distancias, la cantidad de viviendas, las vías de escape. Las perspectivas no eran buenas. El fuego podía correr más que un coche y mucho más que un hombre.

—Scott —le gritó—, por favor, no lo hagas. Los niños todavía están en clase. Tu hija también, la hemos visto. Este lugar es un polvorín y tú lo sabes.

Whitlam miró hacia el pueblo y Raco y Falk dieron un paso adelante.

—¡Quietos! —aulló Whitlam, agitando el mechero—. No, ya está bien. Quedaos ahí o lo tiro.

—Tu hija y los demás niños se abrasarán vivos mientras corren para salvarse. —Falk intentaba hablar con calma—. El pueblo... Scott, escúchame, este pueblo y toda su gente quedarán reducidos a cenizas.

—Deberían darme una puta medalla por acabar con Kiewarra y con su miseria. Este pueblo no es más que un montón de mierda.

—Puede ser, pero no se lo hagas pagar a los niños.

—A ellos los salvarán. Los bomberos irán allí primero.

—¿Qué bomberos, capullo? —chilló Raco, y le señaló los chalecos naranja esparcidos por el bosque—. Están todos aquí, buscándote. Moriremos todos contigo. Si tiras el mechero, estamos perdidos. Y tu esposa y tu hija también. Te lo aseguro.

Whitlam se echó hacia delante como si le hubieran dado un puñetazo en el estómago y la llama titiló. Miró a Falk con auténtico pánico en los ojos y soltó un gemido descarnado y primitivo.

—¡Ya las he perdido! No puedo salvarlas. Nunca he podido. Esto es mejor que lo que nos espera.

—No, Scott, no es...

—Y este pueblo, esta ruina podrida... —siguió chillando el otro con el mechero en alto—. Por mí que se queme...

—¡Ahora! —gritó Falk, y cargó contra Whitlam a la vez que Raco, ambos con los brazos extendidos, tirando de la tela de sus chaquetas para abrirlas como si fueran mantas. Se abalanzaron sobre el director justo en el momento en que él dejaba caer el mechero.

Un fogonazo al rojo vivo lamió el pecho de Falk mientras caía al suelo con Whitlam. Rodaron enzarzados, con las chaquetas al viento, las botas chocando contra la tierra. La pantorrilla le abrasaba y el dolor le subía por el muslo, pero no le prestó atención. Tenía a Whitlam agarrado del pelo. La quemazón que sentía en los dedos era insoportable y de pronto el cabello se consumió y Falk vio que su mano despellejada, rosa, apergaminada, ya no sujetaba nada.

Estuvieron rodando por el suelo y quemándose durante mil horas, hasta que un par de manos enguantadas cogieron a Falk de los hombros y lo levantaron. Soltó un alarido animal. Su piel zumbaba y crepitaba.

Lo envolvieron en una manta gruesa y él intentó coger aire cuando le echaron agua encima de la cabeza y la cara. Otro par de manos se lo llevó de allí. Se derrumbó de espaldas en el suelo y alguien le acercó una botella de agua a los labios, pero no podía tragar. Se revolvió, tratando de huir de aquella agonía, pero alguien lo sujetó con cuidado y él chilló cuando el dolor le lamió los brazos. Tenía el hedor de la carne quemada metido en la nariz y parpadeó y resopló con los ojos llenos de lágrimas y la nariz goteando.

Volvió la cabeza a un lado y apoyó la mejilla húmeda en la tierra. El muro que formaban los chalecos de las personas que se habían agachado a su alrededor ocultaba a Raco. Sólo le veía bien las botas. Estaba completamente inmóvil. Un tercer grupo rodeaba a una forma encogida que daba alaridos.

—Raco —intentó llamar Falk, pero alguien le puso la botella de agua en la boca y él apartó la cabeza como pudo—. Raco, ¿estás bien?

No hubo respuesta.

—Ayudadle. —¿Por qué no iban más rápido?—. Joder, ayudadle.

—Chis —dijo una mujer con chaleco reflectante, mientras lo ataban a una camilla—. Estamos haciendo todo lo posible.

41

Viviría, le dijeron los médicos cuando se despertó en la unidad de quemados del hospital de Clyde. Pero sus días como modelo de manos habían tocado a su fin. Cuando le permitieron ver las lesiones, su cuerpo lo fascinó y lo asqueó a partes iguales: la piel lechosa se había convertido en un tejido rojo y reluciente, nuevo y supurante. Después le vendaron la mano, el brazo y la pierna y no se los había mirado más.

Mientras estuvo en cama recibió un flujo constante de visitas. Gerry y Barb llevaron a Charlotte, McMurdo coló una cerveza a escondidas y Barnes pasaba largos ratos a su lado sin decir gran cosa. Gretchen no lo visitó, pero Falk lo comprendía. Cuando le permitieron levantarse, pasaba casi todo el tiempo junto a la cama de Raco viéndolo dormir, sedado mientras le trataban las quemaduras del pecho y de la espalda.

Los médicos habían dicho que él también sobreviviría. Pero en su caso no hacían chistes como con Falk.

Rita tenía una palma sobre su vientre y con la otra sujetaba la mano buena de Falk, mientras los dos aguardaban sentados en silencio junto a su marido. Falk le contó que éste había sido muy valiente. Rita asintió y le preguntó al médico una vez más cuándo se iba a despertar. Los hermanos de Raco fueron llegando uno a uno por la autopista. Parecían variaciones de la misma persona. Le estrechaban la mano a Falk y, por mucho que bromearan ordenándole a Raco que saliese de la cama, era evidente que estaban aterrados.

Finalmente, Raco abrió los ojos y los médicos echaron a Falk de la habitación durante todo un día. Sólo familia. Cuando le permitieron entrar de nuevo, encontró a su amigo esbozando una sonrisa débil pero reconocible por debajo de las vendas.

—Vaya bautismo de fuego, ¿verdad? —bromeó.

Falk consiguió reírse un poco.

—Algo parecido. Lo hiciste muy bien.

—Tenía que proteger a Rita. Pero dime la verdad —le pidió, haciéndole señas de que se acercase más—, ¿no te tentaba un poco la idea de que Kiewarra acabara arrasado por el fuego, con todo lo que te han hecho?

Falk sonrió, esta vez ampliamente.

—No podía permitirlo, amigo. Tenía las llaves de casa en el pub.

A Whitlam lo habían transferido al Alfred Hospital de Melbourne, donde estaba bajo custodia policial, acusado de varios delitos, incluidos los asesinatos de Luke, Karen y Billy Hadler.

Le habían dicho a Falk que estaba casi irreconocible. El fuego le había prendido el pelo y tenía suerte de seguir vivo. De suerte nada, pensó Falk. La cárcel no iba a ser fácil para él.

Cuando a Falk le dieron el alta, lo enviaron a recuperarse bajo la atenta y agradecida vigilancia de los Hadler. Barb lo colmaba de atenciones y Gerry no podía pasar por su lado sin estrecharle la mano. Insistieron en que Charlotte pasase todo el tiempo posible con él. A la niña le contaban cómo había ayudado a su papá. Había rescatado a su verdadero padre —el hombre bueno, el marido afectuoso— de entre los muertos.

Gerry y Barb no habían recuperado a su hijo, pero se habían quitado un peso de encima. Falk se daba cuenta de que miraban otra vez a la gente a la cara. Los acompañó al cementerio. La tumba de Luke apenas se veía debajo de tantas flores frescas.

Mientras Barb le mostraba las tarjetas y los ramos a Charlotte, Gerry hizo un breve aparte con Falk.

—Gracias a Dios, esto no tenía nada que ver con lo de la chica de Deacon —dijo Gerry—. Quiero que sepas que nunca he pensado que... Quiero decir, Luke nunca habría...

—Lo sé, Gerry. No te preocupes.

—¿No tienes ni idea de lo que le pasó?

Falk hizo un ruidito, Barb se acercaba.

En cuanto se sintió con fuerzas suficientes, Falk fue caminando hasta la granja de Gretchen. Ella estaba en la parte de atrás, disparando a los conejos, y cuando él se acercó lo apuntó con la escopeta y se quedó así un par de segundos más de lo necesario.

—Gretchen, lo siento —gritó él desde el otro lado del campo y alzó las manos—. Sólo quería decirte eso.

Ella le vio las vendas y bajó el arma. Suspiró y se acercó a él.

—No he ido a verte al hospital.

—Ya lo sé.

—Quería ir, pero...

—No pasa nada. ¿Estás bien?

Ella se encogió de hombros y guardaron silencio, escuchando a las cacatúas que se habían posado en los árboles. Gretchen se negaba a mirarlo.

—Luke amaba a Karen —dijo finalmente—. Muchísimo. Y antes de eso quería a Ellie. —Miró alrededor con los ojos húmedos—. Creo que yo nunca fui su primera opción.

Falk quería decirle que se equivocaba, pero sabía que ella era demasiado lista para eso.

—¿Y el día que murió Ellie? —preguntó él.

Gretchen torció el gesto.

—Siempre supe que Luke había mentido por ti —contestó con voz estrangulada y los ojos anegados en lágrimas—. Porque estaba conmigo.

• • •

—¿Has oído eso?

Gretchen abrió los ojos y los entornó para protegerse de la luz que se filtraba entre el follaje. Los hierbajos le hacían cosquillas en la espalda.

—¿El qué?

Notó el aliento de Luke en el cuello mientras le hablaba, con la boca pegada a su piel. No se movió. Todavía tenía el pelo húmedo y su voz, soñolienta, sonaba amortiguada. Gretchen trató de incorporarse, pero el pecho desnudo de Luke sobre ella se lo impedía. Sus ropas estaban amontonadas a los pies de un árbol.

Se habían quedado en ropa interior antes de lanzarse al agua fresca del río, y cuando Luke había besado a Gretchen y la había empujado contra la orilla, ella había sentido el calor de su cuerpo a través del agua. Se habían quitado también la última prenda, que ahora estaba secándose en una roca plana.

El nivel del río había crecido y el agua salpicaba y burbujeaba al pasar por encima de las rocas del cauce. Aun así, Gretchen oyó el ruido de nuevo. Un crujido seco entre los árboles. Se puso tensa. Lo percibió una vez más.

—Mierda —musitó—, creo que viene alguien.

Empujó a Luke y se sentó con el ceño fruncido, parpadeando.

—¡Date prisa! —Gretchen le tiró los vaqueros e intentó abrocharse el sujetador, pero con las prisas enganchó mal el cierre—. Vístete.

Luke bostezó y luego se echó a reír al ver su expresión.

—Vale, vale, ya voy.

Antes de ponérselos, comprobó que los calzoncillos no estuviesen del revés. El camino estaba algo lejos, oculto por una densa cortina de árboles, pero los pasos se oían con mayor claridad.

—¿Quieres hacer el favor de ponerte los pantalones? —le pidió Gretchen, mientras se pasaba la camiseta por encima del pelo mojado—. Tenemos que irnos. Podría ser cualquiera. Hasta podría ser mi padre.

—No creo que sea él —contestó Luke, pero se enfundó los vaqueros de todos modos.

Se puso la camisa, se calzó y se quedaron callados el uno al lado del otro, oteando entre la espesura hacia el extremo del camino.

Gretchen estuvo a punto de echarse a reír cuando la figura menuda emergió de entre los árboles.

—¡Dios, es Ellie! Casi me da un infarto.

Se dio cuenta de que todavía hablaba en susurros.

La joven caminaba deprisa, con la cabeza gacha, y al llegar al río se detuvo. Miró un instante la corriente caudalosa con una mano sobre la boca y luego dio media vuelta.

—¿Ha venido sola? —preguntó Gretchen, y el ruido del agua se tragó su voz.

Hubo un momento en que le pareció oír un nuevo crujido, pero el camino seguía desierto.

—Y eso qué importa —murmuró Luke—. Tienes razón, deberíamos irnos.

Le apoyó una mano en el hombro.

—¿Por qué? Vamos a saludarla —contestó Gretchen.

—No me apetece. Últimamente está muy rara. Además, estoy empapado.

Gretchen se miró. La tela mojada del sujetador le había humedecido la camiseta.

—¿Qué más da? Yo estoy igual.

—No, vámonos.

Gretchen lo miró. Por mucho que el agua se hubiera llevado el olor a sexo, él lo llevaba escrito en la cara.

—Dime por qué no quieres que nos vea.

—Me da igual si nos ve, Gretch, pero... —seguía musitando— es una cabrona engreída y hoy no tengo fuerzas para eso.

Luke dio media vuelta y se alejó sin hacer ruido entre los árboles, en dirección contraria a Ellie. No fue hacia el camino por el que ella había llegado, sino hacia el otro lado, por la senda estrecha que conducía a la granja de *los padres de Gretchen. Ella dio un paso hacia él, pero se volvió y miró a Ellie. Estaba al lado de un árbol raro, agachada y con la mano apoyada en una roca.*

—¿Qué hace? —preguntó Gretchen, pero Luke ya se había ido.

—Cuando supe que había recogido piedras para metérselas en los bolsillos, pasé tres noches sin dormir. —Gretchen se sonó la nariz con un pañuelo de papel—. La vi. Si hubiese ido a saludarla, podría habérselo impedido. Pero no lo hice. —Sus palabras casi se ahogaban entre los sollozos—. Me marché. Por Luke, cómo no.

Gretchen lo alcanzó enseguida.

—Oye —le dijo, tirándole del brazo—, ¿qué pasa?

—Nada. —La cogió de la mano, pero no se detuvo—. Es que tengo que volver.

Gretchen se soltó.

—Ella ya sabe que estamos juntos, no te creas que no. Me refiero a Ellie. No es ningún secreto.

—Ya, claro que sí, ya lo sé.

—Entonces, ¿por qué no has querido que nos viese juntos? ¿Qué más da que los demás se enteren de que vamos en serio?

—Da igual. Déjalo ya —dijo Luke. Se detuvo y se volvió hacia ella. Se inclinó para besarla—. Mira, no importa. Lo que tenemos es genial y quiero que siga siendo muy especial. Entre nosotros dos.

Ella se apartó.

—Ya, claro. Dime el motivo verdadero. ¿Crees que podrías estar con alguien mejor?

—Gretch, venga ya.

—¿Es eso? Porque si es así, tienes a Ellie ahí atrás, esperando.

Luke gruñó y reemprendió el camino.

—Y por ahí hay un montón de tíos que...

—No seas así. —La voz de Luke flotó por encima de su hombro.

Ella lo miró. Le encantaban esos hombros.

—Entonces, ¿qué?

Él no respondió.

Salieron del camino junto al cercado de detrás de la granja de los padres de ella y caminaron en silencio hacia la casa. Gretchen sabía que su madre y su hermana todavía estaban fuera, pero oyó a su padre moviendo trastos en la caseta de atrás.

Luke fue a buscar la bicicleta al árbol donde la había apoyado y se montó. Le tendió la mano a Gretchen y, al cabo de un instante, ella se la cogió.

—Quiero que ciertas cosas queden entre nosotros —insistió él, mirándola a los ojos—. Pero si tú vas a actuar cada vez como una princesa, no.

Se inclinó para darle un beso, pero ella le volvió la cara. Luke la miró un momento y se encogió de hombros. En cuanto se marchó, Gretchen se echó a llorar.

Las lágrimas mojaron su bonito rostro sólo el tiempo que tardó en darse cuenta de que Luke no regresaría. Sintió un arrebato de rabia y, después de secarse las mejillas, corrió a la casa vacía y cogió las llaves de la camioneta de la granja. Aún no tenía el carnet, pero llevaba años conduciendo por los campos.

Se sentó al volante y partió en la misma dirección que Luke. ¿Cómo se atrevía a tratarla así? A lo lejos, cerca del cruce, vio la bicicleta. Frenó la camioneta un poco para mantener la distancia, sin saber qué le diría cuando lo alcanzase. Al frente, un coche cruzó despacio la intersección y ella pisó el freno. Un momento después, cruzó ella también con la camioneta blanca.

Se dijo que Luke Hadler no podía hablarle así, ella no se lo merecía. De repente, Luke giró a la izquierda y, por un momento, a Gretchen le dio un vuelco el corazón, pensando que regresaba hacia el río y hacia Ellie. Si hacía eso, se juró, lo mataría. Lo siguió desde cierta distancia, aguantando la respiración. Al final, él frenó y guió la bicicleta hacia el camino de su casa.

Gretchen detuvo la camioneta y observó desde la carretera mientras él abría la puerta de su vivienda y entraba. Vio la silueta de su madre tendiendo ropa en la parte de atrás.

Dio media vuelta y se pasó todo el camino hasta casa llorando.

—Cuando me enteré de que Ellie no había regresado, fui al río a buscarla. Pensaba que la encontraría acurrucada en un saco de dormir para no estar en casa con su padre. Pero no la vi por ninguna parte. —Gretchen se mordisqueó la uña del pulgar—. Luke y yo discutimos sobre si debíamos decir algo, pero a esas alturas Ellie no nos preocupaba mucho, la verdad. En esa época iba tanto a su aire que yo pensé que ya volvería con nosotros cuando le apeteciese. —Calló un buen rato y después continuó—. En ningún momento se me ocurrió pensar que estaría en el río. —Se volvió hacia Falk—. Cuando dijeron que se había ahogado, no me lo podía perdonar. ¿Qué habría pasado si nos hubiésemos quedado a hablar con ella? A mí me había parecido que pasaba algo, pero me largué. Estaba avergonzada, así que me callé. Le hice prometer a Luke que no le diría a nadie que la habíamos visto. No quería que nadie supiese lo mal que nos habíamos portado con ella. —Gretchen se secó los ojos—. Y cuando pensábamos que la cosa no podía empeorar, la gente empezó a señalarte a ti. Hasta Luke se asustó. Si creían que tú tenías algo que ver, ¿qué iban a pensar si se enteraban de que nosotros dos habíamos estado en el río? Entonces a Luke se le ocurrió el plan, lo de decir que estaba contigo. Eso te ayudaba a ti y también a nosotros. Y yo podía fingir durante el resto de mi vida que no había estado allí. Que no me había largado con Luke cuando debería haber ido a hablar con ella.

Falk sacó un pañuelo de papel del bolsillo y se lo dio a Gretchen. Ella lo aceptó con una leve sonrisa.

—Tú no eres responsable de lo que le ocurrió a Ellie Deacon —dijo él.

—Puede que no. Pero podría haber hecho algo. —Se encogió de hombros y se sonó la nariz—. No sé qué tenía Luke. No era mal tío, pero para mí fue fatal.

Se quedaron de pie unos instantes, mirando los campos, viendo cosas que habían desaparecido hacía ya mucho tiempo. Falk respiró hondo.

—Escucha, Gretchen, ya sé que no es asunto mío, pero Gerry y Barb, y Charlotte...

—Luke no es el padre de Lachie.

—Pero si...

—Aaron, por favor. Déjalo.

Ella lo miró con sus ojos azules, pero sólo un instante.

—Vale —respondió él, asintiendo. Lo había intentado. Con eso bastaba—. De acuerdo, Gretchen. Pero son buena gente. Y acaban de perder muchísimo. Igual que tú. Si hay alguna posibilidad de sacar algo positivo de toda esta tristeza, deberías aprovecharla.

Ella no contestó. Lo miró sin revelar nada en su expresión. Al final, él le tendió la mano que no tenía quemada. Gretchen la miró y lo sorprendió estrechándolo en un abrazo rápido. No era coqueto, tampoco amistoso, quizá un abrazo de paz.

—Nos vemos dentro de otros veinte años —le dijo.

Esa vez, Falk pensó que probablemente estaba en lo cierto.

42

La casa de su familia le pareció a Falk aún más pequeña de lo que recordaba. No sólo con respecto a su niñez, sino también a unas semanas antes. Pasó por delante en dirección al río, bordeando los límites de la propiedad, aunque esa vez no le preocupaba demasiado encontrarse con el propietario.

En el hospital, McMurdo había puesto los ojos en blanco mientras le contaba lo rápido que la gente había cambiado de opinión. De pronto lo de las octavillas no les parecía tan bien. Veinte años eran muchos, por Dios. Agua pasada y todo eso.

Falk atravesó los campos a paso lento, con la cabeza más despejada. Veinte años eran muchos, pero había cosas que no desaparecían así como así. Ellie Deacon. Más que nadie, ella había sido una víctima de aquel pueblo. De sus secretos, sus mentiras y sus miedos. Ella había necesitado a alguien, quizá a él, y le había fallado. Era Ellie quien corría el riesgo de que la olvidasen en medio de todo aquel caos. Igual que había estado a punto de ocurrirle a Karen. Y también a Billy.

Pero ese día no sería así, pensó Falk. Ese día él honraría la memoria de Ellie en un lugar que sabía que a ella le gustaba. Llegó al árbol de la roca justo cuando el sol empezaba a ponerse. Estaban casi en abril y la virulencia del verano empezaba a remitir. Decían que la sequía podía acabar aquel invierno. Y, por el bien de todos, Falk deseó que esa vez no se equivocasen. El río seguía desaparecido y confió en que algún día apareciese de nuevo.

Se sentó en la roca y sacó la navaja que había llevado consigo. Buscó el lugar donde se abría la grieta secreta y empezó a grabar. Unas letras diminutas: E, L, L. La punta de la navaja estaba roma y le estaba costando, pero perseveró. Al acabar, se sentó con la espalda apoyada en la piedra y se secó la frente. Pasó el pulgar por las letras y admiró su obra. Llevaba tanto rato de rodillas que le daba la sensación de que la pierna le seguía ardiendo.

El dolor le trajo algo a la memoria. Se volvió con un gruñido y metió la mano en la grieta buscando el mechero viejo que había dejado allí la vez anterior. Estaba muy bien la nostalgia, pero a la vista de los acontecimientos recientes no quería tentar a la suerte, esperando a que alguien la encontrase.

Falk sabía que lo había metido al fondo, y al principio con la mano buena no palpó más que tierra y hojas. Hundió más el brazo y estiró los dedos. Entonces notó el metal del encendedor, al tiempo que rozaba algo suave pero sólido con el pulgar. Se sobresaltó y soltó el mechero. Fastidiado, extendió más el brazo y, al tocar el mismo objeto, se detuvo. Era rugoso pero flexible y bastante grande. De tela.

Falk echó un vistazo en la hendidura. No vio nada y vaciló. Pensó en Luke y en Whitlam y en Ellie, y en todas las personas que habían acabado heridas por culpa de secretos enterrados. Ya había más que suficientes.

Introdujo de nuevo la mano y la movió a tientas hasta que pudo agarrar bien el objeto. Tiró de él y éste se soltó de golpe. Falk cayó hacia atrás y se sobresaltó cuando lo que había sacado le aterrizó en el pecho. Lo miró y, al ver lo que era, cogió aire de golpe. Una mochila morada.

Estaba cubierta de polvo y de telarañas, pero la reconoció de inmediato. Y aunque no fuese así, habría sabido a quién pertenecía. Aparte de él, sólo había una persona que conocía el secreto del hueco en la roca, y se lo había llevado consigo al río.

Falk abrió la mochila y fue colocando el contenido en el suelo. Sacó unos vaqueros, dos camisetas, un jersey, un gorro, ropa interior y un neceser pequeño con artículos de maquillaje. Había también una cartera de plástico con el carnet de una chica que se parecía un poco a Ellie Deacon. Según la identificación, se llamaba Sharna McDonald y tenía diecinueve años. Encontró un fajo de billetes de diez y de veinte, había incluso alguno de cincuenta. Dinero ahorrado, arañado.

En el fondo de la mochila había algo más, envuelto desde hacía veinte años en un chubasquero para protegerlo. Lo sacó y lo sostuvo en las manos un buen rato. La cubierta estaba hecha jirones y las esquinas dobladas, pero en la primera página se veía claramente la letra, inconfundible. Era el diario de Ellie Deacon.

La primera vez que le había pegado, la había llamado por el nombre de su madre. Ella vio en la mirada empañada de su padre que ese nombre se le había escapado, escurridizo como el aceite, en el momento de estrellarle el puño contra el hombro. Estaba borracho y, con catorce años, el físico de Ellie empezaba a ser el de una mujer. Hacía tiempo que la fotografía de su madre no estaba sobre la chimenea, pero sus rasgos regresaban a la granja a medida que Ellie Deacon iba creciendo.

Él le pegó esa vez y, al cabo de mucho tiempo, lo hizo de nuevo. Y luego otra vez. Y otra más. Ella probó a aguarle la bebida, pero su padre se dio cuenta al primer sorbo y Ellie ya no volvió a cometer ese error. En casa se ponía camisetas que dejasen a la vista las magulladuras, pero su primo Grant encendía el televisor y le decía que dejase de hacer enfadar a su padre. Su rendimiento escolar se resintió. Si los profesores se dieron cuenta, lo único que hicieron fue comentar con mala cara que no prestaba atención en clase. Nunca le preguntaron el motivo.

Ellie empezó a hablar mucho menos y fue descubriendo por qué a sus padres les gustaba tanto beber. Las chicas a las que consideraba sus amigas la miraban raro y susurraban entre ellas cuando creían que no las oía. Tenían suficientes preocupaciones: el acné juvenil, el peso y los chicos, no necesitaban que Ellie las hiciese sentir todavía más fuera de lugar. Bastaron unos cuantos movimientos tácticos adolescentes más para que Ellie se viera sola y sin una puerta a la que llamar.

Un sábado por la noche estaba en el parque Centenary con una botella en la mochila y ningún sitio a donde ir, cuando oyó unas risas que venían del banco. Eran un par de figuras conocidas: Aaron y Luke. Ellie Deacon sintió un revuelo en su interior, como cuando encuentras algo que te importaba mucho y de lo que te habías olvidado.

A todos les costó un poco acostumbrarse. La miraban como nunca la habían mirado antes, pero a Ellie le gustaba. Tener dos personas que hacían lo que decía ella en lugar de darle órdenes era perfecto.

Cuando eran más pequeños, prefería la euforia y las bravuconadas de Luke, pero ahora la atraía más la sutil introversión de Aaron. Sabía que Luke no tenía nada que ver con su padre y con su primo, pero no podía quitarse de encima la sensación de que, en lo más profundo de su ser, había una parte de él que no se diferenciaba tanto de ellos. Para ella fue casi un alivio que Gretchen, con sus radiantes cantos de sirena, captara en parte la atención de Luke.

Durante una temporada, todo fue bien. Pasar más tiempo con sus amigos implicaba estar menos en casa. Cogió un trabajo de media jornada y aprendió a las malas a esconder lo que ganaba de su primo y de su padre, siempre faltos de dinero.

Era más feliz, pero eso la hizo más descuidada y más osada cuando estaba con su padre. No pasó mucho tiempo antes de que aquella carita de dieciséis años, con una boca tan atrevida y parecida a la de su madre, acabase aplastada contra un cojín del sofá hasta que creyó que iba a desmayarse.

Un mes más tarde, su padre le puso un trapo sucio de cocina sobre la nariz y la boca mientras ella le arañaba las manos. Cuando por fin la soltó, ella inhaló una primera bocanada desesperada de aire, cargada del aliento alcohólico de su padre. Ése fue el día en que Ellie Deacon dejó de beber. Porque había decidido que iba a huir. No enseguida, porque no pensaba salir de una mala situación para caer en otra peor. Pero pronto. Y para eso necesitaba tener la cabeza despejada. Antes de que fuese demasiado tarde.

El catalizador llegó en mitad de una noche oscura, cuando se despertó en la cama con el peso de su padre encima y sus dedos inquisitivos metiéndosele por todas partes. Una punzada de dolor y su voz de alcohólico susurrándole el nombre de su madre al oído. Al final, afortunadamente, consiguió quitárselo de encima, pero antes de marcharse él le dio un fuerte empujón que la hizo caer, y se dio un buen golpe en la cabeza con el poste de la cama. Cuando se hizo de día, Ellie recorrió la hendidura de la madera con el dedo y, todavía aturdida, frotó la mancha de sangre de la alfombra rosa. Le dolía la cabeza y las lágrimas le escocían en los ojos. No sabía dónde le había hecho más daño.

Cuando al día siguiente por la tarde Aaron descubrió la grieta de la roca, le pareció una señal del cielo, una bendición. Estaba escondida, era secreta y dentro cabía una mochila. Era perfecta. Eufórica por aquella brizna de esperanza, miró a su amigo a la cara y por primera vez se dio cuenta de cuánto lo echaría de menos.

Al besarlo se había sentido mejor incluso de lo que creía posible, hasta que él había levantado la mano y le había tocado el chichón. Dolorida, se apartó de él. Levantó la mirada y vio la expresión consternada de Aaron y en ese momento odió a su padre más que en toda su vida.

Se moría por contarle a Aaron su situación. Había querido hacerlo más de una vez, pero de todas las emociones que habían hecho presa en el cuerpo de Ellie Deacon, la más fuerte era el miedo.

Sabía que no era la única que temía a su padre. La venganza de Mal Deacon por cualquier ofensa, real o imaginada, era rápida y brutal. Ella misma lo había visto amenazar y cumplir sus amenazas. Acumulaba favores, envenenaba campos, atropellaba perros. En una comunidad que se esforzaba por mantenerse a flote, la gente debía escoger bien sus batallas. Y con todas las cartas en la mesa, Ellie Deacon sabía que en Kiewarra no había ni una sola persona en quien pudiese confiar para que se enfrentase a él.

Así que preparó su plan. Cogió sus ahorros y preparó una mochila. La escondió cerca del río, en un lugar donde sabía que nadie la encontraría. Allí la dejaría hasta que llegase el momento. Reservó una habitación en un motel tres pueblos más allá. Le pidieron un nombre y, sin pensar, les dijo el único que la hacía sentir a salvo: Falk.

Anotó el apellido en una hoja de papel y la fecha que había escogido y guardó la nota en el bolsillo de sus vaqueros. Un talismán de buena suerte. Un recordatorio de que no debía echarse atrás. Tenía que huir y sólo disponía de una oportunidad. «Si mi padre se entera, me matará.»

Ésas fueron las últimas palabras que escribió en su diario.

Al entrar en casa y no ver la cena, Mal Deacon sintió un fogonazo de irritación. Le bajó las botas del sofá a su sobrino de una patada y éste abrió un ojo.

—¿Qué demonios pasa aquí? ¿Es que nadie va a preparar la cena? —preguntó.

—Ellie no ha llegado de clase.

Deacon cogió una cerveza del paquete de seis que Grant tenía al lado y fue a la parte de atrás de la casa. De pie en la puerta de la habitación de su hija, bebió un trago de la lata. No era la primera del día. Ni la segunda.

Echó un vistazo rápido a los postes blancos de la cama y vio la hendidura en la madera y la marca en la alfombra *rosa. Frunció el ceño. Deacon sintió frío en el estómago, como si le hubiera caído un cojinete dentro. Allí había ocurrido algo malo. Miró la hendidura y un recuerdo grotesco amenazó con emerger. Bebió un trago largo, hasta que el recuerdo se sumergió de nuevo bajo la superficie oscura sin hacer ruido. Lo que sí permitió fue que el alcohol le desencadenase un torrente de furia en las venas.*

Se suponía que su hija debía estar en casa y no estaba. Se suponía que tenía que estar allí, con él. Quizá se hubiera retrasado, le susurró una voz racional apenas audible, pero no se le escapaba la cara con que ella había estado mirándolo últimamente. Reconocía esa expresión. Era la misma que había visto cinco años antes. Decía: «Ya basta. Adiós.»

Sintió que lo inundaba una ola ácida y de pronto se encontró abriendo el armario de par en par. La mochila no estaba en su lugar habitual y en las baldas, entre la ropa bien doblada y ordenada, había un par de huecos. Deacon conocía las señales. De esconderle cosas. De guardar secretos. Ya las había pasado por alto una vez y no volvería a ocurrirle. Sacó los cajones de un tirón y vació el contenido en el suelo. Lo revolvió todo buscando pistas, derramando cerveza en la alfombra. De pronto se quedó inmóvil. Sabía exactamente dónde estaría. En el mismo sitio al que solía escaparse su madre.

Hija de puta.

Fue al salón a trompicones, obligó a Grant a levantarse y le dio las llaves de la camioneta.

—Vamos a buscar a Ellie. Tú conduces.

Hija de la gran puta.

Se llevaron un par de latas para el camino y, mientras recorrían los caminos a toda velocidad hacia la granja de Falk, el sol ardía en el cielo con un resplandor anaranjado. No iba a dejar que se marchase. Esa vez no.

Se estaba preguntando qué haría si ya era demasiado tarde, cuando de pronto alcanzó a ver algo y el corazón le martilleó el pecho. Un movimiento repentino, una camiseta clara y la imagen familiar de la melena desaparecie-

ron en un instante entre los árboles, más allá de la casa de los Falk.

—Está ahí —dijo Deacon, señalando—. Va hacia el río.

—No he visto nada —contestó Grant con el ceño fruncido, pero paró el motor.

Deacon se bajó del vehículo y, dejando atrás a su sobrino, echó a correr por los campos y se sumergió en la penumbra de los árboles. Mientras perseguía a su hija por el camino a trompicones, lo veía todo rojo.

Cuando la atrapó, estaba agachada junto a un árbol extraño. Ellie, que había oído el ruido demasiado tarde, levantó la vista y la «o» perfecta de sus labios se abrió para dar paso a un grito en cuanto él la agarró del pelo.

Hija de la gran puta.

Ella no iba a marcharse. Esa vez no se iría. Pero entre la neblina de su aturdimiento, se dio cuenta de que se retorcía y le costaba sujetarla. Así que le asestó un golpe con la mano abierta en la cabeza. Ellie trastabilló, cayó hacia atrás y aterrizó en la orilla con un gemido suave, con el pelo y los hombros en el agua del río. Lo miraba con aquella expresión que él ya conocía y le empujó la barbilla con la mano hasta que el agua turbia le cubrió la cara.

Al darse cuenta de lo que ocurría, ella forcejeó. Él vio el reflejo de sus ojos en la superficie de aquel río oscuro y empujó con más fuerza.

Tuvo que prometerle la granja a Grant mientras buscaban piedras en la orilla con la última luz del día para hundirla. Era la única salida. Sobre todo cuando su sobrino encontró la nota con el nombre de Falk en el bolsillo. Grant insinuó que sería útil dejarla en la habitación de Ellie. Continuaron buscando hasta que la luz desapareció por completo, pero no dieron con la mochila.

Hasta mucho más tarde, cuando pasó aquella primera noche solo, y muchas noches más después de ese día,

Mal Deacon no se preguntó si de verdad había querido sujetar a su hija con tanta fuerza.

«Si mi padre se entera, me matará.»

Falk se quedó sentado un buen rato después de leer las palabras de Ellie, mirando el lecho seco del río. Por fin, cerró el diario y lo guardó en la mochila con el resto de las pertenencias. Se levantó y se la colgó del hombro.

El sol se había puesto y se dio cuenta de que a su alrededor había caído la noche. Por encima de los gomeros, las estrellas brillaban. No estaba preocupado. Conocía el camino. De vuelta a Kiewarra, empezó a soplar una brisa fresca.

AGRADECIMIENTOS

No era consciente de la cantidad de personas que participan en el proceso de hacer realidad una novela y estoy muy agradecida a todas las que me han ayudado a lo largo del camino.

Quiero dar las gracias a mis editoras: Cate Paterson de Pan Macmillan, Christine Kopprasch y Amy Einhorn de Flatiron Books y Clare Smith de Little, Brown. Todas ellas han mejorado el libro con sus consejos, su sabiduría y sus inteligentes comentarios. Muchas gracias por ofrecerme una oportunidad tan maravillosa como autora novel.

También estoy muy agradecida a todos los que tanto han trabajado para conseguir que este libro llegase a las librerías, incluidos los correctores, diseñadores y los equipos de marketing y ventas.

A diario me siento afortunada de contar con el apoyo y el trabajo incansable de mis agentes Clare Forster de Curtis Brown Australia, Alice Lutyens y Eva Papastratis de Curtis Brown UK, Daniel Lazar de Writers House y Jerry Kalajian del Intellectual Property Group. En cada etapa del camino han superado con creces lo que se esperaba de ellos.

Gracias al Wheeler Centre de Melbourne y a los miembros del jurado, organizadores y seguidores del premio literario Victorian Premier's Literary Award for an Unpublished Manuscript. Se trata de una valiosísima oportunidad para escritores emergentes, y haberlo ganado en 2015 me ha abierto miles de puertas.

Para publicar esta novela, primero tuve que escribirla, por lo que siempre estaré en deuda con mis compañeros escritores del curso por internet Curtis Brown Creative, en la edición de 2014. Gracias por vuestra sabiduría y vuestro talento colectivo; sin vosotros, estoy casi segura de que este libro no sería el mismo. Quiero dar las gracias especialmente a la tutora Lisa O'Donnell, a mi amigo Edward Hamlin y, por supuesto, a la directora del curso, Anna Davis.

Y muchas gracias y mucho amor, por supuesto, para mi familia: Mike, Helen, Michael y Ellie Harper, por hacer que los libros fuesen una parte tan importante de nuestra vida. Y para mi maravilloso marido, Peter Strachan, que siempre ha tenido fe en esta novela.